2022年度河北省哲学社会科学学术著作出版资助

中国古典诗词鉴赏要论

王　昕　高览小◎著

安徽师范大学出版社
ANHUI NORMAL UNIVERSITY PRESS
·芜湖·

图书在版编目(CIP)数据

中国古典诗词鉴赏要论 / 王昕,高览小著 . — 芜湖: 安徽师范大学出版社, 2022.12
ISBN 978-7-5676-5874-5

Ⅰ. ①中… Ⅱ. ①王… ②高… Ⅲ. ①古典诗歌—诗歌欣赏—中国—教材 Ⅳ. ①I207.2

中国版本图书馆CIP数据核字(2022)第220245号

中国古典诗词鉴赏要论

王　昕　高览小◎著

责任编辑: 潘　安
责任校对: 胡志恒
装帧设计: 张德宝
责任印制: 桑国磊
出版发行: 安徽师范大学出版社
芜湖市北京东路1号安徽师范大学赭山校区　　邮政编码:241000
网　　址: http://www.ahnupress.com
发 行 部: 0553-3883578　5910327　5910310(传真)
印　　刷: 苏州市古得堡数码印刷有限公司
版　　次: 2022年12月第1版
印　　次: 2022年12月第1次印刷
规　　格: 700 mm × 1000 mm　1/16
印　　张: 18.75
字　　数: 300千字
书　　号: ISBN 978-7-5676-5874-5
定　　价: 72.00元

序　言

中国古典诗词是中华民族珍贵的文化遗产。从《诗经》开始，历经唐诗、宋词创作的辉煌，到明、清对诗词传统的继承和发展，中国古典诗词以其独特的体式、别致的神韵、丰厚的内涵，成为世界文化宝库中璀璨的瑰宝。

在中国文化传统中，诗词有着崇高而独特的地位。诗词创作是抒情言志、抚慰心灵的方式，也是科举入仕或才艺较量的工具；是人际交往、精神沟通的手段，也是本真自我、诗意人生的反映。诗词是古人日常生活尤其是精神生活的重要内容，影响了人们的表达方式、情感模式、思维习惯、文化观念。

古典诗词是中国传统文化的重要组成部分，积淀着中华民族深沉的精神追求和独特的审美理想，凝聚了我国古人丰厚的思想内蕴和诗性的人生智慧。古典诗词能够源源不断地提供给人们精神和艺术滋养，既可以兴、观、群、怨，又可以坚、慧、美、达，这对于当今社会的发展仍具有积极作用。

古典诗词“可以兴”，能“感发志意”（朱熹《四书章句集注》），振奋人心，激发更丰富的情感和更蓬勃的生命力；“可以观”，既可“多识于鸟兽草木之名”（《论语·阳货》），又能“观风俗之盛衰”（郑玄笺《诗经》），还能了解诗人之志，从而认识古今自然、社会和人生；“可以群”，能凝聚人心，团结众人，或“群居相切磋”（孔安国注《论语》），或“奇文共欣赏”（陶渊明《移居》），以诗词为媒介与古今善士为友，和谐共处；“可以怨”，不仅能排遣疏解心中郁闷，还能“怨刺上政”（孔安国注《论语》），起到改造社会的作用。

古典诗词“可以坚”，能够以强大的情感力量给予读者理想支撑和精神信念，让我们更加坚定文化自信心和民族自豪感；“可以慧”，能够以诗性智慧启发读者去思索与追求，为现代人的生活和工作提供经验借鉴；“可以美”，能够以艺术魅力感染读者的生命情感，丰富人们因物质膨胀而日益贫瘠的精神生活；“可以达”，能够以艺术的方式抚慰浮躁的灵魂，化解人生的苦恼，使我们更为通达和乐观，诗意地栖居在大地上。

中国古典诗词蕴含着丰富的传统文化知识，记载着中华民族的生活方式、道德情感和精神追求，集中反映了古人的思想观念、人生智慧和审美理想。阅读中国古典诗词，不仅能带给我们审美愉悦和艺术享受，触发和引起我们独特的情感体验、生命感悟，还能让我们深深认识到古代先贤的高尚人格、理想信念、艺术素养和执著精神，让我们在不知不觉中心灵受到滋润、精神境界得到提升。

幸运的是，一代代睿智而谨严的学者保存、整理了大量的诗词作品；幸运的是，一批批热情而执著的教育者宣传、弘扬优秀传统文化和古典诗词；幸运的是，大中小学语文教材都选有经典诗词，使我们从小就接受古典诗词的熏陶和教育，在诗词诵读中潜移默化地完成了生命的成长；幸运的是，国家强调继承与发展中华优秀传统文化，整个社会重视古典诗词的学习与普及；幸运的是，主流媒体开办的“中国诗词大会”等栏目如火如荼，深得观众喜爱。当怀着对古典诗词的敬意和兴趣阅读古典诗词，我们一定会有意想不到的收获。

王国维读宋词，体悟到了“古今之成大事业、大学问者，必经过三种之境界”（《人间词话》）。希望这本小书，能伴随热爱中国古典诗词的读者，由最初的“昨夜西风凋碧树，独上高楼，望尽天涯路”（晏殊《蝶恋花》），经历“衣带渐宽终不悔，为伊消得人憔悴”（柳永《蝶恋花》），最后也能“众里寻他千百度，蓦然回首，那人却在灯火阑珊处”（辛弃疾《青玉案·元夕》）。那时，中国古典诗词将会真正融入你生命之中！

王　昕

二〇二二年六月二十日

目录

第一章　诗词鉴赏与生命感悟

诗词鉴赏是鉴赏者在感受、欣赏诗词之美的基础上进行个性化审美评判的精神活动。在诗词鉴赏过程中，鉴赏者既感到身心愉悦，又要对鉴赏对象进行欣赏、评判和再创造。诗词鉴赏得以进行，需要两个条件：一是鉴赏主体要有鉴赏的眼光和素养，二是鉴赏对象要有一定的价值。真正的好诗是诗人的灵心善感完美传达的产物，具有感发生命、震撼心灵的艺术魅力。读者要善于发现古典诗词的艺术之美，在古典诗词的赏析、品味中真正获得生命的感悟。

一、鉴赏的内涵

我们要对古典诗词进行鉴赏，首先要了解何谓鉴赏。由“鉴”和“赏”的字形和意义演变、文献所载“鉴赏”的含义、鉴赏活动的特点，可以进一步了解鉴赏的内涵。

（一）“鉴”“赏”形义演变

“鉴”，初字作“监”。商代甲骨文“监”（图1、图2），字形像一个人俯身低头看一器皿。西周金文（图3）又在器皿中增一点表示水，强调人通过器皿中的水来映照自己。盛水的器皿初为陶质，大约在春秋末期、战国初期，以青铜容器盛水非常流行，人们就在“监”字上加“金”字旁，以表示这种盛水照人的青铜器物（图4、图5）。《说文解字》有小篆体“监”和“鉴”（图6、图7），释：“监，临下也。从卧，衉省声。”“鉴，大盆也。一曰鉴诸，可以取明水于月。从金，监声。”[①]“鉴”由“盛水照人器皿”之义，扩大到照人器物，即与“镜”同；又引申指警戒、引为教训的事物，如“以人为鉴”“以史为鉴”。“鉴”由“照人”的动作之义，又引申为仔细看、审察、辨别等义，如“鉴别”“鉴定”“鉴赏”。“鉴”楷书繁体左右结构和上下结构字形通用（图8、图9）。汉字简化时，以上下结构为规范字（图10）[②]。

图1 图2 图3 图4 图5 图6 图7 图8 图9 图10

“赏”，西周金文（图11），字形下有“贝”。“贝”，秦之前多用作货币，“赏”本义是偿还、赔偿。东周金文字形（图12）与后世相近，“赏”多借表赏赐义，如“无功不赏”（《荀子·王制》）、“赏善不遗匹夫”（《韩非子·有度》）。后人们加上“亻”旁，表示偿还之义。《说文解字》有“赏”“偿”小篆（图13、图14），释：“赏，赐有功也。从贝，尚声。”“偿，还也。从人，赏声。”[③]“赏”后泛指对有所成就的人的奖励，如“奖赏”；又引申为对人、物的肯定或称赞，如“赏识”“称赏”“欣赏”。“赏”繁体字楷书（图15）今有简化字（图16）[④]。

---

①（东汉）许慎《说文解字》，浙江古籍出版社，2012年，第170、294页。

②图1、图2见中国社会科学院考古研究所编辑《甲骨文编》，中华书局，1965年，第355页；图3、图4、图5见容庚编著《金文编》，中华书局，1985年，第582、912页；图6、图7见《说文解字》，浙江古籍出版社，2012年，第170页、294页；图8、图9、图10，见“汉典”网（https://www.zdic.net/hans）。“鉴”字演变，主要参考李学勤主编《字源》，天津古籍出版社，2013年，第1220页。

③（东汉）许慎《说文解字》，浙江古籍出版社，2012年，第130、165页。

④图11、图12见容庚编著《金文编》，中华书局，1985年，第431页；图13、图14见《说文解字》，浙江古籍出版社，2012年，第130页、165页；图15、图16见“汉典”网（https://www.zdic.net/hans）。“赏”字演变，主要参考李学勤主编《字源》，天津古籍出版社，2013年，第570页。

图11　图12　图13　图14　图15　图16

从“鉴”和“赏”字的形义演变来看，“鉴”作动词，首先强调“人瞪着两只眼睛仔细看”，在此基础上才进行鉴定、辨别；“赏”表明被赏对象必须是个“宝贝”，有值得称赏之处。因此，鉴赏得以进行需要两个条件：一是鉴赏主体要有鉴赏的眼光和素养，二是鉴赏对象要有一定的价值。古典诗词鉴赏，其实就是读者通过仔细阅读诗词，发现其艺术价值，从而对其进行鉴定和赏析的过程。

(二)“鉴赏”与“赏鉴”

“鉴”与“赏”连用，或作“鉴赏”，或作“赏鉴”。从现存文献来看，“鉴”“赏”连用，在不同时期所指对象的范围和含义有所不同。南北朝“鉴赏”已被频繁使用，多指对人的辨识；从唐代起，“鉴赏”与“赏鉴”通用，鉴赏的对象由人扩大到诗文、书画、器物、景物等，其义逐渐由侧重于“鉴”向侧重于“赏”转变。

1. 对人的鉴识或赏识

“鉴赏”早期指“人伦鉴识”，即对人的鉴别、识别。如北魏人撰《李璧墓志铭》：“（王融）耸调孤远，鉴赏绝伦，远服君风，遥深纻缟，启称在朝，宜借副书。”[①]再如南朝齐王俭撰《褚渊碑文》：“宋文帝端明临朝，鉴赏无昧。”[②]随着鉴赏对象不同，“鉴赏”之义发生变化。当鉴赏对象是反面人物时，“鉴赏”之义偏于“鉴别”，如唐时修《晋书・王戎传》：“族弟敦有高名，戎恶之。敦每候戎，辄托疾不见。敦后果为逆乱。其鉴赏先见如

① 赵超编《汉魏南北朝墓志汇编》，天津古籍出版社，2008年，第118页。

②（清）严可均编《全上古三代秦汉三国六朝文》，中华书局，1958年，第5703页。

此。”[①]当鉴赏对象是正面人物时，“鉴赏”表示“鉴别和赏识”，如唐李翱《答韩侍郎书》：“其鉴赏称颂人物，初未甚信，其后卒享盛名为贤士者，故陆歙州、常简州皆是也。”[②]

与“鉴赏”相近，“赏鉴”也可泛指对人的鉴别，如唐杨炯《宴族人杨八宅序》：“人伦赏鉴，同推郭泰之名；好事相趋，毕诣扬雄之宅。”[③]不过，“赏鉴”相对“鉴赏”而言，“赏识”之义更为明确，如《旧唐书》：“敬玄知而大嗟赏之，擢授郑州司功参军，太玄由是知名，后官至秘书少监、申王师，以德行为时所重。敬玄赏鉴多此类也。”[④]《宋史·刘温叟传》：“立朝有德望，精赏鉴，门生中尤器杨徽之、赵邻几，后皆为名士。”[⑤]

2. 对书画、诗文、器物等的鉴评、欣赏

唐宋时期，“鉴赏”或“赏鉴”开始用于书画墨刻的鉴评、欣赏。如晚唐司空图《书屏记》：“今旅寓华下，于进士姚顗所居，获览书品及徐公评论，因感愤追述，贻信后学且冀精于赏鉴者，必将继有诠次。”[⑥]宋朱熹《跋朱喻二公法帖》：“故尝集其墨刻，以为此卷，而尤以《乐毅书》《相鹤经》为绝伦，不知鉴赏之士以为如何也。”[⑦]元明之后，“鉴赏”或“赏鉴”的对象，除了书画墨刻，还有器物、诗文等。如明吴宽撰《史鉴墓表》：“客至，陈三代、秦汉器物及唐宋以来书画名品，相与鉴赏。”[⑧]清昭梿《啸亭续录》：“（褚筠心）尝赏鉴余诗文，临归时，余题四律赠行。”[⑨]

从宋代开始，以“赏鉴家”“鉴赏家”指称鉴赏主体增多。宋邓椿《画继》序曰：“自昔赏鉴之家，留神绘事者多矣，著之传记，何止一书。”卷九

---

①(唐)房玄龄等《晋书》,中华书局,1974年,第1235页。

②(清)董诰等编《全唐文》,中华书局,1983年,第6408页。

③(唐)杨炯著、祝尚书笺注《杨炯集笺注》,中华书局,2016年,第297页。

④(后晋)刘昫等《旧唐书》,中华书局,1975年,第2755页。

⑤(元)脱脱等《宋史》,中华书局,1985年,第9073页。

⑥(唐)司空图《司空表圣文集》,《四部丛刊》景旧钞本,上海商务印书馆。

⑦(宋)朱熹《晦庵先生朱文公文集》,《四部丛刊》景明嘉靖本,上海商务印书馆。

⑧(明)史鉴《西村集》卷首,《文渊阁四库全书》集部第1259册,台湾商务印书馆,第691页。

⑨(清)昭梿撰、何英芳点校《啸亭续录》,中华书局,1980年,第408页。

曰："自昔鉴赏家分品有三：曰神、曰妙、曰能。"①元陶宗仪《南村辍耕录·叙画》载："元章谓好事家与赏鉴家自是两等。"②明文征明《咏次明》诗中曰："寄情时有樗蒲乐，博物咸推鉴赏家。"清姜宸英《跋曹全碑》："宜廉让曹子之宝爱此本，直欲使四百年后赏鉴家有所考据耳。"③

3. 对自然景物的欣赏

至迟到元代，鉴赏对象又由人物、艺术扩大到自然景物。如元卢挚《蟾宫曲》咏红梅："脉脉奇姿，应解痴翁，鉴赏妍媸。"④明谢肇淛《五杂俎》载："以余耳目所及之泉……皆干冽异常。其它难以枚举，但在穷乡遐僻，无人鉴赏耳。"⑤不过，鉴赏指自然景物的欣赏相对别的意义来说要少多了。

20世纪以来，"鉴赏"或"赏鉴"，多指人们对文学艺术、文物等的鉴别和欣赏。值得注意的是，新时期以来出现了大量以"鉴赏"命名的著述，尤其是《唐诗鉴赏辞典》《宋词鉴赏辞典》等的问世，使古典诗词成为人们热衷的"鉴赏"对象。笔者虽倾向"赏鉴"一语，然考虑到当代人们的用语习惯，故采用"鉴赏"而非"赏鉴"。

（三）诗词鉴赏活动

"鉴赏"是主体对客体感受、欣赏、认识和评判的活动和过程。其中，"鉴"是指对鉴赏对象的认识、鉴别，属于认识范畴；而"赏"是指对鉴赏对象的感受、欣赏，属于审美范畴。因此，鉴赏包含着两个基本的活动过程：认识活动和审美活动。

从鉴赏对象而言，鉴赏主要分为两大类：文艺鉴赏与文物鉴赏。文艺鉴赏又大致可分为三类：语言艺术鉴赏，即文学鉴赏；视觉艺术鉴赏，如美术鉴赏；听觉艺术鉴赏，如音乐鉴赏。诗词鉴赏属于文学鉴赏的范畴。诗词鉴

①（宋）邓椿、（元）庄肃《画继　画继补遗》，浙江人民美术出版社，2019年，第1页、114页。
②（元）陶宗仪《南村辍耕录》，中华书局，1959年，第220页。
③（清）姜宸英著、陈雪军等点校《姜宸英文集》，浙江大学出版社，2015年，第205页。
④隋树森编《全元散曲》，中华书局，1964年，第116页。
⑤（明）谢肇淛撰、傅成校点《五杂俎》，上海古籍出版社，2012年，第50页。

赏活动一般更倾向先“赏”后“鉴”，而且强调鉴赏主体的个性创造，可从以下三个方面理解。

首先，诗词鉴赏是审美活动。诗词鉴赏不仅能“悦目”“悦耳”，还能“赏心”“乐意”，是一种能给鉴赏主体带来审美愉悦的活动。诗词作为语言文学艺术，虽然不如音乐或绘画能直接给人以听觉或视觉的刺激，从而快速产生一种感觉和心理上的享受，但是，诗词不仅能通过声律、节奏等语音形式，产生音乐的美感；还可以通过色彩语词、具体意象和意境画面，让人能感受到绘画的美。而且，诗词审美鉴赏活动，还是一个情感体验和精神提升的过程。古典诗词以形象、精炼、含蓄的语言，蕴含着丰富的情感和深厚的思想意蕴。鉴赏者在对审美对象的赏读中，体验着诗人的喜怒哀乐和情感生命，并与诗人进行跨越时空的情感交流，产生心有灵犀般的欣悦和满足；而且，鉴赏者常常会不由自主地被诗词中的人格力量和博大情怀所感动，产生超越自身局限的生命感悟，从而进入新的审美精神境界，获得更高层次的精神愉悦。

其次，诗词鉴赏是审美评判活动。诗词鉴赏不仅要感受和体验美，还应该对美进行判断和评鉴。对审美对象的正确理解不仅是保证审美活动顺利进行的前提，也是发现诗词之美、揭示诗词审美价值的要求。康德在考察审美判断力时对“鉴赏”进行定义，认为“鉴赏是评判美的能力”，具体来说，“鉴赏是与想象力的自由合规律性相关的对一个对象的评判能力”，一个对象是否为美，“必须由对鉴赏判断的分析来揭示”；但审美鉴赏判断与一般的认识判断不同，既不能建立在概念上，又不能以某种确定的规律来运作，而是应该建立在感觉和情感之上，“知性是为想象力服务的”①。诗词不同于具有实物形态的文物和艺术品，语言这一媒质的特殊性，使得鉴赏对象的审美价值并不容易把握，除了通过吟诵感受其声律之美外，鉴赏主体更多凭借由诗词所激发的感受、情感和想象来体味其形式和内容的美。不过，正是在这种生命感悟和情境想象中，鉴赏主体不仅能够进一步把握诗词内蕴之美；而且，在用语言传达对诗词之美的鉴赏评判过程中，鉴赏主体也一步步走向更

①康德著、邓晓芒译《判断力批判》，人民文学出版社，2008年，第29、60、61页。

高的艺术审美境界。

最后，诗词鉴赏是具有个性的审美评判活动。由于时代习尚、民族性格、地域风俗等影响，某一特定时空范围内的群体，在鉴赏上常常表现出时代、民族、地域趋同性特色。但是，诗词鉴赏作为一种特殊的审美活动，是鉴赏主体“二度创造”的审美过程。由于人生经历、思想感情、艺术修养、兴趣爱好等的差异，不同的人甚至同一人在不同时期或环境中，都会出现不同甚至相反的感受和评价。因此，诗词鉴赏共性是相对的，而个性是必然的。王朝闻对此深有感触：“文艺鉴赏和文艺创作一样，本来是有个性（特殊性）的，人云亦云的见地其实是没有自己的见地，已经脱离了正确意义的鉴赏，傍人门户、随人俯仰的鹦鹉学舌，既谈不到鉴也谈不到赏。”[①]诗词鉴赏既要善于尊重和理解他人的鉴赏方法和观点，又要勇于表达自己的感受和思考，不同的阅读者富有个性的审美评判在不断交流碰撞中，才能充分赋予诗词文本丰富意义。

概言之，诗词鉴赏是鉴赏者在对诗词之美感受、欣赏的基础上进行个性化的审美评判的精神活动。鉴赏者在诗词鉴赏中不仅感到身心愉悦，还能充分调动自身的感觉、知觉、情感和想象，对鉴赏对象进行理解、欣赏、评判和再创造。因此诗词鉴赏是一种愉快而有意义的精神活动。

二、鉴赏主体的基本要求

邯郸淳《笑林》中记载一个“路人买山鸡”的故事。楚国有人担着山鸡，路人听说是凤凰就出重金购买，不幸的是山鸡一夜就死了，路人不心疼重金，而只是遗憾没能献给楚王。“重价求山鸡”或许有些夸张，但在诗词鉴赏中把“山鸡”认作“凤凰”这种情形经常出现。英国新批评者瑞恰兹曾在剑桥大学做过一个测验，他隐去了诗歌作者的姓名，让学生判断评析诗的优劣，结果有人把一些优秀的诗歌判为劣作，也有人把价值不高的诗歌看成

①简平主编《王朝闻全集》，青岛出版社，2019年，第307-308页。

伟大的作品[①]。可见，鉴赏和评判诗词，还需要有一定知识水平和艺术修养的“够资格的读者”。

鲁迅曾说到文艺鉴赏者的基本要求：“首先是识字，其次是有普通的大体的知识，而思想和情感，也须大抵达到相当的水平线。”[②]鲁迅主要就文艺大众化创作和欣赏而论，对于中国古典诗词而言，鉴赏要求还应该更高一些。我们把鉴赏主体的基本要求概括为四个方面：文字功夫、文化积累、艺术修养、诗性心灵。

(一)文字功夫

毋庸置疑，古典诗词鉴赏最基本的前提是识字通文，因此，古典诗词读者应该有理解古典诗词用语的“文字功夫”。“文字功夫”主要包括两个方面：一是具有较为扎实的古汉语基础，能理解古典诗词中字词的基本意义；二是具有一定的古典诗词积累，了解诗词格律和诗词用语的特点，能够正确理解古典诗词所表达的意义。

由于语言的历史演变，古典诗词中一些字词意义与今天相比发生了很大变化，而且诗人常会改变或赋予字词一些新的意义，我们不能单纯以现代汉语的词义去解释和理解古代汉语词语，更不用说理解“诗家之语”了。古典诗词受字数、格律等的限制，组词成句也不遵循古代汉语的一般语法规则，古典诗词的理解与阐释相对于散文更为困难。鉴于此，文字功夫在古典诗词鉴赏中就尤为重要。

字词训诂是分析诗词文本的基础，也是诗意理解的关键。我们以《诗经·陈风·月出》一诗进行说明：

月出皎兮，佼人僚兮。舒窈纠兮，劳心悄兮。

月出皓兮，佼人懰兮。舒忧受兮，劳心慅兮。

月出照兮，佼人燎兮。舒夭绍兮，劳心惨兮。

《月出》为先秦时代陈地汉族民歌。全诗三章，每章四句。三章每句对

①参见叶维廉《中国诗学》，北京三联书店，1992年，第121页。

②鲁迅《文艺的大众化》，《鲁迅全集》第七卷，人民文学出版社，2005年，第367页。

应的前两个字相同，全诗每句均以感叹词“兮”收尾。三章的首句不难理解，分别写月光皎洁、洁白、明亮。第二句中，佼（jiǎo），同“姣”，美好，“佼人”即美人；僚，同“嫽”，娇美；懰（liǔ），妩媚；燎，明艳。第二句分别写女子的娇美、妩媚、明艳。第三句中，舒，从容；窈纠、忧受、夭绍，都表示女子的形体曲线美。第三句描写美人的从容舒缓、体态婀娜。尾句中，劳心，即操心、忧心；悄，忧愁；慅（cǎo），烦恼；惨（zào），或为“懆（cǎo）”，焦躁。尾句分别写人（美人或男子）的忧愁、烦闷、悲伤。

通过对字词解释，可初步了解该诗歌的字面意义，这大致写一个美丽女子的忧愁烦躁，或者一个男子思念女子而忧愁烦躁。《毛诗序》认为该诗歌讽刺陈国统治者“在位不好德而说美色”，这是从政治说教的目的出发，认为诗歌具有寄托之意。朱熹《诗集传》认为该诗歌是“男女相悦而相念之辞”，主要依据字词的基本意义来理解诗歌，肯定爱情之意。今人高亨在《诗经引论》中，则认为该诗歌反映“领主杀害了农民的事实”。高亨得出“杀人”的结论，除了受当时阶级观念的影响，毫无疑问也与词语解释有关。

高亨并非随意妄加解说，他不仅通读前人的注释，还进行详细的考订。他理解的根据主要是对“懰”“燎”字的考释：

此诗第二章说：“佼人懰兮。”旧说：“懰，好貌。”而陆德明《经典释文》载《诗经》的古本，懰作刘。考《尔雅·释诂》：“刘，杀也。”《尚书·盘庚篇》：“无尽刘。”伪孔传：“刘，杀也。”《君奭篇》：“咸刘厥敌。”意同……此诗第三章说：“佼人燎兮。”旧说：“燎，明也。”考燎做明字解，诗经里再无旁证，据我所知，先秦古书里也再无旁证。考《说文》：“燎，放火也。”《广雅·释言》：“燎，烧也。”《诗经》里此外有五个燎字……可证燎本是焚烧的意思。①

在考证“懰”“燎”这两字之后，高亨又把第一章“佼人僚兮”的“僚”读作“缭”，“缭”有捆绑的意思。由此，在对字词考释的基础上，高

①高亨《高亨先生来信》，《文史哲》，1956年第9期。另，本文引用时，为方便读者阅读，在标点上稍做了调整。

亨推出焚烧杀人的结论，即“这一篇抒写在月色惨白的杀人场，一位英俊的农民，身披五花大绑，被领主杀死了，尸身被领主焚烧了”的悲剧①。

这个推断看似严谨合理，但实际上，古本的“刘”改作“懰”，当用后起的“懰”义，不能以古字为据释义；而“燎”，本义为“烧”，引申为“明”也可以；更关键的是，把“僚”字自改为“缭”，不能让人信服②。一字之别，结论完全不同。可见，词语释义为诗歌主旨理解的关键。

理解赏析诗词，还要注意辨析诗词的句法特点。我们以苏轼词《西江月》（照野弥弥浅浪）来说明。

此词前有序，言其在黄州时，春夜行蕲水中，后饮酒醉睡在一溪桥上，醒后已是次日早晨，有感而发，在桥柱上书写此词。正文如下：

照野弥弥浅浪，横空隐隐层霄。障泥未解玉骢骄。我欲醉眠芳草。

可惜一溪风月，莫教踏碎琼瑶。解鞍欹枕绿杨桥。杜宇一声春晓。

《西江月》本唐教坊曲名，后用为词牌名。从词体来看，双调共五十字，上下阕均由六言、六言、七言、六言四句构成。

词首句句法，人们的理解不一。胡云翼注曰：“月亮照彻旷野里水波动荡的小河。弥弥，水盛貌。”③依此，首句省略了主语（月亮或月光），“照”是谓语，“弥弥浅浪”是宾语。钟振振认为首句是倒装句，和下句形成对仗。两句正常的语法顺序应当是：“浅浪（主语）弥弥（状语）照（谓语）野（宾语），层霄隐隐横空。”或者是：“弥弥（定语）浅浪（主语）照（谓语）野（宾语），隐隐层霄横空。”那么，“浅浪”又怎么能够“照野”呢？钟振振认为，“浅浪”通过反射月光，来映照旷野④。这样的理解，可以从生活经验找到根据，也较符合宋词用语的习惯。

“障泥未解玉骢骄”，先要理解“障泥”和“骄”之义。“障泥”，古代指垂于马腹两侧，用于遮挡尘土的用品。典出刘义庆《世说新语·术解》：“王武子善解马性。尝乘一马，箸连钱障泥，前有水，终日不肯渡。王云：

①高亨《诗经引论》，《文史哲》，1956年第5期。

②具体参见徐应佩《中国古典文学鉴赏学》，江苏教育出版社，1997年，第104-105页。

③胡云翼《宋词选》，上海古籍出版社，1978年，第73页。

④参见钟振振《古典诗词的理解与误解（二）》《古典文学知识》，2015年第2期。

‘此必是惜障泥。’使人解去，便径渡。”[①]唐人诗中多次出现这个词语，如李白《紫骝马》诗：“临流不肯渡，似惜锦障泥。”“骄”，有人解为“骄傲”，有人解为“不顺从”，钟振振解为“壮健”，可采信。再来看其句法构成，此句倒装兼省略，句子正常语序应是“未解骄玉骢障泥”，省略了主语“我”。“障泥未解”实际上指马没有渡河，似是下句“我欲醉眠芳草”的前提条件，实际上主要原因在于词人“欲醉眠芳草”。

下阕前两句“可惜一溪风月，莫教踏碎琼瑶”，进一步突出了词人与马对野溪月夜美景的珍爱，与上阕第三句“障泥未解”相承。第三句“解鞍欹枕绿杨桥”，句子也不合正常语法。“鞍”是“解”的宾语，又是“枕”的宾语，即解下马鞍后再枕上马鞍；“绿杨桥”与上阕第四句“醉眠”呼应，是醉眠的具体地点。尾句“杜宇一声春晓”，此句省略了主语和谓语，写词人听到杜宇声而醒，醒后发现已是早晨，用语简练而又余味无穷。

由上述两例来看，鉴赏诗词首先要正确解释词义，还要了解诗词句法特点，在此基础上才可以结合具体语境来理解诗词。因此，鉴赏者必须要有扎实的文字功夫。

（二）文化积累

明人董其昌谈“气韵生动”之画法时说，“读万卷书，行万里路，胸中脱去尘浊，自然丘壑内营”[②]。此说也可用于创作之法和鉴赏之法。“读万卷书”，指从书本中学习文化知识，如杜甫所言“读书破万卷，下笔如有神”（《奉赠韦左丞丈二十二韵》）；“行万里路”，指从生活实践中获得知识经验，如陆游所谓“汝果欲学诗，功夫在诗外”（《示子遹》）。只有不断地通过读书和实践，获得具有较为广博的文化知识，开阔眼界，提高见识，才有可能进一步理解诗词的艺术构思和丰厚内涵。以下举例说明。

①（南朝）刘义庆著、刘震堮校笺《世说新语校笺》，中华书局，1984年，第381页。

②（明）董其昌著、印晓峰点校《画禅室随笔》，华东师范大学出版社，2008年，第61页。

1.祖饯（祖席）

①群公咸祖饯，四座罗朝英。（李白《留别金陵崔侍御十九韵》）

②祖席离歌，长亭别宴。香尘已隔犹回面。居人匹马映林嘶，行人去棹依波转。（晏殊《踏莎行》）

祖饯是中古时期祭祀路神、祈求远行人一路平安的仪式。东汉崔寔《四民月令》云：“祖，道神也。黄帝之子，好远游，死道路，故祀以为道神，以求道路之福。”[①]祖饯，通常是人远行之前，亲人、好友在城门送别处堆土为台，摆放祭品，祷祝神灵保佑行人一路平安。祖饯送别，文人常会吟诗。《文选》有“祖饯”门，录建安至齐诗八首，为送别、留别之作。元辛文房《唐才子传·温庭筠》载，“庭筠之官，文士诗人争赋诗祖饯，惟纪唐夫擅场”[②]，也具体说明晚唐祖饯赠诗的风气。

2.上头

①年初十五最风流，新赐云鬟便上头。（花蕊夫人《宫词》）

②学梳蝉鬓试新裙，消息佳期在此春。为爱好多心转惑，遍将宜称问傍人。（韩偓《新上头》）

“上头”，也称“上梳”。古代指女子到一定年龄，要改变发型加笄，以作为成年的标志。在唐代，女子到了十五岁，加笄上头，表示可以择婿出嫁了。后来作为女子出嫁前更改发型的专用仪式。了解这一习俗，就可理解诗歌之意，也能体会成年但尚未婚嫁的女子的细腻复杂的心理。

3.人胜

①藕丝秋色浅，人胜参差剪。双鬓隔香红，玉钗头上风。（温庭筠《菩萨蛮》）

②烛底凤钗明，钗头人胜轻。（李清照《菩萨蛮》）

“人胜”，古时妇女“人日”所戴的装饰物。传说女娲在造出了各种动

①(南朝梁)萧统编、李善注《昭明文选》,吉林人民出版社，2007年,第348页。

②(元)辛文房《唐才子传》,古典文学出版社,1957年,第136页。

物后，于第七天造出了人，故以正月初七为“人日”。据《荆楚岁时记》载，人日时为讨取吉利，女子要剪彩人形贴在屏风上，或镂刻金箔为人形戴在头上，称为“人胜”。汉朝已有人日节俗，晋人开始剪彩为人，唐宋时期更重此节，人日时皇帝还赐群臣彩缕“人胜”。李商隐《人日即事》诗中有“镂金作胜传荆俗，剪彩为人起晋风”，即是描写人胜之俗。

4.夜半钟

①姑苏城外寒山寺，夜半钟声到客船。（张继《枫桥夜泊》）

②昔闻开元寺[①]，门向会稽峰。君住东湖下，清风继旧踪。秋深临水月，夜半隔山钟。（皇甫冉《秋夜宿严维宅》）

对于“夜半钟”声，宋人有不同看法。欧阳修《六一诗话》云：“诗人贪求好句而理有不通，亦语病也。……唐人有云‘姑苏城外寒山寺，夜半钟声到客船’，说者亦云句则佳矣，其如三更不是打钟时。”[②]对于欧阳修的质疑，彭乘《续墨客挥犀》记载，自己在姑苏后一寺院住宿，夜半偶闻钟声，后问寺僧知是“分夜钟”[③]。范温在《潜溪诗眼》也指出，《南史》载“齐武帝景阳楼有三更五更钟”，而且宋代佛寺中也有“定夜钟”[④]。上引两诗，均说到寺院，夜半钟应指寺中的“定夜钟”或说“分夜钟”。

5.夜送客

①浔阳江头夜送客，枫叶荻花秋瑟瑟。（白居易《琵琶行》）

②寒蝉凄切，对长亭晚，骤雨初歇。都门帐饮无绪，留恋处，兰舟催发。（柳永《雨霖铃》）

白诗和柳词均写夜晚送别，这源于古代行旅习尚。俞平伯曾概括古人行旅之境界说：“古人行旅，有二境焉，陆路无论车马或步行，多在绝早起身上路，如‘鸡声茅店月，人迹板桥霜’是也。水行则多在傍晚上船，开船在

①“昔闻开元寺”，一作“昔闻玄度宅”。

②（宋）欧阳修撰、李逸安点校《欧阳修全集》，中华书局，2001年，第1954页。

③“分夜钟”，参见孔凡礼点校《续墨客挥犀》，中华书局，2002年，第428页。另外，关于《续墨客挥犀》作者，是否为彭乘还有争议，孔凡礼认为是彭姓之人。

④（宋）范温《潜溪诗眼》，载郭绍虞辑《宋诗话辑佚》，中华书局，1980年，第329-330页。

半夜或清晨，然总在醉梦朦胧之际，故别有一番风味。”[1]白居易、柳永晚上水路出发，这本就是当时的出行习俗。

6. 扶头酒

①一榼扶头酒，泓澄泻玉壶。……手中稀琥珀，舌上冷醍醐。（白居易《早饮湖州酒寄崔使君》）

②险韵诗成，扶头酒醒，别是闲滋味。（李清照《念奴娇·春情》）

唐宋诗词中多出现“扶头酒”，或直接称“扶头”。有人把“扶头酒”看作是一种酒的名称，而且是一种易醉的烈酒，这不符合实际情况。据《春秋纬·说题辞》曰：“酒之言乳也，所以策身扶老也。”[2]“扶头”，即对头有保健作用，“扶头酒”应该是酒精较淡具有保健作用的米酒。唐宋时人们在卯时（早晨五点到七点）喝“扶头酒”，因此，“扶头酒”又称为“卯饮”“卯酒”或“扶头卯酒”等。

7. 纵牛羊

①投种未逾月，覆块已苍苍。农夫告我言，勿使苗叶昌。君欲富饼饵，会须纵牛羊。（苏轼《东坡八首》其五）

②乱石何年烂，千林昨夜黄。晓耕来鸟雀，麦垅纵牛羊。（陈师道《烂石村》）

“纵牛羊”，指由于麦苗过密，让牛羊践踏令其稀疏些，便于提高产量。这对于没有种田经验的人而言，难以理解。如周紫芝《竹坡诗话》中记载：“东坡诗云‘君欲富饼饵，会须纵牛羊。’殊不可晓。河朔土人言，‘河朔地广，麦苗弥望，方其盛时，须使人纵牧其间，践蹂令稍疏，则其收倍多。’是纵牛羊所以富饼饵也。”[3]

①俞平伯《俞平伯全集》第四卷，花山文艺出版社，1997年，第134页。

②（明）周婴纂、王瑞明点校《卮林》，福建人民出版社，2006年，第259页。

③（宋）周紫芝《竹坡诗话》，载何文焕辑《历代诗话》，中华书局，1981年，第338页。

（三）文学素养

马克思说："对于不辨音律的耳朵来说，最美的音乐也毫无意义。""如果你想得到艺术的享受，那你就必须是一个有艺术修养的人。"①鲁迅也说："诗歌不能凭仗了哲学和智力来认识。"②诗歌是一门较为纯粹的语言艺术，鉴赏主体应该具有一定的文学艺术修养，而不能以哲学、科学等思维方式来评判诗歌。

晚唐诗人周朴，写诗字斟句酌，有"禹力不到处，河声流向西"之句，自己异常得意。一人路遇周朴，故意念成"河声流向东"，吟罢即跨驴迅跑。周朴急行数里方追及，对那人说："朴诗'河声流向西'，何得言'流向东'？"闽中传为笑谈。周朴对诗句的执着固然显得迂腐，但反观轻薄之人的取笑，这实际上是以生活常识来否定其诗。其实，不仅一般人持有这种看法，一些著名的学者也用这样的标准评判诗歌。我们举两则文学公案来说明。如下：

①霜皮溜雨四十围，黛色参天二千尺。（杜甫《古柏行》）

杜甫《古柏行》因描写树粗细和高度，在宋代引发争论。沈括《梦溪笔谈·讥谑》云：

杜甫武侯庙柏诗云："霜皮溜雨四十围，黛色参天二千尺。"四十围乃是径七尺，无乃太细长乎？③

胡仔《苕溪渔隐丛话》前集卷八引了数则指责沈括的言论：

武侯庙柏，当从古制为定，则径四十尺，其长二千尺宜矣，岂得以太细长讥之乎？老杜号为诗史，何肯妄为云云也。（《缃素杂记》）

沈内翰讥"黛色参天二千尺"之句，以为四十围配二千尺为太细长。不知子美之意但言其色而已，犹言其翠色苍然，仰视高远，有至于二千尺而几于参天也。若如此求疵，则二千尺固未足以参天，而诗人谓"峻极于天"

---

①（德）马克思《1844年经济学哲学手稿》，人民出版社，2018年，第83、142页。

②鲁迅《诗歌之敌》，《鲁迅全集》第七卷，人民文学出版社，2005年，第246页。

③（宋）沈括著、胡道静校证《梦溪笔谈校证》，上海人民出版社，2016年，第539页。

者，更为妄语。（《遁斋闲览》）

子美《潼关吏》诗曰："大城铁不如，小城万丈余"，岂有万丈城耶？姑言其高。"四十围""二千尺"者，亦姑言其高且大也。诗人之言当如此。而存中乃拘以尺寸较之，则过矣。（《学林新编》）[①]

沈括主要是针对杜甫诗中古柏的高度与粗细的比例质疑，这并非意味着沈括不懂艺术夸张，但依据生活真实比例衡量艺术创作似显苛刻，实际上也是科学思维方式占据优势的表现。从上面反驳沈括所论的三例来看，《缃素杂记》实际上所依据的标准与沈括相近，而《遁斋闲览》与《学林新编》都认为诗歌可以用夸张的手法来突出事物特征。

②千里莺啼绿映红，水村山郭酒旗风。南朝四百八十寺，多少楼台烟雨中。（杜牧《江南春》）

杜牧《江南春》中所用"千里"一语，在明代遭遇质疑，如杨慎指出：

唐诗绝句，今本多误字，试举一二。如杜牧之《江南春》云"十里莺啼绿映红"，今本误作"千里"。若依俗本，"千里莺啼"，谁人听得？"千里绿映红"，谁人见得？若作十里，则莺啼绿红之景，村郭楼台，僧寺酒旗，皆在其中矣。

对此，清代何文焕予以反驳：

升庵谓"千"应作"十"，盖千里已听不着看不见矣，何所云莺啼绿映红耶？余谓即作'十里'，亦未必尽听得着，看得见。题云《江南春》，江南方广千里，千里之中。莺啼而绿映焉，水村山郭无处无酒旗，四百八十寺，楼台多在烟雨中也。此诗之意既广，不得专指一处，故总而命曰《江南春》。诗家善立题者也。[②]

杨慎认为"十里"较"千里"更合理，除了所见版本外，主要在于"千里"之夸张超越人接受的限度。其实，即使距离"十里"，人也听不见、看不着的。诗人用"千里"，旨在强调其地之广，这是合乎艺术创作规律的。

艺术真实是符合生活内在逻辑或能显示社会生活本质的具有审美价值的

①(宋)胡仔纂集、廖德明校点《苕溪渔隐丛话》前集，人民文学出版社，1962年，第53页。
②(清)何文焕《历代诗话考索》，载《历代诗话》，中华书局，1981年，第823页。

真实，其与生活真实、科学真实不同，因此不能用生活事实和科学知识来评判诗歌的真实与否。正如程千帆所云："诗人为了典型形象创造的需要，有权力改变生活中的既定事实。这是为了使你的印象突出。所以，讲诗不能'死于句下'。"①

（四）诗性心灵

"诗性心灵"，或称"诗心"。诗词鉴赏者不必是诗人，也不要求都会作诗，但优秀的鉴赏者都具有诗性心灵，即与诗人类似的审美情感、艺术想象、博爱情怀等。

首先，鉴赏者应情感丰富。《文心雕龙·知音》云："夫缀文者情动而辞发，观文者披文以入情，沿波讨源，虽幽必显。世远莫见其面，觇文辄见其心。"②诗人普遍多情善感，他们往往因日常生活或习见事物的些许变化而受到感触，从而"情动于中而发于言"。如陆龟蒙自谓"多情善感自难忘"（《自遣诗三十首》），柳永直言"多情自古伤离别"（《雨霖铃》），杜甫哀叹"一片花飞减却春，风飘万点正愁人"（《曲江二首》），刘禹锡感慨"晴空一鹤排云上，便引诗情到碧霄"（《秋词》），晏殊低吟"无可奈何花落去，似曾相识燕归来"（《浣溪沙》），苏轼高唱"大江东去，浪淘尽，千古风流人物"（《念奴娇赤壁怀古》），等等。诗人或触景伤情，或因景抒怀，都表现出多情善感的诗心。鉴赏者只有以审美的态度看待生活，具有丰富的情感，才有可能了解诗人借助于意象所传达的情思志意。

其次，鉴赏者应善于想象。诗人构思无不需要想象和联想，"故寂然凝虑，思接千载；悄焉动容，视通万里"③。优秀的诗人善于"引譬联类"，而且往往独出机杼，如《诗经·蒹葭》对伊人"宛在水中央"的无尽畅想、《离骚》中香草美人的系列譬喻、李白"疑是银河落九天"的夸张想象、贺铸"一川烟草，满城风絮，梅子黄时雨"对愁的多重喻写，都显示诗人的才

①程千帆《论唐人边塞诗中地名的方位、距离及其类似问题》，《南京大学学报（哲学、人文科学、社会科学）》，1979年第3期，第71页。

②（南朝梁）刘勰著、范文澜注《文心雕龙注》，人民文学出版社，1958年，第715页。

③（南朝梁）刘勰著、范文澜注《文心雕龙注》，人民文学出版社，1958年，第493页。

情和想象力。读者只有调动自己的想象力，对诗歌所描写的情景进行想象和体验，才有可能理解诗歌的意境和诗人的意旨。

最后，鉴赏者应富有爱心。文学史上伟大的诗人，都具有博爱情怀和悯世之心。李白既有“黄河之水天上来，奔流到海不复回”（《将进酒》）对自然奇景的赞美，也有“赧郎明月夜，歌曲动寒川”（《秋浦歌》）对劳动人民的关注；杜甫既有“安得广厦千万间，大庇天下寒士俱欢颜”（《茅屋为秋风所破歌》）忧国忧民精神，也不乏“迟日江山丽，春风花草香”（《绝句》）对自然之美的喜爱；苏轼欣赏西湖之美，“欲把西湖比西子，淡妆浓抹总相宜”（《饮湖上初晴后雨》），也同情百姓，“官自倒帑廪，饱不及黎元”（《送黄师是赴两浙宪》）；辛弃疾忧虑国事，悲叹“郁孤台下清江水，中间多少行人泪”（《菩萨蛮·书江西造口壁》），也与自然相亲，自言“一松一竹真朋友，山鸟山花好弟兄”（《鹧鸪天·博山寺作》），等等。鉴赏者只有富有爱心，才能领会诗歌中所彰显的爱心，理解诗人的博爱情怀。

古典诗词是诗人灵心善感的产物。为了能够更好地理解和鉴赏古典诗词，读者不仅“必须长期地、艰苦地锻炼自己的感受能力和判断能力，要使自己的眼睛成为审美的眼睛，耳朵成为知音的耳朵”，而且还要不断涵养自己的诗心，“成为善于捕捉艺术构思和艺术形象的心灵”[①]。只有这样，诗词鉴赏时才能“以我之诗心鉴照古人之诗心”[②]，达到读者与作者超越时空的心灵契合的理想境界。

三、鉴赏对象的价值判断

鉴赏者具有一定的知识水平和艺术修养后，还必须要选择具有一定艺术价值的诗词作品进行鉴赏。经过历史的检验与淘汰留存下来的诗词，一定程度上可以证明其价值，但并不是所有的现存诗词都有艺术价值；我们说唐

①程千帆《唐诗课》，人民文学出版社，2018年，第18页。

②参见周汝昌《千秋一寸心：周汝昌讲唐诗宋词》题词，中华书局，2016年。

诗、宋词是古代诗词的巅峰，这也并不意味着《全唐诗》或《全宋词》所有作品都应该作为鉴赏对象。那么，什么样的诗词才具有艺术鉴赏价值呢？

(一)传统观点

由于时代、地域、民族和个体诸方面的差异，人们对古典诗词的精神内涵、审美特征、艺术价值等理解和评价有许多分歧。古人论诗情况比较复杂，现约略择取几种具有代表意义的传统观点概述之。

1. 自然

“自然”本为道家术语，源于《老子》提出的“道法自然”。魏晋南北朝开始，“自然”由哲学范畴扩展到审美领域，并逐渐成为人们品评诗文的标准。刘勰《文心雕龙·原道》以自然来论述文学本源，“心生而言立，言立而文明，自然之道也”；并且认为“云霞雕色”“草木贲华”等，具有画工、锦匠难及之奇妙，“夫岂外饰，盖自然耳”①。钟嵘《诗品序》认为诗歌吟咏情性，贵在自然，他列举“思君如流水”“高台多悲风”等诗句，指出“古今胜语，多非补假，皆由直寻”②。唐人自觉地以“自然”品评诗歌，如李白指出“绮丽不足珍”“雕虫丧天真”(《古风》)，追求“清水出芙蓉，天然去雕饰”(《经乱离后天恩流夜郎忆旧游书怀赠江夏韦太守良宰》)的本色美。宋人虽爱用典，但仍把自然作为最高境界，如苏轼指出“诗画本一律，天工与清新”(《书鄢陵王主簿所画折枝》)，推崇陶渊明诗的平淡之美，“其诗质而实绮，癯而实腴，自曹、刘、鲍、谢、李、杜诸人，皆莫及也”③；叶梦得评谢灵运“池塘生春草，园柳变鸣禽”，认为“此语之工，正在无所用意”④；姜夔以“高妙”品评诗词，认为“自然”是在“理”“意”“想”之上的第四种“高妙”。金元时期，也推崇自然。如元好问高度评价陶渊明诗，“一语天然万古新，豪华落尽见真淳”(《论诗三十首》其四)；方

①(南朝梁)刘勰著、范文澜注《文心雕龙注》，人民文学出版社，1958年，第1页。

②(南朝梁)钟嵘著、曹旭集注《诗品集注》增订本，上海古籍出版社，2011年，第220页。

③(宋)苏轼著、孔凡礼点校《苏轼文集》，中华书局，1986年，第2515页。

④(宋)叶梦得《石林诗话》，载何文焕辑《历代诗话》，中华书局，1981年，第426页。

回认为杜甫晚年诗“剥落浮华”，达到至境。明清时期，人们更尚自然，如谢榛强调：“自然妙者为上，精工者次之。”①沈祥龙指出：“词以自然为尚，自然者，不雕琢、不假借、不著色相、不落言诠也。古人名句，如‘梅子黄时雨’‘云破月来花弄影’，不外自然而已。”②由“自然”而反对矫饰，强调“自然”而情真自工。

2. 风骨

“风骨”作为一种创作风格，以汉魏尤其是建安时期诗歌创作为代表；而作为一个审美范畴，出现在南北朝时期。“风骨”是刘勰论诗的重要方面，《文心雕龙·风骨》谓：“是以怊怅述情，必始乎风；沉吟铺辞，莫先于骨。故辞之待骨，如体之树骸；情之含风，犹形之包气。结言端直，则文骨成焉；意气骏爽，则文风清焉。若丰藻克赡，风骨不飞，则振采失鲜，负声无力。”③钟嵘主张风力与辞采并重，强调“干之以风力，润之以丹采”；他推崇“建安风力”，认为曹植诗“骨气奇高，词采华茂”④，为建安之诗典范。钟嵘所谓的“风力”“骨气”，实际上是对“风骨”的阐释。唐人自觉地提倡“风骨”，并把“风骨”作为批评六朝浮靡文风的理论武器。陈子昂在《与东方左史虬修竹篇序》中感慨“汉魏风骨，晋宋莫传”，提出了“骨气端翔，音情顿挫，光英朗练”的美学思想，并以自己的实践倡导“风骨”与“兴寄”结合的诗歌。殷璠以“风骨”论唐人诗，在《河岳英灵集》中评陶翰诗“既多兴象，复备风骨”、高适诗“多胸臆语，兼有气骨”⑤等。宋人对“风骨”进一步阐释。范温《潜溪诗眼》认为杜甫、李白、韩愈“早年皆学建安，晚乃各自变成一家耳”⑥；严羽《沧浪诗话》标举“建安风骨”与“盛唐风骨”，认为“阮籍《咏怀》之作，极为高古，有建安风骨”，“顾况诗多

①(明)谢榛《四溟诗话》，载丁福保辑《历代诗话续编》，中华书局，1983年，第1229页。

②(清)沈祥龙《论词随笔》，载唐圭璋编《词话丛编》，中华书局，1986年，第4054页。

③(南朝梁)刘勰著、范文澜注《文心雕龙注》，人民文学出版社，1958年，第513页。

④(南朝梁)钟嵘著、曹旭集注《诗品集注》增订本，上海古籍出版社，2011年，第47、28、117页。

⑤(唐)殷璠《河岳英灵集》，载傅璇琮等编《唐人选唐诗新编》，2014年，第197、209页。

⑥(宋)范温《潜溪诗眼》，载郭绍虞辑《宋诗话辑佚》，中华书局，1980年，第315页。

在元白之上，稍有盛唐风骨处”[1]，“风骨”具有气象雄浑之意。明清时期，不少论者把“风骨”作为评诗的主要标准。胡应麟认为：“《易水歌》仅十数言，而凄婉激烈，风骨情景，种种具备，亘千载下，复欲二语，不可得。”[2]纪昀评元袁易诗“风骨遒上，固足以高步一时”；元吴师道诗“风骨遒上，意境亦深”；明危素诗“气格雄伟，风骨遒上，足以陵轹一时”；清吴兆骞诗，“天分特高，风骨遒上”等[3]。刘熙载《艺概》又上推《楚辞》“风骨高”，认为“建安乃欲由西汉而复于《楚辞》”[4]。

3. 含蓄

“含蓄”是中国古典诗词区别于西方诗歌的典型特征，也是古人评判诗词创作优劣的重要标准。先秦两汉时人们已经注意到表达的含蓄，如《毛诗序》提出“主文而谲谏”的行文方式。南北朝时期，人们已经具有追求含蓄美的自觉意识，如刘勰《文心雕龙·隐秀》提出了“重旨”“复意”等观点，钟嵘《诗品序》认为“兴”即“文已尽而意有余”，这实际上在论述含蓄的多义、余味等典型特征。唐代“含蓄”一词在韩愈《题炭谷湫祠堂》诗中出现，而论诗者也以“含蓄”作为诗歌的主要风格特征，如司空图《二十四诗品》有“含蓄”一品，强调“不着一字，尽得风流”。宋人推崇含蓄诗风，如梅尧臣提出“含不尽之意见于言外”；姜夔标举苏轼所云“言有尽而意无穷者，天下之至言也”，强调“语贵含蓄”，“句中有余味，篇中有余意”[5]；严羽《沧浪诗话》评诗重在“兴趣”，强调语言“无迹可求”而意味无穷。清人把“含蓄”推到至境。如叶燮直言：“诗之至处，妙在含蓄无垠，思致微妙，其寄托在可言可不言之间，其指归在可解不可解之会，言在此而意在彼，泯端倪而离形象，绝议论而穷思维，引人于冥漠恍惚之境，所以为至也。”[6]吴乔《围炉诗话》强调：“诗贵有含蓄不尽之意，尤以不着意见、声

①(宋)严羽著、郭绍虞校释《沧浪诗话校释》,人民文学出版社,1983年,第155、161页。
②(明)胡应麟《诗薮》,中华书局,1962年,第42页。
③(清)永瑢、纪昀等《四库全书总目》,中华书局,1965年。
④(清)刘熙载著、王气中笺注《艺概笺注》,贵州人民出版社,1986年,第273页。
⑤(宋)姜夔《白石道人诗说》,载何文焕辑《历代诗话》,中华书局,1981年,第681页。
⑥(清)叶燮著、霍松林校注《原诗》,人民文学出版社,1979年,第30页。

色、故事、议论者为最上。”[①]沈祥龙《论词随笔》也指出：“含蓄无穷，词之要诀。含蓄者意不浅露，语不穷尽，句中有余味，篇中有余意，其妙不外寄言而已。”[②]

（二）何谓好诗

今人鉴赏评析古典诗词，或继承、发扬传统的鉴赏批评的观点，或借鉴和活用西方的鉴赏批评的理论，鉴赏的方法和形式更为纷繁多样，对诗词的理解和评价也更为丰富多歧。现择几位学者评判“好诗”的观点简述之。

1.生命感发的力量

叶嘉莹20世纪80年代初在成都作诗词演讲，谈到评价诗歌优劣的问题。她认为判断诗的好坏，“不以外表是否美丽为标准”，“诗歌最基本的衡量标准，第一是感发生命的有无，以及是否得到了完美的传达；第二是所传达的这一感发生命的深浅厚薄、大小正邪”[③]。

叶嘉莹以晚唐诗“鱼跃练川抛玉尺，莺穿丝柳织金梭”和杜甫诗“群鸡正乱叫，客至鸡斗争”进行比较，认为晚唐两句写的只是所见的形象，缺乏诗歌应有的感发生命的力量，不是好诗；而杜甫两句诗，从全诗中摘出单纯来看似不好，但放到整首诗歌中体会，“群鸡正乱叫”真切表现了安史之乱后杜甫与家人长期隔绝再重逢的情景，在朴素的语言中包含着亲切热烈的感情，能深深地打动人心，故是好的诗句。在此基础上，她又以晏几道词“落花人独立，微雨燕双飞”与杜甫诗比较，认为晏几道词情景很美，但缺少杜甫诗的那份深厚、博大的力量，两者生命感发的境界不同。

叶嘉莹所论，源于《毛诗序》中“情动于中而形于言”的传统命题。她认为大自然和人世间有着种种感发人心的因素，诗人受到感动并将心中的感

①（清）吴乔《围炉诗话》，载郭绍虞编选《清诗话续编》，上海古籍出版社，1983年，第476页。

②（清）沈祥龙《论词随笔》，载唐圭璋编《词话丛编》，中华书局，1986年，第4055页。

③叶嘉莹《结合中西诗论看几首中国旧诗中形象与情意之关系》，《叶嘉莹说诗讲稿》，中华书局，2008年，第37，41页。

动传达出来，让读者也能受到感动，这份“兴发感动的力量”正是“中国诗歌中最重要的质素”。叶嘉莹所谓的感发生命，不仅强调创作主体因感而发，也注重诗歌对鉴赏主体的生命感发，对于古典诗词鉴赏极有启发和指导意义。

2. 多情善感的产物

周汝昌21世纪初做客“百家讲坛”，讲授唐诗宋词鉴赏。他指出诗确实需要“鉴”，因为形式上写得像诗的，不一定是诗，如“一寸光阴一寸金，寸金难买寸光阴”，没有诗的质素，是格言教训。他认为好的诗词是诗人“多情善感”的产物，如杜甫诗“一片飞花减却春，风飘万点正愁人”，因一片花飘落开始联想春天一步一步消失；晏殊词“可奈年光似水声，迢迢去不停”，赋予了无形无止的时间具体的形和声。这些诗源于诗人丰富的情感和敏锐的感受力，让读者为之感动，是真正的好诗。

“多情善感”，实际上包含了中国传统诗学两个命题：一是“缘情”说，二是“感物”说。陆机在《文赋》中提出了“诗缘情而绮靡”的重要论断，强调诗歌的产生和本质在于“情”。其后，钟嵘、刘勰分别从客体和主体的角度出发论述“情”与“物”的关系：钟嵘强调外物对情的感发作用，“气之动物，物之感人，故摇荡性情，形诸舞咏”①；刘勰又指出人因情而感，“人禀七情，应物斯感，感物吟志，莫非自然”②。周汝昌认为诗人应“多情善感”，这与“诗缘情”和“应物斯感”一脉相承。

3. 震撼心灵的诗美

葛振北在《诗美论》一著中，专门探讨了“什么是好诗，好诗为什么好”的问题。他认为好诗在于“诗中所蕴含的能强烈震撼读者心灵的东西”③，这种东西能让读者得到审美感悟。也就是说，诗的好坏决定于所谓的“诗美”因素。葛振北概括出十个使诗成为好诗的因素，即天籁、情真、

①(南朝梁)钟嵘著、曹旭集注《诗品集注》(增订本)，上海古籍出版社，2011年，第1页。
②(南朝梁)刘勰著、范文澜注《文心雕龙注》，人民文学出版社，1958年，第65页。
③葛振北《诗美论》，上海交通大学出版社，2016年，第3页。

意新、格殊、象瑰、厚重、交融、韵远、藻秀、技卓，而且对每一种因素都进行了具体论述，这对于我们鉴赏和评价诗歌很有借鉴意义。

葛振北又大胆采用科学研究的量化分析方法，对具体诗句中的“诗美成因”进行数据计算和分析。这种方法让人耳目一新，也很富有启发性。但是，诗美因素的具体量化难以确切把握，诗歌鉴赏运用这种方法，也可能以貌似科学的方法得出主观的结论。

(三)鉴赏诗美

在前辈论述的基础上，我们认为：真正的好诗是诗人的灵心善感完美传达的产物，具有感发生命、震撼心灵的艺术魅力。古典诗词的艺术魅力，大致可以概括为六“美”，古典诗词鉴赏，需要注意发现、把握诗词之美。

1. 音律之美

文学是以语言为媒介的审美艺术，古典诗词比起其他文体更突出体现了文学语言的音律之美。古典诗词充分发挥了汉语语音优势，通过声韵组合、平仄交互、节奏变化、词句对仗等方式，使声音高低起伏、韵律和谐、回环顿挫，因此具有音乐的美感。先秦时期诗歌创作，就已经注意押韵、节奏等语音因素，而且有意识地运用重章复叹等形式，构成适合吟唱的优美旋律。南北朝时期，古人对诗词声律进行自觉的探讨、规范和实践，至唐代，近体诗格律逐渐定型并走向成熟。近体诗相比古体诗，不仅字数、句数上受到限制，而且押韵、平仄、对仗等都有明确的规定，声韵音调的规律组合，使诗歌读起来更为朗朗上口。宋代词体逐渐成熟，词要求和乐歌唱，既要重视声调高低变化、韵律和谐，还要注意声音的清浊搭配，而且词突破近体诗齐言的限制，以长短句进行组合，更利于传唱和吟诵。音律之美是古典诗词语言最显著的外部特征，诗词鉴赏要注意把握语音因素组合的变化规律和形式特征。

2. 情感之美

诗词能动人心弦、感发生命，其根本在于内在的情感力量。古典诗词是古人抒情言志的特殊工具，也是古人灵心善感的艺术结晶。阅读古典诗词，我们能感受到诗人丰富多样的情感。他们或怀才不遇，高歌“仰天大笑出门去，我辈岂是蓬蒿人”（李白《南陵别儿童入京》）；或羁旅思乡，轻吟“移舟泊烟渚，日暮客愁新”（孟浩然《宿建德江》）；或抒发刻骨相思，“春蚕到死丝方尽，蜡炬成灰泪始干”（李商隐《无题》）；或表达高洁之志，“梅须逊雪三分白，雪却输梅一段香”（卢钺《雪梅》）；或因中原未收，慨叹“死去元知万事空，但悲不见九州同”（陆游《示儿》）；或忆一生漂泊，品味“桃李春风一杯酒，江湖夜雨十年灯”（黄庭坚《寄黄几复》）。诗歌真正打动、感发读者生命之处，也正在于这种情感的相通共鸣。品读鉴赏诗词，我们要重视作品引发的真诚、深切、自然的情思感动。

3. 意境之美

意境是中国古典美学的重要范畴，指创作主体营造的主观情感与自然景物交融互渗、形象具体而又余味曲包的艺术境界。意境美是古典诗词的典型特征，充分体现了中国古代诗人独特的审美理想和艺术旨趣。古典诗词以独特的艺术构思和语词编码方式，呈现了多样化的情景交融、虚实相生的艺术境界，如“明月松间照，清泉石上流”的清丽幽美（王维《山居秋暝》）、“无边落木萧萧下，不尽长江滚滚来”的恢宏悲壮（杜甫《登高》）、“无言独上西楼，月如钩，寂寞梧桐深院锁清秋”的凄清落寞（李煜《相见欢》）、“月上柳梢头，人约黄昏后”的朦胧美妙（欧阳修《生查子·元夕》），都能引发人们无尽的想象和回味。古典诗词鉴赏，应该重视发现诗词中的“象外之象”和“景外之景”，细细体味作品的“味外之旨”和“韵外之致”，从而领悟古典诗词的妙不可言的意境之美。

4. 理趣之美

诗词说理，是与抒情、言志并列的又一传统。优秀的说理诗，阐述道理别有趣味，具有理趣之美。理趣是哲理智慧与诗趣巧妙结合的产物，也是古代哲理诗的最高审美境界。诗人通过形象的描绘来展示对自然、社会的思考与体悟，既给人诗美的愉悦，又能启迪人的心智，如“他山之石，可以攻玉”（《诗经·小雅·鹤鸣》）、“欲穷千里目，更上一层楼”（王之涣《登鹳雀楼》）、“不识庐山真面目，只缘身在此山中”（苏轼《题西林壁》）、“山重水复疑无路，柳暗花明又一村”（陆游《游山西村》）、“春色满园关不住，一枝红杏出墙来”（叶绍翁《游园不值》）等，阐说道理机趣妙生，理趣浑然。理趣美充分表现了古代诗人的生存智慧和独特艺术思维，是古典诗词尤其是哲理诗鉴赏的一个重要方面。

5.诗法之美

诗法，指诗词的创作规律和技巧方法，包括章法、句法、字法等。诗法是创作者和诗论家对已有的诗词创作实践的规律和方法的提炼和总结，不仅体现了中国古典诗词的艺术表现传统，也反映了中国古人关于诗词创作的审美理想。由于字数限制和格律要求，古典诗词在用词造句、篇章结构等方面具有不同于其他文体的特殊法式。古典诗词在历史发展中也逐渐形成了许多艺术表现传统，如比兴寄托的抒情范式，情景交融的不同形态，代字、双关、用典等修辞手法，反常合道的艺术思维和表达方式等，都体现了古典诗词的诗法之美。鉴赏古典诗词，既要重视特定的艺术形式所表达的思想意蕴，也要注意诗法自身的审美价值。

6.气格之美

气格是一个内涵丰富的诗学概念。气格既可指诗人的气度和品格，又可指诗词的气韵和风格，因此气格可以用来评论诗人和作品。古典诗词的气格之美，主要指诗人崇高的精神志向和人格力量灌注于诗词创作中，使作品呈现气势宏放、品格高远的审美风貌。如屈原《离骚》中“举贤而授能兮，循绳墨而不颇”的美政理想、陶渊明《饮酒》中“结庐在人境，而无车马喧”的悠然心态、李白《梦游天姥吟留别》高扬“安能摧眉折腰事权贵”的人格力量、杜甫《茅屋为秋风所破歌》表现“大庇天下寒士俱欢颜”的忧民情怀、林逋《山中小梅》隐约在“疏影横斜水清浅，暗香浮动月黄昏”中的高洁情志、陆游《十一月四日风雨大作》坚守着“僵卧孤村不自哀，尚思为国戍轮台”的爱国精神，都极富于生命感召力量，深深震撼着读者的心灵。古典诗词鉴赏，不仅要善于把握作品所蕴含的气格之美，而且也要以古人的气格来激励和鞭策自己。

古典诗词鉴赏，要用心去品味、体会这些艺术之美，从而获得一种感发感怀、感动感悟。我们对艺术之美的鉴别和欣赏，也要注意选择运用诗词鉴赏的一些基本方法，如通过诗词诵读、识字通文，体会诗词的声律美和语言美；通过意象分析，还原诗词的情思美；通过情景想象，体悟意境美；在形象感知时适当渗入理性，把握诗词的理趣美；通过诗艺分析，了解诗词的技法美；通过知人论世、细读文本，具体阐释诗词意蕴，把握诗词的气格之美。

综上而言，真正的好诗是诗人的灵心善感完美传达的产物，具有生生不已的生命力。诗人通过个性化的艺术表现形式，把自己的情感触动、生命感发传达出来；读者阅读时跨越时空的限制，情绪、生命也受到感染或感动。古典诗词鉴赏，就是读者借助诗词这一情感载体，与古代的先贤圣哲进行情感交流和生命传续。当我们透过诗词文本，超越千年的历史时空与诗人进行对话，去体会诗人在他们所处的历史空间中的情感思想，我们也会获得艺术体验和生命感动，不断提升审美精神境界。

附:鉴赏示例

浣溪沙

晏殊

一曲新词酒一杯。去年天气旧亭台。夕阳西下几时回。

无可奈何花落去，似曾相识燕归来。小园香径独徘徊。

晏殊是北宋承平时期的文学家、政治家，有“太平宰相”“富贵词人”美誉。他擅长填词，与欧阳修并称“晏欧”，与其子晏几道并称“二晏”，有词集《珠玉词》传世。晏殊词大多是宴饮消遣之作，写诗酒歌舞，抒闲情逸兴，表达怨别叹逝之情思感怀。晏殊的生活地位和审美追求，使其词清雅精致、自然而工，又情思婉约、含蓄蕴藉。这首《浣溪沙》就是用含蓄的笔法表现伤春惜时、叹逝感怀的闲雅情思。

我国古代士人有两大人生课题：出处和生死。唐前诗文聚焦于“士不遇”主题，集中抒发了由思考人生出处课题而产生的情思感怀。从屈原“路漫漫其修远兮，吾将上下而求索”的悲壮，到左思“白首不见招”、鲍照“自古圣贤尽贫贱”的失意，再到陈子昂“念天地之悠悠，独怆然而涕下”、李白“自古圣贤皆寂寞”、杜甫“自古圣贤多薄命”的感慨，他们无论是歌咏理想，还是抒发报国无门的悲哀，无不是面对人生的出处矛盾而产生的强烈的失位感怀。

宋代政治转型，尤重用文官，使士人开始走入了政治中心。随着出处矛盾缓解消淡，士人转而思考“生与死”的人生课题。宋代许多诗人地位很高，如晏殊、欧阳修、王安石、苏轼、范成大、陆游、辛弃疾、文天祥等都位至卿相。高贵显赫的地位与身份，使他们更多地从终极层面来思考人生，从生与死的角度关注人的存在状态。他们注视着宇宙无穷而人生短暂的巨大反差，对人生缺憾产生前所未有的自觉体验，作品中也常常具有一种宇宙意识与悲剧精神。

晏殊是怎样从生死的角度、从终极的层面思考人生呢？当面对生存缺憾，晏殊产生怎样的情感体验呢？我们来看作品。

上阕写词人对酒当歌，即景而感，展现了不变表象下的微妙变化，抒发词人对时光流逝的叹惋。

“一曲新词酒一杯，去年天气旧亭台。”起句轻快自在，写词人饮酒填词时的情境。暮春时节，词人在亭台楼阁中，一边饮着美酒，一边听歌填词，可以想象出，词人宴饮涵泳时的喜悦心情和闲雅意兴。但是词人并没有沉醉于清歌美酒的感官欢悦之中，而由天气、亭台触发了对过去时光的追忆以及人生思索。尽管时节、环境都与去年没什么不同，然而从似乎一切依旧的表象下，词人又分明感觉到有的东西已起了难以逆转的变化，这便是流逝的岁月和与此相关的一系列人事。

词人在追忆往事时，又看到夕阳西下，想到转眼一天又过去了，不由得从心底涌出这样的喟叹："夕阳西下几时回?""几时回"含义很多：其一，词人追问它什么时候能重回，答案自然是否定的，因为时间与生命是一维的单程线，逝去的时光就再也无法重回了。其二，词人明知故问，似乎又带有对西下夕阳重升的依稀微茫的期盼。其三，夕阳西下是无法阻止的，只能寄希望于明晨的旭日东升；但今天的美好时光已经逝去，明朝东升的旭日再不能回到之前了。"夕阳西下几时回"的发问，实际上是词人面对眼前之景，触发了对时光逝去的怅惘、对景物情事的留恋、对美好事物重现的希望和失望等多种情思。

下阕承接上文生发的叹逝之感，主要写词人伤春惜花的惆怅，以及对消逝事物重现、变化的审美思索。

"无可奈何花落去，似曾相识燕归来"，这两句历代为人传诵不已。首先，对仗形式工整浑成。"花落去"对"燕归来"，"无可奈何"对"似曾相识"，尤其是"无可"与"似曾"虚词相对，使句式更显流利浑成；而且"花落去"代表消逝，"燕归来"代表重现，似又有先后之序，有回环起伏、抑扬跌宕的艺术美感。其次，表现了微妙的情思变化。暮春花落，令人惋惜，但这是植物生长的自然规律，"无可奈何"真切表达了词人叹惋留恋而又无能为力的感受；令人欣慰的是燕子的归来，这给词人伤感的心灵带来了慰藉；但是这归燕已不再是美好事物的原样，"似曾相识"又流露出词人内心的惆怅。词人由惋惜到欣慰再到惆怅，情思变化微妙又真切自然。其三，具体形象包含着丰富意蕴。"落花"与"归燕"，既是此时此地的具体物象，同时又具有象征意蕴。"落花"象征消逝、衰亡、无情，"归燕"又象征新生、重现、有情，而花去燕来又暗含了自然乃至人生的兴衰变化规律，即一切美好事物都无法阻其消逝，但同时也会有新的美好事物再现。这两句本是其诗《示张寺丞王校勘》诗的第三联，词人自爱其工，复填入此词，虽不免有钱锺书所说的"好话再说一遍"之嫌，但放在词中，情景理趣交融，自然妥帖，成为词中珍品。

词人在面对落花与归燕的无奈与怅惘之余，没有直接表达自己的情感态度，而是巧妙地以“小园香径独徘徊”收尾。这一极富意境美的动作描写，引发读者无尽的联想。词人独自徘徊在小园落英缤纷、留着香气的小路上，或在徘徊中继续追忆往事，或在徘徊中沉思自然与社会，或以“独徘徊”的行为象征人生的精神求索，把复杂的心理感受和精神活动，消融在美丽而又感伤的事景之中，给人留下无穷的回味。

历代文人墨客，悲恨时光易逝，表现生命意识的作品很多。如《古诗十九首》：“生年不满百，常怀千岁忧。”曹操《短歌行》：“对酒当歌，人生几何。譬如朝露，去日苦多。”曹植《送应氏》：“天地无终极，人命若朝霜。”阮籍《咏怀》：“人生若尘露，天道邈悠悠。”这些诗歌表现这种“忧生之嗟”，或悲观消极，或慷慨悲凉，但都写得非常直露。至唐刘希夷《代悲白头翁》：“年年岁岁花相似，岁岁年年人不同。”诗人以“花”与“人”对比，表现生命易逝的伤感，较魏晋诗人要委婉些，然也不免余味不足。而晏殊的词，则更为自然含蓄，意境浑成。词中描绘一幅以亭台、香径、夕阳、花鸟为主要景象的小园图画，词人由此景生发的惜春叹逝的感怀和对人生宇宙的思索，又集中体现在词人对酒当歌和幽径独步的场景中，故词中情思表现委婉含蓄，又韵味无穷。

晏殊词的含蓄婉致，不仅是词体表现柔美情思与深婉境界的要求，更是晏殊词创作自觉追求的体现。唐末、五代，词本是酒席宴会上女子佐欢演唱的艳词，北宋柳永词以俚俗浅白的语言将艳词进一步俗化，而晏殊以太平宰相的身份倡导并亲自作词，对于宋词的雅化起了不可替代的作用。一方面，晏殊有意识用伤春悲秋、怨别叹逝等生命感怀，稀释词的艳情俗调；另一方面，晏殊用含蓄雅致、流利精工的语言，来对抗词用语的露骨低俗，使词向着“风流高品格”方向迈进。

欧阳修《归田录》记载，晏殊喜评诗，尝曰“老觉腰金重，慵便枕玉凉”未是富贵语，不如“笙歌归院落，灯火下楼台”。晏殊的显达身份和高雅意趣，使他自觉地追求以典雅不俗来表现士大夫的高贵气象。《浣溪沙》一词，就充分体现了含蓄蕴藉、自然雅致的风格。词人精心选取景致，以清丽深婉的语言，营造情景理交融的意境，抒发一种伤春叹逝的复杂情绪，表现了词人对宇宙人生的感喟与思索。晏殊正是通过对雅词的倡导和实践，推动着宋词由俗向雅的转化和发展。

（本“鉴赏示例”据阎福玲“古典诗词精品鉴赏”课讲稿改编）

第二章　诗词诵读与音律之美

古典诗词是最富有音乐美的文学形式。古典诗词充分发挥了汉语语音优势，通过声韵组合和节奏变化，使声音高低起伏、回环顿挫，因此比起其他文体更具有音律之美，也更便于吟诵和传唱。鉴赏古典诗词，诵读是最基本也是最重要的方式。鉴赏者如掌握古典诗词平仄、押韵、对仗等格律知识①，不但在诵读时能“锵洋和韵，抑扬高下，极声调之美”②，而且能“凭借吟哦背诵，同声相应，还使感情再现”③，从而更好地对古典诗词的语言艺术和情思内蕴进行欣赏、体味和品鉴。

一、押韵与回环美

古典诗词“语言最显著的外部特征，就是其语音组合有一定规律”④，主要表现在押韵、平仄、对仗等方面。古体诗、近体诗、词都要求押韵。所谓“押韵”，就是“把同韵的两个或更多的字放在同一位置上”⑤。押韵尤以放在句尾最为普遍，故句尾的韵字又称为“韵脚”。同韵相押，构成了声音

①从广义上讲，古典诗词都讲究格律，只不过古体诗和近体诗格律要求不同。

②(民国)蒋兆兰《词说》，载唐圭璋编《词话丛编》，中华书局，1986年，第4629页。

③俞平伯《略谈诗词的欣赏》，《俞平伯全集》第四卷，1997年，第386页。

④沈亚丹《寂静之音——汉语诗歌的音乐形式及其历史变迁》，上海人民出版社，2017年，第17页。

⑤王力《诗词格律》，中华书局，2001年，第1页。

的回环谐和，使诗词具有音乐美。

(一)古代诗词用韵

先秦人作诗，已经自觉不自觉地运用押韵的方法，押韵应是按当时口语①。魏晋时期出现韵书，三国魏人李登《声类》为我国最早的韵书，继有晋代吕静的《韵集》。由于佛教的传入与文学的发展，南北朝时韵书蜂出，如北周阳休之《韵略》、南朝齐周颙《四声切韵》、南朝梁沈约《四声谱》等，都说明时人对音韵的重视。尤其是沈约在《四声谱》中提出“四声八病”说，专门讨论诗歌韵律问题，推动了古代诗歌格律化的形成。

隋代陆法言在前人韵书的基础上，于隋文帝仁寿元年（601）编成《切韵》，共分为193个韵部，这部韵书对后世影响巨大。唐开元二十年（732），孙愐在《切韵》的基础上增修而成《唐韵》，其上声和去声比《切韵》各多一个韵，共195个韵部。《切韵》和《唐韵》仅见残本。北宋祥符初陈彭年编纂《广韵》，在《唐韵》的基础上又细分韵部206个；后宝元间丁度、李淑又重修《广韵》，名为《集韵》。唐宋韵书分韵琐细，故又有“同用”的规定，即允许把临近的韵合起来通用。金元光二年（1223），绛州平水官员王文郁编《平水新刊韵略》，把可以“同用”的韵合并，减为106韵②。元初，阴时夫编《韵府群玉》，定106韵为“平水韵”。明清一直沿用“平水韵”，如清康熙年间张玉书奉诏所编《佩文韵府》、余照编《诗韵珠玑》等，韵部都是106个。需要说明的是，由于“平水韵”主要依据《唐韵》《广韵》可“同用”的韵进行合并，唐、宋时期诗歌用韵与“平水韵”也基本符合。

现代人所谓的古代诗韵，通常指“平水韵”106韵。“平水韵”包括上

---

①据王力对《诗经》韵分析，只有8首诗歌无韵。参见《诗经韵读》，上海古籍出版社，1980年。

②关于平水韵，或说是南宋江北平水（今山西临汾）人刘渊著《壬子新刊礼部韵略》，合并《广韵》为107韵，其书今已散佚，只能从元初黄公绍、熊忠的《古今韵会举要》一书了解到一些概况。又，2001年，在敦煌莫高窟北区石窟出土的古韵书《排字韵》的残片，其内容与王文郁的《新刊韵略》完全一致，具有106韵的组织，应是更早的《广韵》的一种略本。

平声15韵、下平声15韵、上声29韵、去声30韵、入声17韵，具体如下：[1]

上平声：一东、二冬、三江、四支、五微、六鱼、七虞、八齐、九佳、十灰、十一真、十二文、十三元、十四寒、十五删。

下平声：一先、二萧、三肴、四豪、五歌、六麻、七阳、八庚、九青、十蒸、十一尤、十二侵、十三覃、十四盐、十五咸。

上声：一董、二肿、三讲、四纸、五尾、六语、七麌、八荠、九蟹、十贿、十一轸、十二吻、十三阮、十四旱、十五潸、十六铣、十七篠、十八巧、十九皓、二十哿、二十一马、二十二养、二十三梗、二十四迥、二十五有、二十六寝、二十七感、二十八琰、二十九豏。

去声：一送、二宋、三绛、四寘、五未、六御、七遇、八霁、九泰、十卦、十一队、十二震、十三问、十四愿、十五翰、十六谏、十七霰、十八啸、十九效、二十号、二十一个、二十二祃、二十三漾、二十四敬、二十五径、二十六宥、二十七沁、二十八勘、二十九艳、三十陷。

入声：一屋、二沃、三觉、四质、五物、六月、七曷、八黠、九屑、十药、十一陌、十二锡、十三职、十四缉、十五合、十六叶、十七洽。

唐、五代填词基本上依照诗韵。宋代，朱希真曾作《应制词韵》，惜此书久佚。传为宋绍兴时编《菉斐轩词韵》，学界多认为是元、明之际伪作，主要为北曲而设。明清之际，出现多种词韵之书，如胡文焕《文会堂词韵》、吴烺之《学宋斋词韵》等。道光元年（1821）戈载编《词林正韵》，此书总结宋词用韵情况，在宋代《集韵》206韵基础上合并为19个韵部，包括以平声统摄上声、去声的14个韵部和入声5个韵部，为其后词家奉为圭臬。

《词林正韵》与“平水韵”相对照，词韵一部多合并“平水韵”的几个韵部，不过也有个别“平水韵”一韵分见词韵两部，具体见下[2]：

第一部：平声，东（东）、冬钟（冬）通用；仄声，上声董（董）、肿（肿），去声送（送）、宋用（宋）通用。

①参考清张玉书等编《佩文韵府》，上海古籍书店，1983年；田松青编校《佩文诗韵》，上海古籍出版社，2011年。

② 参考清戈载《词林正韵》，上海古籍出版社，2009年。为了比较诗韵和词韵分合情况，在圆括号内标出了“平水韵”的韵部。

第二部：平声，江（江）、阳唐（阳）通用；仄声，上声讲（讲）、养荡（养），去声绛（绛）、漾宕（漾）通用。

第三部：平声，支脂之（支）、微（微）、齐（齐）、灰（灰〈半〉）通用；仄声，上声纸旨止（纸）、尾（尾）、荠（荠）、贿（贿〈半〉），去声寘至志（寘）、未（未）、霁祭（霁）、太〈半〉（泰〈半〉）、队废（队〈半〉）通用。

第四部：平声，鱼（鱼）、虞模（虞）通用；仄声，上声语（语）、嚷姥（麌），去声御（御）、遇暮（遇）通用。

第五部：平声，佳〈半〉皆（佳〈半〉）、咍（灰〈半〉）通用；仄声，上声蟹骇（蟹）、海（贿〈半〉），去声太〈半〉（泰〈半〉）、卦〈半〉怪夬（卦〈半〉）、代（队〈半〉）通用。

第六部：平声，真谆臻（真）、文欣（文）、魂痕（元〈半〉）通用；仄声，上声轸准（轸）、吻隐（吻）、混很（阮〈半〉），去声震稕（震）、问焮（问）、圂恨（愿〈半〉）通用。

第七部：平声，元（元〈半〉）、寒桓（寒）、删山（删）、先仙（先）通用；仄声，上声阮（阮〈半〉）、旱缓（旱）、潸产（潸）、铣狝（铣），去声愿〈半〉（愿〈半〉）、翰换（翰）、谏裥（谏）、霰线（霰）通用。

第八部：平声，萧宵（萧）、爻（肴）、豪（豪）通用；仄声，上声篠小（篠）、巧（巧）、皓（皓），去声啸笑（啸）、效（效）、号（号）通用。

第九部：平声，歌戈（歌）通用；仄声，上声哿果（哿），去声个过（个）通用。

第十部：佳〈半〉（佳〈半〉）、麻（麻）通用；仄声，上声马（马），去声卦〈半〉（卦〈半〉）、祃（祃）通用。

第十一部：平声，庚耕清（庚）、青（青）、蒸登（蒸）通用；仄声，上声梗耿静（梗）、迥拯等（迥），去声映诤劲（敬）、径证嶝（径）通用。

第十二部：平声，尤侯幽（尤）通用；仄声，上声有厚黝（有），去声宥候幼（宥）通用。

第十三部：平声，侵（侵）独用；仄声，上声寝（寝），去声沁（沁）

通用。

第十四部：平声，覃谈（覃）、盐沾严（盐）、咸衔凡（咸）通用；仄声，上声感敢（感）、琰忝俨（俭）、豏槛范（豏），去声勘阚（勘）、艳㮇验（艳）、陷鉴梵（陷）通用。

第十五部：入声，屋（屋）、沃烛（沃）通用。

第十六部：入声，觉（觉）、药铎（药）通用。

第十七部：入声，质术栉（质）、陌麦昔（陌）、锡（锡）、职德（职）、缉（缉）通用。

第十八部：入声，勿迄（物）、月没（月）、曷末（曷）、黠辖（黠）、屑薛（屑）、叶帖（叶）通用。

第十九部：入声，合盍（合）、业洽狎乏（洽）通用。

由上可看，词的韵部比“平水韵”数量大为缩减，每一韵部字增多，因此，词韵相对诗韵而言要宽。

（二）古今字韵变化

我们现在读古代诗词，多数诗韵非常和谐。如李白诗《早发白帝城》，韵脚分别是“间”“还”“山”，属于“平水韵”的“上平声十五删”韵部。按照现代汉语语音，“间”“还”“山”押“an”韵。这说明古今用韵有相通之处。

不过，由于汉语语音的发展演变，古今字韵也发生变化，导致了古今押韵并不一致。大体可分为两种情况：一是古代同韵，现代不同韵；二是现代同韵，古代不同韵。

1.古代同韵，现代不同韵

我们按照现代汉语语音读古代诗词，会发现一些用韵不太谐和的情况。这通常是因为古代属于同一韵部的字，而现代并非同韵。如陈子昂《登幽州台歌》：

前不见古人，后不见来者。念天地之悠悠，独怆然而涕下。

二句句尾“者”、四句句尾“下”，按现代汉语语音不押韵；但“者”“下”在古代汉语中同韵，均属“平水韵”中“上声二十一马”韵部。

又如李益《江南曲》：

嫁得瞿塘贾，朝朝误妾期。早知潮有信，嫁与弄潮儿。

二句句尾“期”、四句句尾“儿”，按现代汉语语音不押韵；但在古代汉语中同韵，“儿”与“期”字属“平水韵”中“上平声四支”韵部。

2. 古代不同韵，现代同韵

一些字现在读音完全相同，但在古代诗韵中分属不同的韵部，如“东”与“冬”，“鱼”与“虞”，分别作为韵部名而列为不同的韵部。唐代胡曾有诗《戏妻族语不正》恰能说明这种情况：

呼十却为石，唤针将作真。忽然云雨至，总道是天因。

胡曾取笑的两组字，“十”与“石”，“针”与“真”，现在读音相同，但古代属于不同韵。“十”属“入声十四缉”韵部、“石”属“入声十一陌”韵部；“针”属“下平声十二侵”韵部、“真”属“上平声十一真”韵部。此诗尾句韵脚“因”，属“上平声十一真”韵部，与“真”押韵；如依其本字“针”，那么“因”与其不押，需换为与“针”同韵的字，如“阴”才押韵。

其实有许多字，现在同韵可押，但在古代诗韵中分属两个甚至更多韵部，如“平水韵”中上平声“十四寒”“十五删”和下平声“一先”“十三覃”“十四盐”“十五咸”，这六个韵部字，按照现代汉语读音能互押，而在古代格律诗中不能混用。

由上可看，诗词鉴赏还有必要知道古代音韵的一些基本知识，才能更好地理解、把握前人诗歌的音律。

（三）古体诗、近体诗押韵比较

古代诗歌都注意押韵，不过近体诗要比古体诗严格多，主要区别如下。

1. 古体诗可押平声和仄声韵，近体诗只押平声韵

古体诗也押韵，不过既可押平声韵，又可押仄声韵。如《诗经・蒹葭》

押平声韵，《诗经·硕鼠》押上声韵；陶渊明《归田园居》其三“种豆南山下，草盛豆苗稀”押平声韵，其五“怅恨独策还，崎岖历榛曲”押入声韵。

近体诗只押平声韵。如李白《望庐山瀑布》，韵脚分别是“烟”“川”“天”，属“下平声一先”韵；杜甫《春望》，韵脚分别是“深”“心”“金”“簪”，属“下平声十二侵”韵。

根据诗歌押平声还是仄声韵，可以初步判断是否为古体诗。以绝句为例，如押仄声韵，即为古绝；如押平声韵，同时基本符合近体诗的平仄粘对规则（详见后文平仄部分），则为律绝。如下两首诗：

千山鸟飞绝，万径人踪灭。孤舟蓑笠翁，独钓寒江雪。（柳宗元《江雪》）

山中相送罢，日暮掩柴扉。春草年年绿，王孙归不归。（王维《山中送别》）

《江雪》韵脚分别是“绝”“灭”“雪”，属“入声九屑”韵，是古绝；《山中送别》，韵脚“扉”“归”，属“上平声五微”韵，而且平仄粘对合乎近体诗要求，为律绝。

2. 古体诗可中间换韵，近体诗不能换韵

古体诗既可一韵到底，又可换韵。通篇押一韵，如王维《西施咏》：

艳色天下重，西施宁久微。朝为越溪女，暮作吴宫妃。贱日岂殊众，贵来方悟稀。邀人傅脂粉，不自著罗衣。君宠益娇态，君怜无是非。当时浣纱伴，莫得同车归。持谢邻家子，效颦安可希。

这首诗偶句押韵，韵脚分别是“微”“妃”“稀”“衣”“非”“归”“希”，通篇押“微”韵。

古体诗换韵情况更常见，如李端《古别离》：

水国叶黄时，洞庭霜落夜。行舟闻商贾，宿在枫林下。此地送君还，茫茫似梦间。后期知几日，前路转多山。巫峡通湘浦，迢迢隔云雨。天晴见海樯，月落闻津鼓。人老自多愁，水深难急流。清宵歌一曲，白首对汀洲。

这首诗每四句一换韵，“夜”“下”，押“祃”韵；“间”“山”，押“删”

韵；“雨”“鼓”，押“麌”韵；“流”“洲”，押“尤”韵，平仄声交替用韵。

近体诗须一韵到底，而且中间不能换韵。如白居易《代书诗一百韵寄微之》，全篇押“支”韵。

3. 古体诗允许重韵，近体诗不能重韵

重韵，指一首诗中，用同一个字重复押韵。古体诗允许重韵，如杜甫《饮中八仙歌》：

知章骑马似乘船，眼花落井水底眠。汝阳三斗始朝天，道逢曲车口流涎，恨不移封向酒泉。左相日兴费万钱，饮如长鲸吸百川，衔杯乐圣称避贤。宗之潇洒美少年，举觞白眼望青天，皎如玉树临风前。苏晋长斋绣佛前，醉中往往爱逃禅。李白一斗诗百篇，长安市上酒家眠，天子呼来不上船，自称臣是酒中仙。张旭三杯草圣传，脱帽露顶王公前，挥毫落纸如云烟。焦遂五斗方卓然，高谈雄辩惊四筵。

此诗中“船”“眠”“天”字出现两次，“前”字出现三次。而近体诗不允许重韵，不再举例。

4. 古体诗可以通押，近体诗除首句外不允许通押

通押，就是读音相近的邻韵可以互通相押。以平声为例，邻韵大致情况是：

①东、冬；②江、阳；③支、微、齐；④鱼、虞；⑤佳、灰；⑥真、文、元〈半〉⑦寒、删、先、元〈半〉⑧萧、肴、豪；⑨庚、青；⑩覃、盐、咸。[①]

古体诗允许通押，如李白《古风》十九：

西上莲花山，迢迢见明星。素手把芙蓉，虚步蹑太清。霓裳曳广带，飘拂升天行。邀我登云台，高揖卫叔卿。恍恍与之去，驾鸿凌紫冥。俯视洛阳川，茫茫走胡兵。流血涂野草，豺狼尽冠缨。

此诗偶数句押韵，其中“星”“冥”属“青”韵，“清”“行”“卿”“兵”“缨”属“庚”韵，诗中通押。

---

①参见王力《诗词格律》，中华书局，2001年，第63-65页。

近体诗不允许通押，如王维《山居秋暝》、杜甫《春望》等。不过，近体诗首句如入韵的话，可以用邻韵，如李白《访戴天山道士不遇》：

犬吠水声中，桃花带雨浓。树深时见鹿，溪午不闻钟。野竹分青霭，飞泉挂碧峰。无人知所去，愁倚两三松。

此诗为五言律诗，首句押韵，韵脚分别是“中”“浓”“钟”“峰”“松”，其中首句句尾“中”属“一东”韵，而偶数句句尾“浓”“钟”“峰”“松”均属“二冬”韵，首句与其他句通押。

再如王安石《元日》：

爆竹声中一岁除，春风送暖入屠苏。千门万户曈曈日，总把新桃换旧符。

此诗为七言律绝，首句押韵，韵脚分别是“除”“苏”“符”，其中“除”属“六鱼”韵，“苏”“符”均属“七虞”韵，首句与其他句通押。

5. 古体诗可前后句连续押韵，近体诗逢偶相押

古体诗不限奇偶句，可连续押韵，如前述杜甫《饮中八仙歌》即句句押韵。再如曹丕《燕歌行》：

秋风萧瑟天气凉，草木摇落露为霜。群燕辞归鹄南翔，念君客游多思肠。慊慊思归恋故乡，君为淹留寄他方。贱妾茕茕守空房，忧来思君不敢忘，不觉泪下沾衣裳。援琴鸣弦发清商，短歌微吟不能长。明月皎皎照我床，星汉西流夜未央。牵牛织女遥相望，尔独何辜限河梁。

此诗句尾字分别是：“凉”“霜”“翔”“肠”“乡”“方”“房”“忘”“裳”“商”“长”“床”“央”“望”“梁”，这些字都属于下平声“七阳”韵。七言长诗，全篇不换韵，这种体式一般称为“柏梁体”，或“柏梁台体”[①]。

近体诗偶数句必须押韵，除首句外奇数句不能押韵。首句可入韵，也可不入韵。首句不入韵，句尾为仄声字，如杜甫《春望》，首句句尾字“在”，仄声不入韵；首句入韵，句尾字为平声，如李白《访戴天山道士不遇》，首

①清代赵翼《陔馀丛考·柏梁体》载，汉武宴柏梁台赋诗，人各一句，句皆用韵，后人遂以每句用韵者为“柏梁体”。

句“中”平声入韵，与偶数句韵字通押。

(四)近体诗、词押韵比较

诗韵与词韵的韵部不同，详见前文《词林正韵》与“平水韵”对照部分。由于《词林正韵》韵目依据《集韵》206韵，韵目繁多，张珍怀在此基础上作《词韵简编》，即按《词林正韵》19部，而采用“平水韵”106韵进行标目。本文说明词的用韵，也依照《词韵简编》①。

词虽被称为广义上的格律诗，但从用韵来看，词比近体诗用韵要宽，具体见下。

1.近体诗只押平声韵，词可押平声和仄声韵

近体诗只押平声韵，不再赘述。词可押平声韵，也可押仄声韵。押平声韵，如白居易《忆江南》：

江南好，风景旧曾谙。日出江花红胜火，春来江水绿如蓝。能不忆江南？

这首词的韵脚字“谙”“蓝”“南”，押“第十四部”中“平声覃”韵。

词押仄声韵，如李清照《如梦令》：

常记溪亭日暮，沉醉不知归路。兴尽晚回舟，误入藕花深处。争渡，争渡，惊起一滩鸥鹭。

这首词韵脚字“暮”“路”“处”“渡”“鹭”，押“第四部”中“去声御”韵。

2.近体诗不能换韵，词允许换韵

近体诗用韵严格，必须一韵到底。词可以用一韵，也可以换韵。词不换韵，如牛希济《临江仙》：

江绕黄陵春庙闲，娇莺独语关关。满庭重叠绿苔斑。阴云无事，四散自归山。

箫鼓声稀香烬冷，月娥敛尽弯环。风流皆道胜人间。须知狂客，拼死为

①张珍怀《词韵简编》，见龙榆生《唐宋词格律》附录，上海古籍出版社，1978年。

红颜。

这首词中韵脚字，分别是“闲”“关”“斑”“山”“环”“间”“颜”，在词韵中属于“第七部”中“平声删”韵，全篇没有换韵。

词也可以换韵，如托名李白的《菩萨蛮》：

平林漠漠烟如织，寒山一带伤心碧。暝色入高楼，有人楼上愁。

玉阶空伫立，宿鸟归飞急。何处是归程，长亭连短亭。

这首词前两句押入声韵，“织”“碧”属“第十七部”韵；三四句换成平声韵，“楼”“愁”属“第十二部”韵；五六句又换入声韵，“立”“急”属“第十七部”韵；七八句再换平声韵，“程”“亭”属“第十一部”韵。一首词凡三个韵部，且既有平声韵，也有仄声韵。

3. 近体诗邻韵不通押，词邻韵可通押

近体诗用韵，须用同一韵部之字；只有首句入韵时，可以借邻韵通押。词相比诗来说，通押非常普遍。从《词林正韵》不难看出，除了“第九部”中“平声五歌”韵、“第十二部”中“平声十一尤”韵、“第十三部”中“平声十二侵”独用外，其他韵都有通用之韵。如“第一部”中平声的东、冬通用，仄声的上声董、肿与去声送、宋通用；“第八部”中平声的萧、肴、豪通用，仄声的上声筱、巧、皓与去声啸、效、号通用等。

词可通押，如辛弃疾《菩萨蛮·书江西造口壁》：

郁孤台下清江水，中间多少行人泪？西北望长安，可怜无数山。

青山遮不住，毕竟东流去。江晚正愁余，山深闻鹧鸪。

这首词上阕中的“水”“泪”，在词韵“第三部”，“水”属“上声纸”韵，“泪”属“去声寘”韵，二韵通用；“安”“山”，在词韵“第七部”，“安”属“平声寒”韵，“山”属“平声删”韵，二韵通用。下阕“住”“去”，在词韵“第四部”，“住”属“去声御”韵，“去”属“上声语”韵，二韵通用；“余”“鸪”，在词韵“第四部”，“余”属“平声鱼”韵，“鸪”属“平声虞”韵，二韵通用。

有时候，一首词还可用同一个韵部中的平声韵和仄声韵，如苏轼《西江月》：

世事一场大梦，人生几度秋凉。夜来风叶已鸣廊。看取眉头鬓上。

酒贱常愁客少，月明多被云妨。中秋谁与共孤光。把盏凄然北望。

这首词韵脚“凉”“廊”“妨”“光”，属“第二部”平声韵；“上”“望”，属词韵“第二部”仄声韵。

4. 近体诗偶数句押韵，词可连续押韵

近体诗偶数句押韵，奇数句仅限首句可入韵。而词可以连续押韵，甚至全篇句句押韵，如白居易《长相思》：

汴水流，泗水流，流到瓜洲古渡头，吴山点点愁。

思悠悠，恨悠悠，恨到归时方始休，月明人倚楼。

这首词句句押韵，且押同一韵，不过这种情况并不普遍。一般来说，词以换韵为多，只有少部分词通篇不换韵，连续押韵就更少见了。

二、平仄与节奏美

“平仄”是古代诗词用字的声调分类，凡声音没有高低变化的称为“平”，声音有高低变化的称为“仄”。平仄交互构成了诗词的声律节奏。诗词平仄运用得当，声调抑扬顿挫、节奏感明显，能充分表现诗词的音乐美。古体诗和近体诗都讲究平仄交互搭配，不过古体诗平仄运用比较自由，而近体诗对平仄的要求非常严格，且形成了一定的格式。下文主要说明近体诗平仄运用规则。

（一）四声与平仄

古人对诗词声律的探讨、规范和实践，“是在发现汉语声调的基础上发展起来的”[①]。南朝齐永明期间，“王融、谢朓、沈约，文章始用四声”，周

①施向东《诗词格律初阶》，天津大学出版社，2001年，第63页。

颙“始著《四声切韵》行于时”，沈约“又撰《四声谱》”①。到唐朝时，“四声”正式二元化为“平仄”，真正意义的律诗才得以产生。因此，了解四声是辨别平仄的基础，也是诗词诵读和音律鉴赏的重要前提。

古代汉语中的四声，与现代汉语并不相同。以《切韵》为代表的中古音系统，把汉语的声调分为四种：平声、上声、去声、入声。四声合并“平仄”，平声归“平”，上声、去声、入声归“仄”。到近古期，平声分化为阴平、阳平两个声调；上声、去声还在，一些上声变为了去声；入声字派入了平、上、去三个声调中，有些入声字的声、韵也发生了变化。现代汉语普通话沿用近古音声调分类，即阴平、阳平、上声、去声，且对四声调值进行规定。

由于现代汉语普通话“四声”与中古音“四声”不同，我们在鉴赏古典诗词时，辨别四声和识别平仄就有一定难度。不过，根据汉语语音演变的规律，还是可以粗略逆推出古代诗词“平仄”的大致情况。现代汉语普通话的“四声”，与中古音的“四声”和“平仄”，其对应关系大致如下图：

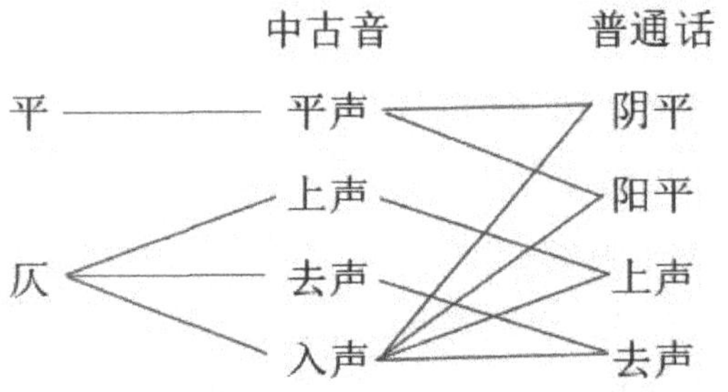

图17　普通话与中古音的声调对应关系

可以看出，现代汉语的“阴平”“阳平”字中，除了一些字在古代汉语是入声字属“仄”声类外，大多数在古代汉语属于“平”声类；而现代汉语的“上声”“去声”字，在古代汉语都属于“仄”声类。这样看来，我们只要辨别古代的入声字，尤其是后来演化为现代汉语中的“阴平”“阳平”的古入声字，就基本上可以较准确地判断中古时期诗词的平仄情况。

①参见《南史·庾坚吾传》《南史·周颙传》《南史·沈约传》，中华书局，1975年。

需要注意的是，古体诗押韵可押四声，但互押的声调必须一致；而词，有些词牌对于某处用字，不仅要区分平仄，还要区分四声。因此，学习古典诗词，除了要辨别平仄，还应进一步辨别四声。

(二)平仄相间与粘对

古代诗词中，不同声调的汉字交错组合，构成一种抑扬错落的节奏，使诗词具有音乐美。魏晋之前，诗歌对于四声的运用，是相对自由的，但押韵须四声一致。齐永明时开始重视四声搭配的问题，沈约等人提出“四声八病”，主要为避免声调的单调重复。到唐代，关于声律“逐渐形成一种共识”，即既要“避免平声或仄声的单调重复”，又不能“追求极端的错综”①。近体诗中尤其重视平仄错落配置，主要表现在本句平仄相间和前后句平仄粘对两个方面。

1.本句平仄相间

本句平仄相间，并非指每个字平仄相间。近体诗一般是以两字为一音步，逢双平仄交替使用，如第二字为平声，第四字就要仄声，第六字再用平声，反之亦然。以李白《望天门山》为例，我们来看平仄相间的要求。

天门中断楚江开，碧水东流至此回。两岸青山相对出，孤帆一片日边来。

首句“门”平声，“断”仄声，“江”平声；第二句“水”仄声，“流”平声，“此”仄声；第三句“岸”仄声，“山”平声，“对”仄声；第四句“帆”平声，“片”仄声，“边”平声。诗歌每句偶数字平仄相间，读起来抑扬顿挫，回环错落，极富音乐美。

根据平仄相间原则，五言基本句型有：仄仄平平仄，平平仄仄平，平平平仄仄，仄仄仄平平。七言基本句型有：平平仄仄平平仄，仄仄平平仄仄平，仄仄平平平仄仄，平平仄仄仄平平。在实际运用时，基本句型可以有所变化，一般来说，除尾字外的奇数字比较灵活，而偶数字通常平仄相间。

①施向东《诗词格律初阶》，天津大学出版社，2001年，第64页。

2.前后句平仄粘对

所谓“对”，就是对立，即平对仄、仄对平。诗词平仄相“对”，指一联的出句与对句，平仄相互对立。所谓“粘”，就是粘贴，即平粘平、仄粘仄，诗词平仄相“粘”，指下联出句要跟上联对句平仄一致。

前文已述，近体诗入韵句尾字要用平声字，不入韵句尾字要用仄声字。在考虑平仄“粘对”时，必须要先保证句尾字的平仄符合押韵要求。以李端《听筝》为例，我们来看一下粘对规则。

鸣筝金粟柱，素手玉房前。欲得周郎顾，时时误拂弦。

此诗首句“平平平仄仄”；第二句“仄仄仄平平”，与首句平仄相对；第三句“仄仄平平仄”，第一字、二字、四字与上句平仄相粘，而第三字与尾字与上句平仄不一致，主要在于此句不押韵，尾字需用仄声字，第三字的平仄也相应调换；第四句“平平仄仄平”，与第三句平仄相对，其中“拂”是入声字，属仄声。

《听筝》诗平仄符合“粘对”规则。不过在实践中，完全“粘对”很难做到。一般而言，平仄“粘对”主要针对偶数字，尤其是五言诗的第二字，七言诗的第二字、第四字，要遵守“粘对”规则。

(三)平仄基本格式

知道了本句平仄相间和上下句平仄粘对规则，再结合押韵的基本规则，近体诗的平仄格式就不难推出了。绝句类似律诗中截取的四句，我们先来看绝句的基本格式。

五言绝句的四种基本格式如下：

①仄起首句不入韵：仄仄平平仄，平平仄仄平（韵）。平平平仄仄，仄仄仄平平（韵）。

②仄起首句入韵：仄仄仄平平（韵），平平仄仄平（韵）。平平平仄仄，仄仄仄平平（韵）。

③平起首句不入韵：平平平仄仄，仄仄仄平平（韵）。仄仄平平仄，平

平仄仄平（韵）。

④平起首句入韵：平平仄仄平（韵），仄仄仄平平（韵）。仄仄平平仄，平平仄仄平（韵）。

七言绝句的四种基本格式如下：

①平起首句不入韵：平平仄仄平平仄，仄仄平平仄仄平（韵）。仄仄平平平仄仄，平平仄仄仄平平（韵）。

②平起首句入韵：平平仄仄仄平平（韵），仄仄平平仄仄平（韵）。仄仄平平平仄仄，平平仄仄仄平平（韵）。

③仄起首句不入韵：仄仄平平平仄仄，平平仄仄仄平平（韵）。平平仄仄平平仄，仄仄平平仄仄平（韵）。

④仄起首句入韵：仄仄平平仄仄平（韵），平平仄仄仄平平（韵）。平平仄仄平平仄，仄仄平平仄仄平（韵）

五言律诗的基本格式如下：

①仄起首句不入韵：五绝格式①两首叠加。

②仄起首句入韵：五绝格式②与格式①相加。

③平起首句不入韵：五绝格式③两首叠加。

④平起首句入韵：五绝格式④与格式③相加。

七言律诗的基本格式如下：

①平起首句不入韵：七绝格式①两首叠加。

②平起首句入韵：七绝格式②与格式①相加。

③仄起首句不入韵：七绝格式③两首叠加。

④仄起首句入韵：七绝格式④与格式③相加。

（四）平仄格式变通

理想的诗歌应该是既符合平仄格律要求，又能充分表情达意。但是在实际的创作中，为了不影响诗意的表达，严格按平仄的基本格式规定写诗并不太多。诗句的尾字平仄要求最严格，不可更换；除尾字外，偶数位置上的字比奇数位置上的字要求严格。鉴于此，前人总结出“一三五不论，二四六分明”的口诀，即除每句的尾字外，奇数位置上的字平仄可以不论；而偶数位置上的字，其平仄应该严格。

不过，这个口诀在实际运用中有许多限制。一般来说，除了在“仄”脚的句子中可以灵活运用外，在“平”脚句式中，不能随意变化平仄，否则可能会出现“孤平”“三平调”等近体诗的禁忌情况。在掌握了这个口诀的具体要求和适用范围之后，就可以自如地对平仄格式进行变通。

1.平仄变通的前提

平仄变通必须以不会造成“孤平”和“三平调”为前提。

首先，避免“孤平”。在“仄仄平”脚句式中，即五言“平平仄仄平”、七言“仄仄平平仄仄平”中，五言第一字、七言第三字不能自由变通为仄，否则就会犯“孤平”。

其次，避免“三平调”。在“仄平平”脚句式中，即五言“仄仄仄平平”、七言“平平仄仄仄平平”，五言第三字、七言第五字不能自由变通为平，否则就会出现“三平调”。

2.平仄变通的适用范围

弄清了平仄变通的前提，就能明白平仄变通的应用范围，即只要不造成“孤平”或“三平调”，五言句型的第一、三字和七言句型的第一、三、五字就基本上可以平仄变通。主要有以下几种情况：

其一，七言的四种句型中第一个字，平仄可以不论。也就是说，七言句型的第一个字没有任何限制，平仄可随意变通。

其二，五言除“平平仄仄平”外，其他三种句型第一字可变通；七言除“仄仄平平仄仄平”外，其他三种句型第三字可变通。这主要是考虑到避免“孤平”。

其三，五言除“仄仄仄平平”外，其他三种句型第三字可变通；七言除“平平仄仄仄平平”外，其他三种句型第五个字可变通。这主要是考虑到避免“三平调”。

根据以上所述，就可以概括出近体诗平仄变通的句型类型。下以○表示可平可仄，说明五言和七言的四种基本句型的变通情况：

○仄○平仄，平平○仄平。○平○仄仄，○仄仄平平。

○平○仄○平仄，○仄平平○仄平。○仄○平○仄仄，○平○仄仄平平。

需要说明的是，近体诗应避忌“孤平”“三平调”；而在古体诗中，不仅不避忌“孤平”“三平调”，有不少诗人还着意安排使用，以达到拗怒不谐的效果。

（五）平仄拗救

近体诗中凡平仄不依常格，即为“拗”；“拗”后采取一定的方式补救，称作“拗救”。近体诗中出现拗字，通常要去救，或者在本句中自救，或在对句中相救。但是，并非所有的拗字都必须去救。一般说来，如果拗字在前面所述可变通的范围内，可救可不救；如果超出了平仄可变通的范围，就必须要救。

1.拗字须救

一般来说，如果拗字犯了孤平，或者句中偶数字拗，必须去救。主要有以下几种情况。

（1）孤平本句自救

五言“平平仄仄平”、七言“仄仄平平仄仄平”句式中，五言第一字、七言第三字应该用平声，如找不到合适的平声字替代，或者为了不影响诗歌的整体意蕴必须用某个仄声字，这时整个句子中除尾字只有一个平声字，即所谓的“孤平”。出现这种情况，一般在本句中自救。

以五言为例，孤平自救具体过程可描述如下：

常格：仄仄平平仄，平平仄仄平。

拗格：仄仄平平仄，仄平仄仄平。

拗救：仄仄平平仄，仄平平仄平。

七言“仄仄平平仄仄平”，孤平自救过程同五言。

举例如下：

①不敢高声语，恐惊天上人。（李白《夜宿山寺》）

对句本应是“平平仄仄平”，首字用仄声字“恐”，此时在本句第三字用一个平声字“天”救，拗救后变成“仄平平仄平”。

②兴来三弄有桓子，赋就一篇怀马融。（赵嘏《闻笛》）

对句本应是“仄仄平平仄仄平”，第三字用仄声字“一”，本句第五字用一个平声字“怀”救，变成“仄仄仄平平仄平”。

（2）偶数字拗本句自救

五言“平平平仄仄”、七言“仄仄平平平仄仄”格式中，如果五言第四字、七言第六字（即句子倒数第二字）是平声，偶数字拗应该去救，拗救方法比较特殊，需把此字前一字变为仄声。

以五言为例，偶数字拗本句自救具体过程可描述如下：

常格：平平平仄仄，仄仄仄平平。

拗格：平平平平仄，仄仄仄平平。

拗救：平平仄平仄，仄仄仄平平。

七言“仄仄平平平仄仄”句式，偶数字拗本句自救过程同五言句式。

举例如下：

①移舟泊烟渚，日暮客愁新。（孟浩然《宿建德江》）

出句本应是“平平平仄仄”，第四字“烟”为平声字，第三字用仄声字“泊”救，拗救后格式为“平平仄平仄”。

②古往今来只如此，牛山何必独沾衣。（杜牧《九日齐山登高》）

出句本应是“仄仄平平平仄仄”，第六字“如”为平声字，第五字用仄声字“只”救，拗救后格式为“仄仄平平仄平仄”。

近体诗中这样的拗救非常多，如“无为在歧路”（王勃《送杜少府之任蜀州》）、“人闲桂花落”（王维《鸟鸣涧》）、“遥怜小儿女”“何时倚虚幌”（杜甫《月夜》）、“羌笛何须怨杨柳”（王之涣《凉州词》）、“疏影横斜水清浅”“幸有微吟可相狎”（林逋《山园小梅》）等。由于拗救后五言“平平仄平仄”、七言“仄仄平平仄平仄”句式用得频率很高，成为一种特定的平仄格式，甚至有人把这种句式看作一个基本格式[①]。需要说明的是，在这种情况下，五言第一字、七言的第三字必须用平声。

（3）偶数字拗对句相救

五言“仄仄平平仄”、七言“平平仄仄平平仄”句式，如五言第四字或第三、四字用仄声，七言第六字或第五、六字用仄声，则在对句的第三字改平声来救。

以五言句式为例，拗救过程具体如下：

常格：仄仄平平仄，平平仄仄平。

拗格：仄仄平仄仄，平平仄仄平。或：仄仄仄仄仄，平平仄仄平。

拗救：仄仄平仄仄，平平平仄平。或：仄仄仄仄仄，平平平仄平。

七言“平平仄仄平平仄”句式，偶数字拗对句相救过程同五言句式。这种情况下，五言对句第一字、七言对句第三字，允许为仄声字。

举例如下：

①野火烧不尽，春风吹又生。（白居易《赋得古原草离别》）

出句第四字“不”仄声，拗，对句第三字用平声字“吹”相救。

②向晚意不适，驱车登古原。（李商隐《登乐游原》）

出句第三字、第四字“意”“不”仄声，拗，对句第三字用平声字“登”相救。

③青苔寺里无马迹，绿水桥边多酒楼。（杜牧《润州》）

出句第六字“马”仄声，拗，对句第五字用平声字“多”相救。

④南朝四百八十寺，多少楼台烟雨中。（杜牧《江南春绝句》）

出句第五、六字“八”“十”仄声，拗，对句第五字用平声字“烟”相救。

有时候，出句拗，对句来相救时，又正好救了本句的孤平。这时候，一字兼有双重功能。如下：

⑤流水如有意，暮禽相与还。（王维《归嵩山作》）

①参见王力《诗词格律》，中华书局，2001年，第31-32页；申忠信《诗词格律三十三讲》，商务印书馆，第43页。

出句第四字“有”仄声，拗，对句第三字用平声字“相”来救；同时，对句第一字“暮”仄声，拗，“相”字又构成孤平自救。

2. 可救可不救

若拗字在平仄可变通的范围内，可救也可不救。不救，不违反格律的规则；救，可以使诗句平仄节奏更加和谐、悦耳。一般来说，七言诗第一字平仄变通，可不救，如救，对句第一字平仄变化；七言的第三字、五字和五言的第一字、三字平仄变通，可不救，如救，或在本句救，或在对句来救，对句相救也并非均在相对位置变化。为表述方便，我们就五言的仄脚句型说明，七言可类推。

（1）“平平平仄仄”

其一，“平平平仄仄”格式中，五言第一字用了仄声，可以不救，也可以对句相救，即把对句五言的第一字变为平声。拗救具体过程如下：

常格：平平平仄仄，仄仄仄平平。

拗格：仄平平仄仄，仄仄仄平平。（可不救）

拗救：仄平平仄仄，平仄仄平平。

举例如下：

①片云天共远，永夜月同孤。（杜甫《江汉》）

出句第一字“片”用仄声字，没有相救。

②晚来天欲雪，能饮一杯无？（白居易《问刘十九》）

出句第一字“晚”用仄声字，对句第一字用平声字“能”相救。

其二，“平平平仄仄”格式中，五言第三字用了仄声，可以不救，也可以对句相救，即把对句五言的第一字变为平声。应注意的是，对句救字不能是出句对应位置的字，否则会出现“三平调”。拗救具体过程如下：

常格：平平平仄仄，仄仄仄平平。

拗格：平平仄仄仄，仄仄仄平平。（可不救）

拗救：平平仄仄仄，平仄仄平平。

举例如下：

①端居不出户，满目望云山。（王维《登裴秀才迪小台》）

出句第三字用仄声字“不”，对句没有相救。

②潮平两岸阔，风正一帆悬。（王湾《次北固山下》）

出句第三字用仄声字“两”，对句第一字用平声字“风”相救。

③惆怅无因见范蠡，参差烟树五湖东。（杜牧《题宣州开元寺水阁阁下宛溪夹溪居人》）

出句第五字用仄声字“见”，对句第三字用平声字“烟”相救。另，出句第一字“惆”用平声字，没有相救。

（2）“仄仄平平仄”

其一，“仄仄平平仄”格式中，如第三字用了仄声，可不救，也可对句第三字变为平声。拗救具体过程如下：

常格：仄仄平平仄，平平仄仄平。

拗格：仄仄仄平仄，平平仄仄平。（可不救）

拗救：仄仄仄平仄，平平平仄平。

举例如下：

①日日望乡国，空歌白苎词。（张籍《蓟北旅思》）

出句第三字用仄声字“望”，没有相救。

②我宿五松下，寂寥无所欢。（李白《宿五松山下荀媪家》）

出句第三字“五”，仄声，对句第一字“寂”，仄声，而第三字用平声字“无”，既救了本句的孤平，也救了出句第三字拗。

其二，“仄仄平平仄”格式中，如第一字用了平声，可不救；也可本句第三字用仄声，对句可不变；对句如相救，第一字变为仄声，第三字必须变为平声，否则造成“孤平”。拗救具体过程如下：

常格：仄仄平平仄，平平仄仄平。

拗格：平仄平平仄，平平仄仄平。（可不救）

拗救：平仄仄平仄，平平仄仄平。或者：平仄仄平仄，仄平平仄平。

举例如下：

①今夜鄜州月，闺中只独看。（杜甫《月夜》）

出句第一字用平声字“今”，本句第三字用仄声字“鄜”相救，对句平仄不变。

②风暖鸟声碎，日高花影重。（杜荀鹤《春宫怨》）

出句第一字用平声字“风”，本句第三字用仄声字“鸟”相救；对句又相救，第一字用仄声字“日”，第三字用平声字“花”。

综上所述，近体诗遵循平仄相间和粘对规则，产生四个理想的平仄句型和四种理想的平仄格式，充分表现了诗歌的节奏美和韵律美。不过，过于拘泥格律可能影响表情达意，平仄的变通扩大了诗词选字的范围，很大程度上避免了音律妨碍意义表达的现象；而平仄的拗救，在较为灵活用字同时又注重声律，又在一定程度上保证了诗歌的音乐性。

三、对仗与对称美

“对仗”，又称队仗，指诗歌、骈文中句子互为对偶。对仗把同类或对立概念的词语放在对应的位置上相互比照，使诗句在形式和意义上更为均衡对称，尤其是近体诗还需对应位置的词的平仄相对，在视觉和听觉上都做到整齐匀称，增强了诗歌的节奏感和形式美。

先秦诗歌中就已经运用对仗方法，唐代近体诗出现后，对仗被进一步规范。古人对于对仗的研究较早[①]，南北朝时刘勰总结并比较了“名对、事对”“正对、反对”的优劣。唐代上官仪提出“六对”“八对”说，元兢《诗髓脑》、皎然《诗议》、崔融《唐朝新定诗格》等都有对仗分类。日本的遍照金刚撰《文镜秘府论》，辑录中唐及之前所述的二十九种对仗方式。今王力等前辈对近体诗的对仗进行了细致的划分和论述。参照古人的论述和王力的研究成果，我们主要从诗歌语言鉴赏的层面对对仗的宽严、技巧、句义关系等方面说明。

①据传魏文帝有《诗格》一书，总结了八种对仗方式。如可证，对仗的研究至迟在三国已开始。

(一)对仗的宽严分类

诗律学界根据对仗句相应位置上的词语所对宽严程度，分为工对、邻对和宽对三种。这种分类方式在说明句子的对仗时，常常会出现概念的混淆。如“黄莺啼就马，白日暗归林”（綦毋潜《送章彝下第》），黄与白工对、莺与日宽对、马与林邻对，那么，句子对仗归入哪一种都会出现与词语属对不一致情况。为此，我们选用不同的概念来分别讨论词语属对和句子对仗。首先，把词语的属对分为“同类对”“邻类对”“异类对”；在此基础上，把句子对仗分为“工对”和“宽对”。

1. 同类对、邻类对、异类对

按照出句与对句相对位置上的词的所属意义范围，我们把词语对仗分为“同类对”“邻类对”“异类对”。“同类对”意义范围最小，“异类对”意义范围最大，“邻类对”意义范围介于中间。

《文镜秘府论》载“同类对”和“异类对”：

同类对者，云、雾，星、月，花、叶，风、烟，霜、雪，酒、觞，东、西，南、北，青、黄，赤、白，丹、素，朱、紫，宵、夜，朝、旦，山、岳，江、河，台、殿，宫、堂，车、马，途、路。

异类对者，上句安天，下句安山；上句安云，下句安微；上句安鸟，下句安花；上句安风，下句安树。①

上述“同类对”“异类对”并非依据统一标准划分，但大致可以看出区别，如花与叶都属植物类，是“同类对”；而花与鸟，分别属植物与动物类，是“异类对”。不过，上述“同类对”所举的词语意义范围太窄，而“异类对”所举的词例有限，依此，不便于我们分析数量众多的古代诗歌对仗用语情况。

王力根据《诗韵合璧》所载对偶词句的门类和诗歌创作情况，把对仗用

①(日)遍照金刚撰、卢盛江校注《文镜秘府论汇校汇考》(修订本)，中华书局，2015年，第729页，第688-689页。又载“邻近对”，是就“的名对”而言，与“同类对”“异类对”不是一个范畴。

词分为十一类二十八门：第一类，天文门、时令门；第二类，地理门、宫室门；第三类，器物门、衣饰门、饮食门；第四类，文具门、文学门；第五类，草木花草门、鸟兽虫鱼门；第六类，形体门、人事门；第七类，人伦门、代名对；第八类，方位对、数目对、颜色对、干支对；第九类，人名对、地名对；第十类，同义连用字、反义连用字、连绵字、重叠字；第十一类，副词、连介词、助词①。

上述对仗用词分类，为划分词的义类范围提供了依据和参考。一般来说，凡同一门之词相对，为“同类对”；同一类之词相对，为“邻类对”，有的临近类别的词也可构成邻类对；既不同门也不同类的词相对，多为“异类对”。

（1）同类对

凡同一门之词相对，如天文对天文、地理对地理等，为同类对。有些词语分类不易理解，稍作说明如下：

①红颜归故国，青岁歇芳洲。（李白《寄淮南友人》）

“国”与地理有关，属地理门，与“洲”相对。类似的还有家、邑、县、州等。

②江月随人影，山花趁马蹄。（张渭《送裴侍御归上都》）

“影”与人体有关，属形体门，与“蹄”相对，类似的还有魂、声、音、色等。

③歌榭白团扇，舞筵金缕衫。（刘禹锡《和汴州令狐相公》）

“扇”属衣饰门，与“衫”相对，类似的还有杖等。

④魂应绝地为才鬼，名与遗编在史臣。（陆龟蒙《和过张祜处士丹阳故居》）

“鬼”属人伦门，与“臣”相对。类似的还有神、仙、妖、怪等。

⑤不惜孤舟去，其如两地春。（储光羲《洛阳东门送别》）

“孤”为数词，与“两”相对。类似的数词还有独、再、数、群、诸、唯等。

①王力《汉语诗律学》，上海教育出版社，2005年，第160–175页。

⑥别馆君孤枕，空庭我闭关。（李商隐《戏赠张书记》）

“君”在此为代名词，与“我”相对。另，“君”作君主，属人伦门。

⑦竹叶岂能消积恨，丁香空解结同心。（韦庄《悼亡姬》）

“空”在此为副词，与“岂”相对。类似的还有浑、漫等。

⑧谁爱风流高格调，共怜时世俭梳妆。（秦韬玉《贫女》）

“格调”“梳妆”均为同义连用字，这是依其构成结为同类对。另外，反义连用字、连绵字、重叠字都是从其构词方式而划分的门类。

需要说明的是，有些名词所属不同门甚至不同类，但是意义较接近，在使用时经常并列，如天地、人地、人物、兵马、冰雪、风浪、诗酒等，如互为成对，也视为同类对。如下：

①敏捷诗千首，飘零酒一杯。（杜甫《不见》）

②碛迥兵难伏，天寒马易收。（张蠙《边将》）

（2）邻类对

意义比较接近的词相对，属邻类对。王力根据古代诗歌对仗情况，总结了古代诗歌词语对仗的“邻对”二十种情况：天文与时令、天文与地理、地理与宫室、宫室与器物、器物与衣饰、器物与文具、衣饰与饮食、文具与文学、植物与动物、形体与人事、人伦与代名、疑问代词及自相等字与副词、方位与数目、数目与颜色、人名与地名、同义与反义、同义与连绵、反义与连绵、副词与连介词、连介词与助词[①]。

仔细分析，这些“邻对”分类并不统一。从“天文与时令”到“人伦与代名”主要是意义上相邻，“方位与数目”“数目与颜色”“人名与地名”主要是一些具有特征的对仗词语，“同义与反义”“同义与连绵”“反义与连绵”侧重于构词方式的相邻，“疑问代词及自相等字与副词”“副词与连介词”“连介词与助词”主要从语法上的相邻。意义上相邻的邻对好理解，我们对后三种情况的邻对稍作说明如下：

①戏马台荒年自久，射蛇公去事空传。（贺铸《九日登戏马台》）

②从容非所羡，辛苦竟何功？（吕温《青海西寄宾三端公》）

---

①王力《汉语诗律学》，上海教育出版社，2005年，第177-180页。

“自”“空”，在此均作副词相对；“何”疑问代词，与副词“所”相对。

③来往皆茅屋，淹留为稻畦。（杜甫《自襄西荆扉且移居东屯茅屋》）

④畅以沙际鹤，兼之云外山。（王维《泛前陂》）

“皆”副词、“为”介词，相对；“以”介词、“之”用作助词，相对。

⑤近接西南境，长怀十九泉。（杜甫《秦州杂诗二十首》之十四）

⑥相随万里日，总作白头翁。（杜甫《寄贺兰铦》）

⑦殷王期负鼎，汶水起垂竿。（李白《送梁四归东平》）

“西南”方位词、“十九”数目词，相对；“万”数目词、“白”颜色词，相对；“殷王”人名词、“汶水”地名词，相对。

⑧一自分襟多岁月，相逢满眼是凄凉。（刘禹锡《赠同年陈长史员外》）

⑨老树稀疏影，惊禽断续声。（刘敞《月夜》）

⑩鞅掌未能逃物役，乾坤何处托身安。（孔平仲《西行》）

“岁月”同义连用、“凄凉”连绵词，相对；“稀疏”同义连用、“断续”反义连用，相对；“鞅掌”连绵词，“乾坤”反义连用，相对。

需要说明的是，王力所列的二十种邻对，没有“地理与植物”，这两类词常相对而用，如“松”与“石”、“树”与“山”等，个人认为应该归为邻类对。

（3）异类对

意义相距比较远的词相对，属异类对。如下：

①津人空守缆，村馆复临川。（王昌龄《沙苑南渡头》）

②雨中山果落，灯下草虫鸣。（王维《秋夜独坐》）

③寒潭映白月，秋雨上青苔。（刘长卿《游休禅师双峰寺》）

④年来一夜玩，君在半天看。（欧阳詹《太原和严长官八月十五日夜西山童子上方玩月寄中丞少尹》）

2. 工对、宽对

构成对仗的诗句，通常应具有以下特点：字数相同；意义相关；对应词用法大体相同；句子结构基本一致；如用于近体诗，平仄应相对。根据出句与对句对应位置上词的词义、用法相近程度和句子结构是否一致，对仗可分为工对和宽对。

（1）工对

工对，也称严对。工对除具有对仗的一般特征外，在词类、义类、句式等方面还要符合以下两个条件。

首先，出句与对句不仅句子成分对应，构成方式也相同。如下：

①白云/回望/合，青霭/入看/无。（王维《终南山》）

两句均为“前置宾语+谓语+补语”。前置宾语“白云”“青霭”是“定语+中心词”构成的名词性偏正短语；谓语“回望”“入看”是“状语+中心词”构成的谓词性偏正短语，其中“回”“入”是反义动词，“望”“看”是近义动词；“合”“无”是动词，作补语。

②山/随平野/尽，江/入大荒/流。（李白《渡荆门送别》）

两句均为“主语+状语+谓语”。“山”“江”名词，作主语；“平野”“大荒”，是“定语+中心词”式名词性偏正短语，分别与“随”“入”构成动宾短语作状语；“尽”“流”作谓语。

③双双/瓦雀/行/书案，点点/杨花/入/砚池。（叶采《暮春即事》）

两句均为“定语+主语+谓语+宾语”。“双双”“点点”，重叠词，作定语；“瓦雀”“杨花”，均为“定语+中心词”式名词性偏正短语，作主语；“行”“入”，谓语动词；“书案”“砚池”，均为“定语+中心词”式名词性偏正短语，作宾语。

其次，对应词不仅词类或语法功能相同，而且在义类上应相近。词类是词语的语法性质的分类。古代诗词对仗用词主要是名词、动词、形容词、数词、副词、虚词（介词、连词、语气词）。一般来说，对应词的词类一致，即名词对名词、动词对动词、形容词对形容词、数词对数词、副词对副词、虚词对虚词。不过，有些词在不同的语境具有不同的语法功能，如“空”既可作形容词，也可作副词；而不同词类的词其语法功能也可能相同，如动词和形容词都可作谓语。工对要求，对应词的语法功能相同。义类是词语的意义分类。前面我们把对应词按意义分成同类词、邻类词、异类词，工对的所对应词通常应是同类词或邻类词。如下：

①向月穿针易，临风整线难。（祖咏《七夕》）

“向”“临”动词，“月”“风”天文类名词，“向月”“临风”构成动宾短语作状语；“穿”“整”动词，“针”“线”器用类名词，“穿针”“整线”构成动宾短语作谓语；“易”“难”形容词，作补语。

②江间波浪兼天涌，塞上风云接地阴。（杜甫《秋兴》其一）

“江间”“塞上”，均为地理类名词加方位词构成的方位短语，作定语；“波”“浪”地理类名词，“风”“云”天文类名词；“波浪”“风云”均为同义词构成的名词短语，作主语；“兼天”“接地”状语，均为动词加地理类名词构成的动宾短语；“涌”动词、“阴”形容词，作谓语。

③绕郭荷花三十里，拂城松树一千株。（白居易《余杭名胜》）

“绕”“拂”动词，“郭”“城”地理类名词，“绕郭”“拂城”作定语；“荷花”“松树”植物类名词，作主语；“三十里”“一千株”数量词，作谓语。

诗歌创作中，如上下两句句子结构一致，相对词都为同类词，毋庸置疑两句对仗最为工整，也充分表现了诗歌语言从构成形式到表达意义上的匀称和统一。实际上，一联之中对应的所有词都是同类词并不多见，只要多数词同类或邻类，语法功能相同，句法结构一致，就应该看作是工对。如下：

①两个黄鹂鸣翠柳，一行白鹭上青天。（杜甫《绝句》）

②歌管楼台声细细，秋千院落夜沉沉。（苏轼《春宵》）

上述例句，“柳”与“天”、“声”与“夜”都为异类词，但因为句中多数字为同类词，加之或用数字对、颜色对，或用叠音词对，故应该看为工对。

（2）宽对

宽对是指宽松的对仗方式，即对应词意义相距较远，或词类、句式上不太一致。古体诗、绝句不要求对仗，宽对较多；律诗为了表意或其他需要，也有不少宽对。宽对又大致分为意义宽对和语法宽对。

意义宽对，即对应位置上的多数词或主要词意义偏远。如下：

①鹙鸟立寒木，丈夫佩吴钩。（王昌龄《九江口作》）

“鹙鸟”，动物名词；“丈夫”，人伦名词。“木”，植物名词，“钩”，器物名词。

②草青临水地，头白见花人。（白居易《感春》）

“草”，植物名词；“头”，形体名词。“水”，地理名词；“花”，植物名词。“地”，地理名词；“人”，人伦名词。

语法宽对，指对应位置词的语法功能和所构成短语结构方式不同。如下：

①三山半落青山外，二水中分白鹭洲。（李白《登金陵凤凰台》）

“青山外”，方位结构；“白鹭洲”，定中结构。

②三顾频烦天下计，两朝开济老臣心。（杜甫《蜀相》）

“天下”，方位结构；“老臣”，定中结构。

③却看妻子愁何在？漫卷诗书喜欲狂。（杜甫《闻官军收河南河北》）

“何在”，介宾结构且宾语前置；“欲狂”，状中结构。

④万物静观皆自得，四时佳兴与人同。（程颢《秋日偶成》）

“静观”，状中结构；“佳兴”，定中结构。

⑤黄流不解涴明月，碧树为我生凉秋。（黄庭坚《汴岸置酒赠黄十七》）

“不解”，状中结构；“为我”，介宾结构。

3.对仗宽严优劣

好的对仗形式整齐匀称，意义互相映衬补充，不仅给人听觉和视觉的愉悦，而且能激发人的联想和想象，从而增强诗词的艺术表现力。诗词尤其是律诗的传诵和接受，在一定程度上取决于其是否具有脍炙人口的对仗。一般认为，对仗越工整越好，甚至以为宽对为诗病。如袁枚《随园诗话》载：

尹文端公论诗最细，有“差半个字”之说。如唐人：“夜琴知欲雨，晚簟觉新秋。”“新秋”二字，现成语也。“欲雨”二字，以“欲”字起“雨”

字，非现成语也，差半个字矣。以此类推，名流多犯此病。必云“晚簟恰宜秋”，“宜”字方对“欲”字。[①]

尹文端公即尹继善，清雍乾时人，为诗讲究韵律。所论“差半个字”，即两句非工对。“新秋”改为“宜秋”，与“欲雨”对仗工整。

那么，工对就一定比宽对好吗？我们知道，对仗的本质在于运用对偶的修辞方式，以和谐匀称的美的形式更好地表情达意。上述唐人句见温庭筠《初秋寄友人》：“闲梦正悠悠，凉风生竹楼。夜琴知欲雨，晚簟觉新秋。独鸟楚山远，一蝉关树愁。凭将离别恨，江外问同游。”“晚簟恰宜秋”似述簟恰好适宜秋季，这与常识相悖，也与前述“凉风”不符；而“晚簟觉新秋”，竹簟的凉意让人感觉到初秋气息，这与全诗意义吻合，且新又有“又一”“新鲜”等义，相较之下，此处宽对句胜于工对句。

尹继善认为“名流多犯此病”，主要在于唐、宋名家虽然也注意格律诗中对仗之法，但对仗多于自然中求工稳，并不斤斤计较于个别词语的严格对仗；而到了明清时期，诗人对于律诗对仗讲究甚多，以此再来审视前人的对仗，未免过于苛严。事实上，若对仗表意得当、自然巧妙，对仗工整或宽松，均能产生优秀的对仗。如下：

①明月松间照，清泉石上流。（王维《山居秋暝》）

②自顾无长策，空知返旧林。（王维《酬张少府》）

③穿花蛱蝶深深见，点水蜻蜓款款飞。（杜甫《曲江》）

④却看妻子愁何在？漫卷诗书喜欲狂。（杜甫《闻官军收河南河北》）

⑤沧海月明珠有泪，蓝田日暖玉生烟。（李商隐《锦瑟》）

⑥身无彩凤双飞翼，心有灵犀一点通。（李商隐《无题》）

⑦桃李春风一杯酒，江湖夜雨十年灯。（黄庭坚《寄黄几复》）

⑧明月清风非俗物，轻裘肥马谢儿曹。（黄庭坚《答龙门潘秀才见寄》）

上面分别列举四个诗人的两组对仗句，均是上例非常工整，下例个别词意义较远或用法不同，但所选诸例无疑都是佳对。实际上，诗歌的对仗，贵

①（清）袁枚《随园诗话》，浙江古籍出版社，2011年，第24-25页。

在巧妙工稳，以自然能工为最佳，若字字拘泥，牵强造作，虽对仗工整，但无感发人心的生命魅力，也不能称为佳对。

（二）对仗的技巧和变化

1.选择特殊声韵词

特殊声韵词主要指双声词、叠韵词、叠音词。诗歌中巧妙地运用这些特殊声韵词构成对仗，从语音上把相关意义连接成一个整体，使人感到语音和谐贯串、整齐回环，不仅增强了诗歌声音的音乐美，也使对仗显得工整。

（1）双声对

双声指构成一个词或短语的两个字声母相同，或声母的发声部位和方法相近。双声对指上下句所对应位置上以双声词或短语对举。如下：

①留连戏蝶时时舞，自在娇莺恰恰啼。（杜甫《江畔独步寻花》）

②淋漓痛饮长亭暮，慷慨悲歌白头新。（陆游《哀郢》）

③野草芳菲红锦地，游丝撩乱碧罗天。（刘禹锡《春日书怀》）

④万籁参差写明月，一家寥落共清风。（黄庭坚《题息轩》）

⑤疏影横斜水清浅，暗香浮动月黄昏。（林逋《山园小梅》）

⑥良夜黄云来缥缈，东风碧酒意留连。（邓肃《浣溪沙》）

双声对可以用在句首、句中、句尾；所对的双声词多是连绵词，但也有例外，如第五例“清浅”是并列短语、“黄昏”是偏正型合成词。

（2）叠韵对

叠韵，指构成一个词或短语的两个字韵相同。叠韵对，指上下句所对应位置以叠韵词或短语对举。如下：

①潋滟故池水，苍茫落日晖。（何逊《行经范仆射故宅》）

②葱茏树色分仙阁，缥缈花香泛御沟。（杨巨源《长安春游》）

③入门缭绕穿荒竹，坐石逡巡染绿苔。（方干《废宅》）

④水光潋滟晴方好，山色空蒙雨亦奇。（苏轼《饮湖上初晴后雨》）

⑤人事转新花烂熳，客程依旧水潺湲。（温庭筠《却经商山寄昔同

行人》)

⑥烟外好花红浅淡，雨余芳草绿葱茏。(陈三聘《浣溪沙》)

叠韵对可以用在句首、句中、句尾；所对的叠韵词也多是连绵词，但也有例外，如最后一例中“浅淡”是并列型短语。

(3) 叠音对

叠音对，指上下句所对应位置上以叠音词对举，又称叠字格。叠音对在《诗经》中运用很普遍，如“蒹葭苍苍，白露茫茫”，“苍苍”与“茫茫”对举。近体诗一般避忌用相同的字，但叠音词不仅允许使用，还是工对的一种方式。

叠音对，多是两个叠音词对举，叠音词可以在句首、句中、句尾，如下：

①千千石楠树，万万女贞林。(李白《秋浦歌》)

②定定住天涯，依依向物华。(李商隐《忆梅》)

③世事茫茫难自料，春愁黯黯独成眠。(韦应物《寄李儋元锡》)

④无边落木萧萧下，不尽长江滚滚来。(杜甫《登高》)

⑤白水漫浩浩，高山壮巍巍。(鲍照《梦归乡》)

⑥云溪花淡淡，春郭水泠泠。(杜甫《行次盐亭县聊题四韵奉简严遂州蓬州两使君咨议诸昆季》)

中唐以后，人们甚至采用多个叠音词对举，如下：

①暗暗淡淡紫，融融冶冶黄。(李商隐《菊》)

②行冲薄薄轻轻雾，看放重重叠叠山。(范成大《早发竹下》)

多个叠音词连用，不仅是一种对仗的技巧，也是一种表意手段。多个叠音词从不同角度强调同一事物，着力渲染了人们的不同感觉。

2. 运用修辞手段

(1) 借对

“借对”，又称假对，即通过借词音或词义构成对仗。借对又分为借义对和借音对。

借义对指借用诗中词的另一义项与另一句相应位置之词相对；借音对指借用诗中词的同音词之义与另一句相应位置之词相对，严格来说借音实为借音又借义。借对之词兼具一字双义或两个同音异义字的功能，因此也可称为双关对。

北宋沈括《梦溪笔谈·文艺二》载“假对”：

如“自朱邪之狼狈，致赤子之流离”，不唯“赤”对“朱”，“邪”对“子”；兼“狼狈”“流离”乃兽名对鸟名。……如此之类，皆为假对。[①]

上例包括借音对和借义对。“朱邪”，唐时西突厥部族族名，“赤子”，指善良的百姓，意义和构词方式不同；但通过借“朱”和“赤”颜色义相对，为借义对，借“邪”其同音字“爷”与“子”相对，为借音对。诗中“狼狈”指困窘意，“流离”指流转离散；而“狼狈”又是两种野兽之名，“流离”又是枭鸟的别名，通过借义构成同类对。

南宋严羽《沧浪诗话》称“借对”：

有借对。孟浩然“厨人具鸡黍，稚子摘杨梅”；太白“水春云母碓，风扫石楠花”；少陵“竹叶于人既无分，菊花从此不须开”，是也。[②]

所举例中有借音对，也有借义对。“杨”，借其同音字“羊”与“鸡”相对；“楠”借其同音字“男”与“母”相对，均为借音对；“竹叶”为替代词，指竹叶青酒，又用竹叶作为植物的本义与“菊花”相对，为借义对。

借对的自觉运用当是在唐代近体诗产生后，其目的在于通过借义或借音义使相对应的一组词构成同类，从而对仗更为工整。好的借对应该是在不影响抒情表意的前提下，能让人联想到借用这个词的另一义项或同音词构成对仗。如杜甫《秦州杂诗》中“马骄珠汗落，胡舞白蹄斜”，“珠”字运用非常形象，且对字为“白”，让人在读时很容易想到借用“朱”的音义与“白”构成颜色对，此借音对非常巧妙。再如《曲江》中“酒债寻常行处有，人生七十古来稀”，诗意很好理解，且在古代“寻”“常”为尺度单位，与数目字“七”“十”相对，对仗工整。

---

①(宋)沈括著、胡道静校证《梦溪笔谈校证》，上海人民出版社，2016年，第391页。

②(宋)严羽著、郭绍虞校释《沧浪诗话校释》，人民文学出版社，1983年，第74页。

唐代许多诗人都有借对的诗句，《蔡宽夫诗话》曾评述杜甫与晚唐诗人对借对运用：

诗家有假对，本非用意，盖造语适到，因以用之。若杜子美“本无丹灶术，那免白头翁”、韩退之“眼穿长讶双鱼断，耳热何辞数爵频”，“丹”对“白”，“爵”对“鱼”，皆偶然相值，立意下句，初不在此。而晚唐诸人，遂立以为格：贾岛“卷帘黄叶落，开户子规啼”、崔峒“因寻樵子径，偶到葛洪家”为例，以为假对胜的对，谓之高手。所谓痴人面前不得说梦也。①

应该说蔡氏评论借对的标准很有参考价值。但是，杜甫用借对是否都为“偶然相值”、晚唐诸人是否均“立以为格”还不好断定。现存杜甫诗中有大量的借对，有些未必是杜甫本人有意为之，但也不能否认杜甫有意识地运用借对的方式。晚唐诗人追求工巧，贾岛尤以苦吟闻名，上举贾岛诗句，认为其借“子”之“紫”音义，与“黄”相对。其实，“黄叶”与“子规”，植物与动物本就是邻类，两句对仗很工整，诗人也未必是因借对而运用“子规”一词。晚唐之后人们有意运用借对较为普遍，但也并非都是有意借音或借义，很有可能是后人分析得出。

（2）回文对

“回文对”，又叫回环对，指对仗两句字不变，而排列顺序颠倒。如“情新因意得，意得逐情新”，两句回环而对。回文对主要利用了汉语以单音节语素为主特点，通过调换语序来构成对仗，读来产生回环往复、绵延无尽的美感。不过，诗句“回环”，较难于对仗，故这种对仗形式很少。

3. 变化对应的位置

（1）当句对

“当句对”，也称句中对，句中自对，即一句中词自成对偶。宋洪迈在《容斋续笔》中论述“诗文当句对”：

唐人诗文，或于一句中自成对偶，谓之当句对。盖起于《楚辞》“蕙烝

①(宋)魏庆之《诗人玉屑》，上海古籍出版社，1978年，第171页。另，贾岛诗见《寄武功姚主簿》，“开户”又载“锁印”。卢纶《过楼观李尊师》中后两句“宁知樵子径，得到葛洪家”，与上举崔峒诗几同。

兰藉”“桂酒椒浆”“桂棹兰枻”“斫冰积雪”。自齐、梁以来，江文通、庾子山诸人亦如此。[1]

严格地说，如果仅是当句相对，只是词语属对，还构不成句子对仗。因此，我们主要讨论对仗的两句中又有当句相对的情况。按照句中对仗字词的排列情况，可分为当句并列对、当句间隔对。

当句并列对是句中相对词直接并列，包括句中单字对和句中双字对。句中单字对主要是同义或反义字连用，可用于句前、句中、句尾；句中双字对一般用于句前。如下：

①人事有代谢，往来成古今。（孟浩然《与诸子登岘山》）

②江流天地外，山色有无中。（王维《汉江临泛》）

③高江急峡雷霆斗，古木苍藤日月昏。（杜甫《白帝》）

④明月清风非俗物，轻裘肥马谢儿曹。（黄庭坚《答龙门潘秀才见寄》）

当句间隔对是句中相对词中间被别的词隔开，如下：

①乱云收暮雨，杂树落疏花。（戴叔伦《送李审之桂州谒中丞叔》）

②两月追随无十日，一春离别甚三秋。（韩元吉《寄别子云》）

③桃花细逐杨花落，黄鸟时兼白鸟飞。（杜甫《曲江对酒》）

④东涧水流西涧水，南山云起北山云。（白居易《寄韬光禅师》）

前两例是一般间隔对，后两例间隔对的词又有重字。

（2）交络对

“交络对”又称蹉对、交股对，即出句与对句部分词语在不同位置上交错而对。因词语属对的位置不同，交络对严格来说并非传统意义上的对仗。

《文镜秘府论》载“交络对”：“交络对。赋诗曰：‘出入三代，五百余载。’”[2]“三代”与“五百”即交络对。宋严有翼《艺苑雌黄》载江朝宗论王安石“春残叶密花枝少，睡起茶多酒盏疏”，认为“此一联以密字对疏字，

①（宋）洪迈撰、穆公校点《容斋随笔》，上海古籍出版社，2015年，第168页。

②（日）遍照金刚撰、卢盛江校注《文镜秘府论汇校汇考》（修订本），中华书局，2015年，第747页。

以多字对少字，正交股用之，所谓蹉对法也”[①]。举例如下：

①池花春映日，窗竹夜鸣秋。（李白《谢公亭》）

②昔看黄菊与君别，今听玄蝉我却回。（刘禹锡《始闻秋风》）

③裙拖六幅湘江水，鬓耸巫山一段云。（李群玉《同郑相并歌姬小饮戏赠》）

④紫艳半开篱菊静，红衣落尽渚莲愁。（赵嘏《长安秋望》）

交络对多是因为词语组合习惯或平仄押韵限定，而有意或无意采用的一种非传统意义的对仗形式，这也说明了对仗在求工之外的求变追求。

（3）隔句对

“隔句对”，又叫扇对、扇面对，即四句中不是上下句而对，而是单句与单句、双句与双句相对。初唐上官仪《笔札华梁》载隔句对：

隔句对者，第一句与第三句对，第二句与第四句对。如此之类，名为隔句对。诗曰：“昨夜越溪难，含悲赴上兰。今朝逾岭易，抱笑入长安。”又曰：“相思复相忆，夜夜泪沾衣。空悲亦空叹，朝朝君未归。”[②]

题名白居易的《金针诗格》后将其命名为“扇对格”。其实，隔句对早在《诗经》中就有，如“昔我往矣，杨柳依依。今我来思，雨雪霏霏。”（《小雅·采薇》）。后代也不乏其例，如下：

①缥缈巫山女，归来七八年。殷勤湘水曲，留在十三弦。（白居易《夜闻筝中弹潇湘送神曲感旧》前四句）

②昔年共照松溪影，松折溪荒僧已无。今日重思锦城事，雪销花谢梦何殊。（郑谷《将之泸郡旅次遂州遇裴晤员外谪居于此话旧凄凉因寄》其二）

③邂逅陪车马，寻芳谢朓洲。凄凉望乡国，得句仲宣楼。（苏轼《用前韵再和许朝奉》中四句）

隔句对中四个句子两两相对，较双句对不仅在对仗排列上增加了层次感，而且音韵上有了错综美，节奏也显得舒缓，是一种较好的对仗变通方式。

---

①（宋）胡仔纂集、廖德明校点《苕溪渔隐丛话》后集，人民文学出版社，1962年，第183页。

②张伯伟《全唐五代诗格校考》，陕西人民教育出版社，1996年，第35页。

(三)对仗的意义关系

构成对仗的诗句，意义必然相关，或意义相近或相同，彼此映衬；或意义相反，形成对比；或意义串联，互为依存。意义相同或相近为正对，意义相反为反对，意义串联为串对。

1.正对

“正对”又称真对，即上下两句意义相同或相近。“正对”是骈文和诗歌常用的对仗形式，又可分为同义正对和近义正对。

（1）同义正对

刘勰《文心雕龙》对“正对”进行界定：“正对者，事异义同者也……孟阳《七哀》云‘汉祖想枌榆，光武思白水。’此正对之类也。”①“枌榆”“白水”分别是汉高祖刘邦、光武帝刘秀家乡，想与思同义，两句述事有异，但都表达帝王思乡之意。

刘勰不赞成“正对”，直谓“正对为劣”。但实际上在唐代之前，诗人多好正对，宋人蔡居厚对此进行说明：

晋宋间诗人造语虽秀拔，然大抵上下句多出一意。如“鱼戏新荷动，鸟散余花落”，“蝉噪林逾静，鸟鸣山更幽”之类，非不工矣，终不免此病。②

同义正对后人多称“合掌”，如纪昀评宋之问《初到黄梅临江驿》诗句“马上逢寒食，途中属暮春”，认为“途中”即“马上”，“暮春”即“寒食”，“未免合掌”③。

人们也把两句中个别同义词对举称作“合掌”，认为是作诗之大忌。如胡应麟《诗薮·内篇》卷四云：

作诗最忌合掌，近体尤忌，而齐、梁人往往犯之。如以朝对曙，将远属遥之类。初唐诸子，尚袭此风，推原历阶，实由康乐。沈、宋二君，始加洗

①(南朝梁)刘勰著、范文澜注《文心雕龙注》，人民文学出版社，1958年，第588-589页。

②(宋)蔡居厚《蔡宽夫诗话》，载郭绍虞辑《宋诗话辑佚》，中华书局，1980年，第379页。

③(元)方回选评、李庆甲集评校点《瀛奎律髓汇评》，上海古籍出版社，1986年，第1538页。

削，至于盛唐尽矣。[①]

清施闰章《蠖斋诗话》记载元人关于“合掌”的一则轶事：

元萨天锡诗：“地湿厌闻天竺雨，月明来听景阳钟。”脍炙于时。山东一叟鄙之。萨往问其故。曰：“此联故善，闻、听二字，一合耳。”萨问：“当易以何字？”叟徐曰：“看天竺雨。”萨疑“看”字所出。叟曰：“唐人有‘林下老僧来看雨’。”萨俯首，拜为一字师。[②]

文中所述“闻、听”二字“一合”，“合”即合掌。“闻”改为“看”，既不犯合掌，且“看”字让人产生视觉和听觉的形象感，改动为佳。

谢榛在《四溟诗话》中也记载他改唐人诗一例：

耿湋《赠田家翁》诗：“蚕屋朝寒闭，田家昼雨闲。”此写出村居景象，但上句语拙，“朝”“昼”二字合掌。若作“田家闲昼雨，蚕屋闭春寒”，亦是王孟手段。[③]

改动后避免“合掌”，对仗工整，意境上也更胜原诗一筹。但是，耿湋《赠田家翁》为五言律诗，改后不合平仄格律，从全诗来看并不为佳。

应该说，在有限的字数中，以相同意义的两句构成对仗，会导致诗意的重复单调，因此作诗避免“合掌”有其合理性。不过，鉴赏诗歌也不能一概而论。首先，要历史地看待不同时期人们的诗歌追求和评价标准，避免用后起的“合掌”理论直接否定古诗的价值；其次还要结合全诗综合分析，从而判断对仗的优劣。如王籍《入若耶溪》“蝉噪林逾静，鸟鸣山更幽”，从对仗角度而言，“蝉噪林”与“鸟鸣山”近义，而“逾静”与“更幽”合掌。但是诗歌属对应为抒情表意服务，王籍承继《诗经·小雅》“萧萧马鸣，悠悠旆旌”动静结合的手法，两句均以动衬静来描述若耶溪的幽静环境，故受到许多人的称赞[④]。

（2）近义正对

两句意义相近，而且相对的词意义也相近，我们视为近义正对。上文所

①(明)胡应麟《诗薮》，中华书局，1962年，第64页。

②(清)施闰章撰，何庆善、杨应芹点校《施愚山集》，黄山书社，1993年，第33页。

③(明)谢榛《四溟诗话》，载丁福保辑《历代诗话续编》，中华书局，1983年，第1153页。

④ 北齐颜之推赞：“自《小雅》‘萧萧马鸣，悠悠旆旌’得来，此神契语也。”

举“鱼戏新荷动，鸟散余花落”，出自谢朓《游东田》，蔡居厚认为上下句一意，实际上并不完全同义。两句分别描绘了具有动态感的画面，上句“鱼戏新荷动”是池中之景，下句“鸟散余花落”是林中之景，下句相较上句，更具有由动入静的余韵，应属近义正对。

实际上，近义正对，不仅在晋宋时广泛运用，唐人诗歌中也经常用到。如下：

①明月松间照，清泉石上流。（王维《山居秋暝》）

②荷风送香气，竹露滴清响。（孟浩然《夏日南亭怀辛大》）

③映阶碧草自春色，隔叶黄鹂空好音。（杜甫《蜀相》）

④沉舟侧畔千帆过，病树前头万木春。（刘禹锡《酬乐天扬州初逢席上见赠》）

⑤野火烧冈草，断烟生石松。（贾岛《雪晴晚望》）

相近意义对举，不仅形式工整匀称，而且可以在情感、意境等方面进行互补，强化诗歌表达的意义。这样的对仗不应该属于刘勰所谓的“同义劣对”。

2. 反对

“反对”指上下句意义相反，或部分词为反义词。刘勰《文心雕龙》：“反对者，理殊趣合者也……孟阳《七哀》诗‘钟仪幽而楚奏，庄舄显而越吟’，此反对之类也。”“幽”与“显”意义相反。《文镜秘府论》载“反对”：“至若上与下、尊与贵、有与无、同与异、去欲来、虚与实、出与入……如此等状，名为反对者也。”所举相对词意义相反。“反对”如下：

①翠屏千仞合，丹嶂五丁开。（李隆基《幸蜀西至剑门》）

②江流天地外，山色有无中。（王维《汉江临泛》）

③文章憎命达，魑魅喜人过。（杜甫《天末怀李白》）

④身无彩凤双飞翼，心有灵犀一点通。（李商隐《无题》）

⑤命仆安排新暖阁，呼童熨帖旧寒衣。（刘克庄《冬景》）

“反对”较于“正对”，不仅能够容纳更多的内容，而且对比鲜明，因此被提倡。如刘勰《文心雕龙》认为“反对为优。”[①]不过，仅利用相反的意义构成“反对”，还有很大的局限性。实际上，相对的词意义差别较大，虽不构成反义，也可以达到甚至超过“反对”的效果。如杜甫《野老》颈联“长路关心悲剑阁，片云何意傍琴台”、黄庭坚《寄黄几复》颔联“桃李春风一杯酒，江湖夜雨十年灯”等，都为绝妙奇语。

3.流水对

“流水对”，也称串对，指出句与对句的意义上下连贯的对仗。一般的对仗，不管是正对还是反对，出句或对句意义都是完整的，两句呈现并列关系；而流水对的出句或对句意义不完整，不能独立存在，两句往往具有说明、承接、转折、因果、假设等关系。

明代《沙中金集》中有“流水句”之目：

流水句。洪觉梵《禁脔》云：其法两句叙一事，如人信手斫木，方圆一一中规矩。宜于颔联用之。又名十字对、十四字对。[②]

明胡震亨《唐音癸签》载“流水对”，并举例说明：

严羽卿以刘眘虚“沧浪千万里，日夜一孤舟”为十字格，刘长卿“江客不堪频北望，塞鸿何事又南飞”为十四字格。谓两句只一意也，盖流水对耳。[③]

胡震亨举二例都是“两句只一意”，但稍加辨别可以看出其不同。“沧浪千万里”与“日夜一孤舟”构成一个单句，“一孤舟”是描写对象，“日夜”“沧浪千万里”具体说明孤舟的行程。“江客不堪频北望”与“塞鸿何事又南飞”构成一个复句，前后句呈现递进关系。依此，流水对可分为单句型和复句型两种形式。

（1）单句型流水对

单句型流水对，出句和对句合起来共同表述一意，分开没有完整的意义。单句型流水对是真正的“两句一意”，如下：

①(南朝梁)刘勰著、范文澜注《文心雕龙注》，人民文学出版社，1958年，第588页。

②佚名《沙中金集》，《明诗话全编》第6册，第11277-11278页。“觉梵”当为“觉范”。

③(明)胡震亨《唐音癸签》，上海古籍出版社，1981年，第31页。

①不堪玄鬓影，来对白头吟。（骆宾王《在狱咏蝉》）

②请看石上藤萝月，已映洲前芦荻花。（杜甫《秋兴八首》其二）

③淼淼沧江外，青青春草生。（刘长卿《送李校书赴东浙幕府》）

④如何百年内，不见一人闲。（戴叔伦《别友人》）

⑤前村深雪里，昨夜一枝开。（齐己《早梅》）

（2）复句型流水对

复句型流水对，即出句与对句类似复句的分句，分句之间具有一定的逻辑关系。如下：

①行到水穷处，坐看云起时。（王维《终南别业》）

②即从巴峡穿巫峡，便下襄阳向洛阳。（杜甫《闻官军收河南河北》）

③正有高堂宴，能忘迟暮心。（张说《幽州夜饮》）

④以我独沉久，愧君相见频。（司空曙《喜外弟卢纶见宿》）

⑤花径不曾缘客扫，蓬门今始为君开。（杜甫《客至》）

⑥人怜巧语情虽重，鸟忆高飞意不同。（白居易《鹦鹉》）

⑦欲穷千里目，更上一层楼。（王之涣《登鹳雀楼》）

⑧唯将终夜长开眼，报答平生未展眉。（元稹《遣悲怀三首》其三）

上述流水对，①②是承接关系，③④是因果关系，⑤⑥是转折关系，⑦⑧是条件关系。

流水对打破了对仗习见的并列模式，使诗词对仗形式更丰富，抒情表意上也更为灵活。流水对如用得好，一气呵成，语意连贯，如行云流水，可增强诗的艺术感染力。不过，流水对重在诗意的贯通，往往忽视形象化的描写。如明谢榛《四溟诗话》认为李建勋诗“未有一夜梦，不归千里家”，“两句一意，则流于议论”[①]，也间接说明了“流水对”议论化的倾向。

律诗中的对仗，出句与对句不仅要字数相同、意义相关、句法结构相近，同时遵循平仄相对的原则，而且对仗的联数和位置也有要求。律诗共八句，两句构成一联，依次为首联、颔联、颈联、尾联，“就一般情形而论，

①（明）谢榛《四溟诗话》，载丁福保辑《历代诗话续编》，中华书局，1983年，第1197页。

律诗的对仗是用于颔联和颈联”[①]。不过，这并非严格的规定。律诗对仗数量少则一联、多达四联，其位置也变化多样。古体诗和词不要求对仗，即使用对仗也要求不严格，对仗位置非常自由。

综上而言，声律是古典诗词音乐美和形式美的主要因素，也是诗词诵读和鉴赏的一个重要方面。以上我们从押韵、平仄、对仗三方面说明古典诗词的声律规则，不过，这并不表示优秀的诗歌都必须遵守格律规范。古体诗本来就不严格遵守格律，即使近体诗也不能以是否合律来衡量语言水平和艺术价值，更不用说有意“出律”的拗体诗了。语言的声韵等外在形式的选择和组织，都应服务于情感思想的表达，厚载情感的语言以适合的形式呈现才具有语言的魅力，鉴赏时应结合具体诗词来分析声律运用的优劣。

附:鉴赏示例

登　高

杜甫

风急天高猿啸哀，渚清沙白鸟飞回。
无边落木萧萧下，不尽长江滚滚来。
万里悲秋常作客，百年多病独登台。
艰难苦恨繁霜鬓，潦倒新停浊酒杯。

杜甫夔州所作《登高》一诗，抒写了晚年漂泊的忧苦悲怆之情。因其布局精严、气势高浑，历来被誉为七言律诗的典范。明胡应麟盛赞，“通章章法、句法、字法，前无昔人，后无来学”，“自当为古今七言律第一”[②]。清杨伦亦赞，“高浑一气，古今独步，当为杜集七言律诗第一”[③]。

①王力《近体诗格律学》,山西古籍出版社,2003年,第149页。
②(明)胡应麟《诗薮》,中华书局,1962年,第95页。
③(清)杨伦《杜诗镜铨》,上海古籍出版社,2019年,第842页。

我们主要从声律和句篇布局方面进行分析。

此诗七言八句，首句入韵，诗中韵脚分别是“哀”“回”“来”“台”“杯”。按照现代汉语语音，“哀”“来”“台”，“韵腹+韵尾”是“ai”；“杯”，“韵腹+韵尾”是“ei”；“回”，韵母“ui”实际上由中响复韵母“uei”简化而来，即“韵腹+韵尾”也是“ei”。但在古代诗韵里，“哀”“来”“台”与“回”“杯”同韵，都属于“平水韵”中的“上平声十灰”韵部。现在有的方言中把“回”念成“huái”、“杯”读成“bāi”，应该是保留着一些古读字音。

分析此诗的平仄格律，要先弄清四声和平仄关系。古代汉语中古音系统声调分平、上、去、入四声，四声归并，平声即“平”，上、去、入声为“仄”。近古期后，平声分化为阴平、阳平两个声调，而入声字派入了平、上、去三个声调中。辨别诗的平仄，最麻烦的是入声字。入声字如派入阴平和阳平的话，依照现代汉语的读音就会把古入声字错归为“平”。这就需要我们识记一些古代常用的入声字。就这首诗而言，其中“急”“白”“落”“不”“客”“白”“独”“浊”，都是入声字。

当入声字问题解决后，我们就可以标出这首诗的平仄格式：

平仄平平平仄平，仄平平仄仄平平。平平仄仄平平仄，仄仄平平仄仄平。仄仄平平平仄仄，仄平平仄仄平平。平平仄仄平平仄，仄仄平平仄仄平。

然后根据偶数字和尾字的平仄，推出此诗的标准格式为仄起首句入韵式。

通过比较发现，《登高》诗八句，第三、四、五、七、八句与标准格式完全相同。第一句中，第一字、第五字与标准格式不同，不过，以“仄仄平”结尾的七言律诗，第一字、第五字可平可仄（第三字如用仄声，孤平需拗救）。第二句和第六句中，第一字、第三字与标准格式不同，而以“仄平平”结尾的七言律诗，第一字、第三字可平可仄（第五字不用平声，以避免三平调）。由此可以看出，《登高》一诗，八句平仄皆入律，而且非常接近标准格式。

在对仗方面，此诗打破了一般律诗对仗格式。律诗对仗多限于颔联和颈联。在杜甫之前，杨炯、王维等偶在诗中增加一联对仗。而此诗四联全部用对，把律诗对仗推向极致。

从首联来看，由于首句入韵，不能满足近体诗对仗平仄相对的要求。沈德潜对此评曰："八句皆对，起二句对举之中仍复用韵，格奇而变。"[①]另外，出句与对句，既相互对仗，又构成句中对，如"风急天高"对"渚清沙白"，其中，"风急"又对"天高"，"渚清"又对"沙白"，巧妙而工整。不过，此联因排叠实字，写景繁促，也为后人质疑"节促""太实"。这许是表意的需要，当杜甫暮秋登高，目耳之所及，万般事物，纷至沓来，非排叠实字无以详尽眼前其景，非并置其景无以构成浩阔之境，故而起调即景，两句三景并置、相互对照，有飒沓涵笼之势。

颔联对仗，一直为后人所称道。与上联一句三景、三顿不同，颔联一句一景，一句四顿，尤见炼字、炼句之工。"无边落木"与"不尽长江"相对，进一步增加了时空的纵深度；"萧萧""滚滚"两个重叠词对举，更真切地再现了苍茫辽阔的景象，也充分体现了杜甫娴熟地运用语言的功夫，包容时空诸感，涵纳无尽悲情。

颈联对仗，更为出神入化。前四句写景，至五六句换笔抒情，用语高度概括，又对仗精工。正如罗大经在《鹤林玉露》中所言："盖万里，地之远也；悲秋，时之惨凄也；作客，羁旅也；常作客，久旅也；百年，暮齿也；多病，衰疾也；台，高迥处也；独登台，无亲朋也。十四字之间，含八意，而对偶又极精确。"[②]

尾联对仗，却多为人争议。如明王世贞惋惜"结亦微弱"，明胡震亨指出"结语膇重"，清沈德潜又谓"结句意尽语竭"。而明胡应麟却认为，"结句似微弱"，"只如此软冷收之，而无限悲凉之意，溢于言外，似未为不衬

①(清)沈德潜《唐诗别裁集》,上海古籍出版社,2013年,第454页。

②(宋)罗大经撰、刘友智校注《鹤林玉露》,齐鲁书社,2017年,第384页。

也”[①]。“臆重”，应指文辞臃滞繁复，既说“艰难苦恨”，又说“潦倒”，有些繁复；而且尾联以散句为宜，再用对仗也显板滞。此联相对前三联“微弱”，即使胡应麟也不否认，不过他所述理由中“悲凉之意，溢于言外”，与沈德潜所述“意尽语竭”似有矛盾。我们认为，尾联述“悲凉之意”，这与颈联意相近，也就是说尾联既没有表达新的意旨，也没有让人回味不绝的余意，由此来看，“意尽语竭”有一定的合理性。

从整首诗的章法布局来看，前两联重在写景，后两联重在抒情，与一般律诗中间两联写景、首尾两联表意的结构方式不同。这样使得诗歌看起来更为均衡平稳，但由于上下两联承担的功能相近，导致并列的两联显得板滞，也不利于思想内容的表现，以至于被人质疑。如清吴昌祺认为：“太白过散，少陵过整，故此诗起太实，结亦滞。”[②]今人施蛰存指出：“首尾两联要通过中间两联，完成一个思想概念的起迄。杜甫《登高》却以前两联写景，后两联抒情。艺术中心强了，思想中心却削弱了。”[③]

杜甫《登高》诗，一篇之中句句皆律，一句之中字字皆律，开创了七言律诗的新的体式，这无疑在诗歌史上具有重要意义。不过，诗词运用格律，应以思想情感的表达为前提，并非格律化程度越高、对仗越工整就越好。《登高》诗的格律评述，也应该如此。

① 四人语分别参见（明）王世贞《艺苑卮言》，凤凰出版社，2009年，第57页；（明）胡震亨《唐音癸签》，上海古籍出版社，1981年，第96页；（清）杨伦《杜诗镜铨》，上海古籍出版社，2019年，第842页；（明）胡应麟《诗薮》，中华书局，1962年，第96页。

②（明）唐汝询选释、（清）吴昌祺评定《删订唐诗解》，《续修四库全书》第1612册，上海古籍出版社，第289页。

③ 施蛰存《唐诗百话》，华东师范大学出版社，1996年，第288页。

第三章　识字通文与循文入义

古典诗词是一种精粹的语言文学艺术。相比于其他文体，古典诗词更重视字词的选择、组合、锤炼和艺术化呈现，因此更鲜明地体现了文学语言的精炼性、含蓄性、形象性、音乐性等特点。古典诗词的艺术魅力，在一定程度上取决于语言文字的表达水平。古典诗词鉴赏应该“从透彻地了解语言文字入手”[①]，不仅要熟悉古今语言的发展变化，正确解释一般字词的基本含义，还要掌握古典诗词的一些特殊语词，弄清其所指代的意义，在此基础上，进一步理解诗人炼字锻句的艺术，从而领略古典诗词的语言之美和内在意蕴。

一、古今言殊

由于社会历史的变迁，古今语言必然会发生变化。早在东汉时期，王充《论衡·自纪篇》就指出：“经传之文，圣贤之语，古今言殊，四方谈异也。”[②]“古今言殊”指语言的历史变化，“四方谈异”指不同地域语言差异。地域语言也有历史变化，因此一并纳入“古今言殊”中讨论。语言发展涉及语音、语汇、语法诸方面，其中尤以语汇的变化最快、也最显著。理解和鉴赏古典诗词，应特别注意古代语汇及其意义的发展变化。

①叶圣陶《文艺作品的鉴赏》,《叶圣陶作品精选》,长江文艺出版社,2019年,第178页。

②(东汉)王充《论衡》,上海古籍出版社,1990年,第280页。

(一)古今词义变化

1.古词今僻

古词今僻，指一些字词在古代运用，后代很少用或不再运用。吕叔湘曾以《诗经·鲁颂·駉》为例，说明古代字词消失的情况①。此诗提到马的名称有驈、皇、骊、黄、骓、駓、骍、骐、驒、骆、駵、雒、骃、騢、驔、鱼十六种之多，分别表示皮毛颜色不同的马。其中驈、駓、骍、骐、驒、駵、雒、骃、騢、驔等，现在很少运用，其他词也多不再表示马名之义。

其实，有些词语在较短的时间内，其意义也可能不被后人理解，尤其是方言词。欧阳修《六一诗话》载：

陶尚书穀尝曰："尖檐帽子卑凡厮，短靿靴儿末厥兵。""末厥"，亦当时语。余天圣、景祐间已闻此句，时去陶公尚未远，人皆莫晓其义。王原叔博学多闻，见称于世，最为多识前言者，亦云不知为何说也。第记之，必有知者耳。②

陶穀是宋太祖时人，欧阳修是宋仁宗时人，当时的博学之士已不能晓"末厥"的词义，可见词义理解并非易事。

古词今僻在古典诗词中极为常见。如果不明词语的古代之义，就无法确切地理解诗句。举例如下：

①之子于归，宜其室家。(《诗经·周南·桃夭》)

"于归"，古代指女子出嫁。现在已不用。

②醉月频中圣，迷花不事君。(李白《赠孟浩然》)

古人称清酒为圣人，浊酒为贤人，"中圣"即饮清酒而醉。现在已不用。

③盍簪喧枥马，列炬散林鸦。(杜甫《杜位宅守岁》)

---

①参看吕叔湘《语文常谈》，三联书店，2014年，第86-87页。

②(宋)欧阳修撰、李逸安点校《欧阳修全集》，中华书局，2001年，第1954页。

“盍簪”，古词，代指群朋聚会。《周易豫卦》：“勿疑朋盍簪。”现在已不用。

④清管曲终鹦鹉语，红旗影动駮鶵嘶。（白居易《武丘寺路宴留别诸妓》）

“駮鶵”，是一种马。《广韵》：“駮鶵，蕃大马也，音薄寒。”现在已不用。

⑤幸自得人情，只是有些脾鳖。（石孝友《好事近》）

“脾鳖”，古代指拗扭、憋扭，现在书面语中很少用。

⑥江梅的的依茅舍，石濑溅溅漱玉沙，瓦瓯篷底送年华。（张雨《喜春来·泰定三年丙寅岁除夜玉山舟中赋》）

“的的”，古代指女子脸上装饰的红点。《释名·释首饰》：“以丹注面曰的。”此处形容梅花的美艳。现在书面语中很少用。

2. 古今异义

一些词古今意义不同，我们如以现在意义解释，很容易理解错误。黄侃在日记中述自已曾误解诗：

向观钞本苏子瞻《冬日牡丹》诗“一朵妖红翠欲流”，疑翠为误字加以直抹，今观注本引陆务观《老学庵笔记》谓成都有鲜翠红纸铺，问土人乃知鲜翠犹鲜明也（高似孙《纬略》亦云：翠，鲜明貌，非色也）。东坡盖用乡语。[①]

古今异义在古典诗词中非常普遍，我们看以下几例：

①桃之夭夭，灼灼其华。（《诗经·周南·桃夭》）

“夭夭”，绚丽茂盛的样子；现在用于“逃之夭夭”，用来表示逃跑。

②折琼枝以为羞兮，精琼靡以为粻。（屈原《离骚》）

“羞”，“馐”的古字，指美味的食品；现在多指羞愧、难为情等。

③可怜体无比，阿母为汝求。（汉乐府《孔雀东南飞》）

“可怜”，古代常指可爱、令人喜欢；现在多指怜悯、同情。

①黄侃著、黄延祖重辑《黄侃日记》，中华书局，2007年，第69页。

④烈士暮年，壮心不已。（曹操《龟虽寿》）

“烈士”，古代多指有气节、壮志的人，此处指志向远大的英雄；现在多指为正义事业而牺牲的人。

⑤知君书记本翩翩，为许从戎赴朔边。（杜审言《赠苏绾书记》）

“书记”，诗中出现两次，诗题中的“书记”即“掌书记”，唐代是一种职务，主管文书工作；正文中“书记”是职务行为，指写作文书；而现在“书记”指各级党、团组织的主要负责人。

⑥兵革既未息，儿童尽东征。（杜甫《羌村三首》其三）

“儿童”，古代指大于婴儿而尚未成年的人；现在多指年龄小于少年的幼孩。

⑦天下三分明月夜，二分无赖是扬州。（徐凝《忆扬州》）

“无赖”，诗中即顽皮、可爱义；现在多指游手好闲、不讲道理的人或行为。

⑧处分新霜且留菊，辟差寒日早开梅。（杨万里《晚兴》）

“处分”，诗中即吩咐义；现在多指处罚。

⑨杏花零乱。拟把百觚来判断。（葛胜仲《减字木兰花》）

“判断”，诗中即欣赏义；现在多指评判、断定。

3. 义项变化

在语汇发展过程中，义项的范围和数量经常会发生变化。古代为多义词，现在有些义项保留，有些义项基本不用，如果我们用现在的义项去解释古诗，可能会出现意义的偏差。如下几例：

龙钟

①龙钟辞北阙，蹭蹬守南荒。（沈佺期《答魑魅代书寄家人》）

②故园东望路漫漫，双袖龙钟泪不干。（岑参《逢入京使》）

③稚子龙钟当户多，北堂曾种向南坡。（曹寅《移竹东轩和高竹窗学士来韵》）

上述诗句的“龙钟”，①指身体衰老、行动不便，我们现在还用，如

“老态龙钟”；②指流泪沾湿，现在很少运用；③指竹子，现在很少运用。

料理

①诗酒尚堪驱使在，未须料理白头人。（杜甫《江畔独步寻花》其二）

②眼昏久被书料理，肺渴多因酒损伤。（白居易《对镜偶吟赠张道士抱元》）

③平生习气难料理，爱著幽香未拟回。（黄庭坚《戏咏高节亭边山矾花》）

④东风合与春料理，忍把轻寒瘦杏花。（武衍《湖边》）

“料理”，现在多指人对事务的“处理”“安排”等。上述诗句①指对人的帮助；②可理解为“熬煎”“折磨”；③可理解为“改变”；④指“处理”“打理”，此义和现在义相近。

坐来

①坐来已是愁无奈，草露虫声政寂寥。（杨万里《迓使客夜归》）

②坐来黄叶落四五，北斗已挂西城楼。（李白《单父东楼秋夜送族弟沈之秦》）

③坐来改变如苍狗，试欲挥毫意自迷。（黄庭坚《次韵雨丝云鹤》）

上述诗句中“坐来”，①即“本来”；②指“正当时”；③指“少顷”“很短的时间”，这些意义现在都很少用。

弊

①不知何代策，空使蜀人弊。（岑参《送狄员外巡按西山军得霁字》）

②弊裘羸马苦难行，僮仆饥寒少筋力。（张籍《杂曲歌辞·行路难》）

③完创补弊有捷理，此时歧路挐青云。（郭祥正《送沈司理赴阙改官》）

上述诗句的“弊”，①指“困苦”，现在用得很少；②指“破旧”，现在用得很少；③指“弊端”，现在常用。

荣

①攀条折其荣，将以遗所思。（《古诗十九首》）

②否泰如天地，足以荣汝身。（汉乐府《孔雀东南飞》）

③前荣馔宾亲，冠婚之所于。（韩愈《示儿》）

上述诗句中“荣”，①指“草本植物的花”；②“使荣耀”，使动用法，与现在的“光荣”“荣耀”义相关；③指“屋檐”，“前荣”理解为“堂前部”，这个意义现在已经不用。

（二）词义理解的方法

由于诗词字数限制、格律要求和表达的含蓄性追求等，古典诗词的字词训诂比古文还要难。如果遇到难解词语，一般会参阅字词类工具书，如《说文解字》《广韵》《康熙字典》等。但是，工具书所列词义一般以全面为佳，并没有针对性，而且在不同时代词义还会发生变化，因此词义理解还要学习一些方法。

清王引之在《经传释词》中运用了一些重要的释词方法，如同文互证、两文比例、互文同训、别本见例、古注互推、后引相证等[①]，至今仍具有指导作用。张相在《诗词曲语辞汇释》叙言中说明“假定一义之经过”，即体会声韵、辨认字形、玩绎章法、揣摩情节、比照意义[②]。蒋绍愚《唐诗语言研究》在研究唐诗口语词汇时提出了七种方法，即参考作者自注、参看其他诗文注、参看笔记杂著解释、参看古代字韵书解释、参证方言、排比归纳、形音义推求[③]。这些方法大都适用于古代诗词的词义理解，笔者在此基础上归纳整合为四种，以下简要说明。

1. 由注通文

作者自注最为可信。从唐代开始，诗人就有意识地对其诗中的个别字词进行注释，其中所注释的词，以俗称、方言词为多。如杜甫《秋日夔府咏怀奉寄郑监李宾客一百韵》“市暨瀼西巅”下注：“峡人目市井泊船处曰市暨，

---

①参见钱熙祚《经传释词跋》，载清王引之撰、李花蕾点校《经传释词》，上海古籍出版社，2014年，第239-240页。

②参见张相《诗词曲语辞汇释》，上海古籍出版社，2009年，第1-8页。

③参见蒋绍愚《唐诗语言研究》，语文出版社，2008年，第122-133页。词义理解这部分内容多参照此著。

江水横通山谷处，方人谓之瀼。”白居易《杭州春望》“青旗沽酒趁梨花”下注：“其俗，酿酒趁梨花时熟，号为梨花春。”《喜老自嘲》“行开第八秩”下注：“时俗谓七十以上为第八秩。”元稹《上阳白发人》“天宝年中花鸟使”下注：“天宝中，密号采取艳异者为花鸟使。”作者自注对于理解诗词非常重要，只可惜这样的注释实在太少。

诗集笺注最为便利。一些比较重要的诗集，在古代就有人为其作注。以杜甫诗注为例，宋代就有“千家注杜”之说，“千家”自为虚数，但可证注本多，如南宋郭知达编的《九家集注杜诗》；明代有王嗣奭的《杜臆》；至清代又兴注杜热，出现钱谦益《钱注杜诗》、仇兆鳌《杜诗详注》、浦起龙《读杜心解》、杨伦《杜诗镜铨》等重要注本；至今学者仍热衷杜诗笺注，如萧涤非主编《杜甫全集校注》，谢思炜《杜甫集校注》，日本下定雅弘、松原朗编《杜甫全诗译注》，影响都很大。利用笺注本，可以较为方便地了解诗歌的创作背景、典故出处、难解词义等。不过，运用笺注也要分析判断，合理引用。如杜甫《乐游园歌》：“圣朝亦知贱士丑，一物自荷皇天慈。”清仇兆鳌注：“一物，指酒，犹陶公云杯中物。江淹诗：‘一物之微，有足悲者。’”（《杜诗详注》卷二）清周篆解：“人亦天地之间一物，故自谓一物。”（《杜工部诗集集解》卷三）清沈德潜解：“一物，公自谓也。”（《唐诗别裁集》卷六）徐仁甫详注：“梁武帝《报侯景书》：‘朕为万乘之主，岂可失信于一物。’工部《朝享太庙赋》：‘恐一物之失所。’是‘一物’犹言‘一民’。杜公于此以一物自谓，即以一民自居。”（《杜诗注解商榷》卷二）清卢元昌详析：“当此春和，一草一木，皆荷皇天之慈，忻忻然有以自乐，独我贱士见丑圣朝，今幸三赋得叨宸赏，乃待命集贤，又复踰年，夫岂皇天悯覆，终遗贱士乎？”（《杜诗阐》卷二）萧涤非认为，卢解“结合目前景物，释一物为一草一木，最为圆通”[①]。“一物”解为“酒”，不通；注家多主张“自谓”说，虽可说通，但上句“贱士”为自谓，下句若再以“一物”自谓，未免合掌；联系上下文语意，释“一草一木”更佳。

①参见萧涤非主编《杜甫全集校注》(一)，人民文学出版社，2014年，第214-222页。

其他诗集之注也可参考。如骆宾王《晚度天山有怀京邑》:“行叹戎麾远,坐怜衣带赊。”“赊”,现在多指买货延期交款,以此释诗义不通。萧统编《文选》收谢朓《和王主簿季哲怨情》,有“赊”字:“徒使春带赊,坐惜红妆变。”李善注《文选》:“赊,缓也。”李善注义,能解释骆宾王诗。唐诗中多出现“赊”一词,如韩翃《送客水路归陕》:“相风竿影晓来斜,渭水东流去不赊。”用“缓”解释,也可通,“去不赊”指急流而去。不过,古代词义往往并非单一,而且在不同时代、不同语境下,都会发生变化,如果机械地以某一义解释,往往会行不通,这时还需要结合诗歌上下文来分析。如骆宾王《晚憩田家》:“心迹一朝舛,关山万里赊。”“赊”为“远”义。王泠然《古木卧平沙》:“古木卧平沙,摧残岁月赊。”“赊”为“长”义。李绅《过荆门》:“行行驱马万里远,渐入烟岚危栈赊。”“赊”为“高”义。钱起《送费秀才归衡州》:“不畏心期阻,惟愁面会赊。”“赊”又当解为“疏”“少”之义。

2.参阅旁证

此处的旁证,主要指在诗话、笔记等文献中对某个词语的解释。这类文献记载相对较为可信,但数量不多且非常分散,查阅起来很费劲。在文献积累不足的情况下,我们可以利用一些古籍文献检索软件,然后再找到相关文献比较核对,切记不能从网上搜索信息而直接利用。举例如下:

①跳过世界三千,特特地、人间九百。(沈瀛《柳梢清》)

“九百”为数词,不明具体所指。可参考陈师道《后山诗话》所载:“世以痴为九百,谓其精神不足也。”[①]由此知,沈瀛词中的“九百”,盖为“愚痴”义,乃自嘲之语。

②百年未满不得死,且可勤买抛青春。(韩愈《感春》其四)

“抛青春”,按现代汉语意义无法解通。可参考苏轼《仇池笔记》所载:“退之诗云:‘且可勤买抛青春。’《国史补》云:‘酒有郢之富水春,乌程之若下春,荥阳之土窟春,富平之石冻春,剑南之烧春。’杜子美诗云:‘闻道

①(宋)陈师道《后山诗话》,载何文焕辑《历代诗话》,中华书局,1981年,第310页。

云安曲米春。'裴铏《传奇》亦有酒名松醪春，乃知唐人名酒多以春。"[①]由此推，"抛青春"应是酒名。

③吴笺银粉砑。待把旧家风景，写成闲话。（蒋捷《元夕》）

"银粉砑"不易理解。苏易简《文房四谱》卷四《纸谱》载："蜀人造十色笺……然逐幅于方版之上砑之，则隐起花木麟鸾，千状万态。"[②]范成大《吴郡志》卷二九《土物》载："彩笺，吴中所造，名闻四方。以诸色粉和胶刷纸，隐以罗纹，然后砑花。……今蜀中作粉笺，正用吴法，名吴笺。"[③]由上知，"吴笺银粉砑"，即吴地彩笺通过银粉砑花工艺而制成，词中指精美的笺纸。

④遮莫枝根长百丈，不如当代多还往。（李白《少年行》其三）

"遮莫"不易理解。可参考严有翼《艺苑雌黄》："遮莫，盖俚语，犹言尽教也。自唐以来有之，当时有'遮莫你古时五帝，何如我今日三郎'之说。然词人亦稍有用之者。杜诗云：'久拚野鹤同双鬓，遮莫邻鸡唱五更。'李太白诗：'遮莫枝根长百尺，不如当代多还往。''遮莫亲姻连帝城，不如当身自簪缨。'……皆用此语。"[④]

3.排比互证

排比互证，指排列包含这个词语的古代诗文，互为比照，从而推证出这个词语的意义。排比互证是考释词义的重要方式，尤其在无注释文献的情况下运用普遍。正如王引之在《经传释词》中所述："揆之本文而协，验之他卷而通。虽旧说所无，可以心知其意者也。"[⑤]下举两例进行说明：

①人人总解争时势，都大须看各自宜。（元稹《有所教》）

"都大"，现代汉语是两个字，而而不能搭配。唐代诗歌中多次出现"都大"。如元稹又有《酬乐天得微之诗知通州事》："平地才应一顷馀，阁

①（宋）苏轼《仇池笔记》，《全宋笔记》第一编（九），大象出版社，2003年，第196页。

②（宋）苏易简《文房四谱》，《丛书集成初编》第1493册，上海商务印书馆，1939年，第53页。

③（宋）范成大《吴郡志》，《文渊阁四库全书》史部第485册，台北商务印书馆，第219页。

④（宋）严有翼《艺苑雌黄》，载郭绍虞辑《宋诗话辑佚》，中华书局，1980年，第552–553页。

⑤（清）王引之撰、李花蕾点校《经传释词》，上海古籍出版社，2014年，第5页。

栏都大似巢居。”来鹄《鄂渚清明与乡友登头陀山》：“都大此时深怅望，岂堪高处更逡巡。”杜荀鹤《别四明钟尚书》：“都大人生有离别，且将诗句代离歌。”三诗中，“都大”分别与“才应”“岂堪”“且将”相对。又杜牧《云》：“尽日看云首不回，无心都大似无才。”“都大”在此诗中应是副词。张相通过比照上列诗句，认为“都大”即“本自”“元来”之义[①]。

②如今不是梦，真个到伊行。（晏几道《临江仙》）

句中的“行”，常常被人误解为动词行走之行。排列宋人词中有类似用“行”句，如下：黄庭坚《西江月》“杯行到手莫留残，不道月斜人散”；叶梦得《鹧鸪天》“杯行到手未宜休”；周邦彦《绕佛阁》“两眉愁、向谁行展”，《少年游》“低声问，向谁行宿”，《点绛唇》“征骑初停，酒行莫放离歌举”。比较“伊行”“谁行”“杯行”“酒行”在句中用法，可得出“行”字不是动词，而是个代名词[②]，代指“行”前的人（如伊、谁）或物（如杯、酒）。

排比互证必须建立在材料充分的基础上，而且要结合不同诗歌完整的文本语境进行互证，这样得出的结论才能可信。需要注意的是，在根据上下文确定句中词义时，还要有语法观念，不要把因句式而产生的语义误认为某一词的词义。如张相根据骆宾王诗“城郭犹疑是，原陵稍觉非”、李峤诗“早霞稍霏霏，残月犹皎皎”，认为两诗之“稍”与“犹”字相对，假定“稍”有“已”义。蒋绍愚认为，和“犹”相应的副词在诗中不一定出现，如杜甫《新安吏》：“白水暮东流，青山犹哭声。”不能因为“暮”与“犹”字相对，而假定“暮”有“已”义；同样，也不能因为诗中“稍”与“犹”相对，就确定它有“已”义。张相所举诗，“稍”其义应为“渐渐”，而“已”是由句式产生的[③]。

---

①详参张相《诗词曲语辞汇释》，上海古籍出版社，2009年，第327页。

②详参吴世昌《谈词中的名物、训诂和隶事——了解词义必先克服的三大障碍》，《文史知识》，1983年第6期。

③详参蒋绍愚《唐诗语言研究》，语文出版社，2008年，第130页。

4.推衍删存

推衍删存即“顺向推衍”和“逆向删存”，是钟振振提出的诗词解读两大步骤。“顺向推衍”，指将语言文字可以“引发”出的各种不同解读，无一遗漏地分析、罗列出来。“逆向删存”，指综合运用多种学科，对不同解读加以检验，看其能否为作品的诠释空间所“容受”[①]。这是诗词释义的一种综合方法。以下以其所举苏轼《寿星院寒碧轩》诗中“苍雪”一词简要说明。

清风肃肃摇窗扉，窗前修竹一尺围。纷纷苍雪落夏簟，冉冉绿雾沾人衣。

第一步，顺向推衍。“苍雪”，至少可引发三种解释：喻“飞花”，指“雪”，喻“竹粉”。“飞花”与“苍雪”形似；“雪”和“竹粉”，在宋人诗歌中均有例证。而且，清汪灏等《广群芳谱·竹谱》中，有关于“竹粉”的记载。

第二步，逆向删存。从宋人表达习惯来审视，“雪”前加“苍”字能否喻花，宋人诗词里找不出例子，暂可排除。从气象学角度来审视，此诗写的是杭州，夏天不会下雪，“雪”说应排除。而“竹粉”能经得起“逆向删存”的检验，为最佳解释。

钟振振提出的这种方法，既充分考虑到语言文字组合的丰富性和复杂性，又提倡运用综合的学科知识和文献资料，对于正确阐释诗词具有借鉴意义。

（三）词义辨析举例

1.待到重阳日，还来就菊花。（孟浩然《过故人庄》）

“就菊花”，多解为“赏菊”。如徐鹏《孟浩然诗集校注》：“就，靠拢，接近。就菊，犹言赏菊。”[②]俞陛云《诗境浅说》、李景白《孟浩然诗集校注》，在分析句意时均把“就菊花”作为“赏菊”的意思。陈增杰认为，

①详参钟振振《“引发”与“容受”——古典诗词文本解读的顺向推衍与逆向删存》，《文学遗产》，2011年第1期。

②徐鹏《孟浩然诗集校注》，人民文学出版社，1989年，第261页。

“就”即“就饮”，“就菊花”，即“就饮菊花酒”。晋葛洪《西京杂记》载：“九月九日，佩茱萸，食蓬饵，饮菊花酒，令人长寿。菊花开时，并采茎叶，杂黍米酿之，至来年九月九日始熟，就饮焉，故谓之菊花酒。”关于“就”和“菊花”义，李七律《江亭晚秋》“闻说故园香稻熟，片帆归去就鲈鱼”，李白《九日登山》“因招白衣人，笑酌黄花菊”等，可以作为旁证。[①]后说为佳。

2. 门前迟行迹，一一生绿苔。苔深不能扫，落叶秋风早。（李白《长干行》）

“迟”，注家多解为“等待”。如朱东润主编《中国历代文学作品选》：“迟行迹，一作‘旧行迹’。迟（zhí），作动词用，等待。”[②]若作“等待”，其后的“行迹”不好解释。艾荫范认为：“迟，在这里应读为迟留之迟，‘迟行迹’即（行人）留下来的足迹。以迟为词素用近义或同义方式构成的双音词有迟留、迟停、淹迟等等，这些迟与滞音义俱近，所以有留义。”[③]唐人有一种民俗观念，如果扫掉了远行人临行的足迹，行人就不会及早归来，“迟”解为“迟留”义，诗中所述与风俗相符。艾说可采。

3. 痴女饥咬我，啼畏虎狼闻。（杜甫《彭衙行》）

这两句诗，马茂元、赵昌平《唐诗三百首新编》注：“‘痴女’因饥饿而‘咬我’；可是‘咬我’并不能充饥，于是她啼哭；小儿啼哭，很可能引起荒山中的虎狼寻声而至，这样又使得大人畏惧起来。”[④]此注并未解释“咬”，应以其古今意义没有变化。蒋绍愚认为“咬”是唐代的一个口语词，“痴女饥咬我”是说痴女因饥饿而缠着父亲要吃的，“咬”是“求恳”之意[⑤]。蒋说较合理。

①参见陈增杰《唐诗志疑录》，上海人民出版社，2007年，第40–43页。

②朱东润主编《中国历代文学作品选》中编，上海古籍出版社，2008年，第56页。

③参见艾荫范《被误解的常见诗中的常见词》，《沈阳师范大学学报》（社会科学版），2010年第1期。

④马茂元、赵昌平《唐诗三百首新编》，岳麓书社，1985年，第172页。

⑤蒋绍愚《唐诗语言研究》，语文出版社，2008年，第100–101页。

4.老夫不知其所往，足茧荒山转愁疾。（杜甫《观公孙大娘弟子舞剑器行》）

“转愁疾”，中国社会科学院文学研究所选注《唐诗选》注：“‘转愁疾’，犹‘疾转愁’，很快地感到忧愁。”[①]蒋绍愚指出此注有误，主要是对诗中“转”和“愁疾”两个口语词不理解。他认为，“转”在诗中是副词“更加”的意思，这种用法可见《世说新语》，杜甫诗《送李校书》“小来习性懒，晚节慵转剧”也可证。而“愁疾”，在唐代口语中是一个双声联绵字，也写作“愁寂”“愁绝”，是“忧愁”的意思。因此，“转愁疾”是“更加忧愁”的意思[②]。蒋说可采。

5.微雨霭芳原，春鸠鸣何处。（韦应物《东郊》）

“霭”本义指名词云气、烟雾，但此诗显然非名词义。喻守真《唐诗三百首详析》注“霭”，去声，“作滋润讲”。“霭”解作动词，语法没有问题，但与“霭”的本义有些脱节。钟振振举杜甫《雨》“飞雨霭而至”、张籍《送郑秀才归宁》“山雨霭余晖”等，说明“霭”用作动词。“微雨霭芳原”，是说“微雨如雾气笼罩着原野”[③]。钟说可采。

6.李杜文章在，光焰万丈长。不知群儿愚，那用故谤伤。（韩愈《调张籍》）

“不知”两句，季镇淮等《历代诗歌选》注：“一群后生小辈不知自己愚蠢，故意进行毁谤和中伤，又有何用！”[④]如按此注释所说，语序当为“群儿不知愚”。蒋绍愚认为，注释者误解了“知”的词义。韩愈言“不知群儿愚”，“知”在此不是“知道”义，而是“料想”义。这个意义在唐诗中很常见，如“不知忽已老，喜见春风还”（李白《饯校书叔云》），“不知云雨散，虚费短长吟”（杜甫《渝州候严六侍御不到先下峡》）“不知腐鼠成滋味，猜意鹓雏竟未休”（李商隐《安定城楼》）等[⑤]。蒋说可采。

---

①中国社会科学院文学研究所《唐诗选》，人民文学出版社，2003年，第292页。

②蒋绍愚《唐诗语言研究》，语文出版社，2008年，第101–102页。

③钟振振《古典诗词的理解与误解（二十）》，《古典文学知识》，2018年第2期。

④季镇淮等《历代诗歌选》第2版，中国青年出版社，2013年，第317页。

⑤蒋绍愚《唐诗语言研究》，语文出版社，2008年，第103页。

7.不知何人奏皇帝，帝心恻隐知人弊。白麻纸上书德音，京畿尽放今年税。（白居易《杜陵叟》）

“人弊”，王汝弼解为“官吏欺上压下的弊端”，见《白居易选集》注：“知人弊，知道官吏欺上压下的弊端。”[①]钟振振认为诗中“弊”，是“困苦”的意思；“人弊”，即百姓的困苦。“人弊”原先作“民弊”，文献中多有记载。唐人避太宗李世民讳，改作“人弊”。白居易《答宗正卿李词等贺德音表》曰：“俾除人弊，以荡岁灾。”岑参《送狄员外巡按西山军》有：“不知何代策，空使蜀人弊。”这两处“人弊”，均指百姓的困苦，可作旁证[②]。钟说为是。

8.永忆江湖归白发，欲回天地入扁舟。（李商隐《安定城楼》）

“回”，清纪昀解为“收缩”，见《瀛奎律髓刊误》：“公欲投老江湖，自为世界，如收缩天地归于一舟然。”清李光地解为“斡回”，见清梁章钜《浪迹丛谈》所引其语：“言已长忆江湖以归老，但志欲斡回天地，然后散发扁舟耳。”今人陈增杰认为，“回”指“斡回”，即“回旋、斡旋、活动、运转”的意思，句子在修辞上属于跨句倒装，当为“永忆欲回天地，白发入扁舟归江湖”[③]。陈说较合理。

二、不言其名

“不言其名”指古典诗词中不直接说出某人、某物、某事，而用与之有关联的词句来代替表述。宋僧惠洪在《冷斋夜话》中述“不言其名”的几种情况：

用事琢句，妙在言其用，不言其名耳。此法唯荆公、东坡、山谷三老知之。荆公曰：“含风鸭绿鳞鳞起，弄日鹅黄袅袅垂。”此言水、柳之用，而不言水、柳之名也。东坡《别子由》诗曰：“犹胜相逢不相识，形容变尽语音

①王汝弼《白居易选集》，上海古籍出版社，1980年，第68页。

②钟振振《古典诗词的理解与误解（二十三）》，《古典文学知识》，2018年第5期。

③陈增杰《唐诗志疑录》，上海人民出版社，2007年，第234页。

存。"此用事而不言其名也。山谷曰："管城子无食肉相，孔方兄有绝交书。"又曰："语言少味无阿堵，冰雪相看有此君。"又曰："眼看人情如格五，心知外物等朝三。""格五"，今之蹙融是也。《后汉》注云："常置人于险恶处耳。"①

惠洪所举诸例"不言其名"用法不同。荆公诗"言其用而不言其名"，是用描摹事物颜色情态之词来代物，属于代字。东坡、山谷诗均"用事而不言其名"，属于用典，不过也有区别。山谷诗中用典故语代常用词，如"管城子"代毛笔、"孔方兄"代钱；而东坡诗"相逢不相识，形容变尽语音存"，是用《后汉书·党锢传》中夏馥兄弟典来述事。以下主要就"用典"和"代字"来说明古典诗词"不言其名"情况。

(一)诗词用典

用典，又称用事，指用前代的故事、词句等，含蓄地表达相关思想内容。用典是古典诗词创作传统，先秦之后诗人就有意识运用典故；唐代用典已很广泛，如杜甫被江西诗派尊为"无一字无来处"，李商隐更是"好积故实"；宋人以才学为诗，普遍喜好用典，用典的类型也比较复杂。元明之后，人们虽意识到用典之弊，但诗词用典一直绵延不绝。

1.典故来源与呈现

刘勰在《文心雕龙·事类》中说到典故："事类者，盖文章之外，据事以类义，援古以证今者也……然则明理引乎成辞，征义举乎人事，乃圣贤之鸿漠，经籍之通矩也。"②典故，或取自"人事"，或取自"成辞"，后人分别称为"事典"和"语典"。

古典诗词中的"事典"，主要是前代的历史人事、神话传说、寓言故事等，其呈现形式主要有以下几种：

①(宋)惠洪《冷斋夜话》，载张伯伟编校《稀见本宋人诗话四种》，江苏古籍出版社，2002年，第43页。按，"此言水、柳之用，而不言水、柳之名也"，《苕溪渔隐丛话》中少"水、柳之用，而不言"七字。

②(南朝梁)刘勰著、范文澜注《文心雕龙注》，人民文学出版社，1958年，第614页。

其一，用原典人名。人名包括姓名、字号、官职、籍贯等称呼。如刘长卿《新年作》："已似长沙傅，从今又几年。""长沙傅"，指贾谊。贾谊为权贵所谗，被谪为长沙太傅，此用贾谊被贬官职述贬谪之事，以述自身经历。再如苏轼《菩萨蛮·杭妓往苏迓新守》："不用许飞琼，瑶台空月明。""许飞琼"是古仙女姓名，见于《汉武帝内传》："西王母乘紫云之辇，履玄琼之舄，下辇上殿，呼帝共坐，命侍女许飞琼，鼓云和之簧。"此用仙女名引出神话传说，以表示杭妓都去迎接新守使得杭州冷落。

其二，用原典地名。如杜甫《奉送二十三舅录事崔伟之摄郴州》："气春江上别，泪血渭阳情。""渭阳"出自《诗经·唐风·渭阳》："我送舅氏，日至渭阳。"杜甫以"渭阳"言送别其舅事。再如刘筠《梨》："真定早寒霜叶薄，樊川初晓露枝低。"真定梨典出《魏文帝诏》："真定御梨，大若拳，甘若蜜，脆若凌，可以解烦释渴。"刘筠用"真定"说明梨的甘甜。

其三，概括原典之事。如曹操《短歌行》："周公吐哺，天下归心。"两句概括《史记·鲁周公世家》中"一饭三吐哺，起以待士，犹恐失天下之贤人"之事。再如李商隐《曲江》："死忆华亭闻唳鹤，老忧王室泣铜驼。"上句概括《世说新语·尤悔》所载陆机临刑悲叹"欲闻华亭鹤唳，岂可复闻乎"之事；下句概括《晋书·索靖传》所载西晋灭亡前索靖指着洛阳宫门前的铜驼叹惜"会见汝在荆棘中耳"之事。

古典诗词中的"语典"，指引用或化用前人的诗文名句，其呈现形式主要有以下几种：

其一，直接引用。如曹操《短歌行》："呦呦鹿鸣，食野之苹。我有嘉宾，鼓瑟吹笙。"四句直接引自《诗经·小雅·鹿鸣》。再如张说《幽州夜饮》："凉风吹夜雨，萧瑟动寒林。正有高堂宴，能忘迟暮心。""萧瑟"，可见宋玉《九辩》中"悲哉秋之为气也，萧瑟兮草木摇落而变衰"；"迟暮"，出自屈原《离骚》中的"惟草木之零落兮，恐美人之迟暮"。

其二，重组引用。如刘筠《旧将》："青烟碧瓦开新第，白草黄云废旧坛。""白草黄云"出自高适《送浑将军出塞》"黄云白草无前后，朝建旌旄夕刁斗"，把"黄云"与"白草"次序调换重组。再如周邦彦《蝶恋花》（鱼尾霞生明远树)“剪水双眸云鬓吐”,“剪水双眸”本自白居易《筝》“双眸剪秋水,十指剥春葱”,是对“双眸剪秋水”进行取舍并重组。

其三,变化引用。如李白《答王十二寒夜独酌有怀》:“一生傲岸苦不谐,恩疏媒劳志多乖。”诗中“恩疏媒劳”一语,本自《楚辞·九歌·湘君》:“心不同兮媒劳,恩不甚兮轻绝。”李白诗中,把“恩不甚”压缩变为“恩疏”,再与“媒劳”组合。再如周邦彦《苏幕遮》:“燎沉香,消溽暑。”“燎沉香”由李商隐《隋宫守岁》中“沉香甲煎为庭燎”句压缩化用而来。又如吴龙翰《心远堂》:“鱼鸟欣有托,吾庐兴悠然。”两句出自陶渊明《读山海经》其一:“众鸟欣有托,吾亦爱吾庐。”前句仅改一字,后句变化引用。

其四,省却引用。如杜甫《岳麓山道林二寺行》:“一重一掩吾肺腑,山鸟山花吾友于。”“友于”本于《尚书·君陈篇》“友于兄弟”,不说“兄弟”,而说其前的“友于”。再如韩愈《符读书城南》:“岂不旦夕念,为尔惜居诸。”“居诸”本于《诗经·邶风·日月》“日居月诸,照临下土”。“居”“诸”都是语气词,韩愈省略“日”“月”,用“居诸”指“日月”。

2.典故运用方式

古代诗词的典故运用方式,大致分为两类四种,即明用典故与暗用典故、正用典故与反用典故。

(1)明用典故与暗用典故

明用典故,指直接用记载典故的主要语词,或者用人们习常所谓的典故名称,读者如稍知此典,就能容易理解。如杜甫《秋日夔府咏怀奉寄郑监李宾客一百韵》:“雕虫蒙记忆,烹鲤问沉绵。”“雕虫”代“作赋”,典出刘勰《文心雕龙·诠赋》:“此扬子所以追悔于雕虫,贻诮于雾縠者也。”[①]“烹鲤”代“寄书”,见汉无名氏《饮马长城窟行》:“客从远方来,遗我双鲤鱼,呼儿烹鲤鱼,中有尺素书。”再如陆游《邻水延福寺早行》:“化蝶方酣枕,闻鸡又著鞭。”“化蝶”一词,出于《庄子·齐物论》:“昔者庄周梦为

①(南朝梁)刘勰著、范文澜注《文心雕龙注》,人民文学出版社,1958年,第136页。

胡蝶，栩栩然胡蝶也。”[①]“闻鸡”典出《晋书》：“（祖逖）中夜闻荒鸡鸣，蹴琨觉曰：‘此非恶声也。’因起舞。”[②]此以“化蝶”指“睡觉”，“闻鸡”指“清晨”。

暗用典故，指取前人典故之意，而不用其辞，所谓“虽引古事，莫取旧辞”。暗用典故时，尤其是诗句从字面来讲也能说通，读者往往会忽略或不明典故。如岑参《虢州后亭送李判官使赴晋绛得秋字》：“君去试看汾水上，白云犹似汉时秋。”诗句暗用汉武帝汾水作诗之典。据《汉书·武帝纪》和《秋风辞》序载，汉武帝到河东祭祀后，又泛舟汾河，作《秋风辞》，其中首二句为“秋风起兮白云飞，草木黄落兮雁南归”。诗歌表面写嘱咐友人到了晋绛后游览汾水之景，实际上暗用典故表现了诗人对王朝衰败的深沉慨叹。再如元好问《壬辰十二月车驾东狩后即事之四》：“秋风不用吹华发，沧海横流要此身。”后句出自范宁《穀梁传序》：“孔子观沧海之横流，乃喟然而叹曰：‘文王即没，文不在兹乎？’”[③]诗人在此以文王之任而自勉。

（2）正用典故与反用典故

正用典故，即“直用其事者”，指典故之意与其表达之意一致。反用典故，又称翻典，即“反其意而用之”，指典故之意与其表达之意有别或相反。如下：

相从倾盖只今年，送别南台便黯然。（苏轼《台头寺送宋希元》）

千里论交一言足，与君盖亦不须倾。（苏轼《次韵答孙侔》）

两诗均用“倾盖如故”典故。《史记·老子韩非子列传》记载，孔子到周问礼于老子，两人车盖倾斜挨在一起，一见如故。《台头寺送宋希元》正用“倾盖如故”之典；而《次韵答孙侔》反用此典，说虽然不曾相遇，也能彼此了解。再如：

三秋伤望眼，终日哭途穷。（刘禹锡《赠眼医婆罗门僧》）

青灯滋味永，不用哭途穷。（吴龙翰《吴越归秋晚》）

---

①(清)王先谦《庄子集解》，中华书局，2012年，第29页。

②(唐)房玄龄等《晋书·祖逖传》，中华书局1974年，第1694页。

③(晋)范宁集解、(唐)陆德明音义、(唐)杨士勋疏《春秋穀梁传注疏》，《文渊阁四库全书》经部第145册，台北商务印书馆，第540页。

两诗均用“泣穷途”典故。典出《晋书·阮籍传》：“时（籍）率意独驾，不由径路，车迹所穷，辄恸哭而反。”刘禹锡诗正用典故，叙写自己的悲伤；吴龙翰反用典意，借以宽慰自己。

古人多推崇反用典故，如宋严有翼在《艺苑雌黄》中解释：

文人用故事，有直用其事者，有反其意而用之者。王元之谪守黄冈谢表云：“宣室鬼神之问，岂望生还；茂陵封禅之书，惟期死后。”此一联每为人所称道，然皆直用贾谊、相如之事耳。李义山诗：“可怜夜半虚前席，不问苍生问鬼神。”虽说贾谊，亦反其意而用之矣。林和靖诗：“茂陵他日求遗稿，犹喜曾无封禅书。”虽说相如，然反其意而用之矣。直用其事，人皆能之；反其意而用之者，非识学素高，超越寻常拘挛之见，不规规然蹈袭前人陈迹者，何以臻此。[①]

古人推崇反典，主要在于其表现了不蹈袭前人的创新精神。但实际上，判断用典好坏不在于是正用或反用，而是运用典故是否能更好地表情达意。

3.典故理解举例

诗人词家运用典故，可简练地表达与其相关的思想内容或情感愿望，使诗词更为含蓄深婉。但是，若不能正确判断和理解典故，就会造成对诗歌思想内容的误解，甚至因典故认知的障碍而无法阅读诗词。因此，判断典故来源和用典方式，对于理解诗歌的深刻意蕴和艺术构思，都是大有帮助的。下举例说明。

①闲来垂钓碧溪上，忽复乘舟梦日边。（李白《行路难》其一）

“垂钓碧溪”，用姜太公吕尚在磻溪上钓鱼得遇周文王之典，出自《吕氏春秋》：“太公钓于兹泉，遭纣之世也，故文王得之。”[②]“乘舟梦日边”，用伊尹梦见自己乘船从日月旁边经过后被商汤重用之典，见《宋书·符瑞志》：“伊挚将应汤命，梦乘船过日月之傍。”[③]诗人用这两个典故，表明自己渴望被贤明君主重用，从而实现政治理想。若不明典故，认为诗歌叙写诗

①（宋）严有翼《艺苑雌黄》，载郭绍虞辑《宋诗话辑佚》，中华书局，1980年，第566-567页。

② 许维遹《吕氏春秋集释》，中华书局，2009年，第401页。

③（南朝梁）沈约《宋书·符瑞志》，中华书局，1974年，第764页。

人垂钓、乘舟之事，诗意理解就会发生偏差。

②古往今来只如此，牛山何必独沾衣。（杜牧《九日齐山登高》）

“牛山何必独沾衣”反用“牛山下涕”之典。典出《晏子春秋·内篇谏上》：“景公游于牛山，北临其国城而流涕曰：‘若何滂滂去此而死乎！’”[①]杜牧反用其意，认为人生无常古今如此，不必像齐景公那样落泪，抑郁之情以旷达出之，可见其登高时的复杂心情。

③银烛树前长似昼，露桃花里不知秋。（韦庄《忆昔》）

“银烛树前长似昼”，本自南朝梁费昶乐府诗《思公子》中“夕宴银为烛”，描写富豪贵族酒食宴饮，不分昼夜。“露桃”源于乐府古辞《鸡鸣》：“桃生露井上，李树生桃傍。”后杜牧《题桃花夫人庙》用“露桃”一语指美貌女子：“细腰宫里露桃新，脉脉无言度几春。”韦庄诗中“露桃”当取杜牧诗意。诗人用二典，意在讽刺富豪贵族们沉迷于宴饮美色、只图享乐，而全然不顾国家之兴亡。

④一旦归为臣虏，沈腰潘鬓消磨。（李煜《破阵子》）

“沈腰”典出《梁书·沈约传》，沈约与徐勉素善，遂以书陈情于勉：“百日数旬，革带常应移孔；以手握臂，率计月小半分。以此推算，岂能支久？”[②]“潘鬓”典出晋潘岳《秋兴赋序》：“余春秋三十有二，始见二毛。”[③]后因以“沈腰”代称腰围瘦减，“潘鬓”谓中年鬓发初白。李煜用“沈腰潘鬓”表达自己被虏之后的饱受忧虑伤痛的折磨。

⑤冻合玉楼寒起粟，光摇银海眩生花。（苏轼《雪后书北台壁二首》其二）

“玉楼”出自道家的书，指肩项骨；“银海”出自医书，指眼睛。两句意为雪后诗人冷得两肩收合，而且起了鸡皮疙瘩；雪地反射的光非常耀眼，照得双眼都花了。不明这两个典故，诗句意义理解不通。

⑥持节云中，何日遣冯唐？会挽雕弓如满月，西北望，射天狼。（苏轼

---

①《晏子春秋·内篇谏上》，《四部丛刊初编》史部，上海书店出版社，2015年。

②（唐）姚思廉《梁书·沈约传》，中华书局，1973年，第236页。

③（清）严可均《全上古三代秦汉三国六朝文》，上海古籍出版社，2009年，第548页。

《江城子·密州出猎》）

“持节云中，何日遣冯唐”用《史记·冯唐列传》之事，意在以魏尚自况，希望能有如冯唐那样识才敢谏之人，为自己在宋神宗面前保荐，派人将自己召回，委以重任。“射天狼”用了《楚辞·东君》“举长矢兮射天狼”的典故。“天狼”是星名，在此代指辽和西夏统治者；“射天狼”则表明自己御敌保国的决心。

⑦管城子无食肉相，孔方兄有绝交书。（黄庭坚《戏呈孔毅父》）

“食肉相”出《后汉书·班超传》，指仕宦无望；“绝交书”出嵇康《与山巨源绝交书》，指与钱财无缘；“管城子”代毛笔，出韩愈《毛颖传》；“孔方兄”代钱，出鲁褒《钱神论》。

⑧人乞祭余骄妾妇，士甘焚死不公侯。（黄庭坚《清明》）

“人乞”句典出《孟子·离娄下》，谓齐人到东郭墦间向祭者乞讨祭祀后所剩酒饭，回家后却向妻妾夸耀与富贵人一起宴饮。“士甘”句典出刘向《新序·节士》，谓晋文公重耳流亡时介子推有功，文公即位后，介子推携老母隐于绵山，虽焚其山而死也不愿再出仕。

⑨八百里分麾下炙，五十弦翻塞外声，沙场秋点兵。马作的卢飞快，弓如霹雳弦惊。（辛弃疾《破阵子·为陈同甫赋壮词以寄之》）

“八百里”指牛。《晋书·王济传》载，王颚有牛名“八百里”，王济与王颚赌射得胜，王济令人将牛杀了炙烤后犒赏部下。“的卢”指马。裴松之注《三国志》引《世语》，刘备堕襄阳城西檀溪水中，所乘马名“的卢”一踊三丈，才得以脱险。

诗词适当运用典故，以凝练的语词中展现更为丰富的内涵，增强了诗词的表现力，而且表达委婉含蓄、辞近旨远，使诗词更富有韵味。但诗词若过分追求用典，务积故实，不仅增加了诗词鉴赏的难度，也会带来诗歌形象性和情感的缺乏等问题。如西昆诗人刘筠律诗《泪》，运用七个典故来写泪，既晦涩难懂，又有无病呻吟之感。诗词中的典故，不应是单纯的历史符号，还要包含一种真诚的情感体验和深挚的人生思考。古典诗词鉴赏，不能以是否用典作为评价标准，而应从用典是否更好地表达情感志意方面来具体分析。

(二)诗词代字

代字，又称为代词、代语、替代字、替代词等，指不说出某一事物名称，而用跟其有关的另一种事物的名称来代指。

1.代字的发展

诗用代字，古已有之。《吴越春秋》载相传为黄帝时所作《弹歌》："断竹，续竹。飞土，逐宍（古肉字）。"其中"土"和"肉"分别代替"弹"和"禽兽"。《诗经》中出现了形式多样的代字，如《墉风·柏舟》中"髧彼两髦，实维我仪"，"髧彼两髦"即头发下垂至双眉毛，是成年之前男子的发式，此处代指未成年男子；《国风·叔于田》中"叔适野，巷无服马"，"服马"，代指骑马之人；《小雅·谷风之拾·大东》中"小东大东，杼柚其空"，"杼轴"为织布机的部件，代指织布机，等等。

唐代开始，代字表现出两种倾向："一就事物当身本性，一取事物先例成语，二者殊途同揆，均欲避直言说破，而隐曲其词耳。"[①]杜甫、李商隐等的代字多取典故，如吕本中《童蒙诗训》载：

"雕虫蒙记忆，烹鲤问沉绵"，不说作赋，而说雕虫；不说寄书，而说烹鲤；不说疾病，而云沉绵。"颂椒添讽味，禁火卜欢娱"，不说岁节，但云颂椒；不说寒食，但云禁火，亦文章之妙也。[②]

吕氏所指的"雕虫""烹鲤""颂椒""禁火"，实际上均出自典故，只有"沉绵"借生病的情状来代指疾病。而韩愈、孟郊、李贺的代字，多借用事物的形态、颜色等典型特征的字词。钱锺书曾指出李贺代字运用情况：

长吉又好用代词，不肯直说物名。如剑曰"玉龙"，酒曰"琥珀"，天曰"圆苍"，秋花曰"冷红"，春草曰"寒绿"。人知韩孟《城南联句》之有"红皱""黄团"，而不知长吉《春归昌谷》及《石城晓日》之有"细绿"

---

①钱锺书《管锥编》，中华书局，1979年，第1474页。

②(宋)胡仔纂集、廖德明校点《苕溪渔隐丛话》前集，人民文学出版社，1962年，第80页。

"团红"也。偶一见之，亦复冷艳可喜，而长吉用之不已。[①]

代字至宋代已用得非常普遍。宋人对于这种用法非常推崇，如沈义父《乐府指迷》云：

炼句下语，最是紧要。如说桃，不可直说破桃，须用"红雨""刘郎"等字；说柳，不可直说破柳，须用"章台""灞岸"等字。又用事，如曰"银钩空满"，便是书字了，不必更说书字；"玉箸双垂"，便是泪了，不必更说泪。如"绿云缭绕"，隐然髻发；"困便湘竹"，分明是簟，正不必分晓。如教初学小儿，说破这是甚物事，方见妙处。往往浅学俗流，多不晓此妙用，指为不分晓，乃欲直捷说破，却是赚人与耍曲矣。如说情，不可太露。[②]

沈义父所论炼句下语，不可太露，须用其他字代指，正反映了当时人们创作的普遍现象。但这种情况在清代遭到了批判，如王夫之认为"已落第二义"：

有代字法，诗赋用之，如月曰"望舒"、星曰"玉绳"之类。或以点染生色，其佳者正尔含情，然汉人及李、杜、高、岑犹不屑也。施之景物，已落第二义，况字本活而以死句代之乎？[③]

王国维更直接反对词用替代字，走向另一极端：

词忌用替代字。美成《解语花》之"桂华流瓦"，境界极妙。惜以"桂华"二字代"月"耳。梦窗以下，则用代字更多。其所以然者，非意不足，则语不妙也。盖意足则不暇代，语妙则不必代。[④]

实际上，诗词优劣，不在于是否用代字，而在于代字是否用得恰当。正如程千帆所云："意足则不暇代，有之矣，然亦有以用代语而意转足者；语工则不必代，有之矣，然亦有以用代语而语转工者"[⑤]。

---

①钱锺书《管锥编》，中华书局，1979年，第1420页。

②（宋）沈义父撰、蔡嵩云笺释《乐府指迷笺释》，人民文学出版社，1963年，第66页。

③（清）王夫之著、戴鸿森笺注《薑斋诗话笺注》，附录《夕堂永日绪论外编》，上海古籍出版社，1981年，第225-226页。

④王国维《人间词话》，《王国维文集》上，中国文史出版社，2007年，第80页。

⑤参见程千帆《古诗考索 唐代进士行卷与文学》，武汉大学出版社，2008年，第239页。

2.代字的方式

代字大致包括两种情况，一是以典故代称，一是性状代称。典故代称在上一部分已述，此处主要说明性状代称的情况。我们看下例：

①三五明月满，四五蟾兔缺。（《古诗十九首·孟冬》）

蟾兔，指月亮，以相关传说代本体。

②野外罕人事，穷巷寡轮鞅。（陶渊明《归园田居》其二）

轮鞅，指车轮，以部分代整体。

③铁衣远戍辛勤久，玉箸应啼别离后。（高适《燕歌行》）

铁衣，指战士，以服饰代人；玉箸，指眼泪，以形状代物。

④开轩面场圃，把酒话桑麻。（孟浩然《过故人庄》）

桑麻，指农事，以具体代一般。

⑤千家山郭静朝晖，日日江楼坐翠微。（杜甫《秋兴八首》其三）

翠微，指山，以山的颜色特征代本体。

⑥醉对数丛红芍药，渴尝一碗绿昌明。（白居易《春尽日》）

昌明，指昌明茶，昌明（按，今四川江油市）盛产茶，此以出产地名代物。

⑦绕堤龙骨冷，拂岸鸭头香。（李贺《同沈驸马赋得御沟水》）

“龙骨”，指雕龙的石条；“鸭头”，指鸭头色绿水，分别以装饰、颜色代物。

⑧雕栏玉砌应犹在，只是朱颜改。（李煜《虞美人》）

“雕栏”“玉砌”，即雕花栏杆和玉石台阶，代故国的宫殿，是以局部代整体。

⑨未知轩冕乐，但欲老渔樵。（王安石《壬辰寒食》）

“轩冕”，即卿大夫以上所乘之车和所戴礼帽，此以车具服饰代指官位爵禄。

⑩老夫聊发少年狂，左牵黄，右擎苍。（苏轼《江城子·密州出猎》）

“黄”，代“黄狗”；“苍”，代“苍鹰”，均以颜色带物。

⑪晴窗影落石泓处，松煤浅染饱霜兔。（黄庭坚《次韵黄斌老所画

横竹》）

“石泓”，凹石积水而成的小潭，以其形状代“砚”；“松煤”，即松烟，以制墨材料代墨；“霜兔”，古代用兔毫制毛笔，以制笔材料出自之物代指毛笔。

⑫金谷俊游，铜驼巷陌，新晴细履平沙。（秦观《望海潮·洛阳怀古》）

“金谷”，即金谷园，在洛阳西北，晋太康中，石崇筑园于此；“铜驼”，即铜驼街，汉代制铜驼两枚，置洛阳宫之南夹道相对。此处是以个别地名代洛阳城整体。

⑬想当年，金戈铁马，气吞万里如虎。（辛弃疾《永遇乐·京口北固亭怀古》）

“金戈铁马”，代指精锐部队，以具体代一般。

综上来看，诗歌中的“代字”，与我们现在所说的“借代”修辞格相近。不过，“代字”相比“借代”而言，其范围所指更大些，如修辞格中“借喻”，也属于广义的代字。“代字”运用合理，可使诗句形象突出、特点鲜明，具有生动、含蓄的艺术效果。但是，诗歌中代字运用过多，或选用非常生僻的字词来代称，也会影响诗歌的语言表达效果。

3.常用代字列举

天：苍宇、苍穹、圆苍、圆宰、圆灵、上圆、高圆、高穹、穹庐、穹玄、穹旻、穹碧、穹冥、穹闾、青廓、青冥、紫冥、碧落、碧虚、造化、洪钧、太虚、太空、昊空、昊穹、昊天、上玄

日：乌阳、阳乌、金乌、赤乌、东乌、乌轮、羲和、六龙、飞金、红镜、阳灵、炎精、丹灵、丹曦

月：夜光、玄晖、玄度、玉钩、玉轮、玉团、玉弓、玉盘、圆景、圆光、金镜、冰镜、冰鉴、冰轮、蛾眉、望舒、婵娟、素娥、桂华、桂魄、桂宫、寒兔、蟾蜍、蟾兔、蝃蟾、素蟾、冰蟾、凉蟾、寒蟾、银蟾、小蟾、蟾魄、素魄、颓魄、莹魄、金魄、金精、尺璧、清照、太阴、阴灵、牛喘

雨：轻酥、万丝、轻丝、甘霖、甘雨

雪：银粟、玉尘、玉龙、玉鸾、玉蕊、玉蝶、玉絮、琼芳、琼瑶、琼英

国家：江山、社稷、庙堂、宗庙、轩辕、邦、天下、四海、九州、神州、朝廷、天朝、疆土、华夏、中华

家乡：桑梓、桑枌、梓里、榆枌、家山、乡井、乡关、乡邦

帝王：衮龙、冕旒、至尊、仁圣、赭黄衣、九门、玉棂、车驾、宅家、丹扆、六飞、六龙、玉座、玉舆、龙舆、黄屋、帷幄、鸾舆、属车、翠华、翠盖、翠葆、极星

太子：春宫、春闱、承华、东宫、储元、储宫、铜辇

官员：端揆、辅弼、衡钧、轩冕、旌戟、长缨、金紫、朱紫、华簪、香貂、珥貂、貂蝉、蝉冠、貂缨、绂冕、簪裾、高门、朱门、衣冠、鱼袋、簪组、簪绂、簪绅、簪笏、冠剑、冠冕、冠盖、缨绂

平民：百姓、白士、白丁、白屋、白衣、布衣、黎民、黎氓、黎苗、黎烝、黎庶、黎元、黎首、黔首、氓、氓隶、庶民、庶人、草民、生民、生灵、苍生、平人、野人、赤子、匹夫

隐士：高人、三径、东篱、青山、梅、墙东、五柳、沧浪

老人：老苍、古稀、黄发、伛偻、老丈、老父

小孩：垂髫、提携、总角、始龀、髫年、黄口

男子：丁壮、丁强、壮丁、人丁、丁夫、丁男、汉儿、好汉、士父、夫子、匹夫、髦士、髦秀、髦英、髦俊、髦彦、髦哲、髦杰、须眉、萧郎、吉士、玉郎、檀郎

女子：珠翠、金钗、玉珰、红裙、小靥、红妆、红颜、玉颜、粉黛、绛唇、明眸皓齿、皓齿、云鬟、翠鬟、玉鬟、细腰、蛾眉、青蛾、翠蛾、双蛾、花草、多娇、窈窕、妖娆、娉婷、婵娟、嫣婉、倾城、倾国、巾帼、萧娘

兄弟：友于、手足、同胞、孔怀、在原、天属

朋友：泛爱、同袍、知己

侍妾：樊素、蛮腰、桃叶、桃根、扫除、行雨

头发：青云、云鬟、绿云、雪、霜、素丝

泪：玉箸、铅水、红斑、鲛珠、梨花雨

拐杖：乌藤、长筇、青藜、椰栗、扶老

剑：三尺、三尺水、三尺玉、三尺雪、三尺铜、玉龙、长铗、青萍

扇：摇风、仁风、凉友、便面、屏面、圆轻

酒：琥珀、竹叶、杜康、残露、圣人（清酒）、贤人（浊酒）、青州从事、平原督邮、错着水、浮蚁、香蚁、九霞觞、玉觞、玉斝、玉尊、玉觥、玉沥、曲蘖、杯中物、香糯、扫愁帚、钓诗钩、欢伯、腐肠贼、黄封、老春、春

茶：灵草、愁草、瑶草、嘉草、叶嘉、翘英、蓝英、绿华、流华、玉蕊、清友、瑞草魁、王孙草、离乡草、不夜侯、余甘氏、涤烦子、白云英、嘉木英

船：兰桡、乌榜、舳舻、画樯、牙樯、玉棹、桂楫、飞桨、帆、舻、一叶、羽鹢

车：轮鞅、翠幰、孔盖、翠盖、飞盖、辎軿、玉轫、玉轴、丹毂

钱币：白水真人、孔方兄、青铜、青蚨、家兄、阿堵物

诗文：翰墨、笔墨、雕虫、觚翰

书信：鸿雁、鱼雁、双鲤、鱼素、来鸿

纸：溪藤、越藤、楮

墨：瘦龙、玄香、隃麋、松烟、松腴、松煤、麝煤

毛笔：管城子、中书君、中山毫、毛颖、栗尾、鼠尾、玉兔毫、秋兔毫、秋毫、霜兔、柔毫、柔翰、三寸弱翰、尖头奴、霜管、毫管、象管、牙管

琴：孤桐、三尺桐、三尺之木、七丝、玉徽、珠柱、绿绮

笛：横玉、横竹、霜竹

花：团红、红溜、冷红、晚红、香雪、红香、乱红、飞红

桃花：刘郎、红雨

梅：驿使、癯仙、蝴蝶

柳：鹅黄、垂杨、杨枝、婀娜、长条、章台、灞岸

竹：玉、筠、琅玕、檀栾、翠葆、青士

草：王孙、细绿、寒绿

苔藓：土花、紫钱

鸟：云翮、翠娇、飞翼

黄莺：唤起、春簧、黄栗留

杜鹃：催归、思归乐

燕子：玉翦、乙鸟

鹦鹉：陇客、陇禽、陇鸟

猫：衔蝉、狸奴

蟹：内黄侯、含黄伯、郭索

战争：干戈、戎马、戎机、兵革、兵戎、金革、戈矛、戈戟、甲马、鼙鼓、狼烟、烽燧

死亡：盖棺、随物化、零落、大还、长违、不禄、长眠、潜翳①

诗词代字运用非常普遍。有的代字极具生命力，到现今仍然运用，如“巾帼”代女性、“须眉”代男性、“手足”指兄弟、“桑梓”指家乡等，这对于我们理解古典诗词很有帮助。但是，还有更多的代字，在历史的发展中没有被继承下来，甚至在当时也是属于个性化运用。这就需要我们积累相关知识，并根据作品中上下文语境仔细辨析代字所指，从而更好地理解和鉴赏诗词。

三、诗语锤炼

古人作诗，非常注重煅字炼句、推敲语言，杜甫自谓“为人性僻耽佳句，语不惊人死不休”，卢延让自嘲“吟安一个字，捻断数茎须”等，都反映了诗人对诗词语言表达的执著追求。

①上述诸例多参考崔向芳《论诗用代字》,《石家庄学院学报》,2017年第1期。

（一）炼字之法

炼字，指精心挑选最贴切的字词来表情达意。罗大经在《鹤林玉露》记载炼字之法：

作诗要健字撑柱，要活字斡旋。如“红入桃花嫩，青归柳叶新”“弟子贫原宪，诸生老伏虔”。“入”与“归”字，“贫”与“老”字，乃撑柱也。“生理何颜面，忧端且岁时”“名岂文章著，官应老病休”。“何”与“且”字，“岂”与“应”字，乃斡旋也。撑柱如屋之有柱，斡旋如车之有轴。[①]

罗大经所谓的“健字”，多是表示动作、情态、数量的词；“活字”，多是表示程度或起关联作用的虚词。下面从不同词类来具体分析。

1. 动词

动词是句子的关键成分。炼字首在动词，动词用得好，响亮鲜明，生气勃勃，不仅能架构好诗篇，也能形象地表现对象的行为和动态。

贾岛的“推敲”佳话，当属炼字最具代表性例子。现存贾岛《题李凝幽居》诗，颔联为“鸟宿池边树，僧敲月下门”，据说是贾岛因思用“敲”还是“推”冲撞韩愈马队，后在韩愈的建议下定为“敲”。“推敲”现已成为“炼字”的代称，而“推”“敲”选用，就是炼动词。

炼动词，常以新颖而胜出。王国维《人间词话》指出：“‘红杏枝头春意闹’，着一‘闹’字，而境界全出。‘云破月来花弄影’，着一‘弄’字，而境界全出矣。”[②]前句出自宋祁《玉楼春·春景》，后句出自张先《天仙子》。词人运用拟人化的动词“闹”或“破”，更具有情味和生气，产生了“境界全出”的效果。下再举几句：

①白沙留月色，绿竹助秋声。（李白《题宛溪馆》）

“留”，用拟人化动词，描写了在月光映照下，白沙更为洁白，似留下之月色。“助”，也用拟人化动词，描写了绿竹在秋风中摇动，更增添了秋

①(宋)罗大经撰、刘友智校注《鹤林玉露》卷六，齐鲁书社，2017年，第197页。

②王国维《人间词话》，《王国维文集》上，中国文史出版社，2007年，第77页。

声。“留”“助”二字传神，使月色和绿竹似乎有了生命。

②泉声咽危石，日色冷青松。（王维《过香积寺》）

“咽危石”，实际上是“咽于危石”的省略。此处用拟人化的动词“咽”，形象描写山中的流泉受到岩石的阻拦之景，而且“咽”还给人以声感，泉水受阻隔后声音似人的呜咽之声。“冷”，用“通感”手法，写出照在青松上的日色，由于山林幽暗，似乎显得阴冷。“咽”“冷”两字巧用修辞，绘声绘色、精练传神地显示出山中幽静孤寂的景象。

③孤灯然客梦，寒杵捣乡愁。（岑参《宿关西客舍，寄东山严、许二山人，时天宝初》）

“然”同“燃”。“梦”不能“燃”，但让人似乎感觉到，在点燃的孤灯之下，客梦中的思乡之情被燃烧得那样炽热。“愁”也无法“捣”，诗人这样搭配，意在突出在寒杵捣衣声中，似乎寒杵“捣”在心头，把一颗充满乡愁的心都要击碎了。

④吴楚东南坼，乾坤日夜浮。（杜甫《登岳阳楼》）

吴楚实际上并没有东南而“坼”，乾坤更不会在水上“浮”着。诗人用“坼”“浮”这两个字，描写自己面对无边无际的洞庭湖水，感觉好像湖东南的吴楚之地被湖水分割裂开了，日月星辰和大地昼夜都像在洞庭湖上漂浮。

⑤柳塘春水漫，花坞夕阳迟。（严维《酬刘员外见寄》）

“漫”写出春水渐渐地涨满了柳塘的动态，而“迟”是拟人化形容词用作动词，既描写出夕阳从花坞中缓缓隐去的动态，又表现了夕阳对美好之景留恋之情。对这两句，前人评价很高，如梅尧臣称曰：“若严维‘柳塘春水漫，花坞夕阳迟’，则天容时态，融和骀荡，岂不如在目前乎？”[①]清人吴乔也说：“寄情于景，如严维之‘柳塘春水漫，花坞夕阳迟’，哀乐之意宛然，斯尽善矣。”[②]

⑥四年风露侵游子，十月江湖吐乱洲。（陈与义《巴丘书事》）

①（宋）欧阳修撰、李逸安点校《欧阳修全集》，中华书局，2001年，第1952页。

②（清）吴乔《答万季埜诗问》，载丁福保辑《清诗话》，上海古籍出版社，1978年，第33-34页。

“侵”字，下语强劲，一语双关，既有自然界风露的侵入之意，也有外敌侵扰之意。“吐”字，拟人化用法，生新奇警，寓意深刻，既言水落而洲出之自然变化，也隐喻时世的动乱变幻。

炼动词讲究新颖，但更重在贴切。苏轼曾对此进行说明。《诗人玉屑》卷八引《遗珠》载苏轼改诗一事：

尝见王平甫自负其甘露寺诗：“平地风烟飞白鸟，半山云木卷苍藤。”余应之曰：精神全在“卷”字上，但恨“飞”字不称耳。平甫沉吟久之，请余易，余遂易之以‘横’字，平甫叹服。大抵作诗当日煅月炼，非欲夸奇斗异，要当淘汰出合用字。[①]

“王平甫”即王安国。“横”比起“飞”来，确实更为新奇不俗。不过，苏轼认为，炼字并非追求新奇，而主要在于根据诗歌的语境，选择最适合的字词，即“横”与下句“卷”相对更相符，更显其气势。

用字贴切，平中也可见奇。如陶渊明《饮酒》：“采菊东篱下，悠然见南山。”诗中的“见”历来被人称道，关键在于“见”是无意中看见，人与物和谐统一，而如用“看”或“望”等词，就是有意地远观，使人和物拉开了距离。

如果说陶渊明用字的高明之处在于无意而工，而杜甫炼字更多的是驾轻就熟，拈来即用。魏庆之在《诗人玉屑》卷八记载葛常之所论杜甫炼字情况：

作诗在于炼字。如老杜“飞星过水白，落月动沙虚”，是炼中间一字。“地折（笔者按，当为坼）江帆隐，天清木叶闻”，是炼末后一字。《酬李都督早春》诗云：“红入桃花嫩，青归柳叶新。”若非“入”与“归”二字，则与儿童之诗何异？[②]

引文中，“过”“动”“隐”“闻”“入”“归”，都是动词。这些词都是日常的词语，自然贴切，成为宋人炼字之典范。

杜甫《送蔡都尉》诗中“身轻一鸟过”，“过”字也为宋人所推赞。欧

①(宋)魏庆之编《诗人玉屑》,上海古籍出版社,1978年版,第177页。

②(宋)魏庆之编《诗人玉屑》,上海古籍出版社,1978年版,第172页。

阳修《六一诗话》记载：

陈舍人从易……偶得杜集旧本，文多脱误，至《送蔡都尉》诗云："身轻一鸟"，其下脱一字。陈公因与数客各用一字补之。或云"疾"，或云"落"，或云"起"，或云"下"，莫能定。其后得一善本，乃是"身轻一鸟过"。陈公叹服，以为虽一字，诸君亦不能到也。[①]

"过"字虽平常，但用"一鸟过"来形容武将动作的轻捷，非常恰当。而"疾"，只说了动作之快，"落""下""起"都不能准确地表达动作的轻疾，因此"过"字比其他字都要好。

唐宋诗词中这类例子有许多，如张若虚《春江花月夜》"春江潮水连海平，海上明月共潮生"中"连"与"共"，欧阳修《生查子》"月上柳梢头，人约黄昏后"中"上"与"约"，陆游《临安春雨初霁》"小楼一夜听春雨，深巷明朝卖杏花"中"听"与"卖"等，主要动词都不假雕琢、自然贴切，可见炼字之功夫。

2. 形容词

形容词，主要用于描摹形状情态。形容词运用好，使诗词表达更为形象具体，能给人以美感，故也是诗人炼字之关注的重点。

炼形容词，颜色词最引人关注。王维常以画家的着色艺术来写诗，故能"诗中有画"。如下：

①日落江湖白，潮来天地青。（《送邢桂州》）

②桃红复含宿雨，柳绿更带朝烟。（《田园乐七首》其六）

③荆溪白石出，天寒红叶稀。（《山中》）

杜甫喜欢把颜色形容词放在句首，以色夺目，给人留下鲜明的印象。如下：

①青惜峰峦过，黄知橘柚来。（《放船》）

②绿垂风折笋，红绽雨肥梅。（《陪郑广文游何将军山林》）

③红入桃花嫩，青归柳叶新。（《奉酬李都督表丈早春作》）

---

①（宋）欧阳修撰、李逸安点校《欧阳修全集》，中华书局，2001年，第1952、1953页。

④碧知湖外草，红见海东云。（《晴二首》其一）

李贺对色彩非常敏感，他常用一些凝重的颜色，而且喜欢把颜色词放在句末，从而强调某种浓重的情感。如下：

①秋坟鬼唱鲍家诗，恨血千年土中碧。（《秋来》）

②角声满天秋色里，塞上燕脂凝夜紫。（《雁门太守行》）

③琉璃钟，琥珀浓，小槽酒滴真珠红。（《将进酒·琉璃钟》）

形容词的重叠运用，不仅摹景传神，而且能形成抑扬音调。刘勰已注意到《诗经》中叠音形容词用法："故'灼灼'状桃花之鲜，'依依'尽杨柳之貌，'杲杲'为出日之容，'瀌瀌'拟雨雪之状，'喈喈'逐黄鸟之声，'喓喓'学草虫之韵。"①类似的叠音形容词很多，如下：

①漠漠水田飞白鹭，阴阴夏木啭黄鹂。（王维《积雨辋川庄作》）

②云青青兮欲雨，水澹澹兮生烟。（李白《梦游天姥吟留别》）

③穿花蛱蝶深深见，点水蜻蜓款款飞。（杜甫《曲江二首》其二）

④夜听疏疏还密密，晓看整整复斜斜。（黄庭坚《咏雪》）

一些常见的形容词，也能使诗歌形象更鲜明，形成逼真如画的诗境。如王维《使至塞上》："大漠孤烟直，长河落日圆。""直"和"圆"两个常见词对举，凸显了沙漠中烽烟和落日的特征，而且在壮阔的自然景象中融入诗人孤寂的感受，历来为人称颂。正如胡仔所谓："诗句以一字为工，自然颖异不凡，如灵丹一粒，点石成金也。"②

3. 数量词

数量词与名词连在一起，不仅用以说明事物的数量，还能起到修饰、形容事物的作用，构成形象鲜明的艺术画面，产生出人意料的效果。如下：

①两个黄鹂鸣翠柳，一行白鹭上青天。（杜甫《绝句》）

②池上碧苔三四点，叶底黄鹂一两声，日长飞絮轻。（晏殊《破阵子》）

---

①（南朝梁）刘勰著、范文澜注《文心雕龙注》，人民文学出版社，1958年，第693-694页。

②（宋）胡仔纂集、廖德明校点《苕溪渔隐丛话》后集，人民文学出版社，1962年，第64页。

③七八个星天外，两三点雨山前。（辛弃疾《西江月·夜行黄沙道中》）

“万”“千”“百”“十”“九”等表示虚数，说明数量之多，也能增强表达效果。如下：

①万里悲秋常作客，百年多病独登台，（杜甫《登高》）

②沉舟侧畔千帆过，病树前头万木春。（刘禹锡《酬乐天扬州初逢席上见赠》）

③岭树重遮千里目，江流曲似九回肠。（柳宗元《登柳州城楼寄漳汀封连四州》）

同一数量词的反复出现，能够形成回环往复、绵延不断的效果。如下：

①两人对酌山花开，一杯一杯复一杯。（李白《山中与幽人对酌》）

②一声梧叶一声秋，一点芭蕉一点愁，三更归梦三更后。（徐再思《双调水仙子·夜雨》）

多个数词串成诗词，数字与数字呼应或对比，能形成强烈的冲击力量。如下：

①千山鸟飞绝，万径人踪灭。孤舟蓑笠翁，独钓寒江雪。（柳宗元《江雪》）

②故国三千里，深宫二十年。一声何满子，双泪落君前。（张祜《宫词》）

③一去二三里，烟村四五家。亭台六七座，八九十枝花。（邵雍《山村咏怀》）

关于数词的锤炼，最有名的莫属“一字师”之事了。齐己《早梅》：“前村深雪里，昨夜数枝开。”郑谷把“数”改为“一”，齐己甘拜其为“一字师”。无独有偶，元代盛如梓《庶斋老学丛谈》记载元好问改诗之事：

（张橘轩）又云：“半篙流水夜来雨，一树早梅何处春。”元（遗山）曰：“佳则佳矣，而有未安。既曰‘一树’，乌得为‘何处’？不如通作一句，改‘一树’为‘几点’。”①

元好问把“一树”改为“几点”，既避免了“一树”与“何处”的逻辑矛盾，又巧妙利用数量词的修辞效果，形象地描绘了逐水而流的梅花，使全诗平添灵动之气。

4.虚词

古代诗人也善于用虚词，使文意表达更清晰，诗歌也呈现流动不滞的美学效果。叶梦得在《石林诗话》中记载杜甫用虚字：

《滕王亭子》：“粉墙犹竹色，虚阁自松声。”若不用“犹”与“自”两字，则余八言凡亭子皆可用，不必滕王也。②

叶梦得提到的“自”和“犹”是典型的虚字，不仅起到了句子意义的关联作用，而且表达了“滕王已去，陈迹还在”的感慨。

虚词的巧妙运用，还可再举几例：

①枫林已愁暮，楚水复堪悲。（王昌龄《送张四》）

“已”“复”两个虚词，引出两个情感词“愁”“悲”。“已”，表示本来枫林日暮已经有一层愁；“复”，进一步以楚水强调悲又增加了一重，以此说明诗人与张四离别的伤悲之情的浓重。

②映阶碧草自春色，隔叶黄鹂空好音。（杜甫《蜀相》）

“自”“空”两个虚词是此联之眼。“自”“空”互文，强调了碧草春色、黄鹂好音无人赏玩，反衬祠堂的凄凉寂清，也流露出诗人对千古名相的追慕之情和痛惜之感。

③去年今辰却到家，今年相望又天涯。（魏初《鹧鸪天·室人降日以此奉寄》）

“却”，即“才”，指以前一直漂泊在外，直到去年才回来；“又”，指在家时日不多，再一次离开家乡。“才”“又”，含蓄写出了频繁离家的愁苦和无奈。

---

①（元）盛如梓《庶斋老学丛谈》，《丛书集成初编》第328册，商务印书馆，1939年，第31页。

②（宋）叶梦得《石林诗话》，载何文焕辑《历代诗话》，中华书局，1981年，第420页。

(二)炼句要处

炼字主要强调选择最合适的字词来增加诗词的语言表现力，而炼句主要在于运用合适的组合方式组合字词而实现最佳的表达效果。炼句常通过语序的倒错和语词的省略来实现，这也是“诗家语”的重要特征。

1.倒错

诗句倒错是诗词创作的普遍现象。钱锺书曾指出，诗词由于“局囿于字数，拘牵于声律”，“必于窘迫中矫揉料理。故歇后、倒装，科以‘文字之本’，不通欠顺，而在诗词中熟见习闻，安焉若素”[①]。由于押韵、平仄、对仗的需要，诗人往往会调换一些词的顺序。如下：

①日暮苍山远，天寒白屋贫。柴门闻犬吠，风雪夜归人。(刘长卿《逢雪宿芙蓉山主人》)

尾句中“归人”是“人归”的倒错，主要在于“人”与“贫”押韵。

②青海长云暗雪山，孤城遥望玉门关。(王昌龄《从军行》其四)

“孤城”与“遥望”倒错，主要考虑平仄相间和粘对的需要。如依正常语序，“遥望孤城玉门关”，平仄为：仄仄平平仄平平。这样本句中成四六叠平，而且与首句平仄不对，与第三句平仄不粘。

③听猿实下三声泪，奉使虚随八月槎。(杜甫《秋兴》其二)

“三声泪”搭配不符合情理，“三声”应在“听猿”之后，倒错是为了和下句“八月”相对仗。

诗人还往往有意改变词语的正常表达顺序，从而创造出一种理想的表达效果。《西清诗话》记载王安石改诗一事：

王仲至召试馆中，试罢作一绝题于壁云：“古木森森白玉堂，长年来此试文章。日斜奏罢长杨赋，闲拂尘埃看画墙。”荆公见之甚叹爱，为改作“奏赋长杨罢”，且云：“诗家语如此乃健。”[②]

---

①钱锺书《管锥编》，中华书局，1979年，第149-150页。

②(宋)胡仔纂集、廖德明校点《苕溪渔隐丛话》前集，人民文学出版社，1962年，第357页。

“奏赋长杨罢”，并没有改原句的一个字，而只是调整了一下语序，就产生了响健之效果。而细加分析，改后的句子，在词语搭配和语法结构上并不合理。也就是说，诗人用语，会突破语言的组合的规律，这恰恰是不合法的合法。

元人李治强调作诗以炼句为先，并且认为诗句倒错会产生不同的艺术效果。其在《敬斋古今黈》举例说明：

贾岛诗云：“长江风送客，孤馆雨留人。”此固无可取者。然倒其三二字云：“孤馆留人雨，长江送客风。”则便入诗家阃域矣。又俚俗壁闲语：“风吹前院竹，雨洒后庭花。”其鄙猥甚者也。若倒云：“后庭花洒雨，前院竹吹风。”虽不能佳，亦粗可道也。乃知作诗炼句为先。①

我们来具体分析一下诗句改动前后的语法情况。“长江风送客，孤馆雨留人”，两句均是“定语+主语+谓语+宾语”；“风吹前院竹，雨洒后庭花”，两句均是“主语+谓语+定语+宾语”。这都是常规表达方式，不能给人以新的冲击力。改过之后，“孤馆留人雨，长江送客风”，两句均变为偏正短语，由此更突出了“雨”和“风”。而“后庭花洒雨，前院竹吹风”，语法搭配并不合理，本来是“雨洒花”“风吹竹”，改后主语和宾语全反了，由此产生一些陌生化的效果。而这种非常规的句法，也正是“诗家语”的独特之处。

诗词中一些脍炙人口的名句，也正在于倒错运用巧妙。如“竹喧归浣女，莲动下渔舟”（王维《山居秋暝》），正常语序应是“浣女归竹喧，渔舟下莲动”，调整语序不仅能符合押韵和平仄的要求，也创造了一幅生机无限、引人回味的图景。再如，“香稻啄余鹦鹉粒，碧梧栖老凤凰枝”（杜甫《秋兴八首》其八），正常语序应为“鹦鹉啄余香稻粒，凤凰栖老碧梧枝”。诗人为突出“香稻”“碧梧”两个意象，分别与“鹦鹉”“凤凰”交换，造成一种陌生化的效果。又如“七八个星天外，两三点雨山前”（辛弃疾《西江月》），正常语序是“天外七八个星，山前两三点雨”，倒错之后句子强调了“星”和“雨”的零星疏落，给人更鲜明的印象。

①(元)李治《敬斋古今黈》,《丛书集成初编》第216册,商务印书馆,1935年,第131页。

2.省略

由于诗词字数的限制，如用精简的语言表达丰富的内容，就需要省略一些成分或内容，这样才能在有限的篇幅中达到“尺幅千里”的艺术效果。

虚词的省略最常见，这一方面在于虚词多承担语法功能，一般不表示实在的意义；另一方面在于实字多而声响句健，而虚字多则声弱句疲。助词除了语助词“兮”在骚体诗中大量出现外，其他诗体基本不用；表示方位、关系等的介词和具有联结作用的连词在诗词中基本不用，如“江流〈向〉天地〈之〉外，山色〈于〉有无〈之〉中”（王维《汉江临泛》）；“身〈虽〉无彩凤双飞〈之〉翼，心〈却〉有灵犀一点〈即〉通”（李商隐《无题》）等。

实词中，作为叙事主语的代词常省略，如“〈我〉春眠不觉晓，处处闻啼鸟”（孟浩然《春晓》）；标题或前文出现事物作宾语通常省略，如“野火烧不尽〈草〉，春风吹〈草〉又生”（白居易《赋得古原草吟留别》）；谓语动词省略也较普遍，如“迟日〈照〉江山丽，春风〈吹〉花草香”（杜甫《绝句》）等。

古典诗词中最典型的省略形式是名词并置句式，即一句由并列的两个或两个以上的名词或名词短语构成，省略了所有表示语词关系的成分，如下：

①渭北//春天//树，江东//日暮//云。（杜甫《春日忆李白》）

②鸡声//茅店//月，人迹//板桥//霜。（温庭筠《商山早行》）

③楼船//夜雪//瓜洲渡，铁马//秋风//大散关。（陆游《书愤》）

这些句子省略了表示相互关系的虚词和动作状态的谓语动词，全部用具体可感的名词类意象并列，大大增强了艺术表现的空间，历来为人称道。

除了句子成分省略外，诗人追求表达含蓄和诗歌余味，也会有意省略一些内容，在诗中留下“空白”，从而引发读者去想象和联想，如贾岛《寻隐者不遇》，写童子言其师傅“只在此山中，云深不知处”，省略了关于隐者的相关信息和具体行踪，让人回味无穷。这不仅是炼句，实际上也已是在炼意了。

刘勰《文心雕龙·章句》中指出字句与篇章关系：“夫人之立言，因字而生句，积句而成章，积章而成篇。篇之彪炳，章无疵也；章之明靡，句无玷也；句之清英，字不妄也。振本而末从，知一而万毕矣。”①炼字、炼句都是为了表意服务，而炼意必须通过词句来呈现。诗词语言的魅力，就在于通过词句的选用和组合，用优美的形式、和谐的声音来表达独特的情感和深刻的意蕴，从而具有艺术生命力。

附:鉴赏示例

汉江临泛

王 维

楚塞三湘接，荆门九派通。
江流天地外，山色有无中。
郡邑浮前浦，波澜动远空。
襄阳好风月，留醉与山翁。

此诗题目在各版本中记载不同。现存宋刻十一行蜀本《王摩诘文集》卷九有此诗，作“汉江临泛”；清赵殿成撰《王右丞集笺注》卷八载此诗，同上。元方回《瀛奎律髓》卷一载此诗，“泛”作“眺”；陈铁民校注《王维集校注》卷二载此诗，同上。明末吴兴凌濛初朱墨套印本刘辰翁评《王摩诘诗集》，卷三载此诗，“泛”作“帆”。“临帆”不通，“泛”古体字作“汎”，或“汎”误写为“帆”。从语义上来看，“临眺”，即登高远眺，“临泛”，可解为临水泛游。登高远眺汉江，诗中未见登临之地信息；“临泛”，诗中第四、五句可与之呼应。根据版本先后记载，兼及文义考虑，诗题依宋蜀本作“汉江临泛”，全诗也选自宋蜀本。

“汉江”，又称“汉水”，为长江的支流。汉江之源，一般认为有三：中源漾水、北源沮水、南源玉带河，均在秦岭南麓。水流至汉中地带称汉水，

①(南朝梁)刘勰著、范文澜注《文心雕龙注》，人民文学出版社，1958年，第570页。

襄阳以下称襄水。从诗中第七句“襄阳好风月”来看，此诗应作于开元二十八年（740），诗人知南选途经襄阳时。

首联，“楚塞三湘接，荆门九派通”。诗开篇即对，“楚塞”与“荆门”，地名相对；“三湘”与“九派”，水名相对，“接”与“通”为近义动词，对仗非常工整。“楚塞”，即楚国的边境，汉水流域地带古属楚地。“楚塞”与“汉江”相通，可见江淹诗《望荆山》：“奉义至江汉，始知楚塞长。”“三湘”，即漓湘、蒸湘、潇湘。“湘”，《瀛奎律髓》作“江”。“荆门”，以荆门山名，地处荆州。“九派”，又称九江，指长江的九条支流。“三湘”与“九派”相对，可见陶渊明《赠长沙公族祖》诗：“遥遥三湘，滔滔九江。”“楚塞三湘接”，描写古楚之境三湘之水相接；“荆门九派通”，描写荆门之地九江之水汇入长江。首联两句主要写汉江所处的地理形势，虽未直接描写汉水，但从汉江横卧古楚之境、穿过荆门之地、连接三湘、汇通九派的描写中，汉江浩渺动荡的水势、雄浑壮阔的气象已跃然目前。

颔联，“江流天地外，山色有无中”。第三句描写汉江。泛游水上，远远望去，浩荡无际的汉江，好像一直流向天地之外。诗人举重若轻，自然而然地写出了江水的广阔邈远。第四句写汉江周围的环境。当诗人目光移向两岸的重山，看到山色时隐时现、若有若无。山色的变化，除了天气、山的形态等原因外，应该与诗人泛游江中有关。我们都有这样的体验，随着船的前行，青山后移，山色也就会时隐时现了。这一句，似神来之笔，以苍茫迷蒙的山色进一步烘托江水的浩远辽阔，如同一幅江行水墨山水图画，诗人在画中泛游观望而沉醉其中。

颔联这两句历来也被引为佳句。元方回认为，此联“尤壮，足敌孟、杜岳阳之作”（《瀛奎律髓》卷一）。清张谦宜提出“学其气象之大”（《絸斋诗谈》卷五），这些评论抓住了主要特征。王维的气象壮大有什么特别之处呢？清管世铭认为应“识曲听其真”，他列出了三人诗，除王维此诗句外，还有李白的“山随平野尽，江入大荒流”（《渡荆门送别》）、杜甫的“星垂平野阔，月涌大江流”（《旅夜书怀》），我们稍做比较。李白诗取景重“远”与“大”，山岭、平野、长江、大荒，都指向辽远壮大，加之每句两景分别由“随”“入”顺接，更突出苍茫辽远之境。杜甫诗，取景重“阔”与“丽”，星、月之高远壮丽，平野、大江之低阔浩大，加之对句语法的错综变化（从意义上应是“大江流涌月”），突出了诗境的雄丽宏阔，也更见其炉火纯青的炼字功夫。而王维诗，从气象壮阔而言，显然比不上李、杜，但是其胜在取景凸显绘画之法，从隐隐约约、虚实相生的山色中，来表现诗境的隐约缥缈。王世贞评王维诗句“是诗家俊语，却入画三昧”，抓住了其诗的个性特色。“山色有无中”作为一范句，也被后人模仿和引用。如中唐权德舆《晚渡扬子江却寄江南亲故》：“远岫有无中，片帆风水上。”北宋欧阳修词《朝中措·平山堂》：“平山栏槛倚晴空，山色有无中。”南宋赵师侠词《水调歌头·万载烟雨观》：“江流清浅外，山色有无中。”这些诗词句子部分或全句化用王维语。

颈联，“郡邑浮前浦，波澜动远空”。此联承上接着写景，不过镜头发生了变化，由前面的“天地外”之远景，转到了眼前的江水之近景。“郡邑”指汉水两岸的城郭；“浦”，水边。城郭如何能在水边浮动？这似是无理之语。不过，联系对句汉江波澜涌动、浪拍云天来看，当是诗人泛游观望之时，波浪随风涌动，船身开始颠簸，而城郭似乎也在水里浮起。如果没有亲身经历和体验，恐怕无法写就如此奇观。因此，“郡邑浮前浦”，似无理而真实，堪称“无理之妙”。

颈联两句，没有像颔联一样被誉为佳句，反而多被人指责。如查慎行认为：“三江、九派、前浦、波澜，篇中说水处太多，终是诗病。”（《瀛奎律髓汇评》）其实，诗中写水处除了上面所说的四处，还有第三句的江流。对此纪昀也指出：“三四好，五六撑不起，六句尤少味，复衍三句故也。”（《瀛奎律髓汇评》）纪昀指出第六句与第三句相似的问题，也就是说，第六句放在全篇来考虑，就显得重复了。相较而言，第五句描写人泛游的真切体验和独特幻觉，非常有特色，不能一概否定。

尾联，“襄阳好风月，留醉与山翁”。“月”，刘辰翁评点本、赵殿成笺注本、《瀛奎律髓》均作“日”。此从宋蜀本。“风月”与“风日”，都能代称风物景色，意义区别不大。不过从选字用语来看，词句前已有“阳”，后面应最好避免同义词，“月”字似好些。“翁”，《瀛奎律髓》作“公”。“山翁”，即山简，竹林七贤之一山涛之子。山翁醉饮见《晋书·山简传》。史书载，山简曾作为征南将军，镇守襄阳，好酒，常到习家池上，每饮必醉。时有童儿歌曰：“山公出何许，往至高阳池。日夕倒载归，酩酊无所知。”这里“山翁”代指襄阳地方官。尾联两句，赞美了襄阳风物景色之美，并表示愿与像山简一样的地方官员共谋一醉，实表达了诗人留恋山水、热爱自由的性情志趣。

第四章　意象把握与情志还原

诗词鉴赏的理想状态，是鉴赏者在审美的愉悦中与诗人进行情感和思想的交流。从这个意义上讲，我们鉴赏诗词的主要目的，就是深入了解诗人的情感、心意、志怀、思想。诗人通常不直接抒情言志，多是通过具体的物象来含蓄地传达自己的情思和志意，这些蕴含着诗人主观情意的客观物象就是意象。因此，从意象符号入手，还原诗人通过意象传达的情志，可能是一种直接而有效的鉴赏方式。

一、意象评诗传统

(一)意象概念溯源

1. “立象以尽意”

一般认为，意象理论发端于《周易·系辞》中孔子的解释：

子曰：“书不尽言，言不尽意。”然则圣人之意，其不可见乎？子曰：“圣人立象以尽意，设卦以尽情伪，系辞焉以尽其言，变而通之以尽利，鼓之舞之以尽神。”①

孔子认为“言”不能清楚地表达“意”，但可以通过“象”显示出来，

①(清)阮元校刻《十三经注疏》，中华书局，1980年，第82页。

肯定了“象”对于以“言”表“意”的重要性。“立象以尽意”之说，指出言、象、意三个基本要素关系，[①]对于其后的艺术创作和文学理论有着深远的影响。

《周易》所说的“象”指的是“卦象”，是预卜吉凶所用的工具。但是，卦象包含着美的因素，从这个意义来讲，“《周易》所说的‘象’就不只是卦象，而同时具有美学的意义了”[②]。

2.“礼贵意象”

“意”与“象”合用，首见于王充的《论衡·乱龙篇》：

天子射熊，诸侯射麋，卿大夫射虎豹，士射鹿豕，示服猛也。名布为侯，示射无道诸侯也。夫画布为熊、麋之象，名布为候，礼贵意象，示义取名也。

这里的“象”，是画布上熊、麋、虎、豹、鹿、豕等兽象。“礼贵意象”指君臣上下礼仪之“意”寓于兽象之中。这些兽象表达了人的某种意念和思想，是“意”与“象”的统一。不过，《乱龙篇》中的“意象”带有认识论的含义，还不是美学意义的概念。

3.“窥意象而运斤”

刘勰《文心雕龙》中，象出现二十余次，而且出现“意象”一语。刘勰首次从创作角度运用“意象”概念，《神思》篇曰：

然后使玄解之宰，寻声律而定墨；独照之匠，窥意象而运斤。此盖驭文之首术，谋篇之大端。[③]

刘勰所谓的“意象”，是客观事物在作者头脑中的形象，即在艺术构思中，作家之“意”与客体“象”结合在一起，二者相融相合、彼此生发而成的意中之象。

---

①关于“言、象、意”的关系，三国时王弼《周易略例》解释更清楚：“夫象者，出意者也。言者，明象者也。尽意莫若象，尽象莫若言。言生于象，故可寻言以观象；象生于意，故可寻象以观意。意以象尽，象以言著。”

②李泽厚、刘纲纪《中国美学史》，第一卷，中国社会科学出版社，1984年，第306页。

③(南朝梁)刘勰著、范文澜注《文心雕龙注》，人民文学出版社，1958年，第493页。

(二)意象理论发展

至唐代，意象的使用已经较为广泛。张怀瓘把“意象”概念引进书法艺术，并且把意象营构作为品评书法造诣的标尺。[①]而在诗格类著作中，“意象”的阐述比前代也更为具体化。

1.意象契合

旧题王昌龄《诗格》，在“论文意”时，对“象”的生成进行具体描述，提出“诗有三思”说，涉及创作构思中的意象契合的问题：

夫置意作诗，即须凝心，目击其物，便以心击之，深穿其境。如登高山绝顶，下临万象，如在掌中。以此见象，心中了见，当此即用。

生思一。久用精思，未契意象。力疲智竭，放安神思。心偶照镜，率然而生。[②]

“目击其物”“以心击之”，说明创作构思过程的“象”，必须经过创作主体对客观事物的观察、思考，切身体悟，才能生成。“未契意象”，实际上是从反向肯定构思中意与契合的重要性。

2.意尽其象

旧题白居易《金针诗格》，谈到“意”与“象”的关系，并提出“意尽其象”的观点：

诗有内外意。一曰内意，欲尽其理。理，谓义理之理，美、刺、箴、诲之类是也。二曰外意，欲尽其象。象，谓物象之象，日月、山河、虫鱼、草木之类是也。内外意皆有含蓄，方入诗格。

诗有三本。一曰有窍，二曰有骨，三曰有髓。以声律为窍，以物象为骨，以意格为髓。[③]

《金针诗格》所说的“诗有三本”，实际上由外到内区分了诗歌的结构

①唐人张彦远编撰《法书要录》，卷三录张怀瓘言：“意象所得，非常域也，故异而室之，文而志之。”按，此语又见于北魏时期高平公《萧斋记》。

②张伯伟《全唐五代诗格校考》，陕西人民教育出版社，1996年，第139-140页、第150页。

③张伯伟《全唐五代诗格校考》，陕西人民教育出版社，1996年，2002年，第326-327页。

层次，认为“意”是核心要素，要通过“象”来支撑和表现，外意直接诉诸“象”，而内意也应间接通过“象”来含蓄传达。

3. 意象欲出

唐人关于“意象”的论述，还主要指创作构思阶段的“象”。司空图《二十四诗品·缜密》也可以证明：“是有真迹，如不可知。意象欲生，造化已奇。”①

“意象欲生”，指“意象”处于成型的前夕，即将显现成形。意象在作家的意念之中，必须经过构思、想象生成；意象在产生前缥缈恍惚、难以捕捉，不过当它呼之欲出时，连造化也感到惊奇。由此来看，司空图所说的意象既非客观物象，也不是作品中的意象。

（三）意象评诗兴起

从宋代起，所论“意象”，大多从构思中的“意中之象”，转向诗歌作品中的审美意象，意与象是否统一、意象运用优劣也成为评判文学作品审美价值的主要因素。

1. 意象评诗

宋人在评论诗歌时，开始运用“意象”一语，如唐庚《唐子西文录》评谢朓诗：

> 谢玄晖诗云：“寒城一以眺，平楚正苍然”。平楚，犹平野也。吕延济乃用“翘翘错薪，言刈其楚”，谓楚，木丛。便觉意象殊窘。②

论者所谓的“意象”窘迫，是认为“楚”解释为“木丛”未能很好地表现诗意。显然，“意象”已经从唐人所谓的“意中之象”，演变为诗歌中的象，这是意象评诗的一大飞跃。

明清时期，以意象评诗已经非常普遍，而且“意象”成为论诗的重要审美标准，如下：

①（唐）司空图《二十四诗品》，载何文焕辑《历代诗话》，中华书局，1981年，第41页。
②（宋）唐庚《唐子西文录》，载何文焕辑《历代诗话》，中华书局，1981年，第447页。

王昌龄多意而多用之，李太白寡意而寡用之。昌龄得之椎练，太白出于自然，然而昌龄之意象深矣。（陆时雍《诗镜总论》）①

孟东野诗，亦从《风》《骚》中出，特意象孤峻，元气不无斫削耳。以郊、岛并称，铢两未敌也。（沈德潜《说诗晬语》）②

陆时雍评王昌龄诗“意象深”，更侧重象所表示的意蕴；沈德潜评孟郊诗“意象孤峻”，又侧重于意象的格调。可见，以意象评诗，意象的含义并不统一。

2. 意象特征

明清文论家以“意象”作为评诗的重要标准，而且还对“意象”的特征进行说明。明代王廷相《与郭价夫学士论诗书》云：

夫诗贵意象透莹，不喜事实粘着……故示以意象，使人思而咀之，感而契之，邈哉深矣，此诗之大致也。③

王廷相认为“意象透莹”是诗歌艺术的重要方面。因为抒情、述事太直接真实，没有韵味而难以打动人；只有“示以意象”，才能引发人去思考、体味，充分感受和理解诗歌的深远意蕴。而清代方东树却强调表意之象的逼真性：“意象大小远近，皆令逼真。”④这说明，明清时期对意象的特征理解也不同。

（四）意象概念界定

当代学者已经充分认识到“意象”这一范畴的重要性，不仅把“意象”用于古典诗歌的论述，如陈伯海认为“中国古典诗歌艺术本质上是一种意象经营的艺术”，主张“从意象艺术的角度来揭示唐诗的性能”⑤；而且把“意象”引入到文艺学理论建构方面，如夏之放认为“文学是以语言符号为媒介

①（明）陆时雍《诗镜总论》，载丁福保辑《历代诗话续编》，中华书局，1983年，第1420页。
②（清）沈德潜撰、王宏林笺注《说诗晬语笺注》，人民文学出版社，2013年，第169页。
③吴文治主编《明诗话全编》，第2册，江苏古籍出版社，第2047-2048页。
④（清）方东树撰、汪绍楹校点《昭昧詹言》，人民文学出版社，1961年，第214页。
⑤陈伯海《意象艺术与唐诗》，上海古籍出版社，2015年，第1页。

的审美意象系统”，并提出“以意象为中心话语建构文艺学理论体系”[①]。但是，从目前学界研究情况来看，关于意象的界定还有很大的分歧。

“意象”界定的一个维度，是根据中国古典诗词创作实践，对意象形成、特征、功能等进行说明。如袁行霈对意象进行定义：“意象是融入了主观情意的客观物象，或者是借助客观物象表现出来的主观情意。”[②]“意象”界定的另一个维度，是把意象纳入文学艺术的理论体系，主要通过对象征型作品形象分析来阐述意象。如童庆炳对意象进行界定：“审美象征意象是以表达哲理观念为目的、以象征性或荒诞性为其基本特征的，在某些理性观念和抽象思维的指导下创造的具有求解性和多义性的达到人类审美理想境界的‘表意之象’。”[③]

童庆炳所言的“意象”或“审美象征意象”，是象征型作品的理想形象，其所表之“意”即“哲理观念”，这种意象与古典文学研究者所言的表达情意的“意象”相比，显然范围过于狭窄。“意象”概念界定的分歧，反映了构建文学理论体系的一个主要问题，即应该如何选用传统的术语来概括、分析日益发展的文学现象。

为了更好地鉴赏分析古典诗词，避免概念运用的混乱，我们在此参照袁行霈的观点，认为：意象是融入了主观情意的客观物象，是诗人主观情意与客观物象有机结合的产物。

二、古典诗词意象分类

（一）意象来源

根据中国古典诗词中意象的来源，可大致把意象分为两大类：实有意象和假想意象。其中实有意象又分为两类，自然意象和人文意象。由于假想意

①夏之放《文学意象论》，山东人民出版社，2017年，第92页；夏之放、孙书文《文艺学元问题的多维审视》，齐鲁书社，2005年，第90页。

②袁行霈《中国诗歌艺术研究》（增订本），北京大学出版社，1996年，第67页。

③童庆炳《文学理论教程》（第5版），高等教育出版社，2015年，第252页。

象数量较少，我们附在自然意象、人文意象后介绍。

1. 自然意象

自然意象，即表达人们的情志心意的自然物象。中国古典诗词意象多取自于自然，因此自然意象数量庞大。下面简单胪列几大类。

天文类：日、月、星、辰、云、雾、雨、雪、风、霜等

地理类：山、峰、江、河、水、泉等

时节类：春、夏、秋、冬、朝、暮等

植物类：花、草、树、木等

动物类：虫、鱼、鸟、兽等

上面所列举的自然意象都是泛称意象。泛称意象可以直接运用，如杜甫《春望》中的“感时花溅泪，恨别鸟惊心”中的“花”“鸟”；也可细分为特指意象而运用，如花类意象，有梅、菊、兰、荷、牡丹、芙蓉等，梅还可以细化为寒梅、早梅、腊梅、白梅、红梅、墨梅、梅花、梅蕊、梅枝等。

作为意象的自然物象，已经不是一般的客观事物，而是融入了诗人的情志或心意的物象。随着意象的不断被运用，也逐渐凝定一些常见的情感意蕴，如明月寄托相思，鱼雁表示传达书信，日暮、夕阳、杜鹃常让人生愁，松、竹、梅令人想到君子气节等。鉴赏古典诗词，要注意从这些意象入手，便于把握作品中诗人的情感情绪。

2. 人文意象

人文意象，主要来自社会中人的形体、行为及其生产物。常见的人文意象主要有以下几类。

建筑类：亭、台、楼、阁、宫殿、城墙、关塞、陵墓等

交通工具类：舟、船、帆、车、轿等

生活用具类：钟、锁、帘、枕、扇等

饮食类：茶、酒、羹、脍等

文具类：笔、墨、纸、砚等

战争类：剑、刀、兵、甲等

形体类：手、眉、目、肠等

动作类：登高、倚楼、望远、临水、捣衣、拍栏等

3.假想意象

上面两类意象，都来源于生活中实际存在的人或物。还有一类意象，却是人们假想出来的人或物，现实生活不可能存在，如蓬山、瑶台、天宫、桃源、神仙、鬼怪、飞龙、凤凰等，我们称之为假想意象。

李贺喜欢用假想意象，尤其爱用鬼意象，如“嗷嗷鬼母秋郊哭”（《春坊正字剑子歌》）、“秋坟鬼唱鲍家诗”（《秋来》）、“愿携汉戟招书鬼”（《绿章封事》）、“鬼灯如漆点松花”（《南山田中行》）、“鬼雨洒空草”（《感讽》）、“海神山鬼来座中”“呼星召鬼歆杯盘”（《神弦》）等，险怪阴森，具有强烈的震撼力。

诗歌创作中经常综合各类意象，自然意象中往往夹着人文意象，虚构意象也常与真实意象连用。如“月落乌啼霜满天，江枫渔火对愁眠”（张继《枫桥夜泊》），“月”“乌”“霜”“天”“江枫”为自然意象，“渔火”是人文意象；“羌笛何须怨杨柳，春风不度玉门关”（王之涣《凉州词》），“羌笛”“玉门关”是人文意象，“杨柳”“春风”是自然意象；“雾失楼台，月迷津渡。桃源望断无寻处”（秦观《踏莎行·郴州旅舍》），“雾”“月”是自然意象，“楼台”“津渡”是人文意象，“桃源”是假想意象。

（二）意象功能

根据古典诗词中意象的表达功能，还可把意象分为四类：抒情意象、述志意象、说理意象、寓意意象。抒情意象，情孕象中，借物抒情；述志意象，志与象存，托物言志；表意之象，意与象浑，象征寄意；说理意象，理因象显，因物即理。

1.抒情意象

诗人的情感不直接抒发，而通过具体的物象来传达出来，这种蕴含情感的物象即抒情意象。从意象的功能来看，抒情意象最为常用。如下：

①明月松间照，清泉石上流。（王维《山居秋暝》）

诗中“明月”“清泉”“松”“石”等自然意象，展现了幽静清美的图景，表达了诗人此时安适欣然的心情。

②几处早莺争暖树，谁家新燕啄春泥。（白居易《钱塘湖春行》）

诗人用“早莺”“暖树”“新燕”“春泥”，抒发了对春天的生机欣悦之情。

③稻花香里说丰年，听取蛙声一片。（辛弃疾《西江月·夜行黄沙道中》）

“稻花”“蛙声”，表达了词人对农村生活的喜爱之情。

④欲渡黄河冰塞川，将登太行雪满天。（李白《行路难三首》其一）

“黄河”“太行”“冰”“雪”，表现了路途的险阻，抒发了诗人的愤懑之情。

⑤丛菊两开他日泪，孤舟一系故人心。（杜甫《秋兴八首》其一）

“丛菊”“孤舟”，拟人化呈现，抒发了诗人思念家乡的愁苦之情。

⑥试问闲愁都几许？一川烟草，满城风絮，梅子黄时雨。（贺铸《青玉案》）

词人连用“烟草”“风絮”“梅雨”三个意象，渲染了自己的愁思。

2.述志意象

诗人往往借助一定的物象，表达自己的心志怀抱、人格品性等，这类意象称为述志意象。意象用以述志，就是我们常说的托物言志。如下：

①承骐骥以驰骋兮，来吾道夫先路。（屈原《离骚》）

“骐骥”意象，表达了诗人对自己贤德能力的自信和为国效力的志向。

②山气日夕佳，飞鸟相与还。（陶渊明《饮酒》其五）

“飞鸟”意象，表达了诗人对自由生活的追求。

③大鹏一日同风起，扶摇直上九万里。（李白《上李邕》）

“大鹏”是《庄子·逍遥游》中出现的神鸟意象，诗人以此表达了高傲自由的人格和对理想追求的壮志。

④天平山上白云泉，云自无心水自闲。（白居易《白云泉》）

“白云”“泉”两个自然意象，寄托了诗人对自由闲适生活的向往。

⑤竹杖芒鞋轻胜马，谁怕？一蓑烟雨任平生。（苏轼《定风波》）

以“竹杖”“芒鞋”与“马”对照，表达词人即使身处逆境的坚定乐观精神；“蓑”“烟雨”又显示了词人对于隐逸生活的向往。

⑥驾长车，踏破贺兰山缺。（岳飞《满江红·写怀》）

用“长车”“贺兰山”与战争相关的意象，表达了词人抗击金兵、收复中原的报国之志。

3. 说理意象

诗人借助一定的物象，表达自己的一定的哲理观念，这类意象称为说理意象。如下：

①人生代代无穷已，江月年年只相似。不知江月待何人，但见长江送流水。（张若虚《春江花月夜》）

此处“月亮”这一意象，主要在阐述人生宇宙哲理，即个人的生命是短暂即逝的，而人类的存在则是绵延久长的。

②旧时王谢堂前燕，飞入寻常百姓家。（刘禹锡《乌衣巷》）

诗人以“燕”意象，说明人间沧海桑田、世事变化的规律。

③横看成岭侧成峰，远近高低各不同。不识庐山真面目，只缘身在此山中。（苏轼《题西林壁》）

诗人以“庐山”意象，旨在说明人在事中反而不能真正洞察真相这一哲理。

④春色满园关不住，一枝红杏出墙来。（叶绍翁《游园不值》）

“红杏”和“墙”意象关联，隐含着美好的事物总会表现出来的道理。

4. 寓意意象

诗人借助一定的物象，委婉地表达自己的观点、看法，这类意象称为寓意意象。如下：

①客从南溟来，遗我泉客珠。珠中有隐字，欲辨不成书。缄之箧笥久，

以俟公家须。开视化为血，衰今征敛无。（杜甫《客从》）

诗中“珠”寄寓了多重意义。从诗歌后四句来看，“珠”与“征敛”密切相关，揭示征敛之苛。从全篇来看，“珠”从无价之宝到化血而无，也象征有才之士不被重用之意。另外，从三四句来看，“珠中有隐字”，或暗喻着为民请命之意。

②山外青山楼外楼，西湖歌舞几时休。暖风熏得游人醉，直把杭州作汴州。（林升《题临安邸》）

诗中“山”“楼”“西湖”“歌舞”“暖风”等意象，构成一幅太平盛世景象，寄寓着诗人对当政者不思强国进取、终日纵情声色的讽刺。

（三）意象含义

严格地说，一个意象及其含义必须在特定的诗歌文本语境中产生。不过，当一个意象的含义在诗词中被确立，这个意象就已经作为了一种特殊的语言符号——意象符号而被运用。这个意象符号在其后运用时，意义还会改变并进一步确立。本文中所说的“意象”，如果不针对具体作品而言，都是指“意象符号”。

一个意象符号可以表示一义或多义，而不同的意象符号又可表示相同或相似之义，因此从其含义而言，意象并不好简单归类。但是，在分析古典诗词时，人们习惯于按照意象符号所表达的常见情志，把古代诗词中意象分为不同类别，如惜别、思乡、爱情、愁苦、气节等，由此以某一含义为主导形成了一个个意象群。

1. 惜别

表达惜别情意的意象，常见的有杨柳、春草、南浦、灞桥（灞陵）、阳关、长亭、酒等。如下：

①昔我往矣，杨柳依依。（《诗经·采薇》）

②天下伤心处，劳劳送客亭。春风知别苦，不遣柳条青。（李白《劳劳亭》）

③离离原上草，一岁一枯荣。（白居易《赋得古原草送别》）

④宝钗分，桃叶渡，烟柳暗南浦。（辛弃疾《祝英台近》）

⑤秦楼月，年年柳色，灞陵伤别。（李白《忆秦娥》）

⑥劝君更尽一杯酒，西出阳关无故人。（王维《渭城曲》）

2. 思乡

表达思乡之情的意象，常见的有月亮（婵娟）、雁、鱼、楼、孤舟、浮云、捣衣、吹笛等。如下：

①长安一片月，万户捣衣声。（李白《子夜吴歌·秋歌》）

②但愿人长久，千里共婵娟。（苏轼《水调歌头》）

③雁字回时，月满西楼。（李清照《一剪梅》）

④蝶去莺飞无处问，隔水高楼，望断双鱼信。（晏几道《蝶恋花》[①]）

⑤丛菊两开他日泪，孤舟一系故园心。（杜甫《秋兴八首》其一）

⑥不知何处吹芦管，一夜征人尽望乡。（李益《夜上受降城闻笛》）

3. 爱情

常见的爱情意象，有燕子、鹧鸪、鸳鸯、彩凤、灵犀、莲子、红豆、红叶、横塘等。如下：

①双燕来时还念远，珠帘绣户杨花满。（晏几道《蝶恋花》）

②新帖绣罗襦，双双金鹧鸪。（温庭筠《菩萨蛮》）

③懒拂鸳鸯枕，休缝翡翠裙。（温庭筠《南歌子》）

④身无彩凤双飞翼，心有灵犀一点通。（李商隐《无题》）

⑤低头弄莲子，莲子清如水。（南朝乐府《西洲曲》）

⑥玲珑骰子安红豆，入骨相思知不知？（温庭筠《南歌子》）

⑦应恨不题红叶、寄相思。（晏几道《虞美人》）

⑧散官出门斜月在，两眉愁思问横塘。（韩偓《横塘》）

---

①晏几道《蝶恋花》，一说这首词出自赵令畤。

4.愁苦

常见的愁苦意象，有水、山、酒（杯）、落花、芭蕉、丁香、梧桐、杜鹃（子规）、猿、黄昏、夕阳、夜等。如下：

①抽刀断水水更流，举杯消愁愁更愁。（李白《宣州谢朓楼饯别校书叔云》）

②花红易衰似郎意，水流无限似侬愁。（刘禹锡《竹枝词》）

③流水落花春去也，天上人间。（李煜《浪淘沙》）

④芭蕉不展丁香结，同向春风各自愁。（李商隐《代赠二首》其一）

⑤梧桐更兼细雨，到黄昏，点点滴滴。（李清照《声声慢》）

⑥夕阳西下，断肠人在天涯。（马致远《天净沙·秋思》）

⑦又闻子规啼夜月，愁空山。（李白《蜀道难》）

⑧其间旦暮闻何物？杜鹃啼血猿哀鸣。（白居易《琵琶行》）

5.气节

表示气节高洁的意象，常见的有松柏、梧桐、竹、梅、菊、兰、荷（菡萏）、蝉、鹤等，如下：

①岂不罹凝寒，松柏有本性。（刘桢《赠从弟》）

②青松在东园，众草没其姿。（陶渊明《饮酒》其八）

③竹生荒野外，梢云耸百寻。（刘孝先《咏竹》）

④墙角数枝梅，凌寒独自开。（王安石《梅花》）

⑤朝饮木兰之坠露兮，夕餐秋菊之落英。（屈原《离骚》）

⑥惟有绿荷红菡萏，卷舒开合任天真。（李商隐《赠荷花》）

⑦垂緌饮清露，流响出疏桐。（虞世南《蝉》）

⑧晴空一鹤排云上，便引诗情到碧霄。（刘禹锡《秋词二首》其一）

6.战争

常见的战争意象，有楼兰、玉门关、长城（紫塞）、关山、风沙、盔甲、宝剑、羌笛、吴钩等。如下：

①愿将腰下剑，直为斩楼兰。（李白《塞下曲六首》其一）

②明敕星驰封宝剑，辞君一夜取楼兰。（王昌龄《从军行七首》其六）

③羌笛何须怨杨柳，春风不度玉门关。（王之涣《凉州词二首》其一）

④列卒赤山下，开营紫塞傍。（李白《出自蓟北门行》）

⑤黄沙百战穿金甲，不破楼兰终不还。（王昌龄《从军行七首》其四）

⑥男儿何不带吴钩，收取关山五十州。（李贺《南园十三首》其五）

三、典型意象举例

中国古典诗词创作中，诗人选用某一物象来表达一定的情感志意，形成了一个特定的意象。后人不断继承了这一用法，这个意象逐渐就作为一种凝定了某种情思的特殊的语言符号。另一方面，在诗词的发展过程中，大多数意象符号在后代的运用中，又会不断地被赋予新的含义，使这个意象符号又具有不同的意义内涵。

如果一个意象符号在不同语境下表示相同或相近之意，我们可称其为单义意象。较为常见的有南浦、长亭、灞桥表示送别，鸳鸯、红豆表示相思等。单义意象因其意义较为固定，理解起来比较简单，不过古典诗词中这类意象较少。如果一个意象符号在不同语境下表示不同含义，我们可称其为多义意象。古典诗词中，绝大多数意象是多义意象。多义意象的不同意义通常具有一定的联系，但是也有意义之间没什么联系，甚至出现情感指向相反的情况，理解起来就相对困难一些。以下选择一些典型的多义意象，列举其在不同的语境下的主要含义。

（一）植物类

1.梅

①报春使者

兔园标物序，惊时最是梅。衔霜当路发，映雪拟寒开。（何逊《咏

早梅》）

当年腊月半，已觉梅花阑。不信今春晚，俱来雪里看。（庾信《梅花》）

大庾敛寒光，南枝独早芳。雪含朝暝色，风引去来香。（李峤《梅》）

万木冻欲折，孤根暖独回。前村深雪里，昨夜一枝开。（齐己《早梅》）

②寄赠传情

折梅逢驿使，寄与陇头人。江南无所有，聊赠一枝春。（陆凯《赠范晔》）①

欲为万里赠，杳杳山水隔。寒英坐销落，何用慰远客？（柳宗元《早梅》）

小梅风韵最妖娆，开处雪初消。南枝欲附春信，长恨陇人遥。（晏几道《诉衷情》）

岭北霜枝最多思，忍寒留待使君来。（苏轼《次韵杨公济奉议梅花》）

③凌寒不屈

中庭多杂树，偏为梅咨嗟。问君何独然？念其霜中能作花，露中能作实。（鲍照《梅花落》）

自古承春早，严冬斗雪开。（朱庆余《早梅》）

穷冬万木立枯死，玉艳独发凌清寒。（欧阳修《对和雪忆梅花》）

墙角数枝梅，凌寒独自开。（王安石《梅花》）

雪虐风饕愈凛然，花中气节最高坚。（陆游《落梅》）

④内外兼修

水月精神玉雪胎，乾坤清气化生来。（王从叔《浣溪沙·梅》）

梅须逊雪三分白，雪却输梅一段香。（卢梅坡《雪梅》）

无意苦争春，一任群芳妒。零落成泥碾作尘，只有香如故。（陆游《卜算子·咏梅》）

---

①《荆州记》载："陆凯与范晔交善，自江南寄梅花一枝，诣长安与晔，兼赠诗。"而唐汝谔《古诗解》则云："晔为江南人，陆凯代北人，当是范寄陆耳。"这里暂从前说。

冰雪林中着此身，不同桃李混芳尘。忽然一夜清香发，散作乾坤万里春。（王冕《白梅》）

⑤超凡脱俗

玉人下瑶台，香风动轻素。画角弄江城，鸣珰月中堕。（唐彦谦《梅》）

玉骨冰肌冷照人，匀红轻浥绛罗巾。（吴颐《次邦宪宣德红梅诗韵》）

初疑太真欲起舞，霓裳拂拭天然姿。又如东家窥墙女，施朱映粉尤相宜。（周必大《次韵史院洪景卢检详馆中红梅》）

秋水娟娟隔美人，江东日暮几重云。孤灯竹屋霜清夜，梦到梅花即见君。（张道洽《对梅》）

⑥隐者高士

自读西湖处士诗，年年临水看幽姿。（陈与义《和张规臣水墨梅》其五）

高人风味天然别，不在横斜不在香。（方岳《雪后梅边》）

花中儿女纷纷是，唯有梅花是丈夫。（苏泂《和赵宫管看梅》）

脂粉形容总未然，高标端可配先贤。（刘克庄《三叠》其八）

雪满山中高士卧，月明林下美人来。（高启《咏梅》）

2. 柳

①离别之苦

昔我往矣，杨柳依依。（《诗经·小雅·采薇》）

春心自浩荡，春树柳攀折。共此依依情，无奈年年别。（江总《折杨柳》）

天下伤心处，劳劳送客亭。春风知别苦，不遣柳条青。（李白《劳劳亭》）

②思念之情

汉阳江上柳，望客引东枝。树树花如雪，纷纷乱若丝。（李白《望汉阳柳色寄王宰》）

袅袅古堤边，青青一树烟。若为丝不断，留取系郎船。（雍裕之《江边柳》）

③春意生机

碧玉妆成一树高，万条垂下绿丝绦。（贺知章《咏柳》）

最是一年春好处，绝胜烟柳满皇都。（韩愈《早春呈水部张十八员外》）

诗家清景在新春，绿柳才黄半未匀。（杨巨源《城东早春》）

④时光易逝

半朽临风树，多情立马人。开元一枝柳，长庆二年春。（白居易《勤政楼西老柳》）

勿勒燕然铭，勿种金城柳。（李清照《上韩公枢密胡尚书诗》）

问当时，依依种柳，至今在否。（姜夔《永遇乐·次稼轩北固楼词韵》）

⑤物是人非

柳栽今尚在，棠阴君讵怜。（萧纲《罢丹阳郡往与吏民别诗》）

无情最是台城柳，依旧烟笼十里堤。（韦庄《台城》）

⑥弱者或小人

枝弱不胜雪，势高常惧风。雪压低还举，风吹西复东。（白居易《有木诗八首》其六）

颠狂柳絮随风去，轻薄桃花逐水流。（杜甫《绝句漫兴九首》其五）

乱条犹未变初黄，倚得东风势便狂。解把飞花蒙日月，不知天地有清霜。（曾巩《咏柳》）

⑦女子或歌妓

我是曲江临池柳，这人折了那人攀，恩爱一时间。（敦煌曲子词《望江南》）

章台柳，章台柳，往日依依今在否？纵使长条似旧垂，也应攀折他人手。（韩翃《章台柳》）

醉舞筵，殢歌扇。偎柳坐，枕花眠。（汤舜民《夜行船送景贤回

武林》）

3.梧桐

①高洁品格

凤凰鸣矣，于彼高岗。梧桐生矣，于彼朝阳。（《诗经·大雅·卷阿》）

垂緌饮清露，流响出疏桐。居高声自远，非是藉秋风。（虞世南《蝉》）

②忠贞爱情

东西植松柏，左右种梧桐。枝枝相覆盖，叶叶相交通。（《孔雀东南飞》）

梧桐相待老，鸳鸯会双死。贞妇贵殉夫，舍生亦如此。（孟郊《琴曲歌辞·烈女操》）

春风桃李花开日，秋雨梧桐叶落时。（白居易《长恨歌》）

③孤独忧愁

梧桐更兼细雨，到黄昏、点点滴滴。（李清照《声声慢》）

无言独上西楼，月如钩。寂寞梧桐深院锁清秋。（李煜《相见欢》）

一声梧叶一声秋，一点芭蕉一点愁。（徐再思《水仙子·夜雨》）

④思乡之情

异方初艳菊，故里亦高桐。（杜甫《陪郑公秋晚北池临眺》）

月堕沧浪西，门开树无影。此时归梦阑，立在梧桐井。（曹邺《早起》）

（二）动物类

1.燕子

①爱情相思

思为双飞燕，衔泥巢君屋。（汉佚名《东城高且长》）

落花人独立，微雨燕双飞。（晏几道《临江仙》）

②传信寄情

殷勤凭燕翼，寄与薄情夫。（郭绍兰《寄夫》）

伤情燕足留红线，恼人鸾影闲团扇。（张可久《塞鸿秋·春情》）

③伤春惜时

无可奈何花落去，似曾相识燕归来。（晏殊《浣溪沙》）

燕子不飞莺不语。满庭芳草空无数。（周紫芝《蝶恋花》）

④时事变化

旧时王谢堂前燕，飞入寻常百姓家。（刘禹锡《乌衣巷》）

当年燕子知何处，但苔深韦曲，草暗斜川。（张炎《高阳台·西湖春感》）

满地芦花和我老，旧家燕子傍谁飞？（文天祥《金陵驿》）

⑤羁旅漂泊

有如社燕与秋鸿，相逢未稳还相送。（苏轼《送陈睦知潭州》）

年年，如社燕，飘流瀚海，来寄修椽。（周邦彦《满庭芳·夏日溧水无想山作》）

2.杜鹃（子规、杜宇）

①游子思乡

等是有家归未得，杜鹃休向耳边啼。（唐无名氏《杂诗》）

蜀国曾闻子规鸟，宣城又见杜鹃花。（李白《宣城见杜鹃花》）

刚断肠、惹得离情苦。听杜宇声声，劝人不如归去。（柳永《安公子》）

②愁苦哀怨

其间旦暮闻何物？杜鹃啼血猿哀鸣。（白居易《琵琶行》）

庄生晓梦迷蝴蝶，望帝春心托杜鹃。（李商隐《锦瑟》）

可堪孤馆闭春寒，杜鹃声里斜阳暮。（秦观《踏莎行·郴州旅舍》）

③伤春惜时

子规夜半犹啼血，不信东风唤不回。（王令《送春》）

生怕子规声到耳，苦羞双燕语穿帘。（朱淑真《伤春》）

④亡国之恨

今春还听杜鹃啼，年年看塞雁，一十四番回。（朱敦儒《临江仙·直自凤凰城破后》）

从今别却江南路，化作啼鹃带血归。（文天祥《金陵驿》）

魏寝梁园事已空，杜鹃寂寞怨西风。（吴伟业《后东皋草堂歌》）

3.大雁

①游子思乡

淮南秋雨夜，高斋闻雁来。（韦应物《闻雁》）

何处秋风至？萧萧送雁群。（刘禹锡《秋风引》）

乡心正无限，一雁度南楼。（赵嘏《寒塘》）

②相思怀人

雁声远过潇湘去，十二楼中月自明。（温庭筠《瑶瑟怨》）

雁过也，正伤心，却是旧时相识。（李清照《声声慢》）

③手足情深

采兰花萼聚，就日雁行联。（钱起《李四劝为尉氏尉李七勉为开封尉（惟伯与仲有令誉）》）

客馆因依同雁序，霜天酬唱作龙吟。（柯煜《赠沉鲁瞻》）

④离乡奔波

燕市悲歌又送君，目随征雁过寒云。（李涉《送魏简能东游》其二）

南来北往随征雁，行路艰难。（张可久《殿前欢》）

⑤书信传情

尺素在鱼肠，寸心凭雁足。（王僧孺《咏捣衣》）

浩荡风尘阻雁鱼，相逢骨肉共欷歔。（沈鲸《双珠记·月下相逢》）

(三)天文类

1.月

①思乡怀人

我寄愁心与明月，随风直到夜郎西。(李白《闻王昌龄左迁龙标遥有此寄》)

露从今夜白，月是故乡明。(杜甫《月夜忆舍弟》)

②愁苦伤感

明月不谙离恨苦，斜光到晓穿朱户。(晏殊《蝶恋花》)

正销魂，又是疏烟淡月，子规声断。(陈亮《水龙吟·春恨》)

③美貌女子

月出皎兮，佼人僚兮，舒窈纠兮，劳心悄兮。(《诗经·月出》)

眉目艳皎月，一笑倾城欢。(李白《古风》其二十七)

④知己朋友

举杯邀明月，对影成三人。(李白《月下独酌》)

几时杯重把，昨夜月同行。(杜甫《奉济驿重送严公四韵》)

⑤纯净皎洁

明月松间照，清泉石上流。(王维《山居秋暝》)

却下水晶帘，玲珑望秋月。(李白《玉阶怨》)

⑥辽阔恢宏

明月出天山，苍茫云海间。(李白《关山月》)

星垂平野阔，月涌大江流。(杜甫《旅夜书怀》)

⑦世事沧桑

秦时明月汉时关，万里长征人未还。(王昌龄《出塞》)

淮水东面旧时月，夜深还过女墙来。(刘禹锡《石头城》)

2.云

①遮蔽阻挡

浮云蔽白日，游子不顾返。（《古诗十九首·行行重行行》）

不畏浮云遮望眼，只缘身在最高层。（王安石《登飞来峰》）

②漂泊不定

浮云游子意，落日故人情。（李白《送友人》）

北风吹白云，万里渡河汾。（苏颋《汾上惊秋》）

③变化无常

古来荣利若浮云，人生倚伏信难分。（骆宾王《帝京篇》）

天上浮云如白衣，斯须改变如苍狗。（杜甫《可叹》）

④闲适自在

众鸟高飞尽，孤云独去闲。（李白《独坐敬亭山》）

如今渐欲生黄发，愿脱头冠与白云。（刘长卿《酬灵彻公相招》）

浮云出处元无定，得似浮云也自由。（辛弃疾《鹧鸪天》）

（四）地理类

1. 山

①气概意志

水何澹澹，山岛竦峙。（曹操《观沧海》）

早岁那知世事艰，中原北望气如山。（陆游《书愤》）

②故乡归宿

不对芳春酒，还望青山郭。（谢朓《游冬田》）

绿竹放侵行径里，青山常对卷帘时。（刘长卿《赴南中题褚少府湖上亭子》）

③隐逸处所

种豆南山下，草盛豆苗稀。（陶渊明《归田园居》）

君言不得意，归卧南山陲。（王维《送别》）

问余何意栖碧山，笑而不答心自闲。（李白《山中问答》）

④阻隔遮挡

平芜尽处是春山，行人更在春山外。（欧阳修《踏莎行》）

青山遮不住，毕竟东流去。（辛弃疾《菩萨蛮·书江西造口壁》）

2.水

①时光流逝

百川东到海，何时复西归。（汉乐府《长歌行》）

日日河边见水流，伤春未已复悲秋。（戴叔伦《赠殷亮》）

悠悠，岁月如流，叹水覆，杳难收。（万俟咏《木兰花慢·恨莺花渐老》）

②爱情障碍

所谓伊人，在水一方。（《诗经·蒹葭》）

河汉清且浅，相去复几许？盈盈一水间，脉脉不得语。（《古诗十九首·迢迢牵牛星》）

③相思别情

相思无日夜，浩荡若流波。（李白《寄远》）

离愁渐远渐无穷，迢迢不断如春水。（欧阳修《踏莎行》）

日暮汀洲一望时，柔情不断如春水。（寇准《夜度娘》）

④愁苦之情

抽刀断水水更流，举杯消愁愁更愁。（李白《宣州谢朓楼饯别校书叔云》）

花红易衰似郎意，水流无限似侬愁。（刘禹锡《竹枝词》）

问君能有几多愁，恰似一江春水向东流。（李煜《虞美人》）

（五）建筑类

1.桥

①世事沧桑

朱雀桥边野草花，乌衣巷口夕阳斜。（刘禹锡《乌衣巷》）

二十四桥明月夜，玉人何处教吹箫？（杜牧《寄扬州韩绰判官》）

②爱情向往

玉漏涓涓银汉清，鹊桥新架路初成。（何光远《催妆二首》其一）

柔情似水，佳期如梦，忍顾鹊桥归路。（秦观《鹊桥仙》）

③离别思念

高拂危楼低拂尘，灞桥攀折一何频。（裴说《柳》）

鸡声茅店月，人迹板桥霜。（温庭筠《商山早行》）

桥上少年桥下水。小棹归时，不语牵红袂。（欧阳修《蝶恋花》）

④人文景致

烟气笼青阁，流文荡画桥。（李峤《春日侍宴幸芙蓉园应制》）

行到小桥春影碧，一沟晴水浸垂杨。（彭炳《小桥》）

枯藤老树昏鸦，小桥流水人家。（马致远《天净沙·秋思》）

2. 楼

①思念之情

梳洗罢，独倚望江楼。（温庭筠《望江南》）

独上小楼春欲暮，愁望玉关芳草路。（韦庄《木兰花》）

想佳人、妆楼颙望，误几回、天际识归舟。（柳永《八声甘州》）

②风流之地

舞低杨柳楼心月，歌尽桃花扇底风。（晏几道《鹧鸪天》）

为向青楼寻旧事。花枝缺处余名字。（苏轼《蝶恋花》）

少年听雨歌楼上，红烛昏罗帐。（蒋捷《虞美人》）

③怀国之忧

小楼昨夜又东风，故国不堪回首月明中。（李煜《虞美人》）

叹门外楼头，悲恨相续。（王安石《桂枝香》）

④壮志未酬

危楼还望，叹此意，今古几人曾会。（陈亮《念奴娇·登多景楼》）

落日楼头，断鸿声里，江南游子。（辛弃疾《水龙吟》）

四、意象选择与组合

意象是“诗歌艺术最小的能够独立运用的基本单位”①，诗人往往根据表意的需要选择意象，进而通过意象的组合构成诗篇。袁枚曾说：“但肯寻诗便有诗，灵犀一点是吾师。夕阳芳草寻常物，解用多为绝妙词。”（《遣兴》其二）这实际上就涉及了如何选择意象和组合运用意象的问题。

（一）意象的选择

优秀的诗人善于选择意象来表达情志观念，从而形成属于自己的独特的意象群。意象选择，影响甚至决定了其作品的情感色彩和艺术风格。正如袁行霈《中国诗歌艺术研究》中指出：“一个诗人有没有独特的风格，在一定程度上即取决于是否建立了他个人的意象群。”②下面以几位代表性诗人为例进行说明。

屈原的诗歌，最为典型是“香草”“美人”类意象。《离骚》中香草、香木达30余种，如江离、辟芷、木兰、申椒、菌桂、揭车、杜衡、芳芷、辛夷、芙蓉、芰荷等；美人，多选神话传说的人物，如宓妃、娀氏等。这些具有象征性的意象寄托诗人的人格特点和理想追求，也使屈原诗歌呈现了奇幻绚丽的独特风格。

陶渊明的诗歌，代表性意象有东篱、南山、菊、鸟等，显示他自由高洁的个性和平淡自然的风格。陶渊明诗中的“鸟”意象很有特色，他通常不选择具体的鸟，但喜欢在鸟前加一修饰或限定词语，从而构成了不同类别的意象，如飞鸟、羁鸟、归鸟、晨鸟、失群鸟等，以鸟的状态来表示自己的处境和追求。

王维经常选择的意象，有空山、明月、白云、清泉、白石、幽篁、青松、红叶、垂杨、芙蓉、桂花等，这些意象多给人闲雅清淡、澄洁空幽

①陈植锷《诗歌意象论》，中国社会科学出版社，1990年，第64页。

②袁行霈《中国诗歌艺术研究》（增订本），北京大学出版社，1996年，第70–71页。

之感。

在李白的诗中，最有代表性的意象有明月、黄河、大江、天山、云海、危楼、大鹏、龙马、宝刀、玉剑、酒等意象，凸显了其想象奇特、豪逸壮阔的风格。

在杜甫的诗中，典型的意象有秋风、落日、玉露、长江、巫山、昆仑、崆峒、峡谷、鸿雁、凤凰、独鹤、沙鸥、长安、孤舟、浊酒、白发等，体现了沉郁雄浑的风格。

李贺诗中意象非常独特，他喜欢用鬼、神等虚构的意象，如香魂、秋坟、鬼母、仙妾、天河、玉宫、老鸮、木魅、老鱼、瘦蛟、漆炬、碧火等，给人以奇诡凄丽、幽艳阴冷之感。

杜牧善于用红色调的意象，如红花、红粉、红袖、红旆等，表现了昂扬向上的情志；也喜欢以古迹为意象，如乌江亭、金谷园、木兰庙、华清宫等，表现深刻睿智的历史思索。

李商隐诗歌，多采用蓬山、瑶台、青鸟、彩凤、灵犀、嫦娥等神话传说意象，夕阳、长河、晓星、青苔、暗柳、枯荷、芭蕉、丁香、蝴蝶、杜鹃、孤鸿等自然意象，琴瑟、灯烛、重帘、屏风、城楼等人文意象，表现出凄楚清艳、迷离朦胧的情调。

李煜在后期的词中，多用落花、流水、月、风、雨、梦、落梅、梧桐、高楼、深院、雕栏、绿窗、金炉、朱颜等意象，词凄凉怅惘、悲怆沉郁。

晏殊词多采用夕阳、轻风、梧桐、杨柳、梨花、菊、荷、梅、燕子、蜂蝶、亭台、楼阁等意象，词具有清闲雅致的风格。

苏轼词中，大江、风雨、浪涛、潮水、云峰、乱石、赤壁、周郎、孙郎等意象，表现出豪放风格；明月、青天、清风、梧桐、竹、鸿、鹤等，显示了清旷风格；烟雨、流水、杨花、芳草、笛、梦等意象，又具婉约风格。

李清照词，除早期喜欢用溪亭、藕花、鸥鹭等清新喜悦的意象外，总体来看多选用愁思、悲苦的意象，如大雁、红梅、黄花、芭蕉、梧桐、黄昏、西风、细雨、淡酒、篆香、帘幕等，词清雅凄美、哀婉动人。

辛弃疾的抒怀词中，常用长剑、金戈、铁马、吴钩、旌旗、廉颇、刘裕、孙权、刘郎等与战争和历史人物相关的意象，具有慷慨悲壮的气势；田园词中，常用茅屋、篱笆、溪桥、斜日、细草、莲蓬、荠菜、梨枣、牛犊、鸡鸭等与田园生活相关的意象，表现出清新质朴的风格。

(二)意象的疏密

意象的疏密，指的是一首诗或词中运用意象的数量多少。意象的运用，在不同时代、同时代不同作家、同一作家的不同作品，甚至同一作品前后，都也会呈现疏密的差别。

1.不同时代意象疏密对比

古今体诗区别，除了格律之外，也表现在意象疏密上。陈植锷对此具体分析：

古今体诗的不同主要在声律方面，从表面上看起来，似乎与诗歌的意象经营没有关系。实质上，这些严格的限制，尤其是关于字数与对仗的规定，正是促成诗人以最经济的笔墨，造成意象最高度的密集，以及致力于在相邻两句甚至本句之中形成种种层出不穷的组合变化之主要原因。[①]

在唐代之前，诗歌总字数没有要求，句多四言、五言，意义表达节奏较慢，一句诗中顶多有一两个意象，如“关关雎鸠，在河之洲”（《关雎》），上下句意象分别是“雎鸠”和“河之洲”；“采菊东篱下，悠然见南山”（陶渊明《饮酒》），上句出现“菊”“东篱”两个意象，下句一个意象“南山”。唐代格律逐渐规范，诗人要在有限的字数中表达丰富的意义，开始在意象上下功夫，从而造成了意象最高度的密集。如“风急天高猿啸哀，渚清沙白鸟飞回”（杜甫《登高》），七言两句有“风”“天”“猿”“渚”“沙”“鸟”六个意象；“鸡声茅店月，人迹板桥霜”（温庭筠《商山早行》），五言两句也有“鸡”“茅店”“月”“人迹”“板桥”“霜”六个意象。由此可见，唐代前后诗歌意象疏密程度有明显差别。

①陈植锷《诗歌意象论》，中国社会科学出版社，1990年，第91页。

2. 不同诗人意象疏密对比

上面我们说时代意象疏密，是从总体上来说的。实际上，在同一时代的不同作家作品中，也会表现意象疏密的差别。如五代花间派词人温庭筠和韦庄，温词意象高度密集，而韦词常常集中写一个两个意象，意象比较疏朗。下以两人的同词调《女冠子》进行比较：

含娇含笑，宿翠残红窈窕，鬓如蝉。寒玉簪秋水，轻纱卷碧烟。

雪胸鸾镜里，琪树凤楼前。寄语青娥伴，早求仙。（温庭筠）

四月十七日，正是去年今日，别君时。忍泪佯低面，含羞半敛眉。

不知魂已断，空有梦相随。除却天边月，没人知。（韦庄）

温庭筠词，运用一系列与女子相关意象，如“宿翠”“残红”“鬓”“蝉”“寒玉”“秋水”“轻纱”“碧烟”“雪胸”“鸾镜”“琪树”“凤楼”“青娥”等，把女子服饰、用具、居处等刻画殆尽。而韦庄的整首词中，多用叙事，即使描写，只有与女子相关的“泪”“面”“眉”“梦”和外在的“天边月”几个意象。

3. 同一诗人作品意象疏密对比

同一诗人选择诗体不同，意象疏密自有区别。通常近体诗比古体诗意象稠密，即使同一种诗体，因描写对象、手法等不同，意象疏密也会有别。如李白二诗：

犬吠水声中，桃花带露浓。树深时见鹿，溪午不闻钟。野竹分青霭，飞泉挂碧峰。无人知所去，愁倚两三松。（《访戴天山道士不遇》）

吾爱孟夫子，风流天下闻。红颜弃轩冕，白首卧松云。醉月频中圣，迷花不事君。高山安可仰，徒此揖清芬。（《赠孟浩然》）

《访戴天山道士不遇》意象密集，意象主要集中在前六句，每一句有两个意象。《赠孟浩然》意象比较稀疏，除三、四句，每句有两个意象外，其他句子只有一个或者没有意象。

4. 同一作品意象疏密变化

同一作品的意象布置，也会有疏密之别。一般来说，律诗中间两联多写景，意象往往稠密；而首联、尾联，多直接叙事述意，意象相对稀疏。因此，意象首尾疏而中间密情况较多，如王维《使至塞上》：

单车欲问边，属国过居延。征蓬出汉塞，归雁入胡天。大漠孤烟直，长河落日圆。萧关逢候骑，都护在燕然。

律诗意象先密后疏，或者首尾密中间疏，这两种情况都有，但相对少见。如下两首诗：

鸡鸣紫陌曙光寒，莺啭皇州春色阑。金阙晓钟开万户，玉阶仙仗拥千官。花迎剑佩星初落，柳拂旌旗露未干。独有凤凰池上客，阳春一曲和皆难。（岑参《奉和中书舍人贾至早朝大明宫》）

牛渚西江夜，青天无片云。登舟望秋月，空忆谢将军。余亦能高咏，斯人不可闻。明朝挂帆席，枫叶落纷纷。（李白《夜泊牛渚怀古》）

岑参诗前三联写景，意象较密；最后两句抒情，意象稀疏。李白诗首尾两句写景，意象较密；中间两句抒情，意象稀疏。

在绝句中，先密后疏，或先疏后密，都较为常见。如王之涣《登鹳雀楼》，前两句写景，而后两句说理，意象先密后疏；李白《送孟浩然之广陵》前两句述事，后两句写景，意象先疏后密。

（三）意象组合方式

诗人在创作时，往往通过意象的拼接、组合而形成诗。尤其是在近体诗中，“诗句已经不是一个具有严密语法结构的完整的存在”，而是意象的“有序组合”[①]。下面我们主要从语法关系的层面，来分析古典诗词意象的组合方式。

1. 并置式

并置式组合，指意象之间没有时间上的先后关系，也没有转折、因果等

①章培恒、骆玉明《中国文学史新著》（上卷），复旦大学出版社，2007年，第438-439页。

逻辑关系，意象和意象直接或借助别的语词并列组接。

并置式组合按照层级关系可以分为句中并置、一联并置、篇章并置。句中并置如“葡萄美酒夜光杯，欲饮琵琶马上催”（王翰《凉州词》），上句“葡萄美酒”“夜光杯”并置；一联并置如“朱门酒肉臭，路有冻死骨”（杜甫《自京赴奉先县咏怀五百字》）；篇章并置如“两个黄鹂鸣翠柳，一行白鹭上青天。窗含西岭千秋雪，门泊东吴万里船。”（杜甫《绝句》）四句意象呈现并置关系。

典型的并置式组合是名词性意象并置，即意象为名词或名词短语构成，意象组合不加任何的连接词。如下：

①鸟雀//荒村//暮，/云霞//过客//情。（杜甫《滕王亭子》）

②落叶//他乡//树，/寒灯//独夜//人。（马戴《灞上秋居》）

③鸡声//茅店//月，/人迹//板桥//霜。（温庭筠《商山早行》）

④桃李//春风//一杯酒，/江湖//夜雨//十年灯。（黄庭坚《寄黄几复》）

⑤楼船//夜雪//瓜洲渡，/铁马//秋风//大散关。（陆游《书愤》）

上述例子，两句中的意象均为名词性意象并置。这种意象并置方式，有时甚至运用于全篇，如白朴《天净沙·春》：

春山//暖日//和风，/阑干//楼阁//帘栊，/杨柳//秋千//院中，/啼莺//舞燕，/小桥//流水//飞红。

马致远《天净沙·秋思》尾句“断肠人在天涯”尚有一介词，而此曲全部都是名词性意象直接组合。

名词或名词短语直接组合，意象达到高度密集；而且由于意象彼此关系不确定，也给读者带来极大的想象空间。因此，这种组合方式非常受人欢迎。当然，这并不说明名词性意象越多就越好，意象及其组合的优劣取决于是否更好地表达情感，如上引白朴曲，与马致远曲相比还有一定差距。

2. 纵列式

纵列式组合，指互为组合的意象和意象之间有先后关系，包括时间上承续、逻辑上的因果、递进、转折等关系。

时间纵列，指按时间先后组合意象。如下：

①水落——鱼梁浅，天寒——梦泽深。（孟浩然《与诸子登岘山》）

②微雨——池塘见，好风——襟袖知。（杜牧《秋思》）

③孤帆远影碧空尽，——唯见长江天际流。（李白《送孟浩然之广陵》）

④日暮汉宫传蜡烛，——轻烟散入五侯家。（韩翃《寒食》）

①②例，句中破折号前后意象，有承续关系，如“水落”后“鱼梁浅”等；③④例，上句与下句的主要意象，呈现先后承续关系。

逻辑纵列，指意象之间有因果、递进等关系。如下：

①草枯——鹰眼疾，雪尽——马蹄轻。（王维《观猎》）

②江碧——鸟逾白，山青——花欲燃。（杜甫《绝句》）

③梧桐——更兼细雨，——到黄昏点点滴滴。（李清照《声声慢》）

①②例，破折号前后意象，有因果关系；③例，破折号前后意象，呈递进关系。

从全篇来看，纵列式意象组合，主要在顺叙类的诗篇中，较为典型的如李白《送孟浩然之广陵》、杜甫《闻官军收河南河北》、蒋捷词《虞美人·听雨》等。我们再举一例：

越王勾践破吴归，战士还家尽锦衣。宫女如花满春殿，只今惟有鹧鸪飞。（李白《越中览古》）

从总体而言，此诗意象的排列按照时间的顺序，由以前到现在。而且，前三句中的“战士”“宫女”意象，与尾句中的“鹧鸪”又形成对照，来抒发盛衰变化无常的感慨。

3. 倒错式

倒错式组合，指意象与意象组合，违背了时间或逻辑上的先后顺序，形成一种倒置、交错的关系。如下：

①竹喧归浣女，莲动下渔舟。（王维《山居秋暝》）

此句正常的语序为“浣女归竹喧，渔舟下莲动”。“竹喧”“莲动”分别与“浣女”“渔舟”位置交换，既能满足押韵要求，也强调了表示结果的两个意象。

②石泉流暗壁，草露滴秋根。（杜甫《日暮》）

原序当是“暗泉流石壁，秋露滴草根”。倒错后产生了一种陌生化的艺术效果，更突出了石壁之暗和秋草之枯，让人更感到凄凉阴冷之意。

③风劲角弓鸣，将军猎渭城。（王维《观猎》）

此联两句倒装，把“风”“角弓”意象提前，突出将军的射猎技艺。

④此日六军同驻马，当时七夕笑牵牛。（李商隐《马嵬》其二）

此联两句倒装，突出当下“六军”之情况，并以追忆过去“七夕”事进行对照，形成强烈的反差。

⑤明月别枝惊鹊，清风半夜鸣蝉。（辛弃疾《西江月·夜行黄沙道中》）

此联两句意象互文交错，“明月”也可与“鸣蝉”组合，而“清风”也可与“惊鹊”组合，由此突出夜行的美景。

4. 复叠式

复叠式组合，主要是指同一意象或同义意象，在诗中重复出现。一般而言，意象的复叠，起到了突出强调的作用，而且也增添回环之美。

同一意象句中复叠如“山外青山楼外楼”（林升《题临安邸》），“山”“楼”意象重复，描写了青山的重叠和楼房的鳞次栉比之状，以讽刺表面的繁荣景象；相邻两句复叠如“平芜尽处是春山，行人更在春山外”（欧阳修《踏莎行》），“春山”的重叠，更见思妇与行人相距遥远、阻隔重重。我们再来看在全篇复叠的例子：

①去年今日此门中，人面桃花相映红。人面不知何处去，桃花依旧笑春风。（崔护《题都城南庄》）

第二句“人面”“桃花”，分别在第三句、四句重复，两个意象作为贯穿线索，通过“去年”“今日”的对比，回环曲折地表达了对两次不同遇合的感慨。

②客舍并州已十霜，归心日夜忆咸阳。无端更渡桑干水，却望并州是故

乡。(刘皂《渡桑干》[①])

“并州”分别出现在首尾两句，在结构上形成呼应的关系，从意义上看，诗人把客居的“并州”作为家乡，“思乡”的愁苦和矛盾心情不言而喻。

同义意象复叠，指名称不同但所指相同的意象的重复。陈植锷称之为“叠指”[②]。如李白《长门怨》：

天回北斗挂西楼，金屋无人萤火流。月光欲到长门殿，别作深宫一段愁。

诗中运用西楼、金屋、长门殿、深宫四个地名意象，其实指向是一致的，均指向阿娇的住处。金屋取自“金屋藏娇”之典，写汉武帝最初为阿娇筑金屋；长门殿也指阿娇住处，陈皇后被废后，迁居长门宫，相传司马相如为此作《长门赋》；而西楼、深宫泛指失宠之人住处，阿娇后被废，故以西楼、深宫代指其住处。用四个名异实同的意象，从不同侧面来抒发宫中女子的哀怨。

5.聚散式

聚散式组合主要针对核心意象和其他意象的组合问题。根据核心意象的位置和作用，又可分为“发散型”和“聚合型”。[③]

“发散型”意象组合，是由核心意象开始，向外引出其他意象。核心意象的位置一般在句首，有的甚至在题目中。咏物诗通常采用这种方式，如下：

①碧玉妆成一树高，万条垂下绿丝绦。不知细叶谁裁出，二月春风似剪刀。(贺知章《咏柳》)

此诗的核心意象就是题目中的“柳”，文中没有出现。全诗由“柳”出发，向外引申相关意象，既有自然意象“万条”“细叶”，也有比喻性的意象

---

①此诗作者一作贾岛。贾岛是范阳人，并非咸阳，而且在贾岛的相关文献中，也无在并州十年的记载。《元和御览诗集》认为是贞元刘皂所作，此从。

②参见陈植锷《诗歌意象论》，中国社会科学出版社，1990年，第83页。

③陈植锷论意象方式时有“辐合式”，分为“辐辏”和“辐射”两种，本文在此基础上改为聚散式，一考虑到便于理解，二是根据核心意象的位置而言。参见陈植锷《诗歌意象论》，中国社会科学出版社，1990年，第85页。

“碧玉”“丝绦”“剪刀”，形象地描述了“柳”的形态、颜色、枝叶等特征。

②早梅发高树，迥映楚天碧。朔吹飘夜香，繁霜滋晓白。欲为万里赠，杳杳山水隔。寒英坐销落，何用慰远客？（柳宗元《早梅》）

首句“早梅”是核心意象，以此为起点和核心，向外引申出其他意象，如“高树”“楚天”“夜香”“繁霜”“山水”“寒英”，引发的意象都用来描述“早梅”形状、品性、功能等。

“聚合”型意象组合，与“发散”型方向相反，是由一般意象开始，共同指向一个核心意象。核心意象的位置一般在文中或偏后。如《蒹葭》的核心意象是“伊人”，其他意象为“蒹葭”“白露”“水”等，都聚合于“伊人”意象。再举两例：

①千山鸟飞绝，万径人踪灭。孤舟蓑笠翁，独钓寒江雪。（柳宗元《江雪》）

“蓑笠翁”为全诗的核心意象，其他主干意象“千山”“万径”“孤舟”“寒江雪”，从不同侧面营造凄冷、孤寂、高洁的氛围，共同来烘托“蓑笠翁”的人格和心情。

②碧云天，黄花地，西风紧，北雁南飞，晓来谁染霜林醉，总是离人泪。（王实甫《西厢记》）

此曲中，“离人泪”为核心意象，前面所铺写的意象“碧云天”“黄花地”“西风”“北雁”“霜林”，都是与思乡愁情有关，一层层渲染，最后归结于离人之泪。

综上，意象是诗词的基本构成要素，优秀的诗人善于根据情感抒发的需要，去发现意象、选择意象并合理地组合意象，从而形成独特的“意象系统”。古典诗词鉴赏，要善于根据意象符号意义与功能、意象与意象的组合方式，更好地把握作品表现的情感思想和审美意蕴。

附:鉴赏示例

踏莎行

欧阳修

候馆梅残，溪桥柳细。草薰风暖摇征辔。离愁渐远渐无穷，迢迢不断如春水。

寸寸柔肠，盈盈粉泪。楼高莫近危阑倚。平芜尽处是春山，行人更在春山外。

“踏莎行”，调名本意为咏春天踏青活动。唐陈羽《过栎阳山溪》诗，有“众草穿沙芳色齐，踏莎行草过春溪”句。[①]欧阳修此词，主要抒写春日出行的离愁。为了更好地把握词的情感内涵和文化意蕴，我们用意象解读的方式进行赏析。

词上阕从征人着眼，写其早春时节离家远去的愁思。

“候馆梅残，溪桥柳细，草熏风暖摇征辔。”这三句连用“候馆”“残梅”“溪桥”“细柳”“熏草”“暖风”“征辔”多个意象，描写了一幅浸染离情的春季行旅之图景。

“候馆”，原指瞭望的小楼，在此指迎候宾客的馆舍。“梅残”，即梅花凋残，暗示时令正当仲春；而且“梅”又是一典型意象，自南朝陆凯《赠范晔诗》题“折梅逢驿使，寄与陇头人”后，梅作为寄寓思念离情的意象就一直被后人所沿用。

“溪桥柳细”，“桥”与“柳”也是富有文化内涵的传统意象，常与离别、思念的情感相关。如白居易《小桥柳》：“细水涓涓似泪流，日西惆怅小桥头。”李白《劳劳亭》：“春风知别苦，不遣柳条青。”

“草薰风暖”，化用江淹《别赋》中“闺中风暖，陌上草薰”两句。暖

---

①明杨慎《词品》认为:“唐韩翃诗‘踏莎行草过春溪’,词名《踏莎行》本此。”清彭定求等所辑《全唐诗》中,韩翃诗并无此句。

风、薰草，既是春天的典型景色，又是寄寓离情的意象。如《西洲曲》：“南风知我意，吹梦到西洲。”李煜《清平乐》：“离恨恰如春草，更行更远还生。”

在铺写春景画面之后，就开始写画中活动之人了。“征辔”，指远行之马的缰绳，亦指远行的马。征人远行，骑在马上，轻摇着辔头缰绳，顾盼徐行，看到的是候馆之梅、溪桥之柳，伴随着他的是和暖的春风、清新的草香。在这春意融融之时，按说人应是心情舒畅的；但是梅、柳、草、风这些易于引发离情的景物，也使行人产生了无尽的别离之情。

承接前面之春景，自然引出了“离愁”。“离愁渐远渐无穷，迢迢不断如春水。”“春水”，是蕴含愁思的典型意象。把“愁”比成邈远不断的春水，如李煜《虞美人》中“恰似一江春水向东流”，寇准《江南春》中“柔情不断如春水”。而且，“春水”与前面“溪桥”相应，比喻自然而贴切。离家而去，触景而生离愁，而且越行越远，这离愁也越积越多，就像眼前的浩渺春水，迢迢不断，无穷无尽。

词下阕从闺妇着眼，抒写闺妇远望思夫的愁苦。

“寸寸柔肠，盈盈粉泪。”“柔肠”，指柔软多情的心肠。“寸寸柔肠”，化用“肝肠寸断”的典故，表示伤心到极点。《战国策·燕策三》载：“吾要且死，子肠亦且寸绝。”柳永《清平乐》亦曰：“翠减红稀莺似懒，特地柔肠欲断。”“粉泪”，指女子之泪，因泪水打湿了脂粉，留下了泪痕泪迹。“粉泪”是词中常见意象，如毛熙震《木兰花》：“匀粉泪，恨檀郎，一去不归花又落。”“盈盈粉泪”，形容泪水充满眼眶的样子，形象地刻画了闺妇相思的缠绵深切。

“楼高莫近危栏倚”，此句用了“高楼”“危栏”两个传统人文意象。“高楼”，与登高望远有关，寄托着愁思。文人登楼生愁，如许浑《咸阳城西楼晚眺》：“一上高城万里愁，蒹葭杨柳似汀洲。”闺妇登楼望归，如杜牧《南陵道中》：“正是客心孤迥处，谁家红袖凭江楼。”“倚栏”，和“登楼”意相近，如李煜《浪淘沙令》：“独自莫凭栏，无限江山。”词人以征人身份展开想象：闺妇登楼紧靠栏杆，眼含泪水望着远方，一次次的失望使她柔肠寸断。这正像温庭筠《望江南》词中云：“梳洗罢，独倚望江楼，过尽千帆皆不是，斜晖脉脉水悠悠，肠断白苹洲。”词人在此也劝告女子，不要登上高楼倚栏瞭望，因为这只能平添忧虑和愁思罢了。

“平芜尽处是春山，行人更在春山外。”“平芜”，平坦地向前伸展的草地。“平芜”见江淹《去故乡赋》“穷阴匝海，平芜带天”，也是蕴含着无尽思念的意象。“春山”，两句中重复运用，类似李商隐《无题》“刘郎已恨蓬山远，更隔蓬山一万重”中的蓬山，突出相距遥远、阻隔重重。平坦的草地尽头是连绵不断的春山，而行人早已在那遥远的春山之外了，登楼去望根本无法看到。词的结尾以递进手法写行人远在春山之外，借此表达闺妇深挚的相思之情。

从意象选用来看，词人选择大量意象，而且运用自然巧妙。上阕通过许多与离别有关的意象，尽情描绘征人春季远行的图景和离愁。如用“候馆”“溪桥”“征辔”与远行相关的人文意象，点出了征人离家行旅在外的境况；又通过“残梅”“细柳”“熏草”“暖风”四种自然意象，熔铸了征人的离别愁思；最后又通过“春水”这一比喻意象，强化了征人的愁思之深之浓。下阕先用“柔肠”和“粉泪”两个人文意象，突出了征人远行后闺妇在家的伤心之至；又用“高楼”“危栏”两个蕴含着望远相思的人文意象，渲染了闺妇在家中的愁苦怨恨之情；最后运用“平芜”和“春山”兼具思念和阻隔的自然意象，形象地说明闺妇与征人相隔之远，强化了闺妇深挚和无望的相思之情。

从意象组合来看，词人善于组合意象，意象结构精巧独特。词人打破上阕写景、下阕抒情的写作模式，把上阕和下阕并列，分别从征人和闺妇着眼，以一系列的意象抒写相思的愁苦。其总体结构方式类似白居易的《长相思》，不过意象更密集，所抒发的情感愈加浓厚。而且意象组合方式巧妙，上阕以并置方式铺写众多意象，由象至情，思乡之愁不断深化，最后以比喻意象结之。下阕先以情赋象，选用四个人文意象突出其思念之苦，接着再由情及象，以意象复叠的方式，使望归之苦层层递进。全词意象繁多，但组合自然，结构精巧别致，为人所称道。

需要一提的是本词的创作背景。景祐初年（1036）范仲淹以言事被贬，欧阳修援助范仲淹，写下《与高司谏书》一文嘲讽谏官高若纳，后被贬至湖北夷陵。这首词大约写于贬夷陵之时。全词书写征人和闺妇的离愁别恨，其中寄寓了自己的相思之情，同时也流露出直言被贬的愁苦和怨恨。

（本“鉴赏示例”据阎福玲“古典诗词精品鉴赏”课讲稿改编）

第五章 情景想象与意境生成

意境是创作主体精心营造的主观情感与自然景物交融互渗、形象具体而又余味曲包的艺术境界。诗词意境能唤起接受主体对作品中反映的宇宙人生的无尽想象与体验，从而领悟诗词的深蕴余味及其所引发的审美艺术世界。从这个意义而言，诗词作品的意境生成，不仅与创作主体对宇宙人生的体验和呈现密不可分，也与接受主体被引发的情景想象和二度审美创造有关。

一、意境评诗传统

意境是我国诗学、画论、书论的重要范畴。了解历史上意境说的发展演变，对于我们把握意境特征，进而以意境理论指导诗词鉴赏有重要的意义。

(一)意境说溯源

意境说应溯源于《庄子·齐物论》，文中多次提到“竟”与“无竟”两个概念，“竟”已经指向“心理上的边界”，“无竟”具有“自由之境”意义，启示后世对文学之境的探索。

刘勰《文心雕龙》中出现“与诗画境”，“境”开始指向艺术领域。值得一提的是，《文心雕龙》对“隐”的论述，实为后世所论“意境”的重要特征：

隐也者，文外之重旨者也……隐以复意为工……夫隐之为体，义主（又作生）文外，秘响傍通，伏采潜发，譬爻象之变互体，川渎之韫珠玉也。[①]

钟嵘《诗品》，评诗强调滋味，认为“五言居文词之要，是众作之有滋味者也”，而诗中之兴，表现为“文已尽而意有余”[②]。以滋味、余意论诗，也触及了“意境”的本质特征。

(二)意境说产生与发展

唐代论诗，开始重视诗“境”。署名王昌龄的《诗格》，提出“诗有三境”说，而且首次提出了“意境”的概念：

物境一。欲为山水诗，则张泉石云峰之境，极丽绝秀者，神之于心，处身于境，视境于心，莹然掌中，然后用思，了然境象，故得形似。情境二。娱乐愁怨，皆张于意而处于身，然后驰思，深得其情。意境三。亦张之于意，而思之于心，则得其真矣。[③]

王昌龄所说的“意境”，是与“物境”“情境”并列的范畴，或者说“意境”是比“物境”“情境”更高层次的诗境。

中唐皎然重视诗“境”生成，《诗式》中所说“缘境不尽曰情”，实际上在论情景关系；“取境”“造境”，提出诗人如何构思创造最佳艺术境界。皎然也强调“两重意以上，皆文外之旨”，这与刘勰的“隐”说一脉相承。

晚唐司空图在“文外之旨”的基础上，提出“四外”说。其中，“象外之象”“景外之景”，强调象、景生成的多重诗境；“韵外之致”“味外之旨”，强调言意之外的不尽韵味。司空图未用“境”“意境”概念，但他的“四外”说，实际上谈论境生象外的基本特征。

宋代进一步确立了“言外之意”说，并以此作为评价诗歌的审美标准。《六一诗话》记载梅尧臣论诗之语：“必能状难写之景，如在目前，含不尽之意，见于言外，然后为至矣。”[④]姜夔又进一步指出：“若句中无余字，篇中

①(南朝梁)刘勰著、范文澜注《文心雕龙注》，人民文学出版社，1958年，第632页。
②(南朝梁)钟嵘著、曹旭集注《诗品集注》增订本，上海古籍出版社，2011年，第43、47页。
③张伯伟《全唐五代诗格校考》，陕西人民教育出版社，1996年，第149页。
④(宋)欧阳修撰、李逸安点校《欧阳修全集》，中华书局，2001年，第1952页。

无长语，非善之善者也；句中有余味，篇中有余意，善之善者也。”[①]

(三)意境说形成

明人开始把“意境”作为诗词品评的重要审美标准。如朱承爵在《存余堂诗话》中认为：“作诗之妙，全在意境融彻，出音声之外，乃得真味。”[②]清人用意境来直接评述具体作品，如下：

三百篇之体制音节，不必学，不能学；三百篇之神理意境，不可不学也。(潘德舆《养一斋诗话》)[③]

一年好处，是霜轻尘敛，山川如洗。较橘绿橙黄句有意境。(况周颐《蕙风词话》)[④]

王国维是意境论集大成者。1907年，《人间词乙稿序》[⑤]中“意境”一语出现近二十次；1908年，《人间词话》标举“境界”；1912年，《宋元戏曲史》中又谈“意境”。王国维认为境界或意境是评论诗词的最高标准，如下：

文学之事，其内足以抒己而外足以感人者，意与境二者而已。上焉者意与境浑，其次或以境胜，或以意胜。苟缺其一，不足以言文学。(《人间词乙稿序》)

词以境界为最上，有境界则自成高格，自有名句。(《人间词话》)[⑥]

可以说，王国维以“意境”为中心，构成了一个比较完整的理论体系。不过由于其对“境界”“意境”没有进行界定，关于“意境”的概念、特征等并不很清晰。

---

①(清)何文焕辑《历代诗话》，中华书局，1981年，第681页。

②(明)朱承爵《存余堂诗话》，《四库存目丛书》集部第417册，齐鲁书社，1997年，第11页。

③(清)潘德舆《养一斋诗话》，《续修四库全书》，第1706册，上海古籍出版社，第195页。

④(清)况周颐《蕙风词话》，《续修四库全书》，第1735册，上海古籍出版社，第343页。

⑤《人间词乙稿序》署名“山阴樊志厚”，据王国维门人赵万里言，此序是王国维假名樊志厚而自撰。

⑥王国维著、郑小军编注《人间词·人间词话》，浙江教育出版社，2006年，第7、81页。

(四)意境概念界定

当代学者在论述意境时，对其概念的界定仍未统一。如夏昭炎对意境定义：

意境是创作主体吸纳宇宙人生万象而在内心咀嚼、体验所营造的、含深蕴于“言”内、留余味于“象”外，能唤起接受主体对于宇宙人生的无尽情思与体验，以致形而上的领悟的召唤结构以及这一结构所引发出的艺术世界。①

此定义考虑到意境生成的根源、主体性质、意境“境生于象外”特征、接受者的共同创造等方面，概括全面，但用语令人费解。

童庆炳认为意境具有情景交融、虚实相生、韵味无穷的特征，由此对意境概念进行定义：

意境是指抒情性作品中呈现的那种情景交融、虚实相生的形象系统，及其所诱发和开拓的审美想象空间。②

袁行霈又从中国古典诗歌创作实践出发，联系古代文艺理论，对意境进行界定说明：

在中国古代传统的文艺理论中，意境是指作者的主观情意与客观物境互相交融而形成的艺术境界。③

由上来看，“意境”在逐步走向中国诗学核心范畴的同时，也暴露出和“意象”类似的缺乏“一种共同的、统一的规定”和“稳定的同质的意义”的关键问题。考虑到运用意境理论鉴赏诗的方便，结合童庆炳和袁行霈的观点，我们认为：意境是作者的主观情意与客观物境互相交融而形成的虚实相生、韵味无穷的艺术境界。

①夏昭炎《意境概说:中国文艺美学范畴研究》,中国传媒大学出版社,2003年,第25页。
②童庆炳《文学理论教程》(第五版),高等教育出版社,2015年,第239页。
③袁行霈《中国诗歌艺术研究》(增订本),北京大学出版社,1996年,第28-29页。

二、意象与意境

“意象”与“意境”都是中国古代文论的重要范畴，是古人评诗的一个主要标准。但是，如前所说，古人以“意象”和“意境”评诗，并不是在一个规定意义的基础上运用，不仅对“意象”和“意境”含义理解不一，而且有时还出现把“意象”与“意境”混用情况。在此，有必要对这两个概念的联系和区别进行说明。

（一）意象与意境不同

“意象”与“意境”概念产生时间不同。“意象”一词在汉代就出现，南北朝时纳入文学理论话语中。宋代开始，意象又被用以分析诗词作品。可以说意象论诗的历史悠久。“意境”说虽然可以追溯到先秦时代，而“意境”一词至唐代才出现，其后人们很少直接用“意境”论诗，直到王国维倡导“境界”“意境”说词后，“意境”才成为诗学理论的核心范畴。

“意象”与“意境”应用范围不同。“意象”，其中心词是“象”，而象所对应的语言单位是语词。因此，意象的载体就是一个个语词。或者也可以理解为，意象是诗歌中的特殊的语词符号。意象作为特殊的表意符号，更多地关注修辞炼字问题，即如何用“意象”更好地表意。“意境”，其中心词是“境”。“境”表示一定的范围，是整体场景、艺术空间。文学场景的形成固然也离不开语词，但并非直接对应语词，而指向语词与语词形成的句子或篇章。因此，意境的营造，就更多涉及构思谋篇的问题。如“斜阳外，寒鸦万点，流水绕孤村”（秦观《满庭芳》），其意象是“斜阳”“寒鸦”“流水”“孤村”，都是名词短语，而这三句整体形成一种意境。

“意象”与“意境”审美特征不同。“意象”的构成，有两个基本条件，一是有具体的物象，二是物象能负载主观情意。而意境的要求更高，不仅呈现整体的形象图景，表达一定的意义，而且还具有景外之景、言外之意，能带给人无穷的回味。一首诗，是否具有形象性特征，主要看意象；而一首诗是否具有韵味，取决于意境。因此，诗词意象是较低层面的要求，意境则是高层面的要求，是诗词追求的至境。

“意象”与“意境”鉴赏方式不同。意象是一个个表意的具体物象，可以通过感知方式把握；意境是一种境界，是形象诱发的审美空间，需要想象、体味才可能领悟。在诗词鉴赏时，把握意象是起点，由意象了解诗词之意；领悟意境是终点，通过意境体味诗词之美。

(二)意境由意象构成

“意象”与“意境”，尽管有不同的意义内涵，所指的范围和审美特征不同。但是，二者都是诗人情感的形象载体，故天生就有密切的关系。

首先，意象是构成意境的单位。意象和意象直接组合，或者意象借助其他语词符号间接组合，才能构成意境。如“山随平野尽，江入大荒流”（李白《渡荆门送别》），上句意象“山”与“平野”通过“随”“尽”组合，下句意象“江”“大荒”借助于“入”“流”组合，形成了两个基本的意境，这两个基本意境又组合成较大一级的意境。再如刘禹锡《乌衣巷》：“朱雀桥边野草花，乌衣巷口夕阳斜。旧时王谢堂前燕，飞入寻常百姓家。”朱雀桥、野草花、乌衣巷、夕阳、燕是全诗的主要意象，通过意象组合或借助一些词链接，构成一种世事变幻、人世沧桑的意境。

其二，意象从属于意境。意象与意境都属于作者创造的表意形象，不过前者是个体形象，后者是整体形象。个体形象从属于整体形象。如“月上柳梢头，人约黄昏后”（欧阳修《生查子》），“月”“柳梢”“人”“黄昏”，这些意象共同形成一个温情朦胧的美丽意境，每个意象都属于整体形象图景的组成部分。再如马致远《秋思》，作者选取“枯藤”“老树”“昏鸦”“小桥”“流水”“人家”“古道”“西风”“瘦马”“夕阳”“断肠人”“天涯”等意象，这些独立的可以感知的形象，都从属且服务于整体意境。

其三，意象与意境相生互成。意境的形成离不开意象，没有意象就没有意境。意象也离不开意境，孤立的意象没有审美意义，意象依赖于意境才具有艺术价值。如“大漠孤烟直，长河落日圆”（王维《使至塞上》），意境的形成离不开“大漠”“孤烟”“长河”“落日”等意象，而这些意象如离开整体意境，孤立存在并不具有艺术价值。

(三)意象决定意境

意象是意境的构成单位，意象的选择和组合不同，决定了其意境的形象构成、情感趋向、艺术境界。

1.意象选择决定意境

诗歌史上常出现后人仿效前人诗体现象，仿诗与原诗相比，由于个别意象发生变化就会形成不同意境。欧阳修《过张至秘校庄》仿温庭筠《商山早行》一联，可以说明这个问题。胡舜陟《三山老人语录》记载：

六一居士喜温庭筠诗“鸡声茅店月，人迹板桥霜”，尝作《过张至秘校庄》诗云：“鸟声梅店雨，野色柳桥春。”效其体也。①

六一居士即欧阳修，他曾经与梅尧臣谈论温庭筠《商山早行》一诗，尤为称赏其颔联的写法。仿诗与原诗相对照，意象发生了较大的变化：鸡声——鸟声，茅店——梅店，月——雨，人迹——野色，板桥——柳桥，霜——春，由于季节、地点、景物等改变，蕴含的情感也明显不同。温庭筠诗写秋日早晨行人出发之景，重在抒发羁旅孤愁之情；而欧阳修诗写春日雨后旅途所见景色，主要表述对乡村山野的喜爱之意。

有时候，全诗中一个意象的改变，也能影响意境的情感指向。我们可从诗歌史上关于王之涣《凉州词》的一桩“公案”谈起。

《凉州词》在不同版本中记载不同，《集异记》《唐诗品汇》《全唐诗》等文献录为：“黄河远上白云间，一片孤城万仞山。羌笛何须怨杨柳，春风不度玉门关。”而《唐诗纪事》《文苑英华》《乐府诗集》《万首唐人绝句》等文献录为：“黄沙直上白云间，一片孤城万仞山。羌笛何须怨杨柳，春风不度玉门关。”版本记载的分歧，在于是“黄河远上”，还是“黄沙直上”。

从目前所见材料来看，仅从版本入手，还无法判定到底哪种版本记载正

①(宋)胡仔撰、廖德明校点《苕溪渔隐丛话》(前集)，人民文学出版社，1962年，第153页。

确。有论者从科学角度去论证，如气象学家竺可桢认为，依照玉门关的气候和地理看，“黄沙直上”是合理的；地质学家尹赞勋认为，“黄河远上”不合当地实际情况。但是，文学是允许虚构、想象和夸张的，不必反映科学的真实。从边塞诗作品中，人们也经常会发现方位、距离与实际情况不符的情况。

在版本、科学不能从根本上解决问题时，人们多从文本中去探讨作者的本意。根据“黄沙”和“黄河”意象，人们对诗作出截然不同的解读。主张“黄河远上”者，认为用“黄河”更见“造语之妙”，更具美感，而且“黄河”这一意象，更能显示气势雄阔的意境。如周啸天认为“黄河直上白云间”，神思飞跃，气象开阔，展示了边地广漠壮阔的风光。①主张“黄沙直上”者，认为“黄沙”这一意象更突出了环境恶劣，与全诗意境吻合。如徐有富认为，诗中所有意象都指向一个“怨”字，“黄沙直上白云间”，才能显示西北边塞荒寒之景，从而引出戍边将士的怀乡怨情。②“黄沙”与“黄河”两个意象不同，全诗的情感和意境也随之发生了变化。

2. 意象组合决定意境

相同意象或相近的意象，其组合方式不同，也构成了不同的意境，直接决定意境的优劣。我们来看诗歌史上经常被引用的与“白头人”相关的三首诗：

结茅临古渡，卧见长淮流。窗里人将老，门前树已秋。寒山独过雁，暮雨远来舟。日夕逢归客，那能忘旧游。（韦应物《淮上遇洛阳李主簿》）

节物行摇落，年颜坐变衰。树初黄叶日，人欲白头时。乡国程程远，亲朋处处辞。唯残病与老，一步不相离。（白居易《途中感秋》）

静夜四无邻，荒居旧业贫。雨中黄叶树，灯下白头人。以我独沉久，愧君相见频。平生自有分，况是蔡家亲。（司空曙《喜外弟卢纶见宿》）

这三首诗均为五言律诗，其佳句都在于颔联。三联均选用了树、人的意

---

① 萧涤非等《唐诗鉴赏辞典》，上海辞书出版社，2004年，第75-76页。

② 徐有富《论诗的意象组合》，《淮海工学院学报》，2004年第2期。

象形成对照，悲叹岁月无情。但是由于与其组合的意象变化和组合方式不同，形成的意境也就不同。谢榛《四溟诗话》曰："三诗同一机杼，司空为优，善状目前之景，无限凄感，见乎言表。"①我们稍作分析。

韦诗中"窗里人将老，门前树已秋"，"将""已"，两个表示时间的副词，突出了人与树处境；"窗里""门前"，又指定了具体的位置，因此，给人想象的空间受限。白诗中"树初黄叶日，人欲白头时"，用了"初""欲""日""时"四个表示时间的词，突出了树已入秋、人已迟暮，但这些词挤占有限的位置，意象的稀疏也制约了意境言外之意的生成。司空诗中"雨中黄叶树，灯下白头人"，"雨中"与"黄叶树"，"灯下"与"白头人"，几个具有时间意义的、富有情感意蕴的视觉意象并置，引发人的视听联想和情感体验，也大大拓展了想象回味的空间。

三、意境的特征

(一)情景交融

意境从形成来说，主要表现为"情"与"景"的交融。诗人主观情意与客观物景互相交融，是意境创造的基本条件和表现特征。

南宋范晞文《对床夜语》，对情景结合的几种方式举例说明：

"水流心不竞，云在意俱迟。"景中之情也。"卷帘唯白水，隐几亦青山。"情中之景也。"感时花溅泪，恨别鸟惊心。"情景相触而莫分也。"白首多年疾，秋天昨夜凉。""高风下木叶，永夜揽貂裘。"一句情一句景也。固知景无情不发，情无景不生。②

范晞文所说的"景中之情"，景中之情显现；"情中之景"，情隐于景中；"情景相触而莫分"，偏于"景中之情"，情更为显明；"一句情、一句景"，情语与景语并列。这四种情景关系，从宽泛意义上讲，都属于现在所

①(明)谢榛《四溟诗话》，载丁福保辑《历代诗话续编》，中华书局，1983年，第1142页。

②(宋)范晞文《对床夜语》，载丁福保辑《历代诗话续编》，中华书局，1983年，第417页。

说“情景交融”。另外，情语中能见景，也可归入“情景交融”。由此，根据“情”在诗中的显露情况，可把“情景交融”分为四类：景中隐情、景中显情、情景并茂、情中见景。

1.景中隐情

景中隐情，指诗中呈现的是景的描写，诗人的情感藏隐于其中，需要读者通过景物去体会和把握。如李白《送孟浩然之广陵》，全诗都是在写景，但通过诗人描写的图景，我们可以感知诗人对友人的留恋之情。“景中隐情”类似于王国维所说的“无我之境”，“以物观物，故不知何者为我，何者为物”，如“采菊东篱下，悠然见南山”，“寒波澹澹起，白鸟悠悠下”。[①]我们再举两例进行说明，如下：

荆溪白石出，天寒红叶稀。山路元无雨，空翠湿人衣。（王维《山中》）

此诗描写诗人山中所见之景。首句写“荆溪”冲刷后的“白石”，可以想见溪流清澄莹澈的颜色，仿佛听到潺潺流淌的声音；次句“天寒”点出时节，“红叶稀”显出季节特征，但由于“红”的色彩，并不给人以凋零之感。后两句写山路无雨，但“空翠”却打湿人衣。“空翠”自然不会“湿衣”，但想象一下，人行在山中，被一片翠雾所笼罩，似乎真能感到一种细雨湿衣似的凉意。这是视觉、触觉、感觉的转移互通，形成的一种似幻似真的感受。诗歌描绘初冬山景，却不给人寒冷、萧条之感，诗人对大自然的亲切平和之情都融于景物之中。

黑云翻墨未遮山，白雨跳珠乱入船。卷地风来忽吹散，望湖楼下水如天。（苏轼《六月二十七日望湖楼醉书》）

此诗写诗人望湖楼所见的雨景。从黑云还没来得及遮住山，到白雨湖中溅起水花，突然狂风又把雨吹散，雨过天晴后水色与天光都是那么明净。四句节奏急促，生动展现自然景物的迅速变化，其中无一情语理词，但可以感觉诗人在瞬间经历了风雨洗礼，心境也变得更为澄澈明净。

---

①王国维《人间词话》，《王国维文集》上，中国文史出版社，2007年，第76页。

2.景中显情

“景中显情”，指诗人在描绘景物同时，把情感、情绪词语置于景物之中，或者把包含浓重情感色彩的感觉性词语如“冷”“暖”等付诸物象，读者容易感知诗中的情感。“景中显情”，类似于王国维所说的“有我之境”，“以我观物，故物皆著我之色彩”，如“泪眼问花花不语，乱红飞过秋千去”，“可堪孤馆闭春寒，杜鹃声里斜阳暮”。[①]我们再举两例：

玉露凋伤枫树林，巫山巫峡气萧森。江间波浪兼天涌，塞上风云接地阴。丛菊两开他日泪，孤舟一系故园心。寒衣处处催刀尺，白帝城高急暮砧。（杜甫《秋兴八首》其一）

《秋兴八首》是大历元年（766）秋日杜甫在夔州时所作组诗，此诗是其中的第一首。首联写秋露使枫叶枯萎凋零，巫山、巫峡间寒气萧瑟，诗人的伤悲、凄苦融入“凋伤”“萧森”之景中；颔联重在写景，波浪在江而兼天涌，风云在天而接地阴，寄寓诗人翻腾起伏的忧思与郁勃不平之气，整个天地之间风云波浪，又隐喻着动荡不安时局。颈联景物描写中的抒情成分更浓，由秋天景物突显了羁旅情思，“两开”实乃双关，既指菊开两度，又指诗人泪流两回；“系”字亦双关词，孤舟停泊，舟系于岸，心念长安，系于故园。尾联写景绾结全诗，以日暮秋风、高城捣衣烘托游子思乡之情，“寒”突出了游子羁旅的凄凉。这是一篇触景生情、情景交融的佳作。

远上寒山石径斜，白云生处有人家。停车坐爱枫林晚，霜叶红于二月花。（杜牧《山行》）

此诗描绘了美丽的深秋山林景色。深秋虽让人感到寒冷，但诗人从萧瑟之中摄取了令人心动的绚丽秋色，这样“寒山”与“石径”“白云”“人家”“枫林”“红叶”，使深秋山林呈现出胜于春光的绚烂多姿、生机勃勃的景象。诗人看到的是秋天的生气和魅力，故没有像一般文人那样感秋哀伤，而把自己浓烈的“爱”意融进这山林景色之中，从而体现出了豪爽向上的精神。诗人由景生情，又因情绘景，情与景交互汇通、融为一体，形成了让人

①王国维《人间词话》，《王国维文集》上，中国文史出版社，2007年，第76页。

赏心悦目的意境。

3. 情景并茂

“情景并茂”，指诗歌既有景语，又有情语，情景分列，又互为映衬。应该指出的是，诗歌中纯粹的景语很少，上文所说的“景中隐情”和“景中显情”，偏重于写景均可看作景语。“情景并茂”诗如下：

风急天高猿啸哀，渚清沙白鸟飞回。无边落木萧萧下，不尽长江滚滚来。万里悲秋常作客，百年多病独登台。艰难苦恨繁霜鬓，潦倒新停浊酒杯。（杜甫《登高》）

此诗从总体来看，前四句重在写景，后四句重在抒情。首联景中显情，诗人用天高、风急、渚清、沙白、鸟飞之视觉意象和猿啼听觉意象，描写登高所见所闻之景，“哀”实为诗人之情投射于猿声；颔联景中隐情，重点选取落木、长江的意象，“无边”“不尽”“萧萧”“滚滚”，既描绘长江汹涌之状，也写出无边落木之声，从中传达出沉郁苍凉之情，被人誉为“古今独步”的“句中化境”。颈联由景转到叙事抒情，“万里”见其远，“百年”见其时长，“秋”“病”令人悲苦，“作客”“登台”更添愁意，贯于其中的“悲”“独”二字，突出了诗人的悲凉凄苦之情。尾联用“繁霜鬓”“浊酒杯”，进一步叙说诗人的“艰难苦恨”和穷困“潦倒”。诗歌善用意象，景中见情、情景并茂，加之格律精严，堪为千古绝唱。

春花秋月何时了，往事知多少。小楼昨夜又东风，故国不堪回首月明中。

雕栏玉砌应犹在，只是朱颜改。问君能有几多愁，恰似一江春水向东流。（李煜《虞美人》）

此词从总体看来，基本上是每两句一句写景、一句抒情。上阕首句由“春花秋月”之景而叹，第二句顺承上句感慨往事；三句景中藏情，四句抒发不堪回首往事之情。下阕首两句与上阕情景处理方式类似；后两句，先直接抒发“愁”情，后以“春水东流”之景喻情。词中或由景及情，或情以景喻，情景并茂，情感鲜明而强烈。

4.情中见景

“情中见景”，指诗人在抒情时虽然不凭借景物，但因诗中出现的个别意象或诗人形象，使读者能从中获得鲜明的图景。

前不见古人，后不见来者。念天地之悠悠，独怆然而涕下。（陈子昂《登幽州台歌》）

此诗四句皆在抒情，但是诗人的情感并不全是抽象地表述，而是借助了“幽州台”“天地”“涕下”等意象，构成了一个苍凉悲壮的艺术之境，因此，读者在阅读时，诗人登临幽州台在广阔天地之间感慨而歌的景象却似在眼前，此可谓情中见景。

生当作人杰，死亦为鬼雄。至今思项羽，不肯过江东。（李清照《夏日绝句》）

此诗不见景物描写，但诗人表达其生死之志时，借“项羽”之人，又引出江东之事，不仅引发读者对项羽的想象，而且也仿佛看到李清照慷慨悲歌的巾帼志士风采。

(二)虚实相生

意境从结构上来说，可以大致分为两个层次，即实境和虚境。实境是逼真存在的图景；虚境是实境诱发和开拓的审美想象空间。“虚实相生”，指诗歌在实境之外还有虚境，实境与虚境相生相成。

1.“着墨”与“布白”

中国传统艺术讲究运用虚笔来创造意境。“着墨”与“布白”为书画用语，“着墨”，指具体运笔用色，着墨为实；“布白”，又称“留白”“飞白”，即留出一定的空白，“布白”为虚。诗歌创作也讲究“布白”艺术。我们从同题的诗与画为例，来分析诗画艺术相通和意境的虚实相生。

宋徽宗赵佶曾创作《深山藏古寺》，并以诗题作为宣和画院考试题目。此画题重在“藏”，既要体现出古寺，又不能落实，这就需要“着墨”与“布白”的技巧。考生或画深山掩藏中寺庙的一角，或画寺庙的一段墙垣，可以说都注意了藏与露的技巧。而最后入选的一幅画，画的是高山之下一个和尚正在往桶里舀泉水，更把“布白”发挥到极致。诗歌与画在意境营造上，有着相通之处。我们再来看赵佶诗：

登临古寺前，小草何芊芊。云雾山间绕，孤峰耸碧天。野花红烂漫，茫茫树生烟。日落余晖后，声声响杜鹃。

此诗主要写登临古寺前的所见所闻。诗人“着墨”于小草、云雾、孤峰、碧天、野花、树、落日和杜鹃啼声等山中之景，而有意不写古寺，正是要突出“深山藏古寺”这一命意，引发读者对云雾缭绕的山峰中的古寺的想象。诗歌的意境，也正在虚实之中生成。

2. 象外之象，景外之景

司空图在《与极浦书》中提出了“象外之象”“景外之景”之说：

戴容州云：“诗家之景，如蓝田日暖，良玉生烟，可望而不可置于眉睫之前也。”象外之象，景外之景，岂容易可谈哉？[①]

“象”“景”为实，“外象”“外景”为虚。虚境建立在对实在的象、景的描述上，而象、景的描写旨在生成虚境。我们以李商隐《嫦娥》进行说明。

云母屏风烛影深，长河渐落晓星沉。嫦娥应悔偷灵药，碧海青天夜夜心。

此诗前两句呈现的是主人公所见之景，三四句呈现的是所想之景。而在这两重景之后，还可以生出多重想象之景。首句描写了主人公居住的内屋场景，云母屏风上笼罩着黯淡的烛影；第二句描写了室外银河与夜空的景象，“烛影深”“长河落”“晓星沉”，表明时间已渐近早晨。透过所见之景，我们可以想象在空寂清冷的居室，主人公面对冷屏残烛，遥望青天孤月，又度过了一个不眠之夜。第三句叙写了主人公在遥望明月时联想到嫦娥，而且设想嫦娥应该后悔偷吃灵药；末句以景象描写说明原因，嫦娥幽居月宫，独自面对碧海青天，年年夜夜那么寂寞孤单。透过所想之景，我们可以感知，正

①(唐)司空图《司空表圣文集》,《四部丛刊》旧钞本影印,上海商务印书馆。

是主人公孤清凄冷和不堪寂寞，才以己之意对嫦娥进行推测。全诗从描写主人公所处之景，到设想嫦娥所处之景，实际上嫦娥形象后隐藏的是主人公的形象，而诗中主人公形象后又隐藏着诗人的形象。诗中所抒写的孤寂感和悔恨情绪，也许还融入了诗人的现实人生感受和对人生孤独的深沉思考，由此诗歌具有了更普遍、更深刻的意蕴。

3.难写之景与不尽之意

“难写之景”与“不尽之意”源于梅尧臣诗论。欧阳修在《六一诗话》记载梅尧臣所述：

诗家虽率意，而造语亦难。若意新语工，得前人所未道者，斯为善也。必能状难写之景，如在目前，含不尽之意，见于言外，然后为至矣。

以“景”“意”评诗，不仅涉及意境的情景特征，也指向了意境的虚实问题。“难写之景”即为实境，“不尽之意”指向“虚境”。梅尧臣又以中晚唐三位诗人作品，来解释“难写之景”与“不尽之意”。如下：

若严维“柳塘春水漫，花坞夕阳迟”，则天容时态，融和骀荡，岂不如在目前乎？又若温庭筠“鸡声茅店月，人迹板桥霜”，贾岛“怪禽啼旷野，落日恐行人”，则道路辛苦，羁愁旅思，岂不见于言外乎？①

“柳塘春水漫，花坞夕阳迟”，是严维诗《酬刘员外见寄》颈联。梅尧臣认为“柳塘”两句写景形象生动，充分表现了江南春景的“融和骀荡”。关于此联，宋人刘邠提出异议，认为“夕阳迟则系花，而春水漫何须柳”，即认为“春水”与“柳”关系不严密，这似太苛求。

“鸡声茅店月，人迹板桥霜”，为温庭筠《商山早行》颔联。此联历来为人所赏。诗人精心选取了有关早行最具象征性的意象“鸡声”“茅店”“月”“人迹”“板桥”“霜”，把初春山村黎明特有的景色，细腻而又精致地描绘出来。六个意象叠加在一起，句中没有任何的串接词语，这不但极大增加了诗的意象密度，又因为意象之间连接的不确定性而为读者创造了丰富的联想空间。读者阅读时，自能感受到道路辛苦、羁旅悲凉的不尽之意。

---

①(宋)欧阳修撰、李逸安点校《欧阳修全集》，中华书局，2001年，第1952、1953页。

“怪禽啼旷野，落日恐行人”，是贾岛诗《暮过山村》颔联。此联先从听觉上入笔，怪禽在荒漠的旷野上鸣叫，再转移到视觉上，夕阳因恐怕行人而落山，孤单的行人更加感到不寒而栗。这两句诗有声有色，但都给人惊栗恐惧感受，这也正是诗歌所传达的意义。

(三)韵味无穷

韵味，在古代文论中，又常称为韵致、意味、兴味、余味等。“韵味无穷”，指诗歌意境蕴含着令人回味无穷的情思意味，是意境独特的审美特征。

南北朝时，人们已经普遍用“味”论诗，如刘勰的“味之者不厌”、钟嵘的“使味之者无极”等。唐司空图《与李生论诗书》，阐述韵味最为形象具体，如下：

文之难，而诗之尤难。古今之喻多矣，而愚以为辨于味，而后可以言诗也。江岭之南，凡足资于适口者，若醯，非不酸也，止于酸而已；若鹾，非不咸也，止于咸而已。华之人以充饥而遽辍者，知其咸酸之外，醇美者有所乏耳。……近而不浮，远而不尽，然后可以言韵外之致耳。……倘复以全美为工，即知味外之旨矣。①

司空图论诗提出的“韵外之致”“味外之旨”的观点，和前面所述的“象外之象”“景外之景”，概括了诗歌意境的典型特征。下面，我们主要从意境韵味的角度，鉴赏比较三首乐府旧题《玉阶怨》诗歌：

夕殿下珠帘，流萤飞复息。长夜缝罗衣，思君此何极。(谢朓)

紫藤拂花树，黄鸟度青枝。思君一叹息，苦泪应言垂。(虞炎)

玉阶生白露，夜久侵罗袜。却下水晶帘，玲珑望秋月。(李白)

谢朓诗，前两句写景，后两句叙事、抒情。“夕殿”“流萤”“珠帘”三个意象，描写了晚上宫殿的夜景，“飞复息”，指萤光闪烁、飞飞停停，不仅为夜景平添亮色和动感，而且也表现时间的流动之意。就在这时光的推移中，女子长夜在缝罗衣，由此自然而言引出了“思君”情感抒发。全诗没有

①(唐)司空图《司空表圣文集》,《四部丛刊》景旧钞本,上海商务印书馆。

怨字，然字里行间却无不流露出怨意，正如沈德潜所言，“觉笔墨之中、笔墨之外，别有一段深情妙理”。[①]

虞炎的诗，在颜色上夺人眼球。紫藤披拂、黄鸟翻飞，色彩纷呈，生机勃勃。不过，在意象选择和组合上，却不尽如人意。首先，“藤”“树”“枝”都是同类物，构成对仗并不为佳；其次，“紫藤拂花树”，“拂”怎么建立两种事物关系，不明；再有，所选的意象和情感表达不太相合，后两句明显表示思君之苦，与前面的景物情感不谐。故钟嵘评认为其“学谢朓，劣得‘黄鸟度青枝’”[②]。

李白诗，意象选用和组合非常和谐，“玉阶”“白露”“水晶帘”“玲珑”“秋月”，都是那样的纯净晶莹，由此构成了一个澄澈清洁的世界。在这个世界中，一个玲珑纯情的女子，在痴痴地望着天空中的秋月。诗歌四句均写景，无情感的直接抒发，从诗中也看不出更多的愁怨，但是女子夜深露侵罗袜仍不肯回去，可以想见其思情之深切。值得一提的是，李白诗不但形象地表现了思怨之意，而且易引起读者的题外之想。遥想在澄澈的月光中，一个晶莹剔透的女子望着秋月，那份执着和向往也把我们带入了一个新的艺术世界。

由上我们可以基本判断，在意象选择和借景抒情方面，谢朓要超出虞炎许多，而在虚实和韵味方面，李白诗歌是另两首诗歌无法媲美的。意境之韵味如“撞钟”，“大声已去，余音复来”[③]。含蓄不尽、韵味无穷，正是古人诗歌创作的理想追求。

---

①(清)沈德潜著、王宏林笺注《说诗晬语笺注》，人民文学出版社，2011年，第135页。

②(南朝梁)钟嵘著、曹旭集注《诗品集注》(增订本)，上海古籍出版社，2011年，第69页。

③(宋)范温《潜溪诗眼》，载郭绍虞辑《宋诗话辑佚》，中华书局，1980年，第373页。

附：鉴赏示例

踏莎行·郴州旅舍

秦 观

雾失楼台，月迷津渡。桃源望断无寻处。可堪孤馆闭春寒，杜鹃声里斜阳暮。

驿寄梅花，鱼传尺素。砌成此恨无重数。郴江幸自绕郴山，为谁流下潇湘去。

北宋绍圣元年（1094），宋哲宗亲政，他启用新党重新筹划变法，同时打击高太后执政期间掌权的旧党人士。秦观坐元祐党籍，先由秘书省正字国史院编修官降为杭州通判；不久又被劾“影附苏轼，增损《实录》”，贬处州酒税；后又以“谒告写佛书”之罪，消去官秩远徙郴州（今属湖南省）。本篇题为“郴州旅舍”，是绍圣四年（1097）秦观在郴州贬所之作。

全词运用比兴手法、虚实结合方式，抒发了词人贬谪境遇中的怅惘、失望和寂寞、愁苦之情。词旨凄婉，色调灰暗，情感悲苦低沉，是秦词典型的代表作。

上阕着力刻画凄迷之景，寄寓词人迷惘苦闷不知所之的痛苦之情。

“雾失楼台，月迷津渡。桃源望断无寻处。”这三句一些赏析者释为描写郴州春夜的景色，说夜雾弥漫，遮住了楼台；月色昏黄，看不清渡口；望尽天涯，寻不到桃源乐土。这种凿实的解说实属牵强。词的后面写词人孤馆春寒斜阳日暮的感受，而这里解为春夜之景，显然时间上是倒错杂乱的。实际上，前三句虚设三种朦胧迷茫之景，是词人因情而造景。第一句中“楼台”，本是高层建筑，可喻指为精神超越的空间；楼台被迷雾遮失不见了，象征人失去了精神追求的目标。第二句中“津渡”，是水路渡口，可喻指为人生旅程的出路；津渡在月色朦胧中迷失了，象征人找不到出路。第三句中

“桃源”，可作两种释义：一可指陶渊明《桃花源记》中描绘的安乐宁和的世外乐土；二可指《幽明录》中记载的东汉刘晨、阮肇入天台山所至的桃源乐土。两种解释，“桃源”都可喻指理想归宿；“桃源”无处可寻，象征了人的理想世界的失去。这三句以“楼台”“津渡”“桃源”的迷失难寻，层层渲染词人的归宿难觅、没有出路的处境，表现出词人屡遭贬谪打击后迷惘、彷徨又不知所之的痛苦郁闷之情。

“可堪孤馆闭春寒，杜鹃声里斜阳暮。”词人由虚景转入实景，由情及景，以景传情。“孤馆”，郴州旅舍之孤，在于词人孤寂之心情；“春寒”，既是自然物候的早春寒意，也是词人心境的寒凉孤冷的表现；这两个物象用“闭”字关联，“闭”暗用拟人手法，说孤馆有意阻止融融春意的到来，实是把满腔怨意转嫁于旅居馆舍；“可堪”二字，更强化了词人不堪忍受之孤苦。“杜鹃声里斜阳暮”，这一句连用“杜鹃”“斜阳”“暮色”三个表示愁苦的传统意象，反复渲染了词人的悲愁痛苦已到极致。“杜鹃声”，即杜鹃鸟“不如归去”啼声，最易引发乡愁；“斜阳暮”，构成了引发惆怅的典型景致，即所谓的“暝色生愁”。词人把痛苦情怀，融在孤馆春寒、杜鹃哀啼、斜阳日暮的境界中曲折表现，细细品味可以想见其难耐之愁情。

上阕以虚带实，写景寓愁；下阕则化实为虚，借山怨水，反复申诉异乡漂泊、身不由己的愁恨。

“驿寄梅花，鱼传尺素”，这两句用了两个寄赠传书之典。“驿寄梅花”，典出南朝宋陆凯自江南寄洛阳友人范晔诗：“折梅逢驿使，寄与陇头人。江南无所有，聊赠一枝春。”词人以远离故乡的范晔自比，说远方朋友千里赠物，引起自己无限的愁苦。“鱼传尺素”，典出汉代《古诗》：“客从远方来，遗我双鲤鱼。呼儿烹鲤鱼，中有尺素书。”以鲤鱼传书代友人的慰问书信。远方友人的问候，不仅未使词人宽缓愁怀，反而更增加了无限的离愁别恨，即“砌成此恨无重数”。“此恨”既有天各一方的别恨，也有对自己惨遭打击的愤恨，又有无处倾泻的怨恨；“砌成此恨”中“砌”字，暗用比喻，说友人的赠物与书信像石头一样压在心头，一层层地堆叠起来，引出无数重的离愁别恨、苦闷怨愤。

在无法排遣的痛苦之中，词人将一腔愁苦怨恨借郴州山水之间曲折写出：“郴江幸自绕郴山，为谁流下潇湘去。”郴江本是绕着郴山而流的，为什么要离开这里流到潇湘去呢？这一“无理之词”实寄寓了词人无限的愁怨之情。一怨郴江与郴山分离，郴江本来与郴山相伴而流，但是河流却不耐寂寞往潇湘流走了，令人生怨；二怨郴江不耐此地孤寂流走了，而自己这位异乡之人却拘羁郴州不能走；三怨江水可以自在自由地流，而自己毫无自由。词人用“借山怨水”的写法，“无理之词”实为“至情之语”。秦观为官安分守己，就像郴江安分守己地绕着郴山流淌一样，但现实却不让他清静无为，使他不自主地卷入政治斗争涡旋中，自己把握不了自己的命运，就像郴江一样不由自主地流到潇湘去了。词人对郴江境遇的疑问，正是对自身境遇无奈的叹喟。此句以山水之喻，曲折委婉地表现了难以排遣的政治苦闷，苏轼对此颇为激赏，曾手书于扇曰：“少游已矣！虽万人何赎！”

秦观此词佳处，首在于缘情写景、虚实相生。上阕以虚带实，写景寓愁，表现了词人迷茫苦闷、不知所之的心境；下阕则化实为虚，景中生恨，表达词人孤寂苦愁、身不由己的悲怨。此词佳处，还在于词人巧用比兴、拟人手法，借山怨水，含蓄曲折地抒情。上阕“闭”字暗用拟人，下阕“砌”字暗用比喻，而结句山水之问更使山水人格化，在山水与人反衬中造成亦水亦人的抒情效果。词人创造了凄迷哀婉的境界，寄寓了贬徙郴州、滞留异乡的寂寞愁苦之情，表现了由于长期的贬谪生活而引发的怅惘失望的政治幻灭感。

（本“鉴赏示例”据阎福玲“古典诗词精品鉴赏”课讲稿改编）

第六章　因象明理与理趣体悟

“诗言理”是与“诗言志”“诗缘情”并列的创作传统。不过，诗词言理，却遭到更多的质疑和诟病。其实，诗词的优劣不在于其是否言理，而在于言理的方式。若理过其辞，自然淡乎寡味；而说理形象，理得其趣，不仅理不碍诗，反而能机趣盎然，提升诗词的审美价值。古典诗词鉴赏，应学会鉴别诗词说理是否有趣，从而欣赏和体悟诗词的哲理意蕴和理趣之美。

一、理趣评诗传统

中国诗歌说理，是诗歌创作的又一传统。《诗经》中已有许多说明自然规律和生活经验的哲理诗句；两晋玄学清谈盛行，随之玄言诗大量出现；唐代佛教思想盛行，佛理诗又应运而生；宋代理学的繁荣，理学诗也达到高峰。与诗歌说理相应，中国古代诗学出现很多关于“言理”论述。随着人们对说理诗审美特征的认识不断深化，“理趣”说也不断发展并逐步形成。

（一）以理论诗

“理”，初指玉石的纹理，后逐渐用于文学、政治乃至自然宇宙等方面。魏晋玄学兴起，玄学又被称为义理之学，哲学家和诗人多言义理，以理说诗也广泛用于文学评论中。

魏晋文人普遍赞成文类诸体应该言理。如曹丕《典论·论文》提出“书论宜理”；挚虞《文章流别论》指出文章应“穷理尽性”；刘勰《文心雕龙》亦谓“精理为文”；颜之推《颜氏家训·文章》认为“文章应以理致为心肾”。

对于诗歌的言理，论者却提出了不同意见。如钟嵘《诗品》中评玄言诗：

永嘉时，贵黄、老，尚虚谈。于时篇什，理过其辞，淡乎寡味。爰及江表，微波尚传，孙绰、许询、桓、庾诸公诗，皆平典似《道德论》。建安风力尽矣。[①]

东晋时期玄学盛行，许多人在诗中大量敷陈玄学义理，造成了文采不足、淡乎寡味的特点，钟嵘在此直陈诗歌过多言理之弊。

(二)理趣论诗

“理趣”一语，早多见于唐代佛典，如《成唯识论》卷五论“第七识”，“证有此识，理趣甚多”，“理趣”应指义理禅趣。也见于史书，如唐房玄龄等撰《晋书·列女传》载，刘聪妻“每与诸兄论经义，理趣超远”，“理趣”指阐述经义之理有趣。至署名为王昌龄的《诗中密旨》，在“诗有三得”中提出了“理得其趣”说：

一曰得趣，二曰得理，三曰得势。得趣一，谓理得其趣，咏物如合砌，为之上也。……得理二，谓诗首末确语，不失其理，此谓之中也。[②]

“理得其趣”的提出具有重要意义。不过，《诗中密旨》所指的“理得其趣”，主要指“意物相融，情景相契”；“得理”，主要指写景用事紧扣题旨。因此，“理得其趣”和“得理”中的“理”，都是泛指诗的情感内容。[③]

南宋理学家包恢首以“理趣”一语论诗，他在《答曾子华论诗》中说：

盖古人于诗不苟作，不多作。而或一诗之出，必极天下之至精，状理则

①(南朝梁)钟嵘著、曹旭集注《诗品集注》增订本，上海古籍出版社，2011年，第28页。

② 张伯伟《全唐五代诗格校考》，陕西人民教育出版社，1996年，第174页。

③ 参见陈文忠《论理趣——中国古代哲理诗的审美特征》，《文艺研究》，1992年第6期。

理趣浑然，状事则事情昭然，状物则物态宛然。[①]

包恢把诗歌“状理”与“状事”“状物”并列，提出了“理趣浑然”的说理标准。同时代的文人学者，也纷纷以“理趣”论诗，如袁燮评陶渊明诗“不烦雕琢，理趣深长”[②]；李涂称陶渊明诗、韩愈文“自理趣中流出”，朱熹诗“音节从陶韦柳中来，而理趣过之，所以卓乎不可及”[③]。

在肯定诗歌理趣同时，宋代诗人和评论家也纷纷指责理学诗。如刘克庄批评道学家以理语入诗：“近世贵理学而贱诗，间有篇咏，率是语录、讲义之押韵者耳。”[④]严羽在《沧浪诗话·诗辨》中，把“趣”与“理”对立：

夫诗有别材，非关书也；诗有别趣，非关理也。然非多读书，多穷理，则不能极其至。所谓不涉理路，不落言筌者，上也。[⑤]

严羽提出“别趣”的观点，反对宋人议论说理的创作风气，但实际上严羽并非全然否定理。他认为“穷理”才能“极其至”，而理的表述应该“不涉理路”“不落言筌”，也就是唐诗“尚逸兴而理在其中”的创作方式。

(三)理趣与理障

明清时期，诗论家开始重视对说理诗的审美特征进行分析，并以此对理趣诗与理障诗进行区别。

胡应麟以佛家用语“理障”来评述理学家以诗说理之弊，他在《诗薮》中谓：“程、邵好谈理，而为理缚，理障也。”[⑥]诗歌为说理而说理，是为理障诗。

沈德潜承认诗歌可以说理，但反对诗中直接下理语，“诗不能离理，然

①(宋)包恢《敝帚稿略》卷二,《文渊阁四库全书》集部第1178册,台北商务印书馆影印,第717页。

②(宋)袁燮《题魏丞相诗》,《全宋文》第371册,上海辞书出版社、安徽教育出版社,2006年,第138页。

③(宋)李涂《文章精义》,《宋诗话全编》,江苏古籍出版社,1998年版,第6620页。

④(宋)刘克庄《跋恕斋诗存稿》,《全宋文》第759册,上海辞书出版社、安徽教育出版社,2006年,第104页。

⑤(宋)严羽著、郭绍虞校释《沧浪诗话校释》,人民文学出版社,1983年,第26页。

⑥(明)胡应麟《诗薮》,中华书局,1962年,第38-39页。

贵有理趣，不贵下理语”[①]。他又进一步举例区别了理趣诗和理语诗：

杜诗“江山如有待，花柳自无私”，“水深鱼极乐，林茂鸟知归”，“水流心不竞，云在意俱迟”，俱入理趣。邵子则云“一阳初动处，万物未生时”，以理语成诗矣。[②]

沈德潜认为邵雍诗是理语诗，与胡应麟所说理障诗意同。不过，沈德潜所说的理趣，更多指向禅理。他曾列举众多唐人诗句，来说明禅趣诗：

诗贵有禅理禅趣，不贵有禅语。王右丞诗“行到水穷处，坐看云起时”，“松风吹解带，山月照弹琴”；韦苏州诗“经声在深竹，高斋空掩扉”，“水性自云静，石中本无声”……皆能悟入上乘，可以证禅理与趣足也。[③]

我们现在所说的理趣诗，“理”的范围较广，既包括各种哲学理义和观点，又包括自然、社会、生活的规律、经验和道理，而尤以后者为主。

(四)理趣的界定

今人对于诗词说理也较为关注。钱锺书在前人所论的基础上，对“理趣”进行了具体解释：

乃不泛说理，而状物态以明理；不空言道，而写器用之载道。拈形而下者，以明形而上；使寥廓无象者，托物以起兴，恍惚无朕者，著述而如见。……举万殊之一殊，以见一贯之无不贯，所谓理趣者，此也。[④]

陈文忠通过考察古代哲理诗的相关理论和实践，认为“理趣”是古典诗学关于哲理诗的最高美学范畴，“理趣”与“理致”“理障”有所区别。[⑤]阎福玲又从“理趣”概念的历史发展出发，对理趣诗具体定义：

理趣诗是哲理智慧与诗趣巧妙结合的产物，是“赋物以明理”之作。它通过具体生动形象的事物的吟咏描绘或刻画来展示诗人对自然社会人生的思考与体悟，阐说道理而有诗趣诗味，既给人诗美的愉悦，又能启迪人的

①(清)沈德潜《清诗别裁集•凡例》,上海古籍出版社,2013年,第2页。

②(清)沈德潜著、王宏林笺注《说诗晬语笺注》,人民文学出版社,2011年,第400页。

③(清)释律然《息影斋诗钞》,清乾隆十四年刻本。

④钱锺书《谈艺录》,商务印书馆,2011年,第550页。

⑤陈文忠《论理趣》,《文艺研究》,1992年第3期。

心智。[①]

在前人论述的基础上，我们把说理诗大致划分为理障诗、一般说理诗、理趣诗。理障诗，指陷于说理而缺少情趣，如钟嵘、刘克庄所贬的玄言诗或理学诗；一般说理诗介于二者之间，虽不是一味说理，但形象性或趣味性不足；理趣诗，指诗词言理形象而别有趣味。

二、理趣的特征

关于理趣的特征，陈文忠概括为四个方面："生趣盎然的形象性"；"即物即理的契合性"；"审美感悟的直接性"；"机趣洋溢的智慧性"。[②]其中，"审美感悟的直接性"，主要指悟理的方式。为了论述的方便，参考其他三个特征，笔者简化为：说理形象、物理契合、理深其趣。

（一）说理形象

说理形象，既是衡量说理诗是否具有理趣的关键，也是判断说理诗是否具有诗的审美价值的主要方面。冯友兰对此进行说明：

普通所谓哲学诗，或说理底诗，是将哲学底义理，用韵文等出之。这种所谓诗，严格地说，并不是诗。诗以只可感觉不可思议者，表显不可感觉只可思议者，以及不可感觉亦不可思议者。其所用以表现者，须是可感觉者。[③]

冯友兰所说的"可感觉者"，其实就是具体可感的形象。通过具体可感的形象来表达可思议或不可思议之理，这样的说理诗才能称之为真正的诗。理趣诗说理需要借助具体可感的形象，形象既可以是自然物象，也可以是人生事象。或者说，自然物象与人生事象是"理趣"产生的两大来源。

自然事物可观可感，具有鲜明的形象。人们在观察自然事物时，不仅会

①阎福玲《禅宗·理学与宋人理趣诗》，《中州学刊》，1995年第6期。

②陈文忠《论理趣》，《文艺研究》，1992年第3期。

③冯友兰《新理学在哲学中之地位及方法》，载《三松堂全集》第11卷，河南人民出版社，1992年，第447页。

触景生情，以情入诗；也会因物起兴，赋物明理。一般来说，自然物象常会引发诗人对自然规律或人生哲理的思索，由物及理，理得其趣。如下：

木末芙蓉花，山中发红萼。涧户寂无人，纷纷开且落。（王维《辛夷坞》）

百啭千声随意移，山花红紫树高低。始知锁向金笼听，不及林间自在啼。（欧阳修《画眉鸟》）

《辛夷坞》描写辛夷花默默地开放、凋零，没有外界干扰，得之于自然又回归于自然，这一过程本身就体现了客观事物自生自灭的规律。《画眉鸟》描写一只画眉鸟的生活处境和感受，通过其在山林生活和金笼生活的比较，得出富贵而受束缚远不如平凡而自由的人生之理。

人们的哲理智慧多来自生活实践和对历史人生的思索。通过对生活事象的描述，来阐述生活道理或人生哲理，常精警有趣，引人深思。如下：

泾溪石险人兢慎，终岁不闻倾覆人。却是平流无石处，时时闻说有沉沦。（杜荀鹤《泾溪》）

瞿塘嘈嘈十二滩，此中道路古来难。长恨人心不如水，等闲平地起波澜。（刘禹锡《竹枝词》其七）

杜荀鹤诗从日常过河的实践出发，表达了一个生活真理，即人们面临危险由于谨慎常常能脱离险境，而在平坦的处境中常因不留神而导致遇难。刘禹锡诗直接以人心和水比较，说明人心险恶，令人防不胜防。

相同或相近的道理，可以通过不同的方式来表达。我们可以通过看其是否具有兴趣盎然的形象性，来辨别其是否为理趣诗。如下两首：

寺里山因花得名，繁英不见草纵横。栽培剪伐须勤力，花易凋零草易生。（苏舜钦《题花山寺壁》）

人心如谷种，生生本无时。虽然有生意，培养贵自知。不耘诚为昧，揠苗良可悲。戒病复有事，苗秀实可期。（詹初《心如谷种》）

这两首诗都写了事物需要栽培之理。詹初诗说理要更深刻一些，诗用谷种来喻人心需要培养之理，但是并没有对喻体形象描述，实为理障诗。苏舜钦诗，由寺里的山、花、草的描写，联想到花草的生机和凋零，由此说明

“栽培剪伐须勤力”的道理，可称为理趣诗。

(二)物理契合

物理契合，就是即物即理，物与理自然相契与融合。即物即理是一种最自在的悟理方式，也是一种高明的言理方式。诗人无须有意表现其内在之理，理从物象或事象中自然传达，物象与意理浑融无间，完全契合，不可分离。正如钱锺书在《谈艺录》所说：

理之在诗，如水中盐、花中蜜，体匿性存，无痕有味，现相无相，立说无说，所谓冥合圆显者也。……若夫理趣，则理寓物中，物包理内，物秉理成，理因物显。①

相对于说理形象而言，物理契合的要求更高。也就是说，意理不仅要凭借具体可感的物象或事象来表达，还要求不露理语，理融合在物象之中。如陶渊明《饮酒》之五：“采菊东篱下，悠然见南山。”山花人鸟，偶然相对，一片化机，天真自具，诗人在自然朴实的生活中，无心而洞见了人生真谛。

受禅宗的影响，唐代诗人在自然景物的审美观照中，往往会悟出禅机禅理，诗歌也多具有即物即理的特点。如下：

行到水穷处，坐看云起时。(王维《终南别业》)

花将色不染，水与心俱闲。(李白《同族侄评事黯游昌禅师山池》)

水流心不竞，云在意俱迟。(杜甫《江亭》)

三诗都由自然之物而明心见性，表现出物我合一的禅意理趣，但也有区别。王维诗，理意融在景中，近人俞陛云解释：“行至水穷，若已到尽头，而又看云起，见妙境之无穷，可悟处世事变之无穷，求学之义理亦无穷。此二句有一片化机之妙。”②相较于王维诗的不动声色的客观描写，李白和杜甫诗中的“心”或“意”出现，则反映了诗人由物见性的主观意识。李白从花色与水流中，发觉出不染一尘、闲散自在的心性；杜甫由水和云，认识到人不要像水一样相竞，要学云那样迟缓，表现了心与物由相异到相同的变化。

①钱锺书《谈艺录》，商务印书馆，2011年，第556、559页。

②俞陛云《诗境浅说》，中华书局，2010年，第10页。

王、李、杜分别受到的佛、道、儒影响，使其观物悟理方式和艺术呈现有所不同。

宋人的理学修养和即物穷理的思维方式，使他们对于物的观照，直接指向自然、社会之道或心性义理，如下：

横看成岭侧成峰，远近高低各不同。不识庐山真面目，只缘身在此山中。（苏轼《题西林壁》）

母鸡伏得两凫雏，驯食庭除不待呼。水浴泥行随分足，不知鸥鹭有江湖。（王炎《小凫》）

二人对理的发掘和表述，有着自觉意识和明确目的。苏轼以置身山中的感受，旨在说明人在事中迷的道理。王炎由院里的小鸭的驯食、出行，悟出了万物因其本性、随分生活之理。

由于创作主体的不同的人生体验，当面临相似的自然或社会人事现象，常会发现不同的道理。如下面两首诗：

经从塔下几春秋，每恨无因到上头。今日始知高处险，不如归卧旧林丘。（李沆《题六和塔》）

飞来峰上千寻塔，闻说鸡鸣见日升。不畏浮云遮望眼，只缘身在最高层。（王安石《登飞来峰》）

二诗作者均位至宰相，都是由看到高塔表达自己的人生感受，但是所表达的理意有别。李沆诗中之塔，既指自然存在的六和塔，又喻政治地位之高，始知高处危险，说明开始洞悟身处高位危险，不如林丘安全自在。王安石诗中写峰上高塔，喻指立足点之高，说明人身居至高处，就不畏浮云蔽日、奸邪乱政。

（三）理深其趣

理深其趣，指说理生动有趣，富有智慧，既给人诗美的愉悦，又能启迪人的心智，诗歌表现出机趣洋溢的智慧性。

理深其趣包括两个方面：从理趣诗的内容而言，主要在于说“理”，即所说之“理”要富有哲理启示性；从理趣诗的表现方式及效果而言，主要在于“趣”，即阐说道理生动有趣。需要指出的是，无论是“理”还是“趣”，其实都是诗人智慧的产物。

理趣诗要以生动有趣的方式反映人类的智慧。这种智慧，不仅表现在以严密的思维构建的哲学如玄学、禅学、理学的理论体系中，也表现在人与自然、人与人的现实关系和实践活动中形成的经验总结和生活哲理。

理趣诗不排斥哲学思想，但为人喜闻乐道的优秀诗篇都不会干瘪说理，哲学思想火花往往在自然之景的形象描绘中闪现。下以两首理学诗为例说明：

胜日寻芳泗水滨，无边光景一时新。等闲识得东风面，万紫千红总是春。（朱熹《春日》）

律回岁晚冰霜少，春到人间草木知。便觉眼前生意满，东风吹水绿参差。（张栻《立春偶成》）

朱熹诗呈现的是色彩明丽、生机盎然的春日图景，说明春意无处不在又形态各异，这与朱熹“月印万川、理一分殊”的理学观点吻合。再进一步挖掘，“胜日寻芳泗水滨”，“泗水”指代孔门儒学，“寻芳”即寻求探究儒学之道，说明诗人是有意识地去发现自然之理，这又符合朱熹“格物致知”的理学观点。张栻也从春景中去体悟自然之理，从这方面来说，二人诗有着相近的追求。张栻诗选取立春这一时令，表现了一阳复始、万象更新的自然规律，并以新颖的想象图景，说明事物的变化都能被感知，人们要善于发现事物的发展趋势。

理趣诗的哲理智慧，更多地来自人类的日常经验总结。如《诗经》句“他山之石，可以攻玉”“投我以桃，报之以李”等，流传至今。唐宋时期，诗人善于从日常所见的事物或生活中，发掘出平凡而又给人以深刻启示的哲理，从而产生大量富有哲理和机趣的理趣诗。如下：

江北秋阴一半开，晚云含雨却低回。青山缭绕疑无路，忽见千帆隐映来。（王安石《江上》）

莫言下岭便无难，赚得行人空喜欢。正入万山圈子里，一山放过一山拦。（杨万里《过松源晨炊漆公店》）

王安石写江行所见之景及真实感受，其中蕴含一个积极的人生哲理：当面临险境时要满怀希望，看似无路可走很可能在某一时间会化险为夷。陆游名句“山重水复疑无路，柳暗花明又一村”应源于此诗。杨万里诗用拟人化的手法描写山区行路的感受，启示我们：人生到处充满艰难险阻，我们要对前进道路上的障碍做好心理准备，不断地与困难进行斗争。

理深其趣，还表现在诗人巧妙地运用艺术手段来表现哲理启示，从而创造出脍炙人口的诗篇。如下：

天平山上白云泉，云自无心水自闲。何必奔冲山下去，更添波浪向人间。（白居易《白云泉》）

若言琴上有琴声，放在匣中何不鸣？若言声在指头上，何不于君指上听？（苏轼《琴诗》）

白居易诗把白云与泉水的人格化，使其充满情趣和活力，说明闲逸的生活带给人的精神愉悦，远胜于纷扰的世间争逐奔波，理意表达生动有趣；苏轼诗巧用两句反问，说明离开人的弹奏，琴不能发声；离开弹奏工具琴，人的指头也不能发声。这其实表现了一个哲学命题，即世间之物互相依存，彼此有机结合才能有所创造。说理机智，饶有风趣。

理深其趣，关系着诗歌思想内容和审美价值，甚至是决定诗歌接受和传播的主要因素。如王之涣和畅当的同题诗《登鹳雀楼》：

白日依山尽，黄河入海流。欲穷千里目，更上一层楼。（王之涣）

迥临飞鸟上，高出世尘间。天势围平野，河流入断山。（畅当）

这两首诗均为登楼诗佳作，宋人沈括在《梦溪笔谈》称赞二诗均“能状其景”。王之涣诗前两句写景，诗人以白日随山而落、黄河入海而流，描写了登楼所见的雄阔壮丽的景象；后两句旨在说理，诗人由登楼想到更上一层楼，从而表达望得远需站得高之理。畅当诗全篇写景，前二句主要写楼高，以飞鸟难以飞临反衬鹳雀楼高及云天；后二句写四围景象，以天围平野、山为河断凸显登高所见天地气势。这两首诗各有特色，王之涣诗以理胜出，畅当诗以势夺人。但是，后者流传广度显然不及前诗，其主要原因就在于王之涣诗洋溢着智慧和理趣，更为人所欣赏和接受。

三、理趣的呈现方式

(一)理与象并

“理与象并”，指诗歌理意与具象（包括物象或事象）并列，理意直接说出，而具象用以解释说明理意。对于理趣诗而言，直接说理不等于离开物象或事象直接议论说理，更不是以道义说理。因为诗歌说理如果缺乏形象性，很有可能成为理障诗。诗歌既要直接说理，还要富有理趣，通常是通过“理与象并”的方式。从理与象组合的顺序来看，可分为先象后理和先理后象两种方式。

1. 先象后理

由对物象的描写或事象的叙写，再到对理意的阐述。如下：

百川东到海，何时复西归？少壮不努力，老大徒伤悲。（汉乐府《长歌行》）

昨夜江边春水生，艨艟巨舰一毛轻。向来枉费推移力，此日中流自在行。（朱熹《观书有感》其二）

云里烟村雨里滩，看之容易作之难。（李唐《题画》）

上述三诗，《长歌行》和《观书有感》，均为前两句描写物象，后两句直接说理；李唐《题画》是上句描写物象，下句说理。

2. 先理后象

先说明理意，然后通过对物象的描写或事象的叙写，进一步形象地说明理意。如下：

闲来无事不从容，睡觉东窗日已红。（程颢《偶成》）

便觉眼前生意满，东风吹水绿参差。（张栻《立春偶成》）

少年易老学难成，一寸光阴不可轻。未觉池塘春草梦，阶前梧叶已秋声。（朱熹《偶成》）

上述三诗，程颢《偶成》和张栻《立春偶成》二诗，均为上句说理，下句描写物象；朱熹《偶成》，是前两句说理，后两句描写物象。

(二)理寓象中

“理寓象中”，是理趣诗最典型的说理方式，指诗人把现实世界所触发感悟之理，通过对具体物事的形象描写来表现。读者阅读时需要“由象悟理”，即通过诗中的具象来发觉或体悟其中之理。根据“理”在象中的显隐情况，大致可以分为理隐于象和理显于象。

1.理隐于象

“理隐于象”，指理完全融于物象或事象的描写中，读者不易发觉理意，需从象外之意去咀嚼领悟其中之理。理与象交融合一，构成了理趣浑然的艺术境界。正如清人潘德舆所说：“理语不必入诗中，诗境不可出理外。”[①]

“理隐于象”，通常“寓理之象”作为诗歌景或事的组成部分，读者如果不作理意的挖掘，也不妨碍诗歌字面意义理解。如王安石《江行》中“青山缭绕疑无路，忽见千帆隐映来”、朱熹《春日》中“等闲识得东风面，万紫千红总是春”等。我们再举苏轼诗两例：

水光潋滟晴方好，山色空蒙雨亦奇。欲把西湖比西子，浓妆淡抹总相宜。(《饮湖上初晴后雨》)

竹外桃花三两枝，春江水暖鸭先知。蒌蒿满地芦芽短，正是河豚欲上时。(《惠崇春江晚景》)

《饮湖上初晴后雨》描写了西湖初晴及后雨的景色，后两句以拟人手法形容西湖之美，实际上隐含着一个道理，即真正美的事物与外在的修饰没有关系。《惠崇春江晚景》是题画诗，诗人根据画意生动形象地展现了春江美丽的景色，也可视为写景诗。“春江水暖鸭先知”一句，蕴含着一个普遍真理：只有经常和某种事物相接触，才能最敏锐地发现它细微的变化。

有些禅趣诗，以自然景物的描写表达某种禅意，其中之理通常不易被发

①(清)潘德舆《养一斋诗话》,《续修四库全书》第1706册,上海古籍出版社,第195页。

觉。如下：

空山不见人，但闻人语响。返景入深林，复照青苔上。（王维《鹿柴》）

宜阳城下草萋萋，涧水东流复向西。芳树无人花自落，春山一路鸟空啼。（李华《春行即兴》）

《鹿柴》描写了幽静的山林之景，前两句以有声反衬空寂，三四句以光亮反衬幽暗，从幽深进而至光亮之境，正是修禅中豁然开朗的过程。《春行即兴》描写春行所见，“花自落”“鸟空啼”衬托出一个幽静空寂之境，诗中渗透着禅趣。

在人们的日常生活中，蕴含着许多习见的自然规律或生活哲理。当形象地写景述事时，理意随之寓于其中。如下：

应怜屐齿印苍苔，小扣柴扉久不开。春色满园关不住，一枝红杏出墙来。（叶绍翁《游园不值》）

交流四水抱城斜，散作千溪遍万家。深处种菱浅种稻，不深不浅种荷花。（阮元《吴兴杂诗》）

《游园不值》写诗人游园而没有进园的所见所感，因无法看到园中之景，唯有出墙的一枝红杏引发其想象，“春色满园关不住，一枝红杏出墙来”，既表现春色的生机盎然，又隐含着一个道理，即新生事物禁锢不住，必能冲破束缚而蓬勃发展。《吴兴杂诗》描写了溪水种菱的生活图景，诗人以平实的语言叙述日常劳动，“深处种菱浅种稻，不深不浅种荷花”，也蕴含一个深刻的道理，即从客观条件出发，因地制宜，方能取得更好的成果。

2.理显于象

“理显于象”，指诗歌的说理意识较为显露，读者通过象的描述或诗中某些提示，能够感觉到其中之理。“理显于象”，尽管诗歌侧重于说理，但理意没有直说，仍是通过象来表现，这与“理与象并”不同。

“理显于象”，多用议论的方式来呈现象中之理，前面我们引用的苏轼的《题西林壁》《琴》等诗都属于这种情况。我们再举两例进行说明：

新花朝竞妍，故花色憔悴。明日花更开，新花何以异。（梅尧臣《对花有感》）

山近月远觉月小，便道此山大于月。若有人眼大如天，当见山高月更阔。（王阳明《蔽月山房》）

《对花有感》选择“花”这一物象，但没有具体描写花形神体态，也没有借花以抒情，而是句句论述花的变化，以此说明事物的迅速变化。《蔽月山房》选用山、月两个物象，论述人在不同方位对山、月大小的感觉变化，启示人们，要想看到事物的本质，就必须变换角度，多维度地去认识事物。

如果象中之理不主要以议论出之，但在诗题或诗中有所说明，读者由此容易发现其理，这也可称为“理显于象”，如下：

半亩方塘一鉴开，天光云影共徘徊。问渠那得清如许？为有源头活水来。（朱熹《观书有感（其一）》）

人生到处知何似？应似飞鸿踏雪泥。雪上偶然留指爪，鸿飞那复计东西！（苏轼《和子由渑池怀旧》）

朱熹着力描写方塘水的清澈明亮和天光云影映衬下的水景之美，并且用拟人手法与方塘问答，构成一个发人深思的意境。不过，我们从诗题《观书有感》可知，朱熹意在表达他对读书的理解，即读书就是提高人修养能力的源泉。苏轼诗开篇表达自己意欲阐述人生境遇，之后以雪泥鸿爪的形象描述说明这个道理，理虽寓象中，但读者容易明白所说之理。

（三）象暗合理

“象暗合理”，指诗人无意说理，或者诗歌并不主要为说理，但是在写景抒情中又确实体现出某种理意。“象暗合理”，诗歌也常常会呈现出景中有情、象中有理的浑然交融的境界。

有些诗歌因情而发，诗人无论写景或叙事，主要是服务于抒情的目的。但是由于诗人在对物象或事象的描述中，能够把握事物的本质规律，故虽无意说理，但理意自现。如杜甫的《望岳》：

岱宗夫如何？齐鲁青未了。造化钟神秀，阴阳割昏晓。荡胸生层云，决眦入归鸟。会当凌绝顶，一览众山小。

这首诗前三联描绘了泰山高大巍峨的气势和神奇秀丽的景色，自然流露出了对祖国山河的热爱之情。尾联“会当凌绝顶，一览众山小”，进一步突出了泰山的高峻独立的雄姿和雄视一切的气势，表现出诗人不畏险阻、傲视天下的雄心和气概；同时又蕴含着站在至高处可以俯视一切的自然之理和人生之道。

由于诗人旨不在说理，象暗合的理意和诗人欲表达的意义有时候不尽相同，尤其是理意在后人的阅读中不断被引用发挥，已经超出了诗人原来的本意，由此，诗歌具有了“形象”大于“思想”的特点。如白居易《赋得古原草送别》：

离离原上草，一岁一枯荣。野火烧不尽，春风吹又生。远芳侵古道，晴翠接荒城。又送王孙去，萋萋满别情。

诗歌前四句历来被作为说理名句，用以说明事物的兴衰变化和生命力量。但是，这四句并非为了说理，而是借景抒情。从诗题来看，此诗是通过描写草来抒发与好友的惜别之意；从意象角度来看，春草是一个凝定着送别和相思之情的意象，写草的一年一度生长，比喻与友人离别的愁思之多；而且从诗歌尾联中借用《楚辞》“王孙游兮不归，春草生兮萋萋”的典故，也可以印证白居易诗主要是写离别之情。

类似的情况还不乏其例。如李商隐《无题》诗，颔联“春蚕到死丝方尽，蜡炬成灰泪始干”，是为了表明相思愁苦的长久和爱情的至死不渝，现在用以来赞颂持之以恒、默默无闻的奉献精神。辛弃疾《青玉案・元夕》最后四句“众里寻他千百度。蓦然回首，那人却在，灯火阑珊处”，与词前面渲染的元夕的热闹景象形成鲜明的对比，反衬出一个不肯随波逐流、自甘淡泊的女性形象，主要用以寄托诗人矢志不渝、不肯同流合污的情志。这四句还被用来说明执著追寻的东西会在不经意时出现之理。王国维又用以描述人生追求的第三境界，乃为慧眼识理、匠心独运。这种情况，后人发明之理意已经超越或背离了诗人原意。

附:鉴赏示例

定风波

苏 轼

三月七日，沙湖道中遇雨。雨具先去，同行皆狼狈，余独不觉。已而遂晴，故作此词。

莫听穿林打叶声，何妨吟啸且徐行。竹杖芒鞋轻胜马，谁怕，一蓑烟雨任平生。

料峭春风吹酒醒，微冷，山头斜照却相迎。回首向来萧瑟处，归去，也无风雨也无晴。

“定风波”，词牌名，原为唐代教坊曲。又名“定风流”“定风波令”等。“定风波”有中调和长调两种，《词谱》列中调八体，正体双调六十二字，上阕五句，三平韵，两仄韵；下阕六句，四仄韵，两平韵。苏轼的《定风波·莫听穿林打叶声》，属正体。

词有小序。从序中能获知关于作者和创作的许多信息：时间是三月七日，地点是沙湖道中。创作起因是苏轼与友人出游在道中遇雨。据考证，这首词作于神宗元丰五年（1082），即苏轼因“乌台诗案”到黄州的第三年。

词的上阕，写苏轼在途中遇雨后的态度和行为选择。

“莫听穿林打叶声，何妨吟啸且徐行。”“穿林打叶”，把雨声以视觉和听觉结合的方式表述，给人留下深刻印象。“穿”和“打”，既显示急雨骤来的肆意纵横的特征，又表明了雨的迅猛和力度；“林”与“叶”，物象鲜明，易让人联想在骤雨的穿打中竹竿横斜摆动、竹叶下垂甚至破损的形态。词人不是置身其外在欣赏雨景，而是和友人都像竹子一样正在雨中，因此写骤雨中的林叶也就是在写雨中之人。对于“穿林打叶”之雨声，苏轼用“莫听”两字表明了自己的态度，即不要听、也不用管雨如何肆虐，同时也像是苏轼对友人甚或对读者的劝告。接下去苏轼要采取什么措施来应对这骤雨呢？苏轼态度非常明确，就是“何妨吟啸且徐行”。“何妨”，即不妨，用反问的语气表述，带有自我欣赏和鼓励同伴之意思。“吟啸且徐行”，不仅要在雨中放声高歌，而且还要放慢脚步从容行走，“吟啸”表现出其潇洒与轻松，“徐行”表现出其泰然与从容。这是苏轼坚定地应对不期之雨的心态表现，与一般人通常遇到此种情况的反应完全不同。苏轼在评柳宗元的《渔翁》一诗时，曾用“反常合道”一语，用此语来评述他的行为态度也是非常合适的，只不过这所合之“道”是苏轼所认定和信奉的生活之道。

“竹杖芒鞋轻胜马，谁怕，一蓑烟雨任平生。”承接上文，苏轼说明雨中作出选择的原因，并且进一步表明了决心。之所以“吟啸且徐行”，是因为自己有“竹杖芒鞋”。“竹杖”“芒鞋”虽非遮风避雨之器具，但借助它们能稳定地行走，不至于在风雨中被打倒，这要比“骑马”更轻松、更自在。接着，苏轼再一次反问“谁怕”，即坚定地表示“不怕”风雨，并且还要一直“一蓑烟雨”地走下去。苏轼词的高明之处就在于，他不是以干巴巴的语言进行说理议论，而是把理寓于生动具体的物象之中。由于这些物象成为可承载多种意蕴的意象，我们的解读就会出现多元化。如“马”，在此不仅仅指骑乘工具，应该还有“官场”“功名利禄”等象征意义；“竹杖”“芒鞋”“一蓑”也可成为“江湖”“自在之物”的象征；而“风雨”“烟雨”就不仅限于自然界的风雨，也可指社会、人生的风雨打击了。

如此，我们再来理解苏轼词的上阕，就会得出一种人生启示：人们不要在意任何自然、社会、人生中的挫折和打击，应该自由高歌、从容行进。因为凭借我们自己的内在信念和可利用的外在条件，能够远远摆脱功名利禄的诱惑和束缚，在任何时候都能战胜困难，潇洒乐观地坚定地走下去。

词的下阕，写雨后天晴之时，苏轼在新的环境下态度变化和行为选择。

“料峭春风吹酒醒，微冷，山头斜照却相迎。”“吹酒醒”，既呼应了上文的遇雨是在醉酒后，又表示下文雨晴之后的选择是清醒而理智的。风雨来得快，走得也快。现在，词人面对新的环境是什么呢？一边是“料峭春风”，带来寒意；一边是“山头斜照”，富有暖意。两相对比明显，同时又能共存相融。“山头斜照”是自然风景，又蕴涵着光明、前途、目标等充满希望的东西；“料峭春风”，相比“夕照”，要复杂一些，因为“春风”能带来生机，是积极的外力，而“料峭”又给人带来寒意，表示新的困难和挫折等。因此，这三句类似一幅颇有深蕴的图画，既是春天自然界的晴雨冷寒的具体的呈现，也是社会、政治、人生等方面变化的形象反映。由此来说明，自然和社会的一切风雨，都是或晴或雨、或冷或暖，变化不定。

“回首向来萧瑟处，归去，也无风雨也无晴。”“萧瑟处”，既指自然界风雨，又可隐喻险恶宦途；“归去”，既是回家，又有“归隐”之意。最后一句，又翻出奇意。面对“风雨”，我们不予理睬，这好理解；但是，对于“晴天”，似乎应该表示欢迎。但是对于苏轼而言，当再次回望遇雨之地，他不仅没有因“风雨”而悲，也不因“晴朗”而欣喜。这已经是一种摆脱外物的平静，是了彻人生之后的新的超越，充分表现出苏轼外儒内道的旷达情怀。

由此，我们从下阕中也不难发现其哲理意蕴，即在自然、社会、人生中，一切事物都会发生变化，我们要做到不以物喜，不以己悲，真正地实现内心的平静。

苏轼此词写景、述事、抒情、言理，浑然交融，历来被引为佳作。上述对这首充满理趣的词的解读，基本上是按照从“自然风雨”到“生活遭遇”再到“人生态度”的由外及内的思路，尽管未必能真正理解词人的本意，但我们在尊重的文本基础上，还是希望不断发掘诗词中蕴含的人生智慧。

第七章　诗法分析与诗艺传统

“诗法”主要指诗歌的创作方法、规律、技巧等，是传统诗学的重要内容。诗歌在产生初期本无所谓法则，随着诗歌的发展，“诗法”逐渐确立并日益繁密。对诗歌创作方法的阐释，可以追溯到西周讲“六诗”[①]时；至南朝《文心雕龙》《诗品》，开始系统总结论述文学创作的特点和规律；唐代之后，出现了许多专门论述“诗格”“诗法”的著作。“诗法”是创作者和诗论家对已有的诗歌创作实践的规律和方法的提炼和总结，反映了古人诗歌创作的艺术追求，对于诗词创作和鉴赏评论有着重要的借鉴意义。

一、比兴寄托

“比兴寄托”，又称“兴寄”，是中国古代重要的诗学理论，也是中国古典诗词创作的重要传统。“比兴寄托”强调诗人运用比兴手法，借物寄情，因事托意，使诗歌不仅内涵丰富、寓意深刻，而且含蓄蕴藉、耐人寻味。

（一）比兴与寄托

1.关于比兴的阐释

“比兴”手法产生于《诗经》，后人关于“比”“兴”的阐释众说纷纭，

①《周礼·春官》载：“（大师）教六诗：曰风、曰赋、曰比、曰兴、曰雅、曰颂。”

影响较大的主要有修辞说、美刺说、发生说三类。

修辞说可追溯到汉代，如郑众认为，“比者，比方于物”，“兴者，托事于物”①。他把“比兴”手法和客观物象联系起来，认为“比”是以此物比方于彼物的比喻手法，“兴”是托外物表意的一种表现手法。“修辞说”以朱熹解释影响最大，“比者，以彼物比此物也”，“兴者，先言他物以引起所咏之辞也”②。朱熹所谓的“比”，与郑众的解释几同；但对于“兴”的阐释更侧重于外物与所咏之事的关系。

美刺说以郑玄笺注最典型：“比，见今之失，不敢斥言，取比类以言之。兴，见今之美，嫌于媚谀，取善事以喻劝之。”③他把《诗经》比兴与美刺、教化联系起来，而且以这种方式来解诗，如把爱情诗《关雎》说成表现“后妃说乐君子之德”等，这种政治化的解释不免有点牵强附会。不过，郑玄把“比兴”提到美刺讽喻的高度，对唐代陈子昂“兴寄说”、白居易“美刺比兴”说，具有启示作用。

发生说侧重“比兴”的缘起和功能。如刘勰《文心雕龙·比兴》认为：“比者，附也；兴者，起也……起情故兴体以立，附理故比例以生。”④刘勰把“比”与“附理”、“兴”与“起情”联系起来，不仅指出“比”“兴”的发生原因，而且也强调“比”“兴”的艺术功能。宋人李仲蒙认为：“叙物以言情谓之赋，情物尽也；索物以托情谓之比，情附物者也；触物以起情谓之兴，物动情者也。”⑤与刘勰所谓的比“附理”、兴“起情”不同，李说更突出“比兴”的抒情功能。钱锺书对此概括：“比为索物托情，兴以触物起情。”⑥

---

①(清)阮元校刻《十三经注疏·毛诗正义》，中华书局，1980年，第271页。

②(宋)朱熹《诗经集传》，《朱子全书》第1册，上海古籍出版社、安徽教育出版社，2002年，第406页、402页。

③(清)阮元校刻《十三经注疏·毛诗正义》，中华书局，1980年，第271页。

④(南朝梁)刘勰著、范文澜注《文心雕龙注》，人民文学出版社，1958年，第601页。

⑤(宋)胡寅《斐然集》卷十八《致李叔易》，《全宋文》第189册，上海辞书出版社，第336页。

⑥ 钱锺书《管锥编》，中华书局，1979年，第62页。

2. 比兴与寄托融合

唐代在前人论述的基础上，把“比兴”发展为“兴寄”。如陈子昂在《与东方左史虬修竹篇并序》中批评齐梁诗风“采丽竞繁，而兴寄都绝”，元稹在《叙诗寄乐天书》中批评唐初“沈、宋之不存寄兴”等。所说“兴寄”或“寄兴”，也就是“比兴寄托”。唐人所说的“比兴”，不仅仅指创作手法，还兼有对内容方面的要求。如陈子昂等人倡导诗歌“言之有物”，明确提出“兴寄”要求，并以其指导创作实践；白居易提出“美刺兴比”观点，强调诗的寄托讽喻功能，对后世诗词创作和评论产生了深远的影响。

唐代之后，“兴寄”不仅成为诗人创作中的一个重要创作原则，也成了评诗的一个重要标准，如宋人鲖阳居士解读苏轼《卜算子》(缺月挂疏桐)，字笺词解皆求寄意，就是典型例子。明代开始，比兴与寄托联系起来，如李东阳谓：“所谓比与兴者，皆托物寓情而为之者也。”[①]清代以张惠言为代表的常州词派，强调词作的比兴寄托的重要性，并在说词时极力寻求词作的微言大义。其后，周济进一步推衍，认为“寄托”即是“比兴”的艺术思维和表现手法在创作中的运用，提出了“非寄托不入，专寄托不出”的著名论点。“比兴”与“寄托”俨然成为同义词可替代使用了。

综上来看，“比兴”与“寄托”关系比较复杂。从历史发展来看，寄托源于比兴，是继承比兴的传统发展而来，又不完全同于比兴；从文学表现来看，比兴多有寄托之意，但有些比兴只是诗词局部运用的手法，并不具有寄托之意。不过，寄托要用比兴手法，可以说凡有寄托之意的诗词都离不开比兴的运用。特别是自唐代起，“比兴”“兴寄”“寄托”多通用。我们以“比兴寄托”或“比兴”，概言运用比兴手法来寄托某种思想感情的创作传统。

(二)寓意于物

比兴寄托的一个重要模式就是寓意于物。由于自然界事物品性特征与人的气质特点、人格意志等有相通或者相近之处，诗人经常通过吟咏或描写某

---

①(明)李东阳著、李庆立校释《怀麓堂诗话校释》，人民文学出版社，2009年，第80页。

些事物，来间接地表达情志追求。根据所咏之物在全文中分量、地位不同，又可以把寓意于物分成两种情况：一是物象表意，即文中出现某一物象，但并非文中吟咏的主要对象，而是全文比兴结构的组成部分；一是咏物言志，即全文旨在吟咏某物，以咏物来抒情言志。

1. 物象表意

《诗经》中有不少篇章涉及鸟兽草木，这些事物在诗中多用于“兴”或“比”：或借描写事物来起兴抒情，如“关关雎鸠”“桃之夭夭”“杨柳依依”等；或用形象事物比喻说明某些事理，如“我心匪席，不可卷也”“硕鼠硕鼠，无食我黍”；或比兴兼用，如“桑之未落，其叶沃若。桑之落矣，其黄而陨”。总体来看，《诗经》的“兴”和“比”区别较为清楚，而且用于比方或起兴物象多是直接的、随意的，与所表之意没有建立固定的对应关系。

《离骚》大量使用比兴手法，其“比”与“兴”区别不太清晰，或者说单纯的“兴”基本没有，多是“比”和兼有“兴”的“比”。而且，《离骚》中的用于比兴之象，已经具有较为固定的意义，大量的表意物象叠加，构成诗歌的比兴系统。正如王逸在《楚辞章句》中所言：

《离骚》之文，依《诗》取兴，引类譬谕。故善鸟香草，以配忠贞；恶禽臭物，以比谗佞；灵修美人，以媲于君；宓妃佚女，以譬贤臣；虬龙鸾凤，以托君子；飘风云霓，以为小人。①

《离骚》将比兴手法用于政治讽谏和个人抒怀，正如《文心雕龙》所言：“楚襄信谗，而三闾忠烈，依诗制骚，讽兼比兴。”②由此开创了以“香草美人”来抒情言志的比兴创作传统，后世或托香草美人以寄骚人墨客的志向追求，或拟思妇怨女以寓放臣逐子的失意不满。

诗词创作中比兴寄托的运用，逐渐形成了寓意于物的典型方式，这种寄托着情思意志的物象，即本文第四章所说的意象。在此不再赘述。由于比兴不直接说明寓意，所用意象本身具有阐释的多种可能，读者在进行解读时，

①（东汉）王逸《楚辞章句》，《文渊阁四库全书》集部第1062册，台北商务印书馆，第3页。
②（南朝梁）刘勰著、范文澜注《文心雕龙注》，人民文学出版社，1958年，第602页。

往往会发掘出许多作者没有想到或与作者本意相悖的结果。因此，运用比兴寄托阐释诗词要多加注意。

2. 咏物言志

咏物言志之作，也可以追溯到先秦。不过，《诗经》以咏物为主的诗歌很少，相较而言，《桧风·隰有苌楚》可看作一首咏物言志的诗。诗共三章，描写苌楚这种植物在湿地里成长，枝叶繁茂鲜亮，诗人感慨不能像苌楚这样无知无欲地生活，“夭之沃沃，乐子之无知”。

屈原的《九章·橘颂》可以称为中国咏物诗的先祖。诗歌不仅具体描写了橘树的形态和习性，而且热情赞颂橘树的内在品质，由此诗人表达以橘树为师、生死相交的愿望。诗中句句颂橘，实际上以物比人，无论是“独立不迁”“深固难徙”的坚定意志，“苏世独立”“闭心自慎”的修身方式，还是“秉德无私”“淑离不淫”的高尚品格，都无不表达诗人对一切美好品质的追求，或者说是诗人身处逆境、不改操守的精神之象征。

唐代开始，咏物诗走向了繁荣。据胡大浚统计，《全唐诗》咏物诗达到6789首，占据《全唐诗》的十分之一多；唐代诗人咏物诗百首之上的多达12人，除了著名诗人如李白、杜甫、白居易、韩愈、刘禹锡、元稹、李商隐外，还有李峤、皮日休、陆龟蒙、齐己、徐夤。[①]

唐代咏物诗出现许多名篇，大都用了比兴寄托的表现手法。如张九龄《感遇》其七，诗取屈原《橘颂》之意，以丹橘的形象和秉性来喻指自己的高尚品格；丹橘为重山深水所阻隔，无法荐之于嘉宾，亦可视为诗人仕途坎坷的写照。杜甫的不少咏物诗都被认为有所寄托，如其五言律诗《孤雁》，描写了孤雁“不饮啄”的傲骨、“飞鸣声念群”的执著、“相失万重云”的孤独、“哀多如更闻”的伤痛，体物精妙，赞中有哀，悲中有壮。孤雁实际上是诗人的象征，孤雁的哀鸣失群，喻示诗人在乱离中颠簸漂泊的处境和心情；孤雁的穿飞念群，又表现了诗人在孤独中的追求和执著。

---

①胡大浚、兰甲云《唐代咏物诗发展之轮廓与轨迹》，《烟台大学学报（哲学社会科学版）》，1995年第2期。

宋代咏物诗词不仅数量剧增，咏物取材的范围也更加宽广，而且还表现出对梅花的挚爱。据徐文卿统计，《全宋词》中咏物词3011首，占宋词总数的14.20%，所咏之物达250余种；其中植物类共2419首，占咏物词总数的80.34%；尤以咏花词为富，多达2189首，占咏物词总数的72.70%，所咏之花多达58种；在咏花词中，咏梅词1041首，占咏物词的34.57%。又据程杰统计，宋代梅花题材之诗4700多首，占《全宋诗》1.85%。由此可见，咏物诗词尤其是咏梅词在宋代诗词中的地位。[①]

宋代咏梅诗词出现了许多脍炙人口的作品，从不同方面来阐述梅的特征，并借以表达自己志怀品格。如林逋七言律诗《山园小梅》二首，描写了梅花特有的姿态之美和内潜的品性之美，并用梅传达自己孤高幽逸的生活情趣，其中“疏影横斜水清浅，暗香浮动月黄昏”成为千古名句。王安石绝句《咏梅》沿用林逋诗中梅“暗香”之意，但更突出其“凌寒独自开”的孤高无畏的品质。陆游词《卜算子·咏梅》，孤独中更有愁苦，“已是黄昏独自愁，更著风和雨”；磨难中仍有坚持，“零落成泥碾作尘，只有香如故”。而到张道洽《对梅》，“孤灯竹屋霜清夜，梦到梅花即见君”，诗中不再直接咏梅，梅花成为诗人倾诉的对象，这实际上成为咏怀诗了。

明清时期，咏物诗词长盛不衰。单纯描摹情态的咏物诗很少见，诗人借咏物来言志成为典型的创作手法。可以说咏物言志是贯穿古代诗词创作的重要艺术传统。

3.“咏蝉三绝”比较

说到咏物言志，不能不提“咏蝉三绝”，即虞世南《蝉》、骆宾王《在狱咏蝉》、李商隐《蝉》。晚清施补华《岘佣说诗》指出，虞世南诗“是清华人语”，骆宾王诗“是患难人语”，李商隐诗“是牢骚人语”，三诗“比兴不同”。[②]我们就其比兴方式运用简单比较。

虞世南的《蝉》，前两句“垂緌饮清露，流响出疏桐”，“清露”“疏

①程杰《宋代咏梅文学的盛况及其原因与意义》，《阴山学刊》，2002年第1期。

②（清）施补华《岘佣说诗》，载丁福保辑《清诗话》下册，上海古籍出版社，1978年，第974页。

桐”，以蝉的高洁象征自己的品格；后两句“居高声自远，非是藉秋风”，“声自远”强调声远不是凭借“秋风”的帮助，而是由于自己“居高”的内在追求。诗歌通过蝉的居高声远，说明品格高洁的人，并不需要某种外在的凭借，自能声名远播。

骆宾王《在狱咏蝉》，作于诗人被囚系在狱中，特殊的背景使本诗与一般的咏物诗有别，蝉不仅是所咏的对象，更是诗人倾诉的对象。“西陆蝉声唱，南冠客思深”，诗人秋天在狱中听到蝉声，本就愁思难解；“不堪玄鬓影，来对白头吟”，联系到“玄鬓”对“白头”，更加一层迟暮悲哀；“露重飞难进，风多响易沉”，诗人表面在咏蝉，实写自身的处境。但是，更可悲的是，“无人信高洁，谁为表予心”，诗人也只能对蝉辩白，以明心志。

李商隐《蝉》，开篇没有任何铺垫，直接点明了蝉大声悲鸣也是徒劳的原因，“本以高难饱，徒劳恨费声”。三四句又由蝉鸣转到逐渐不鸣，“五更疏欲断，一树碧无情”，为此诗人埋怨树的无情，实则感慨所托身者却不荫庇自己。颈联打破了咏物诗的限制，抛开蝉而述己经历，“薄宦梗犹泛，故园芜已平”。最后又回到蝉上，“烦君最相警，我亦举家清”，陈述诗人与蝉的亲密关系。

这三首咏蝉诗在比兴手法的运用有所区别。虞世南咏蝉，蝉与诗人合一，诗中不见诗人出现，但蝉实际就是自我化身，这是较为典型的咏物诗。骆宾王咏蝉，总让人感到诗人在场，物我在交流，后半部分逐渐相合。李商隐咏蝉，则从咏蝉起，到诗人离蝉抒情，最后诗人与蝉并列，实非严格意义的纯咏物之诗。

（三）女性代言

比兴寄托的另一个重要模式是女性代言，即借男女之情表达身世处境和政治情怀。诗人笔下的女性形象，从其身份特征来看，大体可分为三类：一是“伊人”类，即女性为诗人追求的对象，表现诗人的理想追求或追求不到的失落；二是“怨女”类，即女性为诗人自己的化身，以女性的处境寄寓诗人的怀才不遇或人格品行；三是“妻妾”类，即诗人以女子自谦，含蓄地表达某种心意。

1. 伊人：理想追求

《诗经·蒹葭》抒写了一位“在水一方”的“伊人”形象。“伊人”通常理解为诗人日夜思慕、热切追寻的意中之人。诗人思见心切，望穿秋水，并不懈追求，但因为河水隔绝，道路艰险，诗人想见而不得。由此，“伊人”也成了可望而不可即的追求目标甚或理想的代称。

屈原在《离骚》中也通过三次“求女”的行动，书写了对女性的追慕之情。屈原所追求的女子均为神女，王逸在《楚辞章句》中解释为“女以喻臣”，后人对这些神话色彩的女性作出新的解读，如朱熹认为“神女，盖以比贤君也”；也有人认为其寄托辅佐贤君的政治理想。

曹植《美女篇》中的美女形象，虽延续了屈原“神女”之意，但更多地具有自拟性。倒是其后阮籍的《咏怀·西方有佳人》，更多继承了屈原的“求女”的抒怀模式，“飘摇恍惚中，流眄顾我傍”，“佳人”对我流眄一顾，表示“佳人”与“我”并未合一；而“佳人”的顺风振芳、凌空高翔，正是诗人所追求的生命形式。

李白把“求女”的抒情模式进一步发扬。如《长相思》通篇运用比兴手法，以男女相思的模式，抒写诗人追求的艰难和理想不能实现的苦闷：“美人如花隔云端。上有青冥之高天，下有绿水之波澜。天长路远魂飞苦，梦魂不到关山难。”诗中的“美人”，是诗人执着追求的理想人物，或者说是诗人的政治理想的化身。

2. 怨女：贤士不遇

屈原在《离骚》中，把自己化身为内美外修的美人，但又因“美人迟暮”、受人嫉妒等理想不得实现，这开了以女子表达“士不遇”主题的先河。

汉代《古诗十九首》，主人公多思妇，诗歌中表现的思念与哀愁真挚自然，未必有更多的政治寄托。曹植有不少女子代言诗，由于对生活处境和政治压迫的无奈、悲愤，使他自觉地代拟女子作诗，委婉地倾吐长期郁结的苦闷情感，如反映思妇的《七哀》，写到女子十余年来常常独栖地生活的愁怨和“愿为西南风，长逝入君怀”的渴望，暗喻自己被曹丕父子排挤的政治命运，同时也发出了改变生活处境的诉求。

李白有不少写宫廷怨妇的诗歌，借怨妇与君王的关系比喻臣子的得宠与失宠。如乐府诗《妾薄命》，诗人写了阿娇从昔日的“贮之黄金屋”的备受宠爱，到“长门一步地，不肯暂回车”的遭遇冷落，诗人在感慨女子命运的同时，又表现了对“以色事他人”的深刻思考。

杜甫五言古体诗《佳人》，创新地运用女子代言传统。他以女子自述的方式，描写一个幽居佳人因战乱娘家败落、又遭丈夫遗弃的不幸经历，不过与曹植笔下的怨妇不同，佳人幽居空山之中，与草木为邻，贞洁自守，安然生活。佳人的遭遇，实际上也是诗人不被重用的写照；佳人的“在山泉水清”“日暮倚修竹”的生活态度，也正表现诗人的孤芳高洁、坚定执著的品格。

晚唐秦韬玉的《贫女》，改变了“怨女思君”的抒情方式，托贫女以自况，历来被认为是寄托贫士不遇的代表之作：

蓬门未识绮罗香，拟托良媒益自伤。谁爱风流高格调，共怜时世俭梳妆。敢将十指夸针巧，不把双眉斗画长。苦恨年年压金线，为他人作嫁衣裳。

《唐诗鼓吹注解大全》《山满楼笺注唐诗七言律》《唐诗别裁集》等，均谓此诗为贫士写照。《唐诗选脉会通评林》具体评曰：“此伤时未遇，而托‘贫女’以自况也。首联喻己素贫贱，不托荐以求进。次联喻有才德者，见弃于世。二句一气读下，若谓世俱好修容者，谁人能怜取俭饰之士也。第五句见不以才夸人。六句见不以德自骄。末伤己少有著述措置，徒供藉人作进阶耳。”①

由美人自伤，到怨女思君，再到贫女自况，虽然女子的身份有别，但均以女子的身世遭遇以自喻，表达有才能之士却不受重用的主题。

①参见陈伯海主编《唐诗汇评》，浙江教育出版社，1995年，第2826页。

3.妻妾：文人自谦

既然男女可比喻君臣关系，这种男尊女卑的观念，又衍化为诗歌创作的一种新的男女模式，即诗人自拟妻妾，而以夫君指长者、上级、朋友等。

张籍有诗《节妇吟·寄东平李司空师道》，从题目可知，诗人以节妇自比，是在李师道面前自谦。李师道是实力最强的藩镇之一，他希望聘张籍做幕僚，张籍不愿接受，又不敢得罪对方，故以诗表意。诗中写道“君知妾有夫，赠妾双明珠”，“还君明珠双泪垂，恨不相逢未嫁时”，委婉地表示自己如有夫之妇不能答应聘请。张籍用女子代言的方式诗巧妙地辞谢，既不失节又不伤人。

张籍也被人以夫婿尊称过，这就是朱庆馀的《近试上张水部》。从字面意思来看，这是一首闺意诗，写刚出嫁的新娘梳妆打扮准备拜见公婆之事，实际上正是巧妙运用女子代言的方式来含蓄表达自己的愿望。朱庆馀在科举考试前以诗上张籍，希望对方能够推荐自己，但又不明说，故以新娘自比，以夫婿比张籍，以舅姑比主科举者，“妆罢低声问夫婿，画眉深浅入时无”，巧妙地写出了参加科举考试的士子微妙的心理。

比兴寄托的表达方式，重在借助物象、人物等媒介含蓄表意。读者应根据诗词的表达内容、表达方式，并结合诗词创作背景等因素，对其中的寄托之意作出合乎情理的解释，切记不要因务求深意，而过度解释、穿凿附会。

二、情景相生

“情”和“景”是古典诗词构成的两大要素，“景乃诗之媒，情乃诗之胚，合而为诗”①。古代诗人多借助景物描写形象含蓄地抒情言志，“情景虽有在心在物之分，而景生情，情生景，哀乐之触，荣悴之迎，互藏其宅”②。因此，情景关系的处理就成为诗歌创作的关键，也是评价诗歌优劣的主要标

①(明)谢榛《四溟诗话》,载丁福保辑《历代诗话续编》,中华书局,1983年,第1180页。
②(清)王夫之著、戴鸿森笺注《姜斋诗话笺注》,人民文学出版社,1981年,第34页。

准。情景相生表现形式多样，根据景物、情感的相互作用，大致分为触景生情、缘情写景、以景衬情三类情况。

(一)触景生情

“触景生情”，指诗人在特定景物的触动下，引发了相关的情思和感悟。古人很早就认识到外界之物对人情志的感发作用，如《乐记》认为“人心之动，物使之然也”，认为音乐产生在于外物使人心动。诗歌创作也多源于外在的景物、人事对人情感启发和触动，对此论者多有阐述：

遵四时以叹逝，瞻万物而思纷，悲落叶于劲秋，喜柔条于芳春。（陆机《文赋》）

人禀七情，应物斯感，感物吟志，莫非自然。（刘勰《文心雕龙》）

气之动物，物之感人，故摇荡性情，形诸舞咏。（钟嵘《诗品序》）

人受外物的感发，在情感和心灵上有所触动，就会产生相应的情感变化。这种“物感”的观点，李泽厚认为在于人与自然、情感与对象之间具有“某种相映对、相呼应的形式、结构、秩序、规律、活力、生命”[①]。由于人与物的情感结构的共通性，当外物触发主体情思时，实际上主体也将主观情感融于外物，诗歌创作在一定意义上而言，正是外物与主观情思相互交融、互动生成的过程。

诗人对于外物的感受非常敏锐，在外物的触发下，情动于中而形于言，从而引发诗歌创作活动。有些诗歌写出了景生发情的过程，如下：

轻叶随风转，飞鸟何翻翻。乖人易感动，涕下与衿连。（刘桢《赠徐干》）

皋兰被径路，青骊逝骎骎。远望令人悲，春气感我心。（阮籍《咏怀》之十）

愁因薄暮起，兴是清秋发。（孟浩然《秋登万山寄张五》）

一上高城万里愁，蒹葭杨柳似汀洲。（许浑《咸阳城东楼》）[②]

①李泽厚《审美与形式感》,《文艺报》,1981年第6期。

②一作《咸阳城西楼晚眺》。

谁道闲情抛掷久，每到春来，惆怅还依旧。（冯延巳《蝶恋花》）

景物触发人的情感志意，一方面是由于其外在的形态、特征等与人有共通性，另一方面还在于物象在历代运用过程中，其本身也积淀了基本的情感内涵。当文人看到某一景物，会自然唤起自己对某一种特定的情感的体验，如暝色生愁、登楼怀远、见月思乡、临水叹逝、晚春惆怅、秋日悲寥等，由此形成了许多古典诗词的创作传统。

以暮色生愁为例，我们来分析触景生情的抒情传统。农耕文化铸就了古人留恋家园、依恋故土的心理，而“日出而作，日入而息”的农耕生活中，斜阳日暮又成为回家的标示。因此，漂泊的游子面对夕阳暮色，便产生回乡归家的强烈愿望与伤怀之感。这种抒情传统，可追溯到《诗经·王风·君子于役》：“鸡栖于埘，日之夕矣，羊牛下来。君子于役，如之何勿思？”后代逐渐形成了暝色生愁的写作模式。如下：

移舟泊烟渚，日暮客愁新。（孟浩然《宿建德江》）

日暮乡关何处是，烟波江上使人愁。（崔颢《黄鹤楼》）

暝色赴春愁，[①]归人南渡头。（皇甫冉《归渡洛水》）

花前洒泪临寒食，醉里回头问夕阳。（韩偓《夕阳》）

折柳城边起暮愁，可怜春色独怀忧。（赵嘏《忆山阳》其二）

可堪孤馆闭春寒，杜鹃声里斜阳暮。（秦观《踏莎行》）

夕阳西下，断肠人在天涯。（马致远《天净沙·秋思》）

当诗人在傍晚时，或是目之所及触发了思乡的愁绪，或是日暮本身引起他对前人作品中暝色生愁的联想。清许瑶光写道：“鸡栖于桀下牛羊，饥渴萦怀对夕阳。已启唐人闺怨句，最难消遣是昏黄。”（《再读〈诗经〉四十二首》）这精当地总结了这一写作传统形成过程。

以上所举的例子都是情感外显于景，即诗人在诗中既呈现触发情感之景物，也强调景物所触发生成的情感。触景生情还有情感内隐于景的表达方式，即诗人由外物触发的情感，不直接说出来，而是融于景物的描述中。如晁补之《吴松道中》其二：

①“赴春愁”，一说“起春愁”。

晓路雨萧萧，江乡叶正飘。天寒雁声急，岁晚客程遥。鸟避征帆却，鱼惊荡桨跳。孤舟宿何许？霜月系枫桥。

此诗写诗人吴松道中的行程。前两联“晓”“天寒”“岁晚”交代了时间，“雨萧萧”“叶正飘”“雁声急”等描写所见之景，给人凄凉孤苦之感。后两联先描写舟行时船帆、双桨惊动了江上之鸟和江水中之鱼，意在突出水行之孤单，“霜月”“枫桥”又让人联想到张籍《枫桥夜泊》中的“愁眠”。诗人没有直接表明思乡之愁，但在景中无不浸染着愁情。

(二)缘情写景

“缘情写景”，指把情感志意投注景物、借助景物描写进行表现。“触景生情”是先“景”后“情”，而“缘情写景”是先“情”后“景”。根据所写之景的存在形态，缘情写景大致分为移情入景、因情造景两类。

1.移情入景

“移情于景”，是诗人把自己的情感移注到景物中，使本没有生命的景物具有了人的感情。“移情于景”，是诗人常用的抒情言志的方式，唐人戎昱谓“思苦自看明月苦，人愁不是月华愁”（《秋月》）、明人唐志契云“山情即我情，山性即我性”（《绘事微言》），都说明诗人于此已有充分的体认。

“移情于景”，通常用拟人的手法，赋予景物以人的感情，使景物描写更具有人情化色彩。如李白《劳劳亭》后两句：“春风知别苦，不遣柳条青。”春风本来无知无情，却被写得有情有义，它知晓离别之苦，甚至不去吹拂柳，因为柳条变青就意味着要离别。再如杜甫《春望》：“感时花溅泪，恨别鸟惊心。”花本不能落泪，鸟也未必恨别，是诗人赋予它强烈情感，故更能打动人心。这样的例子很多，如下：

岸花飞送客，樯燕语留人。（杜甫《发潭州》）

始怜幽竹山窗下，不改清阴待我归。（钱起《暮春归故山草堂》）

江春不肯留归客，草色青青送马蹄。（刘长卿《送李判官之润州行营》）

蜡烛有心还惜别，替人垂泪到天明。（杜牧《赠别》）

泪眼问花花不语，乱红飞过秋千去。（欧阳修《蝶恋花》）

明月不谙离恨苦，斜光到晓穿朱户。（晏殊《蝶恋花》）

眠沙鸥鹭不回头，似也恨，人归早。（李清照《怨王孙》）

“移情于景”，还经常表现为诗人对物象的自觉选择和组合运用。具体来说，就是诗人从一定的情感出发，选择适合负载情感的物象，并根据情感表达的需要对物象进行组合，构成鲜明的图景，从而含蓄地传达自己的情意。如下：

枫林已愁暮，楚水复堪悲。别后冷山月，清猿无断时。（王昌龄《送张四》）

独怜幽草涧边生，上有黄鹂深树鸣。春潮带雨晚来急，野渡无人舟自横。（韦应物《滁州西涧》）

远书归梦两悠悠，只有空床敌素秋。阶下青苔与红树，雨中寥落月中愁。（李商隐《端居》）

试问闲愁都几许？一川烟草，满城风絮，梅子黄时雨。（贺铸《青玉案》）

实际上，“移情入景”不仅表现在创作发生时，也贯通在创作过程中。即使在发生阶段是“触景生情”，一旦情感被触动活跃起来，又反过来把情感再投射到景物上，使得景与情互为交融、相生相成。因此，“移情入景”是诗人在创作中处理情景关系最基本、最重要的方法。可以说，中国古代抒情诗歌的生长和发展，在很大程度上是按照移情的原则进行的。诗人运用“移情入景”的方式创作，当景物因人的情感的投射而具有了人情人味时，不仅突出了诗人的情感，也往往使作品更为生机盎然。

2. 因情造景

“因情造景”，指诗人从“情”出发，通过想象或虚构之景来表现和传达情感。“移情入景”的“景”，主要指诗人看到或记忆的客观存在的自然景物；而“因情造景”，呈现于诗歌中的景，是诗人用心营造的虚拟之景。

诗人因情造景，最常见的方式是通过对现实之物夸张、变形来传达情感心意。浪漫主义诗人于此得心应手，如李白“黄河之水天上来，奔流到海不复回”（《将进酒》）、“白发三千丈，缘愁似个长”（《秋浦歌》）、“狂风吹我心，西挂咸阳树”（《金乡送韦八之西京》）等，以其大胆的想象和夸张手法，营造了让人惊愕叹服的非凡物象和情景，借以抒发激荡浓烈的情感。现实主义诗人也会因情感表达需要，艺术改变景物的现实形态，如杜甫“吴楚东南坼，乾坤日夜浮”（《登岳阳楼》）、“江间波浪兼天涌，塞上风云接地阴”（《秋兴八首》其一）、“窗含西岭千秋雪，门泊东吴万里船”（《绝句》），都给读者留下深刻的印象。

诗人因情造景，最典型的方式是通过虚构之景来传达情绪心意。李贺的诗歌最具代表性，如“秋坟鬼唱鲍家诗，恨血千年土中碧”（《秋来》）、“博罗老仙时出洞，千岁石床啼鬼工”（《罗浮山父与葛篇》）、“老兔寒蟾泣天色，云楼半开壁斜白”（《梦天》）、“百年老鸮成木魅，笑声碧火巢中起”（《神弦曲》）等。李贺以其神奇的想象力和奇特的构思，随意驱遣着神仙鬼怪，虚构出形象鲜明、虚幻奇诞的艺术图景，将诗歌“凭心造境”的功能发挥到了极致。类似的诗歌如下：

霓为衣兮风为马，云之君兮纷纷而来下。虎鼓瑟兮鸾回车，仙之人兮列如麻。（李白《梦游天姥吟留别》）

蛟龙弄角牙，造次欲手揽。众鬼囚大幽，下觑袭玄窞。（韩愈《送无本师归范阳》）

紫府仙人号宝灯，云浆未饮结成冰。如何雪月交光夜，更在瑶台十二层。（李商隐《无题》）

骑鲸老仙滴诗砚，元气淋漓冰片片。翩然下视世间人，对面有山渠不见。（方岳《寄题龚国录见山阁》）

“移情入景”与“因情造景”，“景”都是由情驱动而生成。不过，“移情入景”，其“景”的选取范围限于客观现实；而“因情造景”，其“景”的选取和构成非常自由，“它不必受现成物象条件所拘限，却可以按心灵表达的需求来自由地拟构物象、营造心境”[①]。但是，自由并非随心所欲，诗人所选的超现实的意象多来自历史传说、寓言故事，对意象的夸张和变形也基于艺术修辞手段的运用，只有所造之景合乎艺术创造规律，才能更好地反映诗人的内在感受和情思。

（三）以景衬情

从发生学的意义上讲，情景引发有着先后次序。但是，在创作过程中，情与景往往交融在一起，其中情占主导地位，景是为了衬托和表现情。根据诗中之景所引发的普遍情感与诗人欲表达情感的合离情况，我们可把以景衬情分为正衬和反衬两类。

1. 正衬

正衬，就是指诗中景物引发的普遍的情感体验，与诗人表达的情感基本一致。人们都有大致相似的情感体验，看到春暖花开、晴空万里，往往会心情愉悦；而听到寒风萧瑟、日暮鸦叫，常常会又一种悲凉或不舒服感，这是一种普遍的、习常的情感体验。前者之景，可称为乐景；后者之景，可称为悲景。以乐景写乐情、以哀景写哀情就是正衬。

古典诗词写愁怨作品为多，以哀景写哀情的手法也最普遍。如暮春花落、夕阳西下、寒蝉凄切、阴雨连绵等时节景象，经常与悲伤的情感连在一起。我们来看李清照《声声慢》：

寻寻觅觅，冷冷清清，凄凄惨惨戚戚。乍暖还寒时候，最难将息。三杯两盏淡酒，怎敌他、晚来风急。雁过也，正伤心，却是旧时相识。

满地黄花堆积。憔悴损，如今有谁堪摘。守著窗儿，独自怎生得黑。梧桐更兼细雨，到黄昏、点点滴滴。这次第，怎一个、愁字了得。

这首词是李清照晚年的作品，词人通过秋天景色的描写来烘托表现自己的哀愁。词前三句，以七组叠字极力抒发“愁”情。其后就是以具体景物的描绘，把心中的凄苦忧戚更进一步形象化表现出来。乍暖还寒、晚来风急，

①陈伯海《“温李新声”与词体艺术之先导》，《江海学刊》，2014年第1期。

天气不好，自然心情不佳；旧时相识之雁过，却无信，更添一份伤心；满地黄花堆积，憔悴衰落，悲苦由此而来；黄昏夜黑、细雨滴打梧桐，让一位年老孤独又敏感的词人不堪忍受。哀景一层层叠加、渲染，使词人的愁绪也达到了极致。

以乐景写乐情也比较常见，如春暖花开、朝日初生、莺啼鸟鸣、雨过天晴等景象，经常与欢欣愉悦的情感连在一起。以王维《山居秋暝》为例：

空山新雨后，天气晚来秋。明月松间照，清泉石上流。竹喧归浣女，莲动下渔舟。随意春芳歇，王孙自可留。

这首诗以空山新雨过后的晚景，来抒发对山居生活的热爱。秋日雨后，本来就清爽宜人；明月隐隐约约透过松林，山村月夜显得那样清幽；泉水流过石板发出的潺潺声响，更衬托空山的幽静；竹林声响，又呈现出浣女乘渔舟的美好图景。前六句写景，既有目之所见，又有耳之所闻，静中有声，静中有动，既有舒适、安闲的静谧感，又有自在、朴实的生活情趣。由此，尾联抒发留恋山居生活之情就水到渠成、自然而发了。

2. 反衬

反衬，就是诗中景物引发的习常的情感体验与诗人要表达的情感不一致或相反。反衬包括以乐景写哀情、以哀景写乐情两种形式。

反衬可追溯到《诗经·采薇》："昔我往矣，杨柳依依；今我来思，雨雪霏霏。"前两句以乐景写哀情，后两句以哀景写乐情，情景反差突出，哀乐之意更为鲜明。王夫之对此写法进行了总结性评价："以乐景写哀，以哀景写乐，一倍增其哀乐。"①也就是说，景反衬情可大为增强艺术表现效果。

以乐景写哀情，常通过渲染景物之美，来反衬愁情。如杜甫《绝句》：

江碧鸟逾白，山青花欲燃。今春看又过，何日是归年？

前两句写景非常有特色。首先以三个鲜明的颜色词"碧""白""青"，让人想到山间景色的绚丽多彩；其次，"欲燃"，更突出了色泽的艳丽和生机勃勃；再加之"江""鸟""山""花"这些描写山水景物的名词的统领，简

①(清)王夫之著、戴鸿森笺注《姜斋诗话笺注》，人民文学出版社，1981年，第10页。

洁的语句绘就一幅充满生意、让人迷恋的春景图。但是后两句，一下子又让我们跌落到游子的思乡愁绪之中。前文景物越美好，越热烈，越能反衬游子的无尽的孤独情绪和痛彻的思乡之情。

再如杜牧《宣州送裴坦判官往舒州时牧欲赴官归京》：

日暖泥融雪半消，行人芳草马声骄。九华山路云遮寺，清弋江村柳拂桥。君意如鸿高的的，我心悬旆正摇摇。同来不得同归去，故国逢春一寂寥！

这首诗前四句写景，后四句述志、抒情。首联两句，“日暖”“泥融”“雪半消”，给我们带来的是春光明媚、万物复苏的信息，“马声骄”“芳草”，又增加了新春伊始的勃勃生机。后四句中，“悬旆”“寂寥”，显然表明诗人心神不宁与孤独冷寂。前后对比再读，更能见出诗人内心的痛苦。

以哀景写乐情，多用哀景来突显诗人的情志。如杜甫《江汉》：“落日心犹壮，秋风病欲苏。”“落日”“秋风”，是衰落、凄凉的之景，而诗人却“心犹壮”“病欲苏”，表现了不屈不挠的意志和老当益壮的情怀。再如钱起《暮春归故山草堂》：

谷口春残黄鸟稀，辛夷花尽杏花飞。始怜幽竹山窗下，不改清阴待我归。

前两句“春残”“鸟稀”“花尽”“花飞”，极力渲染时光逝去、春色不再的凋零和衰残，但后两句，却表现出对幽竹“不改清阴待我归”的欣喜之情。以哀写乐，更表现了诗人高洁、幽独的生活情趣。

需要指出的是，我们所说的正衬和反衬，主要是从文学作品鉴赏出发，把诗中之景所引发的一般情感与诗人的情感进行对比而得出的结论。实际上，从作家创作层面来看，诗人的情绪志意往往决定着景的情感色彩，正如吴乔《围炉诗话》中所言：“景物无自生，惟情所化。情哀则景哀，情乐则景乐。”[①]同一景物在不同的诗人或者同一诗人的不同心态下，常会蕴含不同的情感指向，如“柳”，既能表达喜悦之情，也能传达愁思之苦，而这主要

①(清)吴乔《围炉诗话》，载郭绍虞编选《清诗话续编》，上海古籍出版社，1983年，第478页。

取决于诗人的心情。因此，与其说“反衬”是诗人有意采取的一种修辞方式，倒不如说是诗人创作时移情入景、景随情迁的典型表现。

三、移觉通感

移觉，指一种感官的感觉引起另一种感官的感觉从而发生感觉转移；通感，指不同感官的感觉交互沟通。移觉与通感密不可分，移觉是通感的前提，通感是移觉的结果。在文学创作中，作家通常因联想引起感觉转移，将本来描述一种感觉的词语移用来表示其他感觉，由此把不同感官的感觉沟通起来，这种修辞手法称为移觉或通感。

人的生理感觉，主要有听觉、视觉、嗅觉、味觉、触觉、动觉等。文学创作中，两种或两种以上的感觉发生转移沟通，都可称为通感，其中常见的有听觉、视觉、嗅觉转移到其他感觉。

(一)听觉的转移

声音直接给人以刺激，不同寻常的声音会引发其感觉的转移。由于声音的时间性和无形性，人们在描述声音时，除了以一种习常的声音描摹外，常会赋予其所引发的视觉形象或其他感觉形态，从而用语言生动真切地传达出声音效果。

听觉移为视觉，是最为常见的通感手法。主要分为两种情况：一是以形写声，即单纯地把声音感觉转化为可视的形状、颜色、动态等，如“避人幽鸟声如剪”（林东美《西湖亭》），由鸟声到剪刀；“风随柳转声皆绿”（严遂成《满城道中》），风声呈绿色；“风暖鸟声碎”（杜荀鹤《春宫怨》），鸟声似破碎。一种是以声写声，且声中有形，即用作类比的声音本身又具有视觉形象，使听觉向另一种听觉转移时又发生了视觉的转移，如白居易《琵琶行》中用“大珠小珠落玉盘”来描写琵琶声，珠落玉盘既有声音，又有物形动态，可谓声形并在，使读者如见其物，如闻其声。

古代有许多著名的乐曲，曲调名称本身就颇具有形象性，如“梅花落”

“折杨柳”“关山月”“桃叶歌”等，诗人听到乐曲常会产生视觉联想，如“借问梅花何处落，风吹一夜满关山”（高适《塞上听吹笛》）、“黄鹤楼中吹玉笛，江城五月落梅花”（李白《与史郎中钦听黄鹤楼上吹笛》）、“羌笛何须怨杨柳”（王之涣《凉州词》）等，通过视觉形象写乐曲。唐代还出现描写乐师演奏过程的音乐诗，如李颀《听董大弹胡笳声兼寄语弄房给事》、郎士元《听邻家吹笙》、韩愈《听颖师弹琴》、李贺《李凭箜篌引》等，听觉感受转为视觉形象是最主要的表现手法。以韩愈《听颖师弹琴》为例，“呢呢儿女语，恩怨相尔汝”，以人语描写低沉缠绵的乐音，又见儿女温柔之态；“划然銮轩昂，勇士赴敌场”，以人的行动喻声，描写慷慨激昂的琴声；“浮云柳絮无根蒂，天地阔远随飞扬”，以浮云柳絮飞扬类乐声悠扬；“喧啾百鸟群，忽见孤凤凰”，以百鸟、凤凰声来描写和声与主旋律。诗人用形象的文字巧妙地把自己的听觉、视觉相通的感受表达出来，又进一步引发读者的感觉联想，故而通感又成为沟通作者和读者艺术鉴赏的桥梁。

听觉还能转为触觉，使声音形象实在。如“晨钟云外湿”（杜甫《夔州雨湿不得上岸作》），钟声而“湿”，听觉转为触觉，似乎钟声被含雨之云浸润；“寒磬满空林”（刘长卿《秋日登吴公台上寺远眺》）、“霜重鼓寒声不起”（李贺《雁门太守行》），磬声、鼓声而“寒”，也是听觉与触觉互通。

听觉也可移作嗅觉，使声音具有气味。如“芳气随风结，哀响馥若兰”（陆机《拟西北有高楼》），琴瑟哀响似有兰香；“雨过树头云气湿，风来花底鸟声香”（贾唯孝《登螺峰四顾亭》），雨后风来，花丛中传来的鸟声也有了香味，听觉与嗅觉相通。

（二）视觉的转移

事物的形状、颜色、动态等外在的形象，是物之感人最常见因素。当外物以某一种鲜明的外在特征吸引人的注意时，也会引发非视觉的想象，从而使视觉与触觉、嗅觉、听觉等相通。

视觉可移为听觉。如“天河夜转漂回星，银浦流云学水声”（李贺《天上谣》），“流云”是视觉形象，而“水声”诉诸听觉兼具视觉，生动描写云的形状和动态；“绿阴生昼静，孤花表春余”（韦应物《游开元精舍》），所见之“绿阴”，又具有听觉上的“静”意；“红杏枝头春意闹”（宋祁《玉楼春》），用一“闹”字，“把事物无声的姿态说成好像有声音的波动，仿佛在视觉里获得了听觉的感受”，[①]从而表现了生命的律动和春意的蓬勃。

视觉也会引发触觉。如“已同白驹去，复类红花热”（庾肩吾《八关斋夜赋四城门第一赋韵》），红花因其颜色炽烈，让人感到暖热；“云根苔藓山上石，冷红泣露娇啼色”（李贺《南山田中行》），“冷红”，浓烈之红色而觉其冷，诗人反其意而为之，衬托诗人悲凉心境；“山路元无雨，空翠湿人衣”（王维《山中》），“翠”色使人有潮湿之感，由视觉转移到触觉；“众芳摇落独暄妍，占尽风情向小园”（林逋《山园小梅》），“暄妍”，梅花之美艳带来暖意，视觉通于触觉。

视觉还可移为嗅觉。如“瑶台雪花数千点，片片吹落春风香”（李白《酬殷明佐见赠五云裘歌》），“香”非指“春风”，而指“雪花”，由于把“雪”说成春风中的花，也自然联想到香味；“香随翠笼擎初到，色映银盘写未停”（韩愈《和水部张员外宣政衙赐百官樱桃诗》），樱桃并不香，香乃是由樱桃颜色而唤起，是视觉引发了嗅觉。

视觉有时也会与轻重感相通。如“来时万缕弄轻黄，去日飞球满路旁”（石柔《绝句》），“轻黄”，颜色本无轻重，黄色淡到若有若无时，便使人产生“轻”的感觉。

(三)嗅觉的转移

气味无形、无色、无声，但嗅到某种气味也会引发其他感觉想象。嗅觉的转移，在诗中多是因香气而产生感觉互通。

嗅觉移为视觉。如“疏影横斜水清浅，暗香浮动月黄昏”（林逋《山园小梅》），“暗香浮动”，以表示光线的“暗”和动作的“浮动”来写梅香，均是嗅觉转移到视觉。

嗅觉移为听觉。如“玉炉炭火香冬冬”（李贺《神弦》），“香”会发出

①钱锺书《七缀集》，生活·读书·新知三联书店，2002年，第63页。

“冬冬”的响声，这是听觉写嗅觉。

嗅觉移为触觉。如“黄昏人静，暖香吹月，一帘花碎”（刘镇《水龙吟》），“冷香传去远，静艳密还增”（梅尧臣《依韵和正仲重台梅花》），前诗“香”中生“暖”意，后“香”中生“冷”意，均是嗅觉通于触觉。

（四）多种感觉相通

诗人在审美活动中，由于一种感觉的刺激，有时会引发到两种或之上的感觉，从而发生多种感觉相通的情况。

诗歌可以在凝练的字句中，表达出多种复杂的感觉。如“香雾云鬟湿”（杜甫《月夜》），“香雾”，视觉转移到嗅觉，“云鬟”被“香雾”打“湿”，视觉转移到触觉，句中视觉、嗅觉、触觉互通。再如“鸟抛软语丸丸落”（黎简《春游寄正夫》），“软语”，听觉转移到触觉，“丸丸落”写鸟语声，听觉转移到视觉，句中声觉、触觉、视觉互通。又如“阵阵寒香压麝脐”（林逋《梅花》），“寒香”，嗅觉转移到触觉，“压麝脐”写香气，嗅觉又具有动感和重量感，句中嗅觉、触觉、动感、重量感等多种感觉互通。

多种感觉贯通，在描写音乐的诗歌较常见。音乐诉诸人的听觉，如果让声音可视可感、可触可摸，往往需要综合运用通感手法，或者把音乐比作另外的声音，或者把音乐化作视觉、触觉等感知的形象。如白居易《琵琶行》：“间关莺语花底滑，幽咽泉流冰下难。冰泉冷涩弦凝绝，凝绝不通声暂歇。”在声觉移到视觉同时，也与触觉相通，即用“滑”和“冷涩”的触觉来写听觉感受。再如李颀《听万安善吹筚篥歌》：“枯桑老柏寒飕飗，九雏鸣凤乱啾啾。龙吟虎啸一时发，万籁百泉相与秋。”乐声或如寒风吹枯桑老柏，或如九凤各发雏音，或如龙吟虎啸，以声喻声，且有可视形象和冷热之感，听觉、视觉、触觉相通。

四、反常合道

诗词语言经常违反生活事理或科学真实，呈现出有悖于事物的客观逻辑的特点；但又反映诗人真实的心理活动过程，在某种程度上符合情感逻辑和艺术创作规律。因此诗词语言常被称为“真实的谎言”或“清醒的梦话与醉话”。“反常合道”主要表现在言虚情实、反常构思、无理之词等方面。

(一)言虚情实

诗歌相对于其他文学体式而言，创作主体更强调内在情感的抒发，也更强化诗歌瞬间兴发人心的情感力量。因此，诗人更喜欢从直觉感悟出发，通过新奇大胆的想象和虚构，采用夸张、比喻等修辞方式，来实现强烈的美学效果。诗歌语言描写不符合客观现实，主要是为了作者的情感表达需要，符合艺术创作原则。

言虚情实最常用的艺术手法是夸张。作者通过夸大或缩小事物形象或某种性质、程度，借以突出事物的某种特征，由此抒发作者强烈情感。《诗经》已广泛运用夸张的手法，刘勰《文心雕龙·夸饰》指出：“言峻则嵩高极天，论狭则河不容舠，说多则子孙千亿，称少则民靡孑遗。”①后代诗人更充分发挥夸张的艺术创造性，以大胆的想象、变形的手法，创造出奇特的形象，给人强大的震撼力。举例如下：

力拔山兮气盖世，时不利兮骓不逝。(项羽《垓下歌》)

气蒸云梦泽，波撼岳阳城。(孟浩然《临洞庭湖赠张丞相》)

飞流直下三千尺，疑是银河落九天。(李白《望庐山瀑布》)

马毛带雪汗气蒸，五花连钱旋作冰，幕中草檄砚水凝。(岑参《走马川行奉送封大夫出师西征》)

霜皮溜雨四十围，黛色参天二千尺。(杜甫《古柏行》)

千里莺啼绿映红，水村山郭酒旗风。(杜牧《江南春》)

游人脚底一声雷，满座顽云拨不开。(苏轼《有美堂暴雨》)

卷帘夜阁挂北斗，大鲸驾浪吹长空。(郭祥正《金山行》)

夸张还常与比喻结合在一起，由于本体与喻体之间的相似性，二者结合更容易为人接受和欣赏，也更鲜明体现了“合道”的特点。如岑参《走马川

①(南朝梁)刘勰著、范文澜注《文心雕龙注》，人民文学出版社，1958年，第608页。

行奉送封大夫出师西征》，“轮台九月风夜吼，一川碎石大如斗，随风满地石乱走”，用大如斗的碎石以突出风狂；“风头如刀面如割”，进一步突出了寒风凛冽程度。再如杜甫《观公孙大娘弟子舞剑器行》，“霍如羿射九日落，矫如群帝骖龙翔，来如雷霆收震怒，罢如江海凝清光”，连用四个夸张性比喻，突出舞者之剑璀璨夺目和其舞姿矫健、技艺高超。

关于夸张的运用，论者还存在不同的看法。刘勰认为夸饰“辞虽已甚，其义无害”，而且能增强作品的感染力，起到“发蕴而飞滞，披瞽而骇聋”[①]的艺术效果。不过，也有人持否定意见，如东汉王充在《论衡》中表示反对虚妄之言。我们认为，夸张应建立在生活真实的基础之上，并且符合情感抒发的需求，“夸而有节”，“言虚而情实”，可以极大提升艺术表现力，自然也具有无可替代的艺术功能。古典诗词鉴赏，既要避免以生活真实、客观规律来贬斥文学创作的“言过其实”，更要避免以是否运用夸张、夸张的程度来武断地评价诗词艺术的高低优劣。

(二)反常之趣

苏轼评柳宗元《渔翁》诗曰：“诗以奇趣为宗，反常合道为趣，熟味此诗，有奇趣。”[②]“反常合道”与“奇趣”所指，苏轼没有细说，我们以《渔翁》诗来分析：

渔翁夜傍西岩宿，晓汲清湘燃楚竹。烟消日出不见人，欸乃一声山水绿。回看天际下中流，岩上无心云相逐。

诗歌前两句描写渔翁夜宿西岩、早起烧水，自然顺畅。“反常”主要表现在三四句，至少包含三方面：烟消日出，本该见人，可是却不见人；本看不见人，却听到欸乃一声；循声看去，却仍不见人。与之相应的合道在于：不见人“突出的是渔人的轻捷，悠然而逝，不着痕迹”；听到声音，表明渔人还在；仍不见人，可以想象渔人就隐在青山绿水中。由此来看，“常”指

①(南朝梁)刘勰著、范文澜注《文心雕龙注》，人民文学出版社，1958年，第608、609页。

②(宋)惠洪《冷斋夜话》，载张伯伟编《稀见本宋人诗话四种》，江苏古籍出版社，2002年，第51页。

日常普遍的直线性思维方式和语言表达习惯，“道”指艺术思维方式和表现方法，是“诗歌感觉在想象中交替之‘道’”[①]。诗歌正是以“反常”而“合道”产生了惊异新颖、回味无尽之奇趣。我们再看两例：

枕中云气千峰近，床底松声万壑哀。要看银山拍天浪，开窗放入大江来。（曾公亮《宿甘露僧舍》）

前两句“枕中云气”“床底松声”，均为“反常”之语。诗人睡在寺里，房间枕中自然不可能有云雾。之所以感到云雾，或是因空气水分大，枕头被子潮湿，进而联想到山中云雾钻进了房内；听到松声，是因山寺高峻，夜风吹摇山谷之松发出的声响，像从床底传来。尾句，“开窗放入大江来”，按常理来说也不可能。但想象一下诗人从北固山巅甘露寺开窗北望，波澜壮阔的长江卷起拍天之浪，恍如向敞开的窗户奔腾而来，就不难理解诗人在视觉的冲击之下的神来之笔了。三处反常之语，分别由诗人的触觉、听觉、视觉而生，把读者引向了开阔奇突的审美境界。

青山欲共高人语，联翩万马来无数。烟雨却低回，望来终不来。

人言头上发，总向愁中白。拍手笑沙鸥，一身都是愁。（辛弃疾《菩萨蛮·金陵赏心亭为叶丞相赋》）

词劈头两句突兀奇崛，不写高人以青山为知音，反说“青山欲与高人语”，且如千军万马奔腾而来，此为第一反常之处；下文本该是青山高人相聚而谈，然三四句却言因在烟雨中徘徊，迟迟不能到达，此为第二反常之处。这两处反常可以从日常经验和创作规律找到根据，一是山中云雾缭绕飞腾，远望似山峰在向前移动；二是高人与青山相亲，乃古代文人共识，如苏轼《越州张中舍寿乐堂》就有“高人自与山有素”句，望见山动想到高人，也在情理之中；山动乃诗人错觉，但实际上却不能到来，由此方引出怅惘愁怨之意。五六句写头发因愁而白，符合常理，且承接上文之意；但最后两句不言人愁，反取笑海鸥通体皆白、一身是愁，此为第三反常之处。取笑之言，本身就意味着反面之义，即鸟与愁无关，而意在透露高人之愁。联想到诗人壮志未酬和强自解愁的处境，此处“反常”技法的运用，不仅合乎艺术

①参看陈一琴选辑、孙绍振评说《聚讼诗话词话》，上海三联书店，2012年，第85页。

思维跳跃特征，也是合乎情理的。

(三)无理之妙

“无理之妙”见于清人贺裳评李益诗和张先词。《皱水轩词筌》载：

唐李益词曰：“嫁得瞿塘贾，朝朝误妾期。早知潮有信，嫁与弄潮儿。”子野《一丛花》末句云：“沉恨细思，不如桃杏，犹解嫁东风。”此皆无理而妙。[①]

所言李益词即乐府诗《江南曲》，主要写一位商妇的怨情：因商人久出不归，屡屡失约；商妇想到潮水有信，哀叹早知道潮有信，不如嫁与弄潮儿。商妇这种大胆的“移情别恋”之语看似无理，实际上我们都有这样的生活体验，人到情感波动过度的时候，常会说出各种让人无法理解的话来。商妇突发奇想，其实是情深怨重的表现。黄叔灿《唐诗笺注》曰：“不知如何落想，得此急切情至语。乃知《郑风》‘子不我思，岂无他人’，是怨怅之极词也。”[②]正是“无理”之语，才真切地传达出思妇心中那种惆怅到极致、由怨而恨的心理。

张先《一丛花》结拍三句，在当时就影响很大，欧阳修曾极口称赞，并称张先为“桃杏嫁东风”郎中。这三句化用李贺《南园》“可怜日暮嫣香落，嫁与东风不用媒”句，但翻出新意，写女子在沉恨细思后，认为自己还不如将要凋谢的桃杏花，因为桃杏还能嫁与东风。商妇恨未嫁“弄潮人”，而这女子却怨嗟未能嫁“东风”，似更为无理。当然，桃杏“犹解嫁东风”是拟人之语，女子认为自己不如桃杏，言外之意是写无所归宿，这是怨恨之深而牵情于物的结果。

以上两首皆是因思念之深而引发的自怨之词，我们再来看因相思而抱怨他人或他物的诗歌，如下：

手爇寒灯向影频，回文机上暗生尘。自家夫婿无消息，却恨桥头卖卜人。(施肩吾《望夫词》)

①(清)贺裳《皱水轩词筌》，载唐圭璋编《词话丛编》，中华书局，1986年，第695页。

②(清)黄叔灿《唐诗笺注》卷七，清乾隆三十年(1765)松筠书屋刻本。

江南二月试罗衣，春尽燕山雪尚飞。应是子规啼不到，故乡虽好不思归。（周在《闺怨》）

施肩吾诗中的闺妇，因夫婿未归抱怨桥头卖卜人，让人更觉“无理”。因夫婿长久离家未回，闺妇可能去找卖卜人算卦或打听信息，之所以迁怒于他，或是因卖卜人所说的“回来”证明不灵验，期盼次次落空；或是因卖卜人所说的“回不来”而灵验。不管卖卜人所说什么，都无法影响或改变夫婿行为。闺妇行为越不可理喻，也越能见出女子思夫深切和无可奈何的心态。

周在诗中的闺妇，要通情达理一些。因所思之人外出未归，她不怨人而责鸟，猜测是因子规啼不到丈夫才不回。此“无理”之语，可见闺中女子的痴情和愁怨，她为所思之人的开脱也表明其仍在期待。

因思念至极而出现不可理喻的心思和行为，并非只有女子才有，远在异乡的男子也会出现特殊的心态。如下：

岭外音书断，经冬复历春。近乡情更怯，不敢问来人。（宋之问《渡江春》）

自寄一封书，今已十月后。反畏消息来，寸心亦何有？（杜甫《述怀》）

宋之问诗中谓“近乡情更怯，不敢问来人”，颇为“无理”。因为按照通常经验，外出之人回乡之情非常急切，不会快到家却非常胆怯的。其是否合乎情理，当结合诗人经历分析。宋之问长期贬居岭外，收不到家人的任何音讯。他生怕家人因自己的牵累遭到不幸，马上要回家了，这种担忧愈加强烈，因此“不敢问”。这是长期客居他乡，不见家中音信的人，在行近家乡时产生的一种特殊的心理状态。

杜甫诗中也表现出“反常”心态。寄书已有十月，当更盼回音，为何现在又怕信息传来呢？安史之乱爆发后，杜甫与妻子分别已近一年，家人死生未卜。当时写信是为了得到音讯，但这么长时间音讯不来，就更加担忧家人的安危，也就更害怕音讯一来，担忧成为事实。“无理”之语，正表现出诗人当时的矛盾心理。沈德潜赞曰：“若云‘不见消息来’，平平语耳。此云

'反畏消息来，寸心亦何有'，斗觉惊心动魄矣。"[①]

古典诗词诗法种类繁多，上文我们主要从艺术构思及表现的角度，选择了比兴寄托、情景相生、移感通觉、反常合道四种较有代表性的创作方法，说明古代诗人的创作追求及所形成的诗艺传统。古典诗词鉴赏，既要重视根据诗法特点去发掘作品的思想意蕴，也要注意诗法诗艺自身的审美价值。

附:鉴赏示例

李凭箜篌引

李　贺

吴丝蜀桐张高秋，空山凝云颓不流。
江娥啼竹素女愁，李凭中国弹箜篌。
昆山玉碎凤凰叫，芙蓉泣露香兰笑。
十二门前融冷光，二十三丝动紫皇。
女娲炼石补天处，石破天惊逗秋雨。
梦入神山教神妪，老鱼跳波瘦蛟舞。
吴质不眠倚桂树，露脚斜飞湿寒兔。

"箜篌引"为乐府旧题，属《相和歌·瑟调曲》。在李贺之前，曹植、王昌龄都有《箜篌引》诗。曹植《箜篌引》，又名《野田黄雀行》，先写游宴，后作议论，诗中未及箜篌。王昌龄《箜篌引》，写迁客弹箜篌之事，但只作为背景，并非着力刻画的内容。而李贺《李凭箜篌引》，是名副其实的描写箜篌弹奏的音乐诗。

李凭是当时梨园艺人，善弹奏箜篌，名噪一时。唐代杨巨源有诗《听李凭弹箜篌》，顾况也有诗《李供奉弹箜篌歌》，可见李凭技艺高超、声名远扬。李贺这首诗很可能作于他在京城长安任奉礼郎时，大约在元和六年至元和八年间。

①(清)沈德潜撰、王宏林笺注《说诗晬语笺注》,人民文学出版社，2013年,第188页。

诗歌前四句，写李凭从调弦到开始弹奏箜篌。诗人没有按常规的顺序，而是先写箜篌乐器、调弦准备等，在第四句才交代人物、地点、事件。这可能有押韵的考虑，但这样描写先声夺人，更突出了乐声。

“吴丝蜀桐张高秋，空山凝云颓不流。”“吴丝”“蜀桐”，都是制作箜篌的优质材料，此指李凭的箜篌乐器的质地精良。好马当配好鞍，写乐器也衬托演奏者的技艺和名望。“张”，张开，当指调弦准备演奏。“张”后本应为与弦乐相关的词语作宾语，但令人奇怪的是，其后是“高秋”。“高秋”或“秋高”在杜甫诗中多次出现，如《崔氏东山草堂》“高秋爽气相鲜新”、《茅屋为秋风所破歌》“八月秋高风怒号”，均是表示时间的名词短语。李贺把时间词置于首句之末，首句即入韵，更具音韵美。“空山凝云颓不流”，典出《列子·汤问》：“秦青抚节悲歌，响遏行云。”此句化用“响遏行云”之典，描写箜篌弹奏开始的音乐效果。空山中的行云也为箜篌声而凝滞不动，把声音转移为视觉形象，突出了李凭的技艺不凡。

“江娥啼竹素女愁，李凭中国弹箜篌。”“江娥啼竹”“素女愁”，均有典可本。“江娥”，又称“湘娥”。晋张华《博物志》载：“尧之二女，舜之二妃，曰湘夫人。舜崩二妃啼，以涕挥竹，竹尽斑。”“素女”，是传说中的神女。《史记·封禅书》载：“太帝使素女鼓五十弦瑟，悲，帝禁不止，故破其瑟为二十五弦。”此句连用两典，写音乐声让神女为之悲伤不禁、潸然泪下，表现箜篌声惊天动地的艺术感染力。第四句才开始交待李凭在京城长安演奏箜篌，此处稍微跌宕下来，为其后的音乐描写蓄劲储力。

中间六句是箜篌弹奏的高潮，也是全诗的最精彩处。诗人充分运用了通感移觉手法，使听觉与视觉、触觉、温觉、运动觉等互通，突出了箜篌弹奏给人带来的强烈震撼力。

“昆山玉碎凤凰叫，芙蓉泣露香兰笑。”这两句运用了四种新颖鲜明的物象，通过声音模拟、感觉转移等方法来描写乐声。“昆山玉碎”“凤凰叫”，都是以声写声，但昆山与凤凰这两种神话中的物象，足以让人浮想联翩。“昆山”，即昆仑山。《尚书·胤征》谓：“昆山出玉。”《山海经·西次三经》谓：“玉山，是西王母所居也。”“凤凰”，古代传说中的百鸟之王。

用“昆山玉碎”“凤凰叫”描写乐声，不仅展示出山崩玉碎、凤凰翱翔的神奇的视觉形象，而且也表现了箜篌弹奏的乐声响脆高亢和富有变化，带给读者以奇幻的视听感受。“芙蓉泣露”“香兰笑”，选择了两种常比作美丽女子的花来描写乐音，“芙蓉泣露”呈现了荷花在露水中哭泣的视觉形象，以形容乐声的凄楚哀婉；“香兰笑”呈现了兰花怒放、笑意盎然的视觉形象，以形容乐声的轻松欢畅。这样，通过富有人情味的花的形象来写声音，并以一泣一笑进行对比，表现了乐声的情感意蕴的丰富多样和前后变化。

“十二门前融冷光，二十三丝动紫皇。”长安城墙四面总共十二门，“十二门”代长安城墙；竖箜篌共二十三弦，“二十三丝”代箜篌。“冷光”，光不能冷，冷是视觉移作了触觉，而“十二门前融冷光”，是把听觉转化为视觉和触觉。“紫皇”，是道教称天上至尊的神，此处指皇帝。诗人不正面写自己听后怎样，而是言皇帝也被感动。这两句重点写诗人听箜篌声后的感受，在通感的运用上又进了一步。

“女娲炼石补天处，石破天惊逗秋雨。”这两句又借助神话传说来写乐声，但比神话更具有奇幻性。女娲，传说中抟土造人、炼石补天的女神。女娲补天之事，可见于《淮南子·览冥训》《列子·汤问》《史记·补三皇本纪》等文献，主要讲共工失败后，怒撞不周山，导致天塌陷，天河之水注入人间，女娲于是炼出五色石以补天。神话中并没有“石破天惊”，更没有“逗秋雨”内容，这是诗人通过大胆的想象而创造的成果。女娲听箜篌弹奏入迷，竟导致石破天惊、秋雨倾泻。对比白居易写乐声高潮处的“银瓶乍破水浆迸”，显然李贺诗比白诗更瑰丽奇谲，也更加突出音乐的惊天地、泣鬼神的效果。

后四句，诗人继续发挥想象，并充分利用移觉通感手法，着重写箜篌所产生的艺术效果。

“梦入神山教神妪，老鱼跳波瘦蛟舞。”前一句很难理解。按句子结构，“梦”的主语和“教神妪”当是一人，但若是李凭，言其做梦行不通；如果是诗人，教神人弹箜篌不通。合理的理解是诗人在听了箜篌弹奏后，产生了神奇梦幻感。在他的梦幻中，李凭进入神山，来传授其弹箜篌之技艺。不言仙人传授凡人，反说李凭教仙人，进一步突出李凭的技艺。后一句中鱼跳蛟舞，化用《列子·汤问》中“瓠巴鼓琴而鸟舞鱼跃”，李贺用“老”和“瘦”来形容鱼蛟，是从反面衬托箜篌的艺术效果。试想，连老瘦乏力的动物都听着乐声而腾跃起舞，不正是说明箜篌的声音动听惊人吗？

“吴质不眠倚桂树，露脚斜飞湿寒兔。”这两句本于月宫的传说，《酉阳杂俎》卷一载：“月桂高五百丈，下有一人常斫之，树创随合。人姓吴名刚，西河人，学仙有过，谪令伐树。”此处不言吴刚砍树，而说其倚着桂树，因听到乐曲而不眠。玉兔是传说中在月宫陪伴嫦娥的一个动物，此时兔已有“寒”意，而且又被露水打湿，但受音乐感染也不肯离去。这些神话中的形象好像因音乐而静止不动，这也表示乐声已和缓下来，逐渐沉静，但又幽深邈远，令人回味无穷。

方扶南认为，唐代白居易的《琵琶行》、韩愈的《听颖师弹琴》、李贺《李凭箜篌引》，“皆摹写声音至文”，“韩足以惊天，李足以泣鬼，白足以移人”（《三家评注李长吉歌诗》），此评非常精当。诗人选择用以摹写音乐的形象奇特多样，如女娲、神妪、吴刚、玉兔、凤凰、瘦蛟、老鱼等，“变眩百怪，不可方物，真是鬼神于文”（《唐诗快》），而且充分运用了多种通感手法，把听觉、视觉、触觉等打通交错，以此来说明李凭弹奏箜篌的技艺。李贺此诗，一如李凭的箜篌乐声，也具有石破天惊、感动鬼神的艺术魅力。

第八章　知人论世与以意逆志

“知人论世”和“以意逆志”是诗词鉴赏中运用普遍的传统方法。“知人论世”强调结合作家的生平遭际、时代背景、创作本事等分析评价诗歌；“以意逆志”注重以读者所理解的作品之意去探求作者的情志心意。“知人论世”与“以意逆志”鉴赏途径相反，前者由作家、世界走向作品，后者由作品、读者走向作家，但因为都追求作者本意而殊途同归。“知人论世”和“以意逆志”运用，有利于对作品进行深入的分析和阐释，但要注意避免偏离作品而造成的对作品意义的类化解读。

一、作者原意为旨向

关于诗词的阐释问题，大体来说学界存在三种观点：作者原意说、作品本体说、读者接受说。传统阐释学旨在寻求作者的创作意图，综合利用文本内外因素确定符合作者原意的解释；英美新批评认为诗是自足的存在，其意义在于作品本体；现代阐释学、接受美学强调读者所领悟的意义，更关注读者对作品的理解活动及生成的意义。“知人论世”和“以意逆志”，强调理解作者为人及其所处时代，并探求作者志意，大体上属于传统的阐释学方法。

(一)知人论世

“知人论世”是一种传统鉴赏和批评方法。“知人论世”最早见于《孟子·万章下》：

一乡之善士，斯友一乡之善士；一国之善士，斯友一国之善士；天下之善士，斯友天下之善士。以友天下之善士为未足，又尚论古之人。颂其诗，读其书，不知其人，可乎？是以论其世也。是尚友也。①

孟子这里所说的“知其人”“论其世”，本义是指“交友之道”，即与古人交友，仅“颂其诗、读其书”还不够，应该“知人”和“论世”。尽管孟子的出发点不在于文学批评，但他把作家、世界、作品联系在一起，为文学鉴赏和批评指明了方向，对后世的诗学理论和实践产生了深远的影响。“知人论世”也逐渐成为赏析评论诗文的重要方法而被人普遍运用。

“知人论世”包括“知人”与“论世”两个方面。从文学活动四要素即世界、作者、作品、读者来看，“知人”指理解作品时必须了解作者的身世、经历、思想状况及写作动机等信息，属于以作者为中心的批评；“论世”指联系作者所处的时代、社会环境去考察作品的内容，属于以世界为中心的批评。“知人论世”强调，文学作品和作家的思想、经历生活以及时代背景有着极为密切的关系，只有了解作家和社会，才能客观正确地理解和把握文学作品的思想内容。

中国批评者多主张以“知人论世”的方式来评论作品。如《毛诗序》认为社会政治与诗风密切相关：“治世之音安以乐，其政和；乱世之音怨以怒，其政乖；亡国之音哀以思，其民困。”②刘勰《文心雕龙》在《时序》篇中指出，“文变染乎世情，兴废系乎时序”，又在《体性》《明诗》等篇中论述作家与作品的关系。清初吴淇强调“知人论世”对解诗重要性：“是不得徒诵其诗，当尚论其人，然论其人，必先论其世。”③其后章学诚进一步强调：“不知古人之世，不可妄论古人文辞也。知其世矣，不知古人之身处，亦不可以遽论其文也。”④鲁迅也倡导“知人论世”的方法：“我总以为倘要论文，最好是顾及全篇，并且顾及作者的全人，以及他所处的社会状态，这才

①(宋)朱熹《四书章句集注·孟子集注》，中华书局，2012年，第329页。

②(清)阮元校刻《十三经注疏·毛诗正义》，中华书局，1980年，第270页。

③(清)吴淇《六朝选诗定论》，《四库全书存目丛书补编》第11册，齐鲁书社，第50页。

④(清)章学诚著、叶瑛校注《文史通义校注·文德》，中华书局，2014年，第260页。

较为确凿。要不然，是很容易近乎说梦的。”[①]

西方也有与“知人论世”相近的理论。从“论世”而言，社会学批评家主张从社会环境的角度研究和评价作品。如意大利美学家维柯研究荷马史诗，提出了“特定时代、特定方式”说；法国文艺理论家泰纳认为文艺由“种族”“环境”“时代”三因素决定；俄国批评家别林斯基、车尔尼雪夫斯基等，在各自的批评实践中又有所丰富和发展。从“知人”而言，传记批评学者重视从作家角度研究文学，如丹麦的文学批评家勃兰兑斯，侧重于研究作家的生平经历、世界观与作品之间的关系。

诗歌创作通常是作者在特定环境、因特定的人事关系而抒发某种特殊的思想感情，在鉴赏诗词中，如果读者对作者生平、创作的背景一无所知，那么对于一些具有寄托之意的诗词鉴赏和理解，很可能是一知半解或产生误解。如欧阳修《别滁》：

花光浓烂柳轻明，酌酒花前送我行。我亦且如常日醉，莫教弦管作离声。

这首诗从字面意思来看，诗人直言酒醉和离别，似乎在渲染愁苦之情，但如果了解诗人的处境，就会有不同的认识。此诗写于欧阳修改任扬州知府、滁州吏民为其饯行之时。“常日醉”，指欧阳修贬任滁州知州时，醉饮山水之中、与民同乐之情景。欧阳修离任前开怀畅饮“且如常日醉”，表现了其与滁州父老的真挚感情，也显示了诗人乐观豁达的情怀。由此来看，如果能够在细致的文本分析的基础上，更多了解诗人及其所处的环境，对于诗歌的理解会更为全面和深入。

从作者、世界角度出发的批评方法，自20世纪以来受到各种新起的批评理论的挑战。如英美新批评者兰色姆主张以文本为中心，认为文本已经包含了自身的价值和意义；瑞恰兹认为在研究作品和人生的一系列问题之前，应进行“纯批评”，即排除至少暂时排除“非文学因素”的批评；艾略特反对传记式的批评，认为“诚实的批评和敏感的鉴赏，并不注意诗人，而注意

①鲁迅《题未定草(七)》,《鲁迅全集》第六卷,人民文学出版社,2005年,第444页。

诗”，了解作者生平事迹和个性特点对于鉴赏诗歌没有用处。[1]新批评者“文本中心论”孤立地研究作品，自然有其不可克服的缺陷，但其对于“知人论世”方法的合理运用，还是有启示和借鉴意义的。

在诗词鉴赏和批评中，一味运用“知人论世”可能会影响对诗歌的理解和评价。如果过分强调作者，因人论诗，往往会因作家的名望而论定作品优劣；也容易因作家的政治思想，而对诗词的寄托之意过度阐释。如果过分强调社会因素，容易类化分析作品，忽视了诗词的审美特征和独特个性。甚至有些人形成了一种模式，就是分析诗歌必先看社会背景和作者经历，在形成一定的观念态度后先入为主阅读文本，从文本中搜求与背景相关的信息，这种鉴赏实际上是本末倒置的做法。

(二)以意逆志

“以意逆志”是孟子直接提出的说诗的方法，见于《孟子·万章上》：

故说《诗》者，不以文害辞，不以辞害志。以意逆志，是为得之。如以辞而已矣，《云汉》之诗曰：‘周余黎民，靡有孑遗。’信斯言也，是周无遗民也。[2]

“以意逆志”，就是通过对文辞的解读，根据自己所理解诗意，去探寻诗人的志意。“以意逆志”，一方面明确了读者的作用和任务，另一方面又强调了读诗目的在于了解诗人志向。因此，孟子的“以意逆志”，与西方接受美学的“读者”中心论具有根本的区别，而与西方传统的阐释学有着相近的主张。

中国传统的文学批评，“以意逆志”与“知人论世”是彼此不可分的。“知人论世”是“以意逆志”的前提，“以意逆志”是“知人论世”的目的。正如清人顾镇《虞东学诗》所说：“不论其世，欲知其人，不得也；不知其

①参见赵毅衡《新批评——一种独特的形式主义文论》，中国社会科学出版社，1986年，第77-78页；赵毅衡编选《“新批评”文集》，百花文艺出版社，2001年，第31页。

②(宋)朱熹《四书章句集注·孟子集注》，中华书局，2012年，第311页。

人，欲逆其志，亦不得也。”[①]王国维论述更为具体：

顾意逆在我，志在古人，果何修而能使我之所意，不失古人之志乎？此其术，孟子亦言之曰：“诵其诗，读其书，不知其人，可乎？是以论其世也。”是故由其世以知其人，由其人以逆其志，则古诗虽有不能解者，寡矣。[②]

从文学阐释过程来看，“以意逆志”与“知人论世”似乎互为逆反。“知人论世”注重的是作者对文本意义的生成作用，是由作者和世界走向作品；而“以意逆志”注重读者对文本意义的生成作用，是由读者和作品走向作者。但是我们不难发现，“以意逆志”与“知人论世”有着相同的要素，即“作者”。“知人论世”要求了解作者才能更好地理解作品；“以意逆志”最终目的是更好地了解作者的情志。“作者”成为连接“以意逆志”与“知人论世”的纽带，从而也形成了中国以“作者”原意为旨向的论诗传统。

二、知人与逆志

在鉴赏诗词时，尽可能全面、详尽地了解诗人有关的信息，不仅有助于把握诗词的思想内容和艺术特征，也能根据诗词之意而理解诗人的创作目的和情意志趣。下面主要从身世经历、交游往来、文学追求三方面来说明。

（一）身世经历

通常来说，随着作者年龄、社会地位、思想认识、个人体验等情况的变化，其创作的情感内容、艺术手法也会有相应的变化。在文本细读的基础上，考察作者身世经历，将会更好地理解诗人的思想倾向和艺术追求。

杜甫诗被誉为“诗史”，其身世经历对诗歌创作的影响较为典型。杜甫出生在官宦之家，从小接受了较好的教育。从19岁到34岁，杜甫大部分时

①（清）顾镇《虞东学诗》，《文渊阁四库全书》经部第89册，台北商务印书馆影印，第384页。

②王国维《玉溪生年谱会笺序》，《王国维文集》上，中国文史出版社，2007年，第40页。

间在漫游，即使其间科举考试落第也未影响兴致。从早期的诗歌《望岳》，可见诗人的青春激情和傲视一切的雄心壮志。34岁时到长安参加制举未能如愿，此后杜甫客居长安十年，向朝廷献赋、转走权贵之门也未改变其处境。这一时期诗多批判当权者穷兵黩武，反映人民的生活困苦，如《兵车行》《前出塞》等。安史之乱爆发后，杜甫欲投奔肃宗被俘，其间创作了《春望》《月夜》《哀江头》等诗，抒发国破之后的愁苦。从长安逃出到凤翔，被授为左拾遗，但欲救房琯又被肃宗疏远，《曲江二首》中"何用浮名绊此身"，委婉地表现了其无奈之情。后邺城之战爆发，杜甫写下了《三吏》《三别》等诗，揭示了战争给人民带来的巨大不幸，也反映了自己在乱世之中身世飘荡的孤独和痛苦。48岁时到成都，在节度使严武帮助下建草堂安居下来，此期写的《春夜喜雨》《江畔独步寻花》等诗，表达了暂居成都的顺心和欣慰。54岁后到夔州，后辗转江陵、岳阳、衡州、郴州等地，晚年的诗如《秋兴》《旅夜书怀》《登岳阳楼》等，尽现诗人因社会动荡、异乡漂泊、年老多病、壮志未成而攒结的愁思和悲苦，艺术上也达到了"不烦绳削而自合"的境界。

作家在某一时段生活境遇发生了大的变故，其创作也会出现明显的变化。南唐后主李煜，宋开宝八年（975）被迫降宋，被俘至汴京。其降宋前后的词风显然不同。前期词主要写宫廷宴饮生活与男女情爱，风格柔靡绮丽。如《浣溪沙》（红日已高三丈透），红锦地衣、萧鼓奏乐、佳人弄舞、饮酒拈花，极写宫廷宴饮奢华之况；又如《菩萨蛮》（花明月暗笼轻雾），细致描写了小周后与词人私会的行为、神态、语言，专作情语而绝妙。后期词，主要抒写往事的追忆和亡国的深痛。词人由帝王变为囚徒的屈辱生活，使词充满了沉重的哀愁，如《子夜歌》（人生愁恨何能免）、《虞美人》（春花秋月何时了）等词，字字血泪，深切动人。知悉了这些，我们再来看其《相见欢》（无言独上西楼）时，词中抒写的"剪不断，理还乱，是离愁"，就不能仅从字面意义，理解为相思离愁了，亡国之痛、离家之苦、忆旧之愁，都凝结在孤寂凄冷的院落中的人心头，此中滋味只有词人自己能深切体会。

作者的生平经历直接或间接地决定了创作行为和创作成果，"从作者的个性和生平方面来解释作品，是一种最古老和最有基础的文学研究方法”[①]。诗词作品的鉴赏和研究，应重视生平经历这一有价值的因素。但是也要注意，作家与作品并非简单的因果关系，不要把作家的研究直接移植于作品从而做出类化的分析。

(二)交游往来

交游往来对诗人的创作影响，主要表现为交游赠和诗增多，而且受交游对象的影响，诗人的创作手法、审美趋向等也会发生变化。

1. 交往诗的创作

诗人的交游往来，直接的结果就是交往诗的创作。尚永亮对开天（开元、天宝时期）、元和两大诗人群的交往诗创作进行具体细致的统计和分析，我们据其成果说明诗人交游对诗歌题材和数量的影响。[②]

开元、天宝时期十大诗人现存诗4373首，交往诗共2597首，占现存诗总量59.39%。其中杜甫交往诗743首，占现存诗50.48%；李白交往诗460首，占现存诗43.27%；岑参交往诗341首，占现存诗84.62%；孟浩然交往诗255首，占现存诗92.73%；王维交往诗247首，占现存诗65.34%；高适交往诗204首，占现存诗90.67%；张九龄交往诗117首，占现存诗56.52%；王昌龄交往诗114首，占现存诗62.64%；李颀交往诗106首，占现存诗84.12%；崔颢交往诗10首，占现存诗23.81%。

元和时期十大诗人现存诗为7288首，交往诗共3888首，占现存诗总量53.35%。白居易交往诗1431首，占现存诗49.62%；刘禹锡交往诗602首，占现存诗73.77%；元稹交往诗476首，占现存诗56.94%；张籍交往诗340首，占现存诗70.10%；贾岛交往诗287首，占现存诗71.75%；韩愈交往诗239首，占现存诗58.01%；孟郊交往诗236首，占现存诗46.37%；王建交往诗151首，占现存诗28.01%；柳宗元交往诗83首，占现存诗50.61%；李贺

①(美)韦勒克、沃伦著，刘象愚等译《文学理论》，文化艺术出版社，2010年，第71页。

②尚永亮《唐代诗歌的多元观照》，湖北人民出版社，2005年，第370-372页。

交往诗43首，占现存诗17.70%。

交往诗创作不仅数量巨大，而且产生了许多脍炙人口的佳作。如王维《送元二使安西》、孟浩然《洞庭湖赠张丞相》、高适《别董大》、李白《送孟浩然之广陵》《赠汪伦》、杜甫《秋末怀李白》《赠卫八处士》、岑参《白雪歌送武判官归京》、刘禹锡《酬乐天扬州初逢席上见赠》、白居易《赠元稹》、元稹《闻乐天授江州司马》、柳宗元《登柳州城楼寄漳汀封连四州》，等等。由这些诗题目，不难理解交往诗的艺术价值和历史影响。

2. 创作风格的变化

诗人之间的交游往来，还影响了诗歌的题材选择、艺术手法运用等，从而影响诗人的创作风格。

由于交往对象不同，交往诗写法也不同，如李白两首送别诗《赠汪伦》和《送孟浩然之广陵》。《赠汪伦》一反送别诗的凄惨饯别的写法，诗中李白潇潇洒洒独自欲行，汪伦热情开朗踏歌欢送，两人的性情不言自显；而且，诗以自呼其名开始，又以呼对方之名作结，更突显了二人的直率洒脱。《送孟浩然之广陵》却不同，景中藏情，以景传情，着重渲染送别的不舍。孟浩然年辈较李白早，李白对其非常敬仰，“吾爱孟夫子，风流天下闻”（《赠孟浩然》），孟浩然离开后李白仍在伫立眺望可见其不舍之情。而且此诗通过写景含蓄地传达情感，也与孟浩然诗歌有相近之处。

受交游对象影响，诗人前后诗风也会发生变化。以贾岛为例来说明。贾岛早年家境贫寒，出家为僧。云游时结识孟郊、韩愈、张籍等人。贾岛曾作《投孟郊》诗，“啜波肠易饱，揖险神难从”，表达了对孟郊诗的效仿；又作《携新文诣张籍韩愈途中成》诗，“仰望青冥天，云雪压我脑”，表达对韩张的仰慕之情。受韩孟等人影响，前期诗歌呈现出奇新的趋向。如古体诗《望山》一诗，显然学习韩愈以文为诗的写法；“《客喜》《寄远》《古意》，与东野一辙”[①]。贾岛听韩愈之劝，还俗应举，此时的一些诗如《剑客》《枕上

①(清)吴乔《围炉诗话》，载郭绍虞编选《清诗话续编》，上海古籍出版社，1983年，第518页。

吟》等，也呈现出昂扬踔厉的风格。科举考试的落第、生活的窘迫，加之孟郊、韩愈先后去世，使贾岛写作由关注外事逐渐转向自身，诗歌题材更为狭窄。贾岛后期与姚合以及众僧人来往较多，他经常与姚合切磋诗艺，注重对字词的“推敲”和“苦吟”，如《送无可上人》《宿姚少府北斋》等诗，炼字炼句堪为用心良苦。贾岛吸收了韩愈的“新变”的思想，又接受了孟郊的炼字技巧，在与姚合探讨诗歌的基础上，他的诗歌风格也趋向奇僻瘦淡，形成了颇具特色的“贾浪仙”体。

3. 从交游分析诗词

了解诗人的交游往来情况，不仅能总体上把握诗人的因交游对象而表现出的诗歌题材内容和审美追求的变化趋向，也能帮助我们进一步理解和分析诗词。如苏轼《一斛珠》：

洛城春晚。垂杨乱掩红楼半。小池轻浪纹如篆。烛下花前，曾醉离歌宴。

自惜风流云雨散。关山有限情无限。待君重见寻芳伴。为说相思，目断西楼燕。

这首词从字面看是相思词，但下阕首两句颇为费解。“风流云雨散”似指二人的爱恋离合，但这样理解明显有悖常情，因为人们一般不会用“风流”“云雨”来形容“关山有限情无限”的刻骨之恋。那么是否可理解为“风流云散”呢？也就是说苏轼慨叹曾经相与往还的知友朋伴一朝离散，为凑足词牌的音节加上“雨”字，写成“风流云雨散”。这就需要考察苏轼此时的交游情况。熙宁三年（1070）起，苏轼和师友同道因反对王安石变法纷纷遭到排挤离京；熙宁四年（1071）九月，苏轼专程赴颍州看望致仕的欧阳修，而一年之后欧阳修离世，可谓一时人物“风流云散”。苏轼选用欧阳修用过的词调《一斛珠》，很有可能是宣泄对欧阳修的痛惜别离之情。

如果不明诗人的交游情况，仅依据诗词文本，有可能会出现理解的错误。如杜甫《与李十二白同寻范十隐君》中写：“醉眠秋共被，携手日同行。”金圣叹解为：“此殆言己无日无夜不教侯作诗。”又《赠李白》：“秋来相顾尚飘零，未就丹砂愧葛洪。痛饮狂歌空度日，飞扬跋扈为谁雄？”金圣叹解为：“先生不惜苦口，再三教戒，见前辈交道如此之厚也。”[①]金圣叹根据诗的字面意思，误解了李白和杜甫的关系，认为是杜甫教导李白作诗、为人，这是不符合现实的。事实上，李白长杜甫11岁，而且当时李白已名闻天下，杜甫对李白极其推崇和仰慕。如果金圣叹能知人论世，考察李杜二人的身世和关系，这样的错误观点是完全可以避免的。

（三）文学追求

作者的文学追求和文学思想，直接影响着创作内容的选择和艺术手段的运用。如在北宋词坛上，由于对词的本质的理解不同，形成对词“当行本色”的坚守或革新的不同创作追求。苏轼和李清照可分别作为革新和守成的代表。

苏轼对词的观点散见于书信、祭文、词话记载中。他认为诗词一体，而词为诗裔，如《祭张子野文》认为张先“微词宛转，盖诗之裔”；肯定诗人之笔可以用以写词，如《答陈季常书》评陈所赠词“诗人之雄，非小词也”。而且，苏轼有意识地以诗人之笔开创新的词风，《与鲜于子骏三首》中言：

近却颇作小词，虽无柳七郎风味，亦自是一家。呵呵。数日前，猎于郊外，所获颇多。作得一阕，令东州壮士抵掌顿足而歌之，吹笛击鼓以为节，颇壮观也。[②]

苏轼在此所谈的是《密州出猎》的创作情况，其中不乏自得与自矜之意。苏轼强调词“自是一家”，并创作了大量非“本色”词，以其自身创作实践来进一步彰显“诗词一体”的词学观。苏轼自觉地以诗人之笔创作豪放之词，扩大了词的表现范围，打破当时词坛婉约词独尊的局面，逐渐形成了宋代词坛婉约词与豪放词并驾齐驱的格局。

与苏轼“诗词一体”的观念完全不同，李清照坚决维护词的本体观念，并且有着系统的论述，《词论》云：

---

①（清）金圣叹著、钟来因整理《杜诗解》，上海古籍出版社，1984年，第13、17页。

②（宋）苏轼著、孔凡礼点校《苏轼文集》，中华书局，1986年，第1560页。

至晏元献、欧阳永叔、苏子瞻，学际天人，作为小歌词，直如酌蠡水于大海，然皆句读不葺之诗尔，又往往不协音律耳。何耶？盖诗文分平侧，而歌词分五音，又分五声，又分六律，又分清浊轻重。……王介甫、曾子固，文章似西汉，若作一小歌词，则人必绝倒，不可读也。乃知词别是一家，知之者少。[①]

李清照指出了北宋著名词人之词的缺点，强调词“别是一家”，有着鲜明的文体特性。正是具有这样的文学思想，李清照的诗和词具有明显不同的风格。如下：

生当作人杰，死亦为鬼雄，至今思项羽，不敢过江东。（诗《夏日绝句》）

嫠家父祖生齐鲁，位下名高人比数。当时稷下纵谈时，犹记人挥汗成雨。子孙南渡今几年，飘流遂与流人伍。欲将血泪寄山河，去洒东山一抔土。（诗《上枢密韩公、工部尚书胡公》节选）

年年雪里，常插梅花醉。挼尽梅花无好意，赢得满衣清泪。　今年海角天涯，萧萧两鬓生华。看取晚来风势，故应难看梅花。（词《清平乐》）

以上选取诗词均为北宋灭亡后李清照漂泊南方时期所作。《夏日绝句》《上枢密韩公、工部尚书胡公》表现了李清照对一味求安的南宋政府强烈的愤慨，抒发其热切期望收复故土的爱国情怀。《清平乐》中，“风势”“难看梅花”，或许也寄托着词人对国事的忧怀，不过，词更多抒发了自己颠沛流离、沦落飘零伤感和忧愁。以诗言志、以词言情在李清照的诗词创作中表现非常典型。

三、论世与逆志

在鉴赏古典诗词时，了解诗人所处时代的社会状况和世风民情，不仅有助于把握诗词所体现的文化风俗、时代特征，也有利于理解诗人创作的思想倾向和审美价值。下面主要从时代风尚、地域环境来说明。

①（宋）李清照著、徐培均笺注《李清照集笺注》，上海古籍出版社，2017年，第290页。

(一)时代风尚

一个时代的社会政治、经济、文化等状况，影响和制约着文学的发展，“文变染乎世情，兴废系乎时序”[①]；而且也反映在文学的时代风格上，即一个时代的作家作品在总体上呈现出特定时代的审美风貌。文学史上经常提到的“建安风骨”“魏晋风度”“盛唐气象”等，就是时代精神特点、审美要求、审美理想在作家作品中表现的经典概括。

唐诗与宋诗是中国诗歌发展的两座高峰。唐宋诗之争是中国诗歌批评史上一大公案，这主要在于唐诗与宋诗代表两种不同的创作范式，分别表现了唐代和宋代的艺术风貌。下面以唐宋诗比较来说明时代风尚对于文学风格的影响。

1.尚武功与忧国运

从题材来看，唐宋诗最明显的区别就是关于边塞诗创作。唐代边塞诗现存两千余首，高适、岑参等边塞诗派诗人创作自不待说，李白、杜甫、王维等都有边塞诗。宋代只有少数人有少量描写边塞战争的诗词，而且已经不复有唐人积极昂扬的气魄和恢宏盛大的气象。以王维和陆游诗为例，可以见出其不同的情感取向。王维是山水诗派的代表，而他的边塞诗也洋溢着昂扬的斗志，如《少年行》“孰知不向边庭苦，纵死犹闻侠骨香”“偏坐金鞍调白羽，纷纷射杀五单于”，颂扬了边塞战士的舍生取义和英勇善战。陆游是主战派爱国英雄，在他的诗中却充满了壮志难酬的无奈，如《十一月四日风雨大作》中“夜阑卧听风吹雨，铁马冰河入梦来”的收复国土的期盼、《关山月》中“遗民忍死望恢复，几处今宵垂泪痕”的伤痛，都典型代表了宋代边塞诗的特点。

唐宋边塞诗的创作情况，主要在于两朝的政治、军事等影响。唐朝国势空前强大，不断向外拓展疆域，而且对于军事征战有功者重加奖赏提拔，因此唐人多以军事作为实现个人价值的途径，表现在文学上就是边塞题材诗创

①(南朝梁)刘勰著、范文澜注《文心雕龙注》，人民文学出版社，1958年，第675页。

作的繁荣。边塞诗不仅数量剧增，而且充分体现了盛唐气象，如高适《燕歌行》、岑参《白雪歌送武判官归京》等诗，风格悲壮雄浑、豪放壮丽，洋溢着积极昂扬的精神，具有恢宏开阔的气势。两宋时期，与宋对峙并存的先后有辽、西夏、金、蒙古等少数民族政权。宋代崇文抑武，军事力量衰微，战事多是因外来侵略而起，且多以战败告终。南渡之后，朝廷偏安江南，不思收复失地，文人多带着和谈、朝贡等任务出使外朝，而不参加边塞战事。爱国诗人围绕国家领土完整、边塞安危的主题，在诗中主要表达收复失地的理想、壮志难酬的苦闷和国土没有恢复的悲叹。由此，就不难理解陆游、辛弃疾等人的诗词，缘何充满了无法实现志向的愤懑与无奈。

2. 富情韵与善说理

从表达方式来看，唐诗多写景抒情，宋诗善说理议论。钱锺书论唐宋诗云："唐诗多以风神情韵擅长，宋诗多以筋骨思理见胜。"[①]从李白和苏轼的题咏庐山诗，可见唐宋诗的不同特色。李白《望庐山瀑布》，因庐山瀑布而生发想象，"飞流直下三千尺，疑是银河落九天"，形象地描写庐山瀑布临空而落的壮美的景观，也表现诗人对大好河山的热爱之情。苏轼《题西林壁》观照的对象也是庐山，但意不在描写庐山风景，而注重于庐山观感，"不识庐山真面目，只缘身在此山中"，说明了"当局者迷，旁观者清"的朴素真理。

唐宋诗表达方式的不同，与唐宋文化思想密切相关。唐朝是古代"中国最具世界主义色彩的朝代"[②]。唐朝君主希望建立四夷宾服的帝国，不仅广泛吸纳兼容异国学术思想，而且在境内融会贯通南北多民族的文化，显示出信心十足的精神风貌和海纳百川的大国情怀。唐代开放、宽松的文化环境，使得诗人情感力量充沛外放，在创作方式的运用上更为自由无拘。与唐代对各种文化兼容并包不同，在如何对待传统儒学与异质文化方面，宋人更推重儒家思想。宋儒把异质文化消融于儒家文化思想中，并依据经书阐述宇宙本

①钱锺书《谈艺录》，商务印书馆，2011年，第7页。

②黄仁宇《中国大历史》，三联书店，1997年，第108页。

质规律和伦理纲常，形成了哲学思辨化的理学思想。宋人把探究物理的思维方式运用于诗歌创作中，说理不仅是一种表达手段，也是诗歌创作的目的。由此，说理诗创作在宋代达到高潮。

3. 多自然与喜用典

从修辞技巧来看，唐人多自然为诗，习惯以比兴、夸张等来表达情感；宋人多有意为诗，喜欢用典故来说理议论。比较杜牧和黄庭坚同题诗《清明》，大略可见唐宋诗不同。杜牧从游子的角度抒写清明节之所见所感，“清明时节雨纷纷，路上行人欲断魂”，清明之雨引发诗人的羁旅思乡之愁，由此诗人很自然地想到了饮酒，“借问酒家何处有，牧童遥指杏花村”，以远处的杏花村戛然而止，留给人以无限的想象空间。黄庭坚善用典故，颈联“人乞祭余骄妾妇，士甘焚死不公侯”，连用与清明有关的两个正反面的典故，一是孟子笔下的“齐人”到墓地乞食祭余，回家后骄其妻妾；二是春秋晋文公时的介子推毅辞封赏，即使焚死也不出山相受。诗人用典，目的在于表达人物贤愚之论，即“贤愚千载知谁是，满眼蓬蒿共一丘”。

宋严羽《沧浪诗话》指出，“盛唐诸人惟在兴趣，羚羊挂角，无迹可求”；“近代诸公乃作奇特解会，遂以文字为诗，以才学为诗，以议论为诗”。①诗歌是否用典，是诗人以才学为诗的主要特征，而这也与时代风气和学术文化有关。唐代文人地位相对为低，而且科举进士考试选人，主要看其诗赋而非学术。因此，唐代诗人涉猎的文化领域范围相对较窄，诗歌创作更多秉持自然的诗性想象。宋代重文轻武，大兴文治，北宋前期就征用博学之士修史编书，激励文人不断提高文化水平；两宋科举选人数量大为增多，而且逐渐由诗赋取士变为经义取士，这使得文人更注重学术。宋代诗人多数是博学之士，他们的文化修养、广博学识也有意无意地体现在诗歌中，从而形成以才学为诗、喜欢用典的创作风气。

①(宋)严羽著、郭绍虞校释《沧浪诗话校释》，人民文学出版社，1983年，第26页。

（二）地域环境

地域环境对于文学创作的影响，是通过对作家的影响来实现的。一个地域的自然环境和人文环境，不仅决定着本土诗人的气质、性格、人生追求、审美趣味等，而且对于因仕宦、游历、战争等客居其地的非本籍诗人的创作题材选择、艺术表现等也有着直接的影响。因此，同一地域尤其是相对闭塞的地域的文学总体呈现出相近的创作风格；而先后在不同地域生活的一个作家的诗歌风格也会发生变化。

1.南北文学差异

人们一般以横贯中国东西的秦岭—淮河，作为中国南北方的自然分界线。中国北方气候冬夏温差大，干燥少雨，多高山峻岭；南方气候温暖湿润，多湖泊河流。南北之地在穿衣饮食、语言交通、体格性情、风物民俗等方面都有显著区别。《礼记·王制》早已论述："凡居民材，必因天地寒暖燥湿，广谷大川异制，民生其间者异俗，刚柔轻重，迟速异齐，五味异和，器械异制，衣服异宜。"[①]地域风俗文化和民情民性，也决定诗歌创作的题材内容和审美趋向。

刘勰《文心雕龙》已充分认识到南北文化的不同，"涂山歌于候人，始为南音；有娀谣乎飞燕，始为北声"；北方《诗经》"情深而不诡"，"风清而不杂"，而南方《楚辞》"瑰诡而惠巧""耀艳而深华"。[②]魏徵在《隋书·文学传序》直接阐述南方和北方文风不同："江左宫商发越，贵于清绮；河朔词义贞刚，重乎气质。气质则理胜其词，清绮则文过其意。理深者便于时用，文华者宜于咏歌。此其南北词人得失之大较也。"[③]宋孝宗也说过南北之文的不同："北方之文豪放，其弊也粗；南方之文缜密，其弊也弱。"[④]近代

①（清）阮元校刻《十三经注疏》，中华书局，1980年，第1338页。

②（南朝梁）刘勰著、范文澜注《文心雕龙注》，人民文学出版社，1958年，第101、23、47页。

③（唐）魏征撰《隋书》，中华书局，1972年，第1730页。

④《宋史全文》卷二十六下，《文渊阁四库全书》史部第331册，台北商务印书馆影印，第443页。

刘师培在《南北文学不同论》中，具体分析南北文学区别的原因：

大抵北方之地，土厚水深，民生其间，多尚实际。南方之地，水势浩洋，民生其际，多尚虚无。民崇实际，故所著之文，不外记事、析理二端。民尚虚无，故所作之文，或为言志、抒情之体。①

在诗歌鉴赏中，不仅要了解南北文学的总体特征，更重要的是要把握地域影响在具体作品中的艺术表现。如屈原等人作《楚辞》就得于“江山之助”，故能充分表现了南方楚地的物产、语言等特征。宋人黄伯思《校定楚辞序》具体说明：

屈宋诸骚，皆书楚语、作楚声、纪楚地、名楚物，故可谓之“楚辞”。若些、只、羌、谇、蹇、纷、侘、傺者，楚语也；悲壮顿挫、或韵或否者，楚声也；沅、湘、江、澧、修门、夏首者，楚地也；兰、茝、荃、药、蕙、若、芷、蘅者，楚物也。②

我们经常也会发现，一个作家由于某种原因生活环境变化，其诗歌的表现内容和审美特征也有区别。如庾信一生先后在南朝和北朝生活，其诗歌可谓“穷南北之胜”，我们以其诗进行说明。庾信早年仕于南朝梁，与徐陵诗风相近，世称“徐庾体”，诗歌主要是奉和应制之作，题材基本上不出花鸟风月、歌舞美人的范围；42岁奉命出使西魏被羁留，历仕西魏、北周，乡关之思、亡国之恨，加上边塞景色，诗歌苍凉悲壮。如下面两首描写秋景的诗歌：

乐宫多暇豫，望苑暂回舆。鸣笳陵绝浪，飞盖历通渠。桂亭花未落，桐门叶半疏。荷风惊浴鸟，桥影聚行鱼。日落含山气，云归带雨余。（《奉和山池》）

凄清临晚景，疏索望寒阶。湿庭凝坠露，抟风卷落槐。日气斜还冷，云峰晚更霾。可怜数行雁，点点远空排。（《晚秋》）

《奉和山池》前四句描写太子出游时行程和气派，展现了宫廷生活的闲

①刘梦溪主编《中国现代学术经典·黄侃 刘师培卷》，河北教育出版社，1996年，第756页。

②（宋）陈振孙《直斋书录解题》卷十五，上海古籍出版社，1987年，第436页。

暇华贵气象。后六句每句一景，描写山池周围的优美景色，其中桂花、荷花、行鱼都为南方物产，尤其是山中带雨之云气，让人联想到南方空气的滋润和清新。《晚秋》描写了凄清、疏寒的秋景，这自然主要缘于诗人家国之愁思移情入景，但也与诗人因北地环境而触景生情有关。“湿庭凝坠露，抟风卷落槐”，这只有在北方出现；“日气斜还冷，云峰晚更霾”，这与南方的“日落含山气，云归带雨余”完全不同，典型表现北地特征。杜甫称“庾信文章老更成”，“暮年诗赋动江关”，庾信前后期诗歌风格的变化，与其身世经历和所处环境密切相关。

2. 不同区域文学差异

历代社会统治者为便于行政管理，根据地理位置而划分不同级别的区域。不同区域尤其是相距较远的区域，由于所处自然环境和人文环境差别，文学也呈现不同特征。

古人很早就注意区别不同区域的文学。先秦时期，《诗经》中的国风，就依据国别不同，分为周南、召南、邶、墉、卫、王、郑、齐、魏、唐、秦、陈、桧、曹、豳十五国风。班固《汉书·地理志》中以《诗经·秦风》为例论述秦地地域习俗：

天水、陇西，山多林木，民以板为室屋。及安定、北地、上郡、西河，皆迫近戎狄，修习战备，高上气力，以射猎为先。故《秦诗》曰：“在其板屋。”又曰：“王于兴师，修我甲兵，与子偕行。”及《车辚》《四驖》《小戎》之篇，皆言车马田狩之事。[①]

人们还常以地域来划分文学流派或作家群体，如唐代的吴中四士，宋代的江西诗派、永嘉四灵，明代的吴江派、临川派、公安派、竟陵派，清代的浙西词派、常州词派、桐城派、阳湖派等。这都显示了地域环境对于文学创作群体和创作的影响。

古代诗人由于仕宦、游学、游历、作战等，一生会辗转多地，在客居之地创作诗篇往往会受当地环境影响。尤其是诗人因贬谪到远离京城的偏远穷

①（汉）班固撰、（唐）颜师古注《汉书·地理志下》，中华书局，1962年，第1644页。

僻之地，对诗人的创作影响最为明显。我们以刘禹锡诗歌创作为例进行说明。

刘禹锡先后被贬到朗州、连州、夔州等地，受贬谪之地环境、风俗的影响，诗歌创作也有所变化。我们以不同贬地所作的三首诗进行比较，如下：

白马湖平秋日光，紫菱如锦彩鸾翔。荡舟游女满中央，采菱不顾马上郎。争多逐胜纷相向，时转兰桡破轻浪。（《采菱行》节选）

农妇白纻裙，农夫绿蓑衣。齐唱田中歌，嘤伫如竹枝。但闻怨响音，不辨俚语词。时时一大笑，此必相嘲嗤。（《插田歌》节选）

山桃红花满上头，蜀江春水拍山流。花红易衰似郎意，水流无限似侬愁。（《竹枝词九首》其二）

《采菱行》作于朗州，主要是描写当地人们采菱的风俗画面，初步体现了文人诗与民歌相融合的形式。《插田歌》作于连州，诗歌描写当地人民的生产过程，表现劳动人民的淳朴品质和乐观精神。夔州是《竹枝词》的故乡，刘禹锡观看郡人“联歌竹枝”的盛会，而且还学习《竹枝词》的演唱技巧，成功地创作出以组诗《竹枝词》为代表的民歌体诗歌。刘禹锡从朗州尝试写作民歌体，到连州时积极探索新诗体，最终在夔州时民歌体诗歌创作成熟。

综上所述，“知人论世”和“以意逆志”，是运用最普遍的传统批评方法。依据社会历史环境和诗人生平经历，对作品进行深入解读，可以更深刻地理解诗歌的含义，更好地发掘作家的创作本意和思想情感。但是，任何理论与方法都有一定适用范围和适用程度，诗词鉴赏应该选择最佳的方法合理运用，如在既知人又论世的基础上，再结合运用其他方法，有可能对作品作出更为准确的阐释和评价。

附:鉴赏示例

玉壶吟

李　白

烈士击玉壶，壮心惜暮年。
三杯拂剑舞秋月，忽然高咏涕泗涟。
凤凰初下紫泥诏，谒帝称觞登御筵。
揄扬九重万乘主，谑浪赤墀青琐贤。
朝天数换飞龙马，敕赐珊瑚白玉鞭。
世人不识东方朔，大隐金门是谪仙。
西施宜笑复宜颦，丑女效之徒累身。
君王虽爱蛾眉好，无奈宫中妒杀人！

《玉壶吟》是李白自创的一首七言歌行。李白以“玉壶”之典命题寄意，慷慨而悲歌。全诗“气如良驷，驰而不轶”，情感波澜起伏，又脉络贯通，充分体现了李白自由驱遣语言、变化入神的艺术才气。

前四句擒题入势，抒写了诗人壮志无法实现的愤激之情。

“烈士击玉壶，壮心惜暮年”，开篇典中有典，壮怀激烈。首两句语出曹操《龟虽寿》“烈士暮年，壮心不已”，诗人以壮士而自居。其中“击玉壶”，又本于王敦击玉壶之典。《世说新语·豪爽》载：“王处仲每酒后辄咏：‘老骥伏枥，志在千里。烈士暮年，壮心不已。’以如意击唾壶，壶口尽缺。”《晋书·王敦列传》也载此事。王敦素有重名，又建立大功，为晋元帝猜疑防范，故酒后感愤，击壶歌诗。李白起篇用典，借以表达自己渴望施展才能的壮志，同时也以王敦的遭遇暗示自己目前的处境。

接下去，“三杯拂剑舞秋月，忽然高咏涕泗涟”，正面描写了李白当时悲愤不能自已的行为动作。饮酒、拂剑、高咏，这些都是李白诗中的代表性动作。“涕泗涟”即痛哭流涕，化用《诗经·卫风·氓》中“泣涕涟涟”。流泪在李白的诗歌中并不多见，可见李白当时不堪忍受的痛苦心情。

前四句正面书愤，按说下文应该交代痛苦的原因或结果，但李白却笔头翻转，别开一途。下面六句，极力来叙说自己入京受到的宠遇。

“凤凰初下紫泥诏，谒帝称觞登御筵”，写自己奉诏入京、皇帝赐宴的隆遇。“紫泥诏”，指古时用紫泥加封的诏书。“凤凰初下紫泥诏”，化用木凤衔诏之典。《初学记》引陆翙《邺中记》曰：“石季龙皇后在观，上有诏书，五色纸，著凤口中。凤既衔诏，待人放百丈绯绳，辘轳回转，凤凰飞下。”“谒帝称觞登御筵”，写李白进京之后，皇帝召见并赐筵，君臣举杯欢饮的盛事。李白所受隆遇并非夸饰，唐李阳冰《草堂集序》载：“天宝中，皇祖下诏，征就金马，降辇步迎，如见绮、皓。以七宝床赐食，御手调羹以饭之，谓曰：‘卿是布衣，名为朕知，非素蓄道义，何以及此。’置于金銮殿，出入翰林中，问以国政，潜草诏诰，人无知者。”《新唐书·李白传》亦载皇帝赐食、亲为调羹、数次宴见之事。

“揄扬九重万乘主，谑浪赤墀青琐贤”，写李白在朝廷的为人行事。“九重”，即九道，指皇宫；“万乘”，周制，天子地千里，出兵车万乘，“万乘主”即指唐玄宗。前句言李白供奉翰林后，对皇帝的称颂赞扬。“谑浪”，戏谑不敬；“赤墀”，皇宫中红色台阶，“青琐”，刻有连环花纹的青色宫门，“赤墀”“青琐”，均代指宫廷；“贤”，指皇帝左右的大臣。后句写李白对权贵要臣的嘲弄。

“朝天数换飞龙马，敕赐珊瑚白玉鞭”，这两句进一步渲染了李白在宫中的恩遇。“飞龙马”，古时皇帝有六个马厩，其中飞龙厩所养的都是上等好马，此泛指宫中的良马；“珊瑚白玉鞭”，是用珊瑚、白玉装饰的马鞭，此泛指华贵的马鞭。李白上朝时经常换乘皇家马厩中的飞龙名马，手里还拿着皇帝赏赐的名贵马鞭，这种荣耀可谓登峰造极。诗人骋足笔力，极写昔日的荣耀风光，正是为了衬托开篇的痛苦忧伤，同时也与下文形成对比。

接下去两句发生转折，“世人不识东方朔，大隐金门是谪仙”。“东方朔”是西汉著名文学家，汉武帝时为太中大夫，为人诙谐滑稽，言辞敏捷，因逗乐汉武帝受宠遭嫉妒，所言政治得失也多被视为俳优之言不采用。“大隐”，旧时指隐居于朝廷，晋王康琚《反招隐诗》：“小隐隐陵薮，大隐隐朝市。”“金门”，汉代宫门名，又名金马门，这里指朝廷。《史记·滑稽列传》载东方朔对自己的滑稽弄臣身份很无奈，曾作歌曰：“陆沉于俗，避世金马门。宫殿中可以避世全身，何必深山之中，蒿庐之下。”“谪仙”，《风俗通义》卷二载东方朔是太白星精，而李白曾被贺知章称为“谪仙人”。这两句表面写东方朔，实借东方朔来自喻，意在说自己不被赏识，不过是皇帝为颂赞太平和日常玩乐的点缀而已，这也是李白苦闷不满的根源。

最后四句，诗人表明自己的志意，并进一步揭示愤激不平的原因。

“西施宜笑复宜颦，丑女效之徒累身”，这两句运用“东施效颦”之典。《庄子·天运》载：“故西施病心而颦其里。其里之丑人见而美之，归亦捧心而颦其里。其里之富人见之，坚闭门而不出；贫人见之，絜妻子而去之走。”李白以“西施”自比，言自己才学出众，自然无伪；以“丑女”来喻当时权贵，揭露其庸碌无能而又装腔作势的丑态。

“君王虽爱蛾眉好，无奈宫中妒杀人”，这两句化用《离骚》“众女嫉余之蛾眉兮，谣诼谓余以淫善”句意，写君王因小人谗言而疏弃美人。李白借屈原怀瑾握瑜而不见容于朝之事，来暗示自己目前的遭遇，表达了诗人对离间小人的愤怒，也流露出对君王终不能辨别美丑贤恶的不满，与前文“高咏涕泗涟”遥相呼应。李白供奉翰林被人嫉妒，史料也有记载。李阳冰《草堂集序》载：“丑正同列，害能成谤，格言不入，帝用疏之。”《新唐书·李白传》记载更具体：“白尝侍帝，醉，使高力士脱靴。力士素贵，耻之，摘其诗以激杨贵妃，帝欲官白，妃辄沮止。白自知不为亲近所容，……恳求还山，帝赐金放还。”

关于此诗，元人萧士赟曾曰：“此诗乃太白自述其知遇始末之辞也。观太白传及前后诗集序，其意自见矣。”明人朱谏曰：“按《玉壶吟》者，以篇首二字以为题，白所自为之辞也。是供奉之时，被力士、贵妃谗间，将求还山之日欤？”对比诗中所言与史料记载，萧、朱观点可采。这首诗大约作于唐玄宗天宝三年（744），即李白供奉翰林的后期、赐金还山之前。李白正处在遭谗被疏、不受重用的处境下，痛苦愤激的情感融注在艺术表达中铸就了此诗。

李白善于借用典故，自如地放收内心郁勃不平之气。开篇直接用壮士击壶之典，使壮士之悲愤倾泻而出；然后选取凤凰衔诏之典，一扫悲愤抑郁之气，极力铺写当初奉诏进京后的隆遇；进而又用东方朔大隐金门之事，笔势急转直下，借以表达实未重用的苦闷；最后以东施效颦之典，表示对权贵的蔑视，又借屈原被逐之事，书写因受谗被疏的愤慨。诗人以气运笔，借典统气，抒发了壮志难以实现的愤激不平、痛苦矛盾的心情，诗歌波澜起伏，真切生动，激荡人心。

第九章　读者阐释与诗无达诂

诗词鉴赏不仅是读者对作品意义发现、欣赏的过程，也是读者主动选择和鉴别作品、积极发现和发明其意义的过程。传统的解诗方式以还原作者意图为最高追求，但是读者试图恢复原意的努力无法实现诠释的绝对正确，反而导致解诗结果的多样性。诗词鉴赏应借鉴现代阐释学、新批评、读者接受等理论，重新理解和认识“诗无达诂”的诠释难题，在避免脱离文本的过度阐释而陷入不可知论的前提下，既要承认文本阐释的开放性和多元性，也要发挥读者对作品意义和审美价值生成的创造性作用。

一、“诗无达诂”的根据

“诗无达诂”，源于汉代今文经学家对《诗经》的解读，董仲舒《春秋繁露·精华》载：“所闻《诗》无达诂，《易》无达占，《春秋》无达辞，从变从义，而一以奉人。”[①]“诗无达诂”，本为反对古文经学家对《诗经》的训诂，认为《诗经》解释“难以取得共同的一致的见解”，其后逐渐发展为诗学领域中的阐释理论，可以说“诗无达诂”是“一个极具生命力、影响力和派生力，兼跨经学与诗学场域的著名的理解与阐释话语”。[②]“诗无达诂”的提出，意味着承认诗的多样化阐释的合理性。

①(清)苏舆撰、钟哲点校《春秋繁露义证》，中华书局，1992年，第94-95页。

②李有光《中国诗学多元解释思想研究》，人民文学出版社，2014年，第2页。

(一)语言符号的局限与优势

1.“言不尽意”的困惑

中国古人很早就关注到语言表意的问题。孔子一方面强调语言对于志意表达的重要性，“言以足志，文以足言”[①]；同时又指出语言在表述深奥思想上的无力，“书不尽言，言不尽意”，需要“立象以尽意”。[②]

其后，文论家进一步从文学创作层面发挥了“言不尽意”的观点。刘勰《文心雕龙·神思》认为文学构思中“言”与“意”并不一致，“密则无际，疏则千里”，这主要在于“意翻空而易奇，言征实而难巧”，故言不能很好表意，“方其搦翰，气倍辞前；暨乎篇成，半折心始”。[③]陆机《文赋》也指出表意的困难：“恒患意不称物，文不逮意，盖非知之难，能之难也。”[④]文学语言表达某种意义需要借助物象，而物象与意义又缺乏确定的对应关系，因此“文不逮意”似乎成了必然。

西方学者更多强调语言符号的局限性。卡西尔认为语言是一种符号，“它不是个别事实的复制或模拟，而带有某种模糊、抽象的普遍性，但又不是概念”[⑤]。其实在此之前，黑格尔已经指出：

> 语言实质上只表达普遍的东西，但人们所想到的却是特殊的、个别的东西。因此，不能用语言表达人们所想的东西。[⑥]

由于语言的“普遍性”与表意的“特殊性”，常常会出现语言与欲表达的意义不合的情况，尤其是语言用来表达复杂微妙的思想意识总不尽如人意。在这个意义上，阐释学家伽达默尔指出，“语言表达无论如何都不仅不够准确，需要再推敲，而且必然地总不能充分表情达意”[⑦]，进一步说明文

---

①(清)阮元校刻《十三经注疏》,中华书局,1980年,第1985页。

②(清)阮元校刻《十三经注疏》,中华书局,1980年,第82页。

③(南朝梁)刘勰著、范文澜注《文心雕龙注》,人民文学出版社,1958年,第494页。

④(清)严可均编《全上古三代秦汉三国六朝文》,中华书局,1965年,第2013页。

⑤参见周春宇《西方美学的历史构成》,敦煌文艺出版社,2002年,第258页。

⑥参见列宁《哲学笔记》,人民出版社,1959年,第306页。

⑦转引自张隆溪《诗无达诂》,《文艺研究》,1983年第4期。

学语言表意的局限性。

2. “言外之意”的追求

任何事情都有两面性，语言表意的局限性，也便于发挥其优势。刘勰意识到“言征实而难巧”，同时也发现语言能形成“文外之重旨”，营构“深文隐蔚，余味曲包”之境。[①]从诗词创作来看，“言外之意”主要从深意和余意两个维度展开，由此发展为两个艺术传统：一是重视语言的深意，强调语不直露，言在此意在彼；一是重视语言的余意，强调语不说满，言有尽而意无穷。

古代诗人充分发挥语言的模糊性、隐喻性的特点，形成了含蓄婉曲的表达方式。诗人或托物言志，或借景抒情，或以史论今，使诗歌语言在表层意义下还往往具有深层意义。刘勰《文心雕龙》设有“比兴”一门，陈子昂提出“兴寄”说，都强调了诗文的隐喻寄托之意。戴叔伦认为“诗家之景，如蓝田日暖，良玉生烟，可望而不可置于眉睫之前也”[②]，推崇语言表达的含蓄朦胧。司马光指出“古人为诗，贵于意在言外”，认为“近世诗人，唯杜子美最得诗人之体”[③]，并以杜甫《春望》进行具体分析。《春望》以诗人所见之物，寓感时伤世之悲，应该说诗旨意还比较明确。语不直露最典型的要属李商隐的“无题”系列诗[④]，李商隐自谓其诗“楚雨含情皆有托”（《梓州罢吟寄同舍》），但是具体所指莫衷一是，这正如叶燮所说“其寄托在可言不可言之间，其指归在可解不可解之会”[⑤]，充分表现了诗歌语言的含蓄模糊性。

古代诗人还充分利用汉语语词富有张力的特点，追求用简洁的语言表达丰富的含义。诗人通过跳跃省略、虚实结合等方式，使诗歌在有限的语言中包孕着无穷的余味。刘禹锡以“片言可以明百意，坐驰可以役万景”为追

①(南朝梁)刘勰著、范文澜注《文心雕龙注》，人民文学出版社，1958年，第632-633页。

②(唐)李商隐撰，刘学锴、余恕诚注《李商隐诗歌集解》，中华书局，1988年，第1581页。

③李之亮《司马温公集编年笺注》，巴蜀书社，2008年，第201-202页。

④李商隐“无题”系列的诗包括诗题为《无题》的诗和取自篇首两字的诗，《锦瑟》属后一种。

⑤丁福保辑《清诗话》，上海古籍出版社，1978年，第584页。

求；[①]苏轼大力提倡言有余意，认为“言有尽而意无穷者，天下之至言也”；姜夔在此基础又强调，“若句中无余字，篇中无长语，非善之善者也；句中有余味，篇中有余意，善之善者也”。[②]为使诗歌具有“不尽之意”，古人还提出一些具体的方法，如五言绝句当以“咫尺有万里之势”为第一义、填词时“结句须要放开，含有余不尽之意，以景结情最好”等。[③]

由于对“言外之意”的追求，诗词语言更能体现语言的隐喻性、模糊性和非逻辑性的特点，其阐释也就更具有挑战性和易歧性。

3.语言阐释的多重偏离

文学是以语言为媒介的艺术，创作和接受都必须依赖语言。诗人进行创作，不仅要借助语言进行构思，而且还要把自己的构思成果以语言的形式物化。读者鉴赏诗词，不仅需要通过语言来理解作品，而且“一切解释都是通过语言的媒介而进行的，这种语言媒介既要把对象表述出来，同时又是解释者自己的语言”[④]。言与意不对等，必然会导致阐释的偏离。

首先，语言运用的主观性决定了阐释的分歧。语言符号具有客观性和社会规范性，通常一个语言符号指向一个或多个对应物。但是，语言符号又具有主观性，这不仅在于语言符号是为了交际需要而人为设定，更在于人们在表达时可以选择语言符号并自主组合，这样语言运用情况就会因人而异。诗人为了表情达意，常会违反语言组合规律创造性运用语言符号；而读者阐释也要选择并组合语言符号。语言符号运用的主观性，导致语言阐释的分歧性。

其次，文学语言的特殊性引发解释的多样化。诗词体制短小，还要考虑平仄、押韵、对仗等格律要求，诗词语言规则更难把握。而且，诗人创作追求含蓄蕴藉、反常合道，不仅运用诗歌语言表意的模糊性特点，创造“象外

①(唐)刘禹锡著、卞孝萱校订《刘禹锡集》，中华书局，1988年，第237页。

②(宋)姜夔《白石道人诗说》，载何文焕辑《历代诗话》，中华书局，1981年，第681页。

③参见(清)王夫之注、戴鸿森笺注《姜斋诗话笺注》，上海古籍出版社，2012年，第141页；(宋)沈义父著、蔡嵩云笺释《乐府指迷笺释》，人民文学出版社，2018年，第60页。

④(德)伽达默尔《诠释学1：真理与方法》(修订译本)，洪汉鼎译，商务印书馆，2011年，第547页。

之象”“景外之景”，而且非常规地运用语言，造成陌生化的效果，这样诗词语言弹性阐释的空间更大。正如张隆溪所说：“如果语言被认为内在地便具有隐喻性，其表达方式从来就是间接的、象征的，其意义也必然超越了文本的范围，那么，合乎逻辑的推论便是：其解释必然是灵活多变的。”[①]

最后，诗词阐释的复杂性导致意义的偏离。诗词阐释是一个复杂的过程，包括理解和表达两个阶段。在理解阶段，读者必须了解语言符号所表达的字面意思，还要明白其所包含的深蕴和意味，语言表意的不确定性，使读者对诗词语言的理解很可能与作者原意发生偏离。在表达阶段，读者要把自己对诗词的理解和感受用语言符号进行表达，在表达时即使尽可能地遵从文本，都不可避免语言运用的主观性，更何况读者还往往进行创造性解读。这样，读者用语言来表达自己的理解成果，就会进一步偏离作者原意。

（二）阐释主体的个体差异

在文学活动中，作者、作品、读者建立起一种特殊的交往结构。作品与读者之间是一对多关系，读者又通过作品与作者建立联系。读者与其他读者及作者的个体差异，使得同一作品“会对不同读者有不同的意思，所有这些意思又都会不同于作者原来考虑的意思”[②]。

1.读者与读者的差异

每个人都是与他人有别的独特的个体。由于先天因素和后天环境的影响，个体差异的存在是绝对的，即使父子兄弟，也不可能完全相同。一部作品面世后会迎接不同的读者，读者的气质性情、年龄阅历、学识水平、文学修养、审美趣尚、阅读心境等的差异，以及读者的解读方法、理解能力、情感态度、选择偏好等的不同，都会带来“一千个人眼中有一千个哈姆雷特”的阐释结果。

读者个体差异造成作品多解的现象，中国古代学者早就关注。刘勰《文

①张隆溪《道与逻各斯》，冯川译，江苏教育出版社，2006年，第261页。

②（美）韦勒克《现代文学批评史》，杨恒达等译，中国人民大学出版社，1991年，第262页。

心雕龙·知音》对读者“各执一隅之解”进行具体解释：

夫篇章杂沓，质文交加，知多偏好，人莫圆该。慷慨者逆声而击节，蕴藉者见密而高蹈；浮慧者观绮而跃心，爱奇者闻诡而惊听。会已则嗟讽，异我则沮弃，各执一隅之解，欲拟万端之变。所谓东向而望，不见西墙也。[①]

明代李贽把读者个体的差异用“心”字概括，以此来作为论述学术分歧的出发点和根据：

人各有心，不能皆合。喜者自喜，不喜者自然不喜；欲览者览，欲毁者毁，各不相疑，此学之所以为妙也。[②]

李贽此论自然是为其“异端”思想寻找合理的借口，但也确实切中了学术的实质，即由于论者各有其心，任何学问都不能强求统一。诗歌阐释也是如此，正是在这种分歧多元的解释中，诗词才能不断生成更丰厚的意蕴。

西方学者对接受个体进行了科学研究，美国现代实验心理学家卡尔·霍夫兰在《大众传播实验》中提出“个体差异论”。美国当代传播学者德弗勒又进一步指出，个人之间的差异主要分为五种：“个人心理结构不同；先天禀赋和后天性格不同；认知所形成的态度、价值观念和信仰不同；社会理论所形成的观点、主张和立场不同；通过社会学习所形成的素质不同。”[③]

现代阐释学非常重视读者个体差异，并提出了一个新的概念“前理解”，以此来说明阅读主体差异对阐释的影响。伽达默尔强调：“一切诠释学条件中最首要的条件总是前理解，这种前理解来自与同一事情相关联的存在。”[④]通俗来说，“前理解”就是先入之见，是在理解作品之前已经具有的观念。“前理解”由外在和内在因素经过合力作用而形成，读者在阅读前既无法摆脱历史传统、时代社会、文化习惯等通过语言对自己的预先占有，又不可避免地融入性情、阅历、知识等要素形成的“前见”。因此，不同的读者甚至同一读者在不同时期，对于作品的理解都会出现不同的结果。

---

①(南朝梁)刘勰著、范文澜注《文心雕龙注》，人民文学出版社，1958年，第714页。

②(明)李贽《焚书 续焚书》，中华书局，1975年，第11-12页。

③刘建明主编《宣传舆论学大辞典》，经济日报出版社，1992年，第292页。

④(德)伽达默尔《诠释学1：真理与方法》(修订译本)，洪汉鼎译，商务印书馆，2011年，第417页。

2.读者与作者的差异

读者与作者的个体差异，也决定了读者不能完全准确地理解作者的作品。刘勰早在《文心雕龙》就感叹："知音其难哉！音实难知，知实难逢，逢其知音，千载其一乎！"①

其实"知音"也未必能解对方之本意。欧阳修就不无遗憾地谈到他对梅尧臣诗理解的偏差：

昔梅圣俞作诗，独以吾为知音，吾亦自谓举世之人知梅诗者莫吾若也。吾尝问渠最得意处，渠诵数句，皆非吾赏者。以此知披图所赏，未必得秉笔之人本意也。②

欧阳修还记载晏殊对梅尧臣诗评赏的类似情况，晏殊独爱梅尧臣"寒鱼犹著底，白鹭已飞前"和"絮暖鮆鱼繁，豉添莼菜紫"，而梅尧臣却云"此非我之极致"，并揣测晏殊"偶自得意于其间"③。

晏、欧、梅均是北宋诗坛大家，尤其是欧、梅二人又互以对方为知音，晏、欧尚且不能知梅其本意，何况今人去读古人作品？后人理解古人语言尚且不易，对于古典诗词主旨思想、情感色彩、内蕴深浅等方面的理解与作者出现差别也在情理之中。更不用说后代读者还会根据需要，赋予古典诗词新的认识，阐释结果就会进一步偏离作者原意。

(三)文本意义的发现与发明

中国"诗无达诂"诗学思想，不仅承认诗歌意义的丰富性，也肯定读者在阐释中的主体作用。西方现代阐释学、接受美学也都不约而同地否认阐释的客观性，认为作品的意义在于读者的发现和发明。因此，从多元阐释的层面上，可以说中国的"诗无达诂"与西方现代的阐释学说互通互补。

①(南朝梁)刘勰著、范文澜注《文心雕龙注》，人民文学出版社，1958年，第713页。
②(宋)欧阳修撰、李逸安点校《欧阳修全集》，中华书局，2001年，第2196页。
③(宋)欧阳修撰、李逸安点校《欧阳修全集》，中华书局，2001年，第1955页。

1. 文本存在多元解释的可能

伽达默尔认指出："对一个文本或一部艺术作品里的真正意义的汲舀是永无止境的，它实际上是一种无限的过程。"①读者对意义的"汲舀"，其前提是文本具有"意义"的库存，能提供给读者可供选择和过滤的资源。

诗无达诂，根本在于文本具有巨大的阐释空间，孕育着多种解释的可能。沈德潜认识到由于文本的"包含无尽"，读者"涵泳浸渍"，自会出现不同的理解结果：

读诗者心平气和，涵泳浸渍，则意味自出；不宜自立意见，勉强求合也。况古人之言，包含无尽，后人读之，随其性情浅深高下，各有会心，如好《晨风》而慈父感悟，讲《鹿鸣》而兄弟同食，斯为得之。董子云："诗无达诂。"此物此志也，评点笺释，皆后人方隅之见。②

波兰现象美学家英伽登致力于文本与读者关系的研究，他认为艺术作品是一个具有各种"未定点"的多层次的"图示结构"，"观赏者通过在鉴赏时的合作的创造活动"，"按其有效特性去'重建'作品"。德国接受美学家伊瑟尔进一步阐述，认为文学文本具有"召唤性"，意义"空白"和不确定性、语义单位连接的"空缺"等否定性结构，"成为激发、诱导读者进行创造性填补和想象性连接的基本驱动力"，从而使作品在阅读中具有无穷可能性的"变数"。③

古典诗词含蓄蕴藉的美学追求、陌生化的语言表达、反常合道的构思方式，使得古典诗词包容无尽，"无不潜藏着一个多元的意义整体"④，为读者的多元阐释提供了广阔的空间，使读者对意义的不断"汲舀"成为可能。

2. 读者的创造性解读

中国古代文论有"自得"之说，前文已述梅尧臣认为晏殊赏诗"偶自得

①(德)伽达默尔《诠释学1：真理与方法》(修订译本)，洪汉鼎译，商务印书馆，2011年，第422页。

②(清)沈德潜《唐诗别裁集·凡例》，上海古籍出版社，2013年，第1页。

③ 参见朱立元《接受美学》，上海人民出版社，1989年，第375页，第87–112页。

④ 陈文忠《中国古典诗歌接受史研究》，安徽大学出版社，1998年，第18页。

意于其间”[①]，对于这种鉴赏中的“自得”情况，清人纷纷表示认可。如王夫之认为：“作者用一致之思，读者各以其情而自得。”[②]谭献认为：“作者之用心未必然，读者之用心何必不然。”[③]这均反映了古人对“诗无达诂”的肯定和对读者个性阅读的认可。

西方接受主义高扬读者的主体地位，认为作品的价值通过读者接受来实现。德国接受美学发轫者姚斯在《文学史作为向文学理论的挑战》一文中，强调了读者在文学发展中的作用：“一部文学作品的历史生命如果没有接受者的积极参与是不可思议的。因为只有通过读者的传递过程，作品才进入一种连续性变化的经验视野。”[④]接受主义者认为，文学作品的价值依赖于读者的接受意识，“文学作品作为审美客体，它内在的意义，是通过读者在接受中‘视界的改变’而得到实现的”[⑤]。

西方的探究阐释学，侧重从作品出发来分析读者的创造性理解。代表者伽达默尔认为：“理解就不只是一种复制的行为，而始终是一种创造性的行为。”按照探究阐释学的观点，作品的意义不是作者的意图，而是“作品所说的事情本身的真理内容，而这种真理内容随着不同时代和不同人的理解而不断进行改变”，作品的真正意义“存在于它的不断再现和解释中”。因此，“我们理解作品的意义，只发现作品的意义是不够的，还需要发明”。[⑥]

中外学者对读者理解和接受活动的研究，对于诗词鉴赏极具启示性。诗词鉴赏作为一种审美评价活动，不仅需要读者对作品意义进行发现，也需要合情合理地发明，这样才能更好地欣赏和鉴别作品的价值意义。不过，接受主义和探究阐释学，过分强调读者对于文本意义的作用，也导致了过度阐释

①(宋)欧阳修撰、李逸安点校《欧阳修全集》，中华书局，2001年，第1955页。

②(清)王夫之著、戴鸿森笺注《姜斋诗话笺注》，人民文学出版社，1981年，第5页。

③(清)谭献《复堂词录序》，见《中国历代文论选》，第4册，上海古籍出版社，1980年，第77页。

④(德)H.姚斯、(美)R.霍拉勃《接受美学与接受理论》，周宁、金元浦译，辽宁人民出版社，1987年，第24页。

⑤朱立元《接受美学》，上海人民出版社，1989年，第14页。

⑥洪汉鼎《诠释学——它的历史和当代发展》(修订版)，中国人民大学出版社，2018年，第16页。

的泛滥，需要引起注意。

二、文本的阐释空间

新批评主义者指出作者“意图谬见”和读者“感受谬见”，坚持用“细读”方式去关注“诗本身”；①不少诠释学家也认识到作者原意实在难以企及，逐渐将目标转向了文本意义。但是，当我们尽力摈弃主观意图或感受的干扰，回归诗歌本体时，由于语言表意的非确定性，特别是“诗家语”的多义性、隐喻性和非逻辑性，尽可能客观地解读也可能易歧多样。

(一)词义的多解性

诗词阐释建立在对词义理解的基础上，词义理解的分歧直接造成诗意解读的不同。诗词用语，不仅具有一般词语的约定俗成的概念义，还多具有表达诗人情志思想的负载义。概念义虽然固定，但汉语词语多数有一个以上的概念义，而且语言演变导致古今词义也多有变化；负载义没有明确的指向，甚至可能会根据读者的期待而改变旨意。由此，概念义和负载义的理解都可能会出现多样化的结果。

1.概念义的歧解

汉语词语中，一词多义比较普遍。在特定的情境下，诗人表达某种内容的时候，一般来说是用其中一个概念义。后人阅读时可能与作者原意一致，也可能会误解为不同的概念义，如果这些解释在诗中都能大致说通，而又无法知悉作者原意，就会出现多元阐释的结果。

苏轼《记子美〈八阵图〉诗》记述梦中杜甫谓《八阵图》诗被“误解”情况：

《八阵图》云：“江流石不转，遗恨失吞吴。”世人皆以谓先主、武侯欲与关羽复仇，故恨不能灭吴，非也。我意本谓吴、蜀唇齿之国，不当相图，

① 参见赵毅衡《“新批评”文集》，百花文艺出版社，2001年，第257页。

晋之所以能取蜀者，以蜀有吞吴之意，此为恨耳。[①]

梦中所谓杜甫之言，实表达苏轼个人意见，他在结合历史背景的基础上得出结论，以此质疑世上所传说法。苏轼与世人之说不同，关键在于诗中“失”字的多义性。“失”可以解为“失败”“失策”等义，世人认为的“恨不能灭吴”，“失”应解为“失败”；而把“失”解为“失策”，符合苏轼所谓的遗恨“蜀有吞吴之意”。类似歧解较多，下举例说明。

①大漠孤烟直，长河落日圆。（王维《使至塞上》）

“孤烟”之义大致有四说：一是烽烟。赵殿成《王右丞集笺注》引陆佃诗《埤雅》：“古之烽火，用狼粪，取其烟直而聚，虽风吹之不斜。”二是沙尘。赵殿成《王右丞集笺注》又载：“或谓边外多回风，其风迅急，袅烟沙而直上。亲见其景者，始知直字之佳。”[②]三是平安火。陈铁民《王维诗校注》引《资治通鉴》胡三省注“每日初夜，放烟一炬，谓之平安火”，认为孤烟即“平安火”。[③]四是“炊烟”，即戍地的炊烟。“孤烟”理解不同，诗意和诗境也有很大区别。

②床前明月光，疑是地上霜。（李白《静夜思》）

“床”之义大致有五说：一是睡卧用具，和我们现在所用床意义相近。这种解释最为流行。二是坐具“胡床”。如程瑞君认为，“床”应是一种坐具；沈光春、马未都等人认为，“床”是可以移动的坐具“胡床”。三是“井栏”。如朱鉴珉认为，“床”即井上的木栏。四是“井床”。如康晓云认为，“床”就是“井床”，即井上所安的辘轳底座。五是“建筑台基”。如周同科认为，“床”是建筑物下高出地面的台基，是屋下台基。[④]对“床”的不同解释，虽不太影响理解诗中所表达的思乡之情，但是诗歌意境发生了变化。

③春山无伴独相求，伐木丁丁山更幽。（杜甫《题张氏隐居》）

“独”，仇兆鳌《杜诗详注》引刘琨诗“独生无伴”，从引诗看，“独”

①（宋）苏轼著、孔凡礼点校《苏轼文集》，中华书局，1986年，第2101页。

②（清）赵殿成《王右丞集笺注》，上海古籍出版社，1998年，第156页。

③陈铁民《王维诗校注》，中华书局，1997年，第134-135页。

④参看周同科《“床前明月光”本义与“床”——“牀”通假字说》，《南京大学学报（哲学·人文科学·社会科学）》，2013年第6期。

似作单独解。浦起龙《杜诗心解》认为："'独相求'，与'我与我周旋久'，同一笔意。""独"作独自解。徐仁甫认为："'独'，即'犹'，尚也。'春山无伴独相求'，谓'犹相求'，惟无伴，故犹相求于同气之友。"[①]"独"理解有异，意味着"相求"的对象也不同。

④惆怅阶前红牡丹，晚来唯有两枝残。明朝风起应吹尽，夜惜衰红把火看。（白居易《惜牡丹花》）

"残"，通常理解为"残败"，但依此，"唯有两枝残"与"衰红"矛盾。为了解决这一矛盾，有人解释为"看到两株残败，就预想到春去花落"。蒋绍愚认为"残"还有"剩余"之意，唯有这样，"两枝残"与"衰红"才能一致。[②]

⑤夕阳无限好，只是近黄昏。（李商隐《登乐游原》）

"只是"通常被解为"不过""但是"，表示转折义，依此，诗句反映诗人"消极"的心境；周汝昌认为"只是"应解为"正是""就是"，诗句就表现了诗人"满足"或至少"慰藉"的心情。[③]"只是"理解不同，情感色彩大相径庭。

2.负载义的多解

诗歌中的词语，不仅具有约定俗成的概念义；也往往作为情感、志怀、观念等的载体，"带上复杂的意味和诗人主观的色彩"[④]。相对而言，词语在特定的语境中概念义比较明确；而其所负载的意义一般不明确说出，需要读者根据诗中提供的信息去领会和体悟。如果对诗歌词语负载义的指向和深度理解不同，自然也会造成诗义阐释的多样化。

诗人经常借用一些具体的物象含蓄表意，"意象"化词语成为诗歌基本的表意符号。诗歌意象尽管在历史的发展中形成了一些常见意义，但是这些意义既不唯一，也是发展变化的。而且诗人根据情感表达的需要，常会赋予

①徐仁甫《杜诗注解商榷 杜诗注解商榷续编》，中华书局，2014年，第111页。

②参见蒋绍愚《唐宋诗词的歧解和误解》，《清华大学学报》，2021年第2期。

③萧涤非等《唐诗鉴赏辞典》，上海辞书出版社，2004年，第1154页。

④袁行霈《中国诗歌艺术研究》（增订本），北京大学出版社，1996年，第6页。

“意象”独特的意义。读者对“意象”之“意”的理解，会出现不同层面的多个结果。如下：

①落日心犹壮，秋风病欲疏。（杜甫《江汉》）

“落日”“秋风”均是表示时间的自然事物，分别作为“心犹壮”“病欲疏”的时间状语，可解为“落日时分”“秋风起时”；“落日”“秋风”又具有情感意蕴，可分别喻指诗人“已近晚年”和“经历坎坷”；再进一步说，“落日”“秋风”也可分别象征“社会衰落”和“时代动荡”，具有更深层的含义。

②青墩溪畔龙钟客，独立东风看牡丹。（陈与义《咏牡丹》）

“牡丹”是一种美丽华贵的花，概念义明确；洛阳牡丹一向为天下之最，陈与义是洛阳人，故“牡丹”又成为“故乡”的代称；此诗前两句为“一自胡尘入汉关，十年伊洛路漫漫”，诗人国破家亡后流落异乡，这样“牡丹”又成为“故国”的象征。

诗人还会利用借代、用典等技巧，使词语负载更多的意义。如下：

①待到重阳日，还来就菊花。（孟浩然《过故人庄》）

“菊花”，既指自然界的花，又可作为“高洁”“隐逸”的象征；还可借指为“菊花酒”，寄托诗人重阳饮酒祛灾祈福的希望。

②碧玉妆成一树高，万条垂下绿丝绦。（贺知章《咏柳》）

“碧玉”，字面义是碧绿的玉，诗中用“碧玉”来比喻“嫩绿的柳色”；“碧玉”还是晋汝南王宠妾名字，汝南王为其作《碧玉歌》，其后“碧玉”多指“妙龄少女”，这样来看，“碧玉”又有把柳树拟作“少女”之意。

应该指出的是，词语的概念义歧解和负载义多解，造成的诗歌多样化阐释具有本质区别。词语的概念义是约定俗成的，具有普遍的限定性。诗人运用多义词，通常指向一个义项，因此，歧解的概念义多表现为互相排斥的关系，且至少有一个是误解。词语的负载义是诗人独特创造的产物，具有极大的自由性。负载义通常不能离开概念义而独立存在，不过与概念义的联系可近可远；而且一个概念义还往往会生成多个负载义，有的负载义甚至超出诗人原意。读者对负载义的理解，或情感指向不一致，或有深浅层次的区别，情感指向不同的负载义一般来说互相排斥，而不同层次的负载义可以共存。

(二)句法的特殊性

诗词与散文句法结构和语法要求不同。散文词句之间要求逻辑清晰，语意连属，其意义一般明白晓畅。而古典诗词句子中，省略、倒置、凝缩等手段被普遍运用，这就给理解其意带来一定的困难，也常会出现歧解情况。

1.省略与“填空”

古典诗词常省略一些表意成分，这使得句子的弹性增加，“可是弹性增加以后，则文句意义的迷离性、游移性也随着增多”[①]。诗中的省略成分引发后人去想象和“填空”，也会呈现出多样的阐释结果。如下：

①昨日山有信，只今耕种时。遥传杜陵叟，怪我还山迟。独向潭上酌，无人林下棋。东溪忆汝处，闲卧对鸬鹚。(岑参《还高冠潭口留别舍弟》)

诗中关于来信之人未具体说明，又省略“潭上酌”的主语，读者根据自己理解填补而出现分歧。如明谭元春认为诗言杜陵叟寄来信，“末四语就将杜陵叟寄来信写在自己别诗中”，“‘忆汝’‘汝’字，指杜陵叟谓岑公也”；周振甫赞同“潭上酌”者指“杜陵叟”的说法，但对“来信人”质疑，“是信里传杜陵叟的话，似不必说成杜陵叟来信”；张桂丽坚持“潭上酌”者即岑参，“是诗人设想兄弟分别之后自己的孤单无依”，而“汝”即“舍弟”。[②]

②入春才七日，离家已二年。人归落雁后，思发在花前。(薛道衡《人日思归》)

“离家”“思发”均省略了主语，而人归落雁后中的“人”所指又不明，“离家”之人可以理解为诗人自己，也可以理解为与诗人相关之人；而“思发”之人可以理解为前述离家之人，也可以理解为离家之人的家中的亲人。

①郑临川《闻一多论古典文学》，重庆出版社，1984年，第59页。

②具体参见(明)钟惺、谭元春《唐诗归》，辽海出版社，2017年；周振甫《诗词例话》，西北大学出版社，2019年；张桂丽《岑参还高冠潭口留别舍弟重读》，《古典文学知识》，2009年第6期。

③青海长云暗雪山，孤城遥望玉门关。黄沙百战穿金甲，不破楼兰终不还。（王昌龄《从军行七首》其四）

关于此诗后两句，有“豪语说”“苦语说”两种相反的说法，而又分别言之成理，以至清沈德潜谓“作豪语看亦可，然作归期无日看，倍有意味”[①]。其实造成此诗的不同理解，除了“终”字的意义含混外，主要在于诗歌省略一些成分。试想，在“不还”间增加能愿动词，如“不肯还”“不能还”；或增加关联词，如“只要不破楼兰就终不还”，“因不破楼兰而终不还”，“豪语”“苦语”自会明确。正是由于诗句省略了一些可以表意的成分，意义阐释多元化就不难理解了。

2. 倒错与还原

倒错，又称倒装、倒置、错置等。一般来说，出于押韵、平仄、对仗需要的倒错，只要我们了解一些声律知识，就可以较清晰判断其意义。出于修辞的倒装，稍微复杂一些。如杜甫的“香稻啄余鹦鹉粒，碧梧栖老凤凰枝”，为了突出“香稻”“碧梧”而与“鹦鹉”“凤凰”换位。解读时还需先还原正常语序，然后仔细品味其表意的差别。

如果倒错的句中还省略了一些成分，我们不好从格律和修辞的角度判断，在还原的过程中就有可能出现分歧。如下：

①朝闻游子唱离歌，昨夜微霜初渡河。[②]（李颀《送魏万之京》）

两句总体上倒装，这比较好理解，但因“初渡河”主语省略，故“初渡河”是否为跨句错置，还有争议。如清方东树认为：“《送魏万之京》，言昨夜微霜，游子今朝渡河耳。”[③]此谓“渡河者”为“游子”，语序还原当为：“昨夜微霜，（我）朝闻游子唱离歌，（游子）初渡河。”这样的话，两句为错综倒置。今人姚奠中解释：“一开首，‘朝闻游子唱离歌’，先说魏万的走，后用‘昨夜微霜初渡河’，点出魏万前一夜渡河来的景象。”[④]此谓“渡

①（清）沈德潜《唐诗别裁集》，上海古籍出版社，2013年，第647页。

②“离歌”，一作“骊歌”；“渡”，一作“度”。

③（清）方东树著、汪绍楹校点《昭昧詹言》，人民文学出版社，1961年，第392页。

④萧涤非等《唐诗鉴赏辞典》，上海辞书出版社，2004年，第113-114页。

河者”为“微霜”，诗歌用拟人手法，语序还原为：“昨夜微霜初渡河，（我）朝闻游子唱离歌。”

②旧时茅店社林边，路转溪桥忽见。（辛弃疾《西江月·夜行黄沙道中》）

上句倒错好解，即社林边旧时茅店。两句倒错有些复杂，一种解释是“旧时茅店（在）社林边，（此处）路转忽见溪桥”，即“忽见”与“溪桥”倒置，“忽见”的宾语是“溪桥”；另一种解释是“溪桥路转，忽见社林边旧时茅店”，不仅上句倒置，而且两句颠倒，两句共述一意。

③照野弥弥浅浪，横空隐隐层霄。（苏轼《西江月》）

第二句为倒错没有异议，还原后为“隐隐层霄横空”，而首句是否倒错有不同观点。如胡云翼注为：“月亮照彻旷野里水波动荡的小河。”[①]即以此句为正常语序，但是省略了主语。钟振振认为此句为倒装句，和下句一样构成对仗，还原正常语序为“浅浪（主语）弥弥（状语）照（谓语）野（宾语）”，或者“弥弥（定语）浅浪（主语）照（谓语）野（宾语）”。[②]

3.凝缩与断分

诗词用语凝缩、简洁，通常一句表示一个完整的意思，解释时往往需要再分成较小的语言单位。诗句内部断分可根据语音节奏和词语搭配，但有时其中一成分断为前或后似乎都能说通，这就会造成诗意理解的分歧。如下：

①不薄今人爱古人，清词丽句必为邻。（杜甫《戏为六绝句》其五）

“不薄今人爱古人”，后人有两种断分方式：一是“不薄/今人爱古人”；一是“不薄今人/爱古人”。前者是动宾结构，“不薄”的宾语是“今人爱古人”，即对于当时人推崇古人表示认可；后者是并列结构，“不薄”谓语是“今人”，“不薄今人”与“爱古人”并列，即评价诗歌不论“今人”和“古人”。

②夕阳西下，断肠人在天涯。（马致远《天净沙·秋思》）

①胡云翼《宋词选》，上海古籍出版社，2017年，第52页。

②钟振振《古典诗词的理解与误解（二）》，《古典文史知识》，2015年，第2期。

“断肠人在天涯”也有两种断分方式：一是“断肠人/在天涯”；一是“断肠/人在/天涯”。这两句停顿方式，从情感和语意上都略有区别。“断肠人/在天涯”，主谓结构，描述“断肠之人远在天涯”的情景；“断肠/人在/天涯”，倒装结构，强调因“人在天涯”而“断肠”，而且“断肠”的主语可以是旅人，也可以是家人。①

(三)修辞的婉曲性

为了追求“言外之意”的效果，诗人在创作中往往用采用婉曲的表达手段，诗词语言更具有隐喻性、模糊性，使诗意向多维度呈现，也带给人们更自由的阐释空间。下仅就比兴、用典、留白举例说明。

1.比兴

比兴寄托，是中国古代重要的诗学理论。诗人运用比兴手法，借物寄情，因事托意，使诗歌内涵丰富，而且含蓄蕴藉。解诗者也不满于字面意义的理解，多爱从诗中寻找比兴寄托之意，由此带来了诗歌意义理解的多种结果。黄侃对于这种现象进行说明：

然自昔名篇，亦或兼存比兴，及时世迁贸，而解者只益纷纭，一卷之诗，不胜异说。九原不作，烟墨无言。是以解嗣宗之诗，则首首致讥禅代，笺少陵之作，则篇篇系念朝廷，虽当时未必不托物以发端，后世则不能离言而求象。由此以观，用比者历久而不伤晦昧，用兴者说绝而立致辨争。②

诗歌是否有所寄托，寄托之意是什么，对这些问题的理解不同，是古典诗词的阐释多元化的主要原因。如辛弃疾《菩萨蛮·书江西造口壁》：

郁孤台下清江水，中间多少行人泪？西北望长安，可怜无数山。

青山遮不住，毕竟东流去。江晚正愁余，山深闻鹧鸪。

首先，“山”“水”所指。受周济的“惜水怨山”说影响，人们多把“山”“水”作敌我双方，如邓小军认为：“清江水既为行人泪之象喻，则东

①具体参见王恩全《中国古典诗词研究中的“悬案”刍议》，《沈阳农业大学学报》，2002年第4期。

②黄侃《文心雕龙札记》，商务印书馆，2014年，第164页。

流去之江水如有所喻，当喻祖国一方。无数青山，词人既叹其遮住长安，更道出其遮不住东流，则其所喻当指敌人。”[①]也有人认为“山”“水”就是常见的表达情感的意象，“强调的是作者思念故国和壮志未酬之忧愁”[②]。其次，“鹧鸪”寓意。宋罗大经《鹤林玉露》曰：“‘闻鹧鸪’句，谓恢复之事行不得也。”[③]此述易产生歧义，后人又据此纷纷解说，如邓广铭推想“盖深虑自身恢复之志未必即得遂行”；夏承焘分析“恢复之事由于当权者不敢抗战，所以困难还很多”；刘逸生直谓“鹧鸪之声应该是指投降派的叫嚷”。任二北则对鹧鸪指“恢复之事”质疑，“特谓鹧鸪之唱乃指恢复之业行不得，则又未免臆断”。[④]

2.用典

诗词用典，以精练的语言表达丰富的内容，可增强语言的表现力和含蓄性，实现言简义丰、耐人寻味的效果。“典故”是解诗的难点，后人对典故的意义、用典方式的理解不同，会造成诗意阐释的分歧。如韦应物《长安遇冯著》：

客从东方来，衣上灞陵雨。问客何为来，采山因买斧。冥冥花正开，飏飏燕新乳。昨别今已春，鬓丝生几缕。

“采山”“买斧”是否用典，大致有三类看法：一是用两典，如倪其心认为“采山”语出左思《吴都赋》“煮海为盐，采山铸钱”，谓入山采铜以铸钱，比喻谋取仕途；“买斧”化用《易经旅卦》“旅于处，得其资斧，我心不快”之典，谓“旅居此处作客，但不获平坦之地，尚须用斧斫除荆棘，故心中不快”，寓意为“谋仕不遇，心中不快”。[⑤]二是没有用典，如周啸天认为“采山”谓“采樵”，即上山砍柴，比喻归隐山林；“买斧”指买采山斧，即

①唐圭璋等《唐宋词鉴赏辞典》，上海辞书出版社，2003年，第1505页。

②王振军《“青山遮不住，毕竟东流去”应作何解?》，《中学语文教学》，2012年第7期。

③(宋)罗大经撰、刘友智校注《鹤林玉露》，齐鲁书社，2017年，第22页。

④关于“鹧鸪句”争议，详见张玉璞《辛弃疾〈菩萨蛮·书江西造口壁〉探隐》，《济宁师专学报》，1995年第4期。

⑤萧涤非等《唐诗鉴赏辞典》，上海辞书出版社，2004年，第693页。

为采山备取条件，比喻通过求仕获取俸禄以归隐。[①]三是用一典，还有人认为“采山”用典，而“买斧”没有用典，暗指为求仕挣钱想好了谋取的办法。

3. 留白

留白，就是作者有意不用那些确指意义的词句，而为读者留出广阔的想象空间。读者可以凭自己的感受、体悟和理解，去填补作品中的“空白”之处。如王昌龄《从军行七首》其二，仅截取了军旅生活的一个小的片段，前两句“琵琶起舞换新声，总是关山旧别情”，写歌舞乐声自然触发了别情；后两句“撩乱边愁听不尽，高高秋月照长城”，先写边愁“听不尽”本已撩拨人的心弦，然后又宕开一笔，写秋月高照的长城，以景结情，尤有回味不尽之韵致。再如贾岛《寻隐者不遇》，诗歌没有交代隐者情况，而用与童子对话的形式，借童子之言说明隐者去“采药”，“只在此山中，云深不知处”，让读者去想象隐者在山中采药的情境。又如杜牧《江南春》，后两句“南朝四百八十寺，多少楼台烟雨中”，由迷蒙之景想象南朝时的众多佛寺，还有多少在烟雨之中，蕴含着无尽的感叹，让读者回味无穷。读者在发挥想象力并以自己的感受和体验去填补诗中的空白之时，也意味着诗歌已经在读者的创造性阅读中，生成了多种多样的富有个性化的艺术空间和独特的审美意蕴。

综上，从诗词文本的语言运用来看，无论是词义、句法，还是修辞方式，都有可能造成理解的分歧。这一方面容易引起诗词旨意的误解，另一方面也为诗词意蕴的丰富性提供可能。

三、读者阐释的多样性与限度

诗词的意义有赖于读者的发现，由于不同读者的个体差异性、读者与作者的审美逆向性，读者阅读往往打上了个性化阐释的烙印。读者阐释的差异

①周啸天《唐诗鉴赏辞典》，商务印书馆国际有限公司，2012年，第958–959页。

是客观存在的，但是我们不能以此作为过度阐释的借口，“诗无达诂”应该有一定的限度。

(一)读者阐释的多样性

不同读者由于兴趣、学识、阅历、思想观念、文学追求等因素影响，对于同一作品的理解和评价，常会仁者见仁、智者见智，出现多样的结果。

1.评价褒贬不一

读者在阅读品评诗词时，倾向于“爱同憎异，贵乎合己，贱于殊途”[①]，因此，对同一作品评价褒贬不一的情况普遍存在。我们以崔颢《黄鹤楼》为例进行说明。

崔颢此诗因得李白赞评“眼前有景道不得，崔颢题诗在上头”而享誉诗史，尤其是严羽在《沧浪诗话·诗评》中把崔颢诗推为“唐人七言律诗第一”，由此也引发了其后褒贬不一的争议。主要的分歧有以下几个方面：

其一，关于格律问题。赞者多称其不受格律限制，如明邢昉编《唐风定》：“本歌行体也，作律更入神境。”清吴昌祺《删定唐诗解》：“不古不律，亦古亦律，千秋绝唱，何独李唐？”贬者多以不守格律而论。如明陆时雍《唐诗镜》：“律家正体当不如是。以古体行律，在五言不可，何况七言？”清尤侗《艮斋杂说》：“此诗佳处只五六一联，犹恨以悠悠、历历、萋萋三叠为病，总非律之正格。”

其二，诗歌是否浑然。论者多赞其浑然天成，如宋周弼辑《碛砂唐诗》：“一气浑成，律中带古，自不必言。”清沈德潜《唐诗别裁集》：“意得象先，神行语外，纵笔写去，遂擅千古之奇。”近人李嘉言在《读诗偶得》提出不同意见，认为上四句言今昔之感，下四句言思乡之念，“成了两橛”。

其三，气格与七律关系。此诗“气格”高，评者意见一致。但是关于气格能否作为“七律之祖”标准，有不同意见。如清查慎行《初白庵诗评》云：“此诗为后来七律之祖，取其气局开展。”而清刘献廷《广阳杂记》借慎

①(晋)葛洪撰、杨明照校笺《抱朴子外篇校笺》，中华书局，1997年，第395-397页。

庵名表示反对："既云律矣，何乃只取气格耶。"①

除了以上评述的分歧外，论者还把崔颢诗与李白《登金陵凤凰台》、沈佺期《古意呈乔补阙知之》、杜甫《登高》等相比较，评价也各不相同。这说明读者的兴趣爱好、创作观念、审美旨趣不同，造成对诗歌的品评褒贬不一，在诗词鉴赏中普遍存在。

2.诗意理解不同

诗词鉴赏，必须要具有一定的知识储备，包括书本知识和实践经验，还应该具有不断获得知识的学习能力。合理的知识结构是诗词鉴赏的前提和基础，也决定了诗意阐释正确与否或深浅有别。

古典诗词鉴赏，如果没有一定古代汉语和古代文化知识，很可能会闹出笑话。如杜甫《崔氏东山草堂》："盘剥白鸦谷口栗，饭煮青泥坊底芹。"有人解为："野味就吃那打下来的白鸦，就着自家地里种的菜蔬和谷物。"这是不知"白鸦""青泥"所指，望文生义。"白鸦""青泥"，即白鸦谷、青泥坊，都是古代地名。《杜诗详注》注曰："《长安志》：白鸦谷，在蓝田县东南二十里，其地宜栗。又：青泥城，在蓝田县南七里。《水经注》：泥水历峣柳城南，魏置青泥军于城内，俗亦谓之青泥城。考《晋中兴书》：桓温伐符健，遣京兆太守薛珍击青芹城，破之。即其处。"②

在诗词鉴赏中，读者总是有意无意地用自己的人生经验与作品所展示的生活相验证，而作者与读者、读者与读者的人生经验不完全相同，赏析差异也就难以避免。如杜诗《羌村三首》中的两句："娇儿不离膝，畏我复却去。"一种理解是，认为诗人与家人离别太久，孩子因怕父亲再离去而不离膝，主此一说的有金圣叹、杨伦、萧涤非等。一种解释是，孩子乍见喜而不离膝，久视畏而复却去，主此一说的，有卢元昌、浦起龙等。诗人的用意当然不可得兼，只能是其中一种。论者据自身的知识经验去理解，出现了不同的阐释结果。

---

①关于崔颢《黄鹤楼》的评论，参看陈伯海主编《唐诗汇评》，浙江教育出版社，1995年，第369-372页；陈增杰《唐诗志疑录》，上海人民出版社，2007年，第44-53页。

②(清)仇兆鳌《杜诗详注》，中华书局，1999年，第492-493页。

3. 主旨阐释分歧

读者的思想认识、政治立场、诗学观念等，是诗词鉴赏“前理解”意识结构的核心元素。读者在鉴赏时也会有意无意地把自己的思想观点等带入诗词作品中，从而做出符合自己意愿的阐释。鲁迅曾指出读者身份不同对《红楼梦》“命意”解读不同，古代诗词多追求言外之意，语言简洁含蓄，读者以己意去解说诗歌，更有发挥的可能性。

自孔子提出诗的“兴观群怨”说、强调“事父”“事君”功能，后人解诗往往以经世教化的思想来评说解释诗意。如《诗经·邶风·式微》：

式微，式微，胡不归？微君之故，胡为乎中露！

式微，式微，胡不归？微君之躬，胡为乎泥中！

关于本诗主旨，《毛诗序》认为是黎侯为狄所逐寓于卫，其臣作诗劝以归。这是从政治立场，认为诗以委婉讽谏君主。刘向《烈女传·贞德篇》认为，卫侯之女嫁黎国庄公，却不为所纳，有人劝以归，她则“终执贞一，不违妇道，以俟君命”。这是重在阐述女子贞节观念。今人余冠英《诗经选》却认为，“这是苦于劳役的人所发的怨声”。这是站在劳动阶级的立场，强调下层人民的苦难。①

诗人创作常以景物描写含蓄表达情感，解诗者思想倾向和诗学观念不同，也会读出不同的思想主旨。如刘长卿《别严士元》：

春风倚棹阖闾城，水国春寒阴复晴。细雨湿衣看不见，闲花落地听无声。日斜江上孤帆影，草绿湖南万里情。东道若逢相识问，青袍今已误儒生。

关于此诗颔联二句，注家看法有着较大的分歧。一是认为诗寓被贬之意，如唐汝询《唐诗解》释：“长卿为监察御史为吴仲儒所诬奏，贬播州南巴尉，道经阖闾城，因别严士元，赋此自叹。言泊舟于此，而当春寒乍雨乍晴之时，于是因所见以为比。细雨沾衣，初则不见，久而自湿，正犹谮言渐

①参见《诗经三百篇鉴赏辞典》，上海辞书出版社，2017年，第62页。

渍，人不觉也。若朝廷轻弃贤才，则如闲花之落，而不以为意。”①这是考察刘长卿作诗背景，知人论世，认为诗歌具有比兴寄托之意。一是认为诗具有禅意禅境。如清洪亮吉《北江诗话》曰：“静者心多妙。体物之工，亦惟静者能之。如柳柳州‘回风一萧瑟，林影久参差’，李嘉祐（按，当作刘长卿）‘细雨湿衣看不见，闲花落地听无声’，卤莽人能体会及此否？”②这是由文本出发，静悟诗之意境。

（二）过度阐释的倾向

尽管我们承认读者阐释差异存在的必然性，但并非意味着一切随意的阐释都是合理的。如果把读者的主体性任意放大，过分强调读者的创造阐释的权利，势必会导致“过度阐释”。这不仅存在于注重读者体验过程的有意为之的创新阐释中，在努力探求作者或作品的本意的过程中实际上也存在“过度阐释”的倾向。

1.断章取义

古典诗词阐释的主要问题，就是过分强调读者的“二度创造”作用。汉代董仲舒在《春秋繁露》中提出“诗无达诂”的命题，为读者多元阐释提供了根据；现代西方接受主义美学和现代阐释学对读者作用的高扬，更使读者阐释的创造性被放大到极致。读者把自己的阅读目的、情感思想等移入诗词阐释中，往往会出现过度阐释的结果，其中最典型的表现就是断章取义。

断章取义源于春秋时期“赋诗”“用诗”风气，人们为了外交、进言、教化等目的，通常对《诗经》中的诗句作出特殊的解释。《左传·襄公二十八年》记载卢蒲癸所言“赋诗断章，余取所求”，③指出了断章解诗的特征。如《卫风·硕人》中句“巧笑倩兮，美目盼兮，素以为绚兮”，本是描写女子容貌美丽，当子夏问孔子其意，孔子答之“绘事后素”，子夏又进一步发挥为“礼后乎”，说明仁与礼的关系。这种解释是出于诗教的目的，其实已

①(明)唐汝询《唐诗解》卷43，明万历刻本。

②(清)洪亮吉《北江诗話》，《丛书集成初编》第2598册，商务印书馆，1935年，第27页。

③李梦生《左传译注》，上海古籍出版社，2004年，第850页。

经离诗歌本意很远了。

春秋赋诗断章取义的方式，在后代被继承下来，其中最著名者莫如王国维的“三境界”说。晏殊《蝶恋花》“昨夜西风凋碧树，独上高楼，望尽天涯路”，柳永《蝶恋花》“衣带渐宽终不悔，为伊消得人憔悴”，本是写男女相思之苦；辛弃疾《青玉案·元夕》“众里寻他千百度，蓦然回首，那人却在灯火阑珊处”，是写主人公对意中人的寻觅。王国维借这些词来描述人生追求的三境界，实际上与文学赏析已无交涉。事实上，王国维当时已明确说明：“遽以此意解释诸词，恐为晏、欧诸公所不许也。”①

其实，不少诗词中的一些名句，或形象大于思想，或意味超出意义，其本身具有多元阐释的可能。如白居易《赋得古原草送别》“野火烧不尽，春风吹又生”，现在多作为生命力旺盛的象征，而诗歌本意是借草意象来表达离别愁绪之无限；李商隐《无题》中“春蚕到死丝方尽，蜡炬成灰泪始干”，现在用以赞颂默默无闻、持之以恒的奉献精神，而诗歌旨在表明爱情和相思之意；刘禹锡《酬乐天扬州初逢席上见赠》中“沉舟侧畔千帆过，病树前头万木春”，现在常用以说明新陈代谢的客观规律和面对困厄的豁达襟怀，诗中应为诗人坎坷失意与朝官得志显荣对比。由此可见，为了某种需要断章取义，这作为“用诗”是可行的，但以句子引发的意义来理解诗词，很可能会与诗词原意不符。

2.过求寄托

诗词比兴寄托之意的阐释是诗词鉴赏的一个主要视角，这对于把握诗人的表达手法，理解诗词的深刻内涵，有着至关重要的作用，但如果离开诗歌形象给人的具体感受，一味求比兴寄托，必然会造成过度阐释。

自王逸指出《离骚》“引类譬喻”的比兴特点后，后世逐渐形成了“香草美人”的批评传统。这对于理解诗歌深层意蕴很有指导意义，但不加区别地运用可能会牵强附会。以清人毛先舒评《古诗十九首》为例，他多以诗比附君臣关系，如《行行重行行》“谪宦思君也”，《青青河畔草》“怨不得其

①王国维《人间词话》,《王国维文集》上，中国文史出版社，2007年，第79页。

君也”，《今日良宴会》“遇时明良，思自奋也”，《西北有高楼》“悲有君无臣，思自效忠也”。[①]《古诗十九首》大多诗篇以女性口吻抒发闺怨、相思之情，在不能确定作者及相关背景资料的情况下，一味挖掘政治寄托，实属过度阐释。

过求寄托，往往从功利主义角度，主观寻求诗歌的政治教化意义。汉儒说诗就是典型例子，如把《关雎》解为：“后妃之德也，风之始也，所以风天下而正夫妇也。”把《狡童》解为：“刺忽（即郑昭公）。不能与贤人图事，权臣擅命也。”[②]这种解释，其目的在于“经夫妇，成孝敬，厚人伦，美教化，移风俗”，实难以让人信服。后世读者解诗时，也往往不满足于诗词的字面意思，致力于去挖掘词句所蕴含的深层寓意。如王维的《终南山》：

太乙近天都，连山接海隅。白云回望合，青霭入看无。分野中峰变，阴晴众壑殊。欲投人处宿，隔水问樵夫。

此诗是王维山水诗的代表作，主要描写了终南山的雄伟壮奇和变化莫测的景观，流露出诗人的山野之趣和惬意心境。但有人认为此诗寄托诗人讽喻之意。据李颀《古今诗话》载，说者谓此诗皆讥时宰，首联“言势位盘据朝野也”，颔联“言徒有表而无内也”，颈联“言恩泽偏也”，尾联“言畏祸深也”。[③]这样的解说，没有任何根据，而只是就诗中语词来比附政治，显然属于臆测之论。

解诗者不仅挖掘诗歌的“内外之意”，甚至支离诗篇，逐字逐句落实。如杜甫诗《奉和贾至舍人早朝大明宫》颔联“旌旗日暖龙蛇动，宫殿风微燕雀高”，《续金针诗格》解为：“‘旌旗’，喻号令也；‘日暖’，喻明时也；‘龙蛇’，喻君臣也。言号令当明时，君所出，臣奉行也。‘宫殿’，喻朝廷也；‘风微’，喻政教也；‘燕雀’，喻小人也。言朝廷政教才出，而小人向化，各得其所也。”[④]这种认为字字均有所喻、物物皆有所托的解释，没有可以信赖的文献支撑而曲意比附，其结果是损伤诗歌的艺术审美价值。

①张寅彭编纂《清诗话全编 顺治康熙雍正朝》，上海古籍出版社，2018年，第95页。
②（清）阮元校刻《十三经注疏·毛诗正义》，中华书局，1980年，第269页、342页。
③参见郭绍虞辑《宋诗话辑佚》，中华书局，1980年，第158–159页。
④张伯伟《全唐五代诗格校考》，陕西人民教育出版社，1996年，第497–498页。

一篇作品是否有寄托、其寄托是否具有政治性，既不能妄加推断，也不能按照一个模式机械套搬，应该结合作品语言、创作本事、作者情况等诸多方面综合考虑。从文学层面对诗歌的比兴手法、寄托之意过度阐释，可能导致以讹传讹，还毕竟属于审美批评观点或态度的分歧；而有些解释建立在政治打压的基础之上，专门从诗歌的字眼中找出多义的字词，有意歪曲诗人创作意图，不仅超出人们的接受限度，甚至由此兴起“诗案”“文字狱”之类的迫害行为，这种“过度阐释”实在是危险了。

3. 附会本事

诗词阐释时，我们经常利用知人论世的方法，了解创作的时代背景、作者思想倾向和创作本事等，这有助于对诗词的深入阐释。但是如果把对作品外在因素的考证机械地置入文本，以此来套解文学作品，很有可能会造成对诗词文本意义的误解。尤其是相关史料杂多，无从辨识本事，择其一端进行阐释，极有可能阐释过度或错误。如苏轼《卜算子》：

缺月挂疏桐，漏断人初静。谁见幽人独往来，缥缈孤鸿影。

惊起却回头，有恨无人省。拣尽寒枝不肯栖，寂寞沙洲冷。

此词自宋至今论者意见纷纭，除了咏物、咏怀、刺时诸种阐释外，情感本事说也非常引人注意。因为论者所考的创作本事五花八门，对词的阐释更让人无所适从。下稍作简述：

其一，为王氏女子作。宋吴曾《能改斋漫录》载，张耒贬黄州后，访潘邠老，得知词为王氏女而作。其二，为邻家女而作。据宋袁文《甕牖闲评》载，苏轼谪居黄州，有一邻家女子每晚在窗下听苏轼读书，而且以“须得读书如东坡”为标准择婿，“竟无所谐而死”。又据宋李如篪《东园丛说》载，苏轼年少读书时，邻家女偷听，“一夕来奔，苏公不纳，而约以登第后聘以为仕”，后因守约不嫁官宦而死。其三，为温都监女作。据王楙《野客丛书》载，此词在惠州白鹤观作，惠州有温都监女，对人说苏轼是其意中之婿，每夜在窗外听苏轼咏诗。苏轼欲以王郎与女为姻，此议不谐，后女亡葬于沙滩之侧。明卓人月《古今词统》引《女红余志》，更详细记载此女名超超。明詹詹外史辑《情史》亦载此事，并谓此词盖惠州白鹤观所作。[1]

以上说法均源于宋人之说，都把词作目的指向苏轼与女子的情事。文献作者均为宋人，所引之人又多与苏轼有关系，如吴曾所述张耒言，张耒是苏门弟子；袁文的祖父在苏轼知杭州时任通判；李如箎据王子家言，王子家是苏辙的女婿。应该说，这些说法都有一定的可信度。苏轼本人没有谈此词的创作时间、地点和意图，词中也没有明显线索关联具体的本事，不过黄庭坚跋称此词作于"黄州"，南宋傅幹《注坡词》又具体题为"黄州定惠院寓居作"。这些姑且不论，我们仅以排斥率即可断定，以上创作本事几种说法至多只有一种是正确的，甚至都非本事。这些说法也许是读者据词而联系苏轼与女子相关的情事，也有可能是时人为了营造苏轼的知名度而编造的故事。由此来看，倘若本事不确定，由所谓的不确定的本事来破解苏轼此词的主旨，难免会走向阐释过度或错误的航道。

4. 泥于事实

有些读者注重对作品的相关名物和作品的外在因素等进行考证，这种方式看似科学，但如泥于事实，也有可能造成牵强附会、过度阐释。这主要表现在把诗词中所写内容等同现实，以此来解读或评价作品。

毋庸置疑，诗词创作以现实生活为基础，直接或曲折地反映客观世界和精神世界。诗词可以从现实和历史中取材，描写和反映当时的社会生活或一定时期的历史事件，杜甫诗歌被誉为"诗史"就是典型例证。诗词阐释时，我们可以有效地利用诗词提供的比较明确的信息，如时间、地名、人物、事件等，尽可能还原诗人所表达的人事和情志。但是文学与历史不同，文学可以采用虚构的方式表达主观情感，也可以用典型化的方式选择和概括生活中人事和情景。实际上，只要进入作者艺术世界的真实，就已经不同于真实生活。诗词描写的内容并不一定是现实的照搬，更何况多数诗歌表达凝练含蓄，如果根据有限文本信息进行推理或考证，最后比附于具体的人事，这看似很科学，实际也是没有真正理解文学创造的规律。

---

①参见邹同庆、王宗堂《苏轼词编年校注》，中华书局，2002年，第277–279页。

据《随园诗话》记载，袁枚《马嵬》诗中“石壕村里夫妻别，泪比长生殿上多”，有人批评“当日贵妃不死于长生殿”，袁枚举白居易《长恨歌》中“峨嵋山下少人行”诗，指出明皇兴蜀并未路过峨眉。也就是说，诗歌中的地名并非就是指历史中真正的地址。又其《钱塘江怀古》诗中“劝王妙选三千弩，不射江潮射汴河”，有人批评“宋室都汴，不可射也”，袁枚答以“钱镠射潮时，宋太祖未知生否”。也就是说，这个汴河的地名，并非就是宋朝王室所在。袁枚从自己的创作实践得出看似矛盾实则辩证的观点，即“考据家不可与论诗”，“然太不知考据者，亦不可与论诗”。①这启示我们，鉴赏咏史诗时既不能以历史真实来衡量诗歌的真实问题，更不能不加考据盲目以错误的认知来评判诗歌描写是否合理。

程千帆在古典诗歌研究中一贯坚持文献学与文艺学相结合的方法，他认为历史学、语言学等多方面的知识应该服务于作品的研究，“而不是用考据代替批评、用历史学或考证学的方法去解决文艺学的问题”。他还列举了唐代边塞诗中的方位与实际情况不相符合的情况，如李白《战城南》中的条支和天山、高适《燕歌行》中的大漠和狼山等，认为“一味用考据学的方法，将诗中的地名生拉硬扯，曲为作者辩护；或者相反，抓住诗中地理方位的情况错讹去指责作者的所谓瑕疵，显然都无助于这一问题的解决”。②因此，在古典诗词阅读中，我们要预防这种泥于现实、不顾文学创作规律的阐释和鉴赏倾向。

（三）多元阐释的限度

承认文本具有多元化理解的开放性，但并不意味着对任何阐释文本都能容纳；强调读者的创造阐释的权利，也不意味着读者可以随心所欲地“过度阐释”。“多元阐释”，在充分发挥读者对文本阐释的主动性上还要有一定的限度。

①（清）袁枚《随园诗话》，浙江古籍出版社，2011年，第264页。

② 参见程千帆《唐诗课》，人民文学出版社，2018年，第11–12页。

1.作者意图的可参考性

无论是“言不尽意”还是“言外有意”，都反映了作者意图和文本意义的差别，这是一个不容忽视的存在。鉴于此，新批评者维姆萨特和比尔兹利反对通过作者意图来理解和评判诗歌，认为创作意图指向诗的成因而非诗本身，通过外部根据如作者意图、构思、身世等并不能很好地解释诗歌，强调“就衡量一部文学作品成功与否来说，作者的构思或意图既不是一个适用的标准，也不是一个理想的标准”。①

新批评者试图回到诗的本身，通过诗歌特殊的表达语言来发掘诗歌自在的意义，这确实是一种尊重文学自身价值的理想愿望。但是，任何事情都不能绝对化。当依据维姆萨特指出的方式如利用工具书和诗中征引的其他书籍来解诗时，得出的就是诗歌的本意吗？尽管语言不能很好地表达情意，但若不否认“在心为志，发言为诗”艺术表达方式，又怎能割裂语言与意图的关系呢？对于这些问题，意大利学者艾柯的话很有借鉴意义：

我们必须尊重本文，而不是实际生活中的作者本人。然而，认为可怜的作者与本文诠释毫不相干而将其排斥出去的作法可能会显得极为武断。在语言交往过程中存在着许多同样的情况：说话者的意图对理解他所说的话至关重要。②

单纯根据作家的意图解释和评价一部文学作品自然不可取，但毅然隔断作者和作品的内在联系，导致的结果就是自觉放弃了一种有效解读的参照方式，这对于古典诗词的鉴赏来说有点得不偿失。

诗词毕竟是抒情言志的艺术表现成果，即使意图与接受不可避免地出现差异，读者在鉴赏古典诗词时，通常还是希望达到一个理想的境界，即作者与读者期望着通过作品和对方进行跨越时空的交流，从而实现情感的共鸣和心灵的契合。正如刘勰所说：“夫缀文者情动而辞发，观文者披文以入情，

① 赵毅衡《“新批评”文集》，百花文艺出版社，2001年，第234页。

②（意大利）艾柯等著《诠释与过度诠释》，王宇根译，生活·读书·新知三联书店，1997年，第79页。

沿波讨源，虽幽必显。世远莫见其面，觇文辄见其心。”[①]由于人们有着较为相近的心理结构，读者试图通过对作者的了解进而设身处地想象作者创作的所思所感，也就不是无稽之谈。

2.“从变从义”的运用

谈到古典诗词的多元阐释，人们通常引用“诗无达诂”来作为理论根据，不过“诗无达诂”并非没有限度。董仲舒倡导根据现实需要来解读《诗经》，但前提是要把握“从变从义”的原则，这对于诗词阐释很具有指导意义。

“变”意味着承认文本是开放的、具有无限可能性，并且肯定读者在阐释中的主体性地位和创造性作用。“义”却规定着读者不能仅凭阅读感受随意发挥，必须从文本出发，必要时还要参照作者创作的相关背景资料。对此，叶嘉莹指出：

> 一个欣赏诗歌的人，若除了明白一首诗的词句所能说明的有限意义之外，便不能有什么感受和生发，那么即使他所了解的丝毫没有差误，也不过只是一个刻舟求剑的愚子而已；但反之亦然，若一个欣赏诗歌的人，但凭一己之联想，便认定作者确有如此之用心，那么即使他所联想的十分精微美妙，也不过只是盲人摸象的痴说而已。[②]

“从变”“从义”的辩证关系，我们在理论层面上较容易接受，但在实际操作时仍会遇到不可避免的难题。由于诗词语言的间接性、隐喻性、不确切性，即使读者无意去“变”，对其文本之“义”的理解也会出现不同甚至对立的结果。因此，确定文本之义，就要辨析歧解的原因，进而通过不同层面的分析比较进行删定。

一般来说，字词训诂引发的诗意歧解，需要综合参照相关的文献资料，并结合文本的具体语境，通过排比互证等方法选择最合理的解释。句法省略、倒错等导致的歧解，应结合创作规律、上下文语境以及作品的外部因素

①(南朝梁)刘勰著、范文澜注《文心雕龙注》，人民文学出版社，1958年，第715页。

②叶嘉莹《谈诗歌的欣赏与〈人间词话〉的三种境界》，载叶嘉莹《王国维及其文学批评》，广东人民出版社，1982年，第453页。

进行解读，如果歧解都能说通，又不能断定某种解释更合理，不妨存留不同的阐释。修辞技巧等引发的诗意歧解，应在理解文本的字面意义的基础上，参照诗词抒情言志的传统，并通过创作本事、作者意图等的考察，进而确定比兴、双关、借代等深层的意蕴。如果文本没有提供其寄托之意的线索，而文本之外也无可靠的佐证材料，应避免凭借猜想而妄加比附；即使根据相关资料可证有寄托之意，也最好不要具体落实。

诗词阐释实际上是读者运用语言媒介来解释自己对文本语言所反映的对象世界的理解，语言符号表意的间接性、不确切性，为读者个性理解提供了可能。但是，承认多元阐释并不说明诗词都无法“达诂”，也不说明所有的阐释都是合理的存在，而是希望在避免对文本进行过度诠释的前提下，发掘出多种有价值的理解，通过综合比较、去伪存真，从而对古典诗词更好地理解和鉴赏。

附:鉴赏示例

锦　瑟

李商隐

锦瑟无端五十弦，一弦一柱思华年。
庄生晓梦迷蝴蝶，望帝春心托杜鹃。
沧海月明珠有泪，蓝田日暖玉生烟。
此情可待成追忆，只是当时已惘然。

李商隐《锦瑟》创作后，自宋代至今一千多年，其主旨意蕴一直是人们孜孜探求、争论不休的话题。在难以索解的层面上，论家基本上达成了共识。北宋刘攽早指出“人莫晓其意”；王士禛又发出了“一篇《锦瑟》解人难”的慨叹；梁启超也曾说《锦瑟》等诗“讲的什么事，我理会不着”。由此，解诗者对《锦瑟》的阐释见仁见智、聚讼繁多。以下从历代的说法出发，根据文本对其多义性进行说明。

“爱情”说，主要源于宋人对此诗喻指的猜测。北宋刘攽《中山诗话》记载：“李商隐有《锦瑟》诗，人莫晓其意。或谓是令狐楚家青衣名也。”[①]刘攽所述的“令狐楚家青衣”，是当时一些人的说法。到明代，胡应麟又赞成将题面作“青衣”之说：“《锦瑟》是青衣名，见唐人小说。谓义山有感作者，观此诗结句及晓梦、春心、蓝田、珠泪等，大概无题中语，但首句略用锦瑟引起耳。……只将题面作青衣，诗意作追忆，读之自当踊跃。”[②]胡应麟的“青衣”说，并非深信宋人之语，实际上，他是把诗作“无题”诗来看待的，而只不过觉得以青衣来解，能够说通全诗罢了。今人苏雪林则试图从考证的角度，说明李商隐的许多诗与宫女爱情有关，认为《锦瑟》一诗就是写李商隐与飞鸾、青凤的恋情之事。不过，细读其《李义山恋爱事迹考》，所考之事仍不能让人信服。

“题乐”说，源于“锦瑟”乐器之说引发的解释。北宋末黄朝英《缃素杂记》载：“山谷道人读此诗，殊不晓其意，后以问东坡。东坡云：‘此出《古今乐志》，云锦瑟之为器也，其弦五十，其柱如之，其声也，适、怨、清、和。’”黄朝英在案语中加以申发：“李诗‘庄生晓梦迷蝴蝶’，适也；‘望帝春心托杜鹃’，怨也；‘沧海月明珠有泪’，清也；‘蓝田日暖玉生烟’，和也。一篇之中，曲尽其意，史称其瑰迈奇古，信然。”[③]胡仔则认为《锦瑟》为器乐诗：“古今听琴、阮、琵琶、筝、瑟诸诗，皆欲写其音声节奏，类以景物故实状之，大率一律，初无中的句，互可移用，是岂真知音者？”[④]题乐一说到明代就受到批评，如胡应麟就指出：“宋人认作咏物，以适、怨、清、和字面，附会穿凿，遂令本意懵然。且至‘此情可待成追忆’处，更说不通。学者试尽屏此等议论。”[⑤]

“托物悼亡”说，清时非常流行。朱鹤龄《李义山诗集注》按：“义山

①(宋)刘攽《中山诗话》,载何文焕辑《历代诗话》,中华书局,1981年,第287页。

②(明)胡应麟《诗薮》,中华书局,1962年,第65-66页。

③(宋)胡仔纂集、廖德明校点《苕溪渔隐丛话》(前集),人民文学出版社,1962年,第147页。

④(宋)胡仔纂集、廖德明校点《苕溪渔隐丛话》(前集),人民文学出版社,1962年,第102页。

⑤(明)胡应麟《诗薮》,中华书局,1962年,第65-66页。

《房中曲》‘归来已不见。锦瑟长于人’。此诗寓意略同。是以锦瑟起兴。非专赋锦瑟也。”[①]程梦星《重订李义山诗集笺注》按：“朱长孺定为悼亡，归于一是矣。……所怀人睹物触绪、兴思无端者致怨之词也。”[②]朱长孺即朱鹤龄。另外，清姚培谦《李义山诗集笺注》、何焯《义门读书记》、陆昆曾《李义山诗解》、冯浩《玉谿生诗笺注》等，均谓《锦瑟》为“悼亡”诗，并且分别进行解释。

“托物自况”，也多见清人之说。如徐夔谓诗人“自伤迟暮，借锦瑟起兴”、姜炳璋谓“此义山行年五十，而以锦瑟自况也”、汪辟疆谓“此义山自道生平之诗”等。汪师韩在《诗学纂闻》中解释：“《锦瑟》乃是以古瑟自况……自顾头颅老大，一弦一柱，盖已半百之年矣。‘晓梦’喻少年时事。义山早负才名，登第入仕，都如一梦。‘春心’者，壮心也。壮志销歇，如望帝之化杜鹃，已成隔世。”[③]

“伤世”说，一源于“锦瑟”弦柱的联想，如晚清吴汝伦评云：“此诗疑为感国祚兴衰而作。五十弦，一弦一柱，则百年矣。盖自安史之乱至义山作诗，时凡百年也。梦迷蝴蝶，谓天宝政治昏乱也；望帝春心，谓上皇失势之乱也；沧海明珠，谓利尽南海；蓝玉生烟，谓贤人憔悴也。结言不但后人感吊，即当时识者已有颠覆之忧也。”[④]一源于对时事的比附，如今人张采田在《玉谿生年谱会笺》中认为“沧海”乃指李德裕被贬海南，而“蓝田”指令狐相业方兴。

另外，还有“创作比况”说。据清何焯《义门读书记》，程湘衡认为，“义山自题其诗以开集首者，次联言作诗之旨趣，中联又自明其匠巧也”[⑤]。

---

①(清)朱鹤龄《李义山诗集注》,《文渊阁四库全书》集部第1082册,台北商务印书馆影印,第83页。

②(清)朱鹤龄注、(清)程梦星删订《重订李义山诗集笺注》,汪增宁今有堂清乾隆八年刻本。

③(清)汪师韩《诗学纂闻》,《丛书集成续编》第201册,新文丰出版公司,第443-444页。

④(清)吴汝伦《桐城先生评点〈唐诗鼓吹〉》,参见刘学锴编著《汇评本李商隐诗》,上海社会科学院出版社,2002年,第252-253页。

⑤(清)何焯《义门读书记》,《文渊阁四库全书》子部第860册,台北商务印书馆影印,第914页。

《锦瑟》为诗集首篇，乃是后来编者所定，因此何焯对此说表示怀疑。钱锺书在此基础上进行发挥，他认为颔联言“作诗之法”，颈联言“诗成之风格或境界”，这已经超越了对诗歌本意的理解。

历代纷繁多样的阐释，自然与解诗者阐释方法、阐释态度和对诗歌功能、特点的认识密切相关。但不可置疑的是，多样化的阐释正在于诗歌文本提供了阐释的空间。诗歌语词的丰富含义、意象的朦胧隐晦、意境的扑朔迷离，都无形增加了文学语言的弹性和读者阅读的再创造性。另外，李商隐生平经历的复杂性也助升了这种现象。

诗歌题目“锦瑟”和诗的首两句，引发了人们关于“锦瑟”之事的猜测和解释。其一，“锦瑟”，从字面意思来看，是一种装饰华美的乐器。唐代产生了许多优秀的音乐诗，题目中也常有乐器名，与此相关的“题乐说”也就应运而生。其二，“锦瑟”又是一个美丽的字眼，常会让人联想到某个女子的名字或者说艺名。“恋情说”正是建立在对“锦瑟”女子的猜测的基础上。其三，“锦瑟”还有典可寻。《世本》载：“庖羲作，五十弦。黄帝使素女鼓瑟，哀不自胜，乃破为二十五弦，具二均声。”《史记·封禅书》载：“太帝使素女鼓五十弦瑟，悲，帝禁不止，故破其瑟为二十五弦。”“素女鼓瑟”本身就蕴涵着丰厚的含义，足以让人联想。而且，首句“锦瑟无端五十弦，一弦一柱思华年”中，“无端五十弦”的疑问、“一弦一柱”与“华年”的链接，进一步引发了托物起兴的各种说法，如“悼亡”“自悼”“伤世”等。其四，诗题和开篇两字“锦瑟”相同，这又类似于古诗取开头的两个字为诗题，实际上也是“隐题诗”或“无题诗”。既是无题，就不局限于题目的限定，可以通过多种方式，对文本进行创造性的阐发。

诗歌三四句，两个典故对举，直接给读者造成了解释的困难。典故在诗中的用法和意义，不仅要看原典，更主要的是要依据典故和其他语词的组合来理解，然而“庄生晓梦迷蝴蝶，望帝春心托杜鹃”，直接以两个典故对仗，而且和首两句没有明显的逻辑关系，这就只能从典故本身来寻求答案。庄生梦蝶之事，本自庄子《齐物论》，庄子梦为蝴蝶还是蝴蝶梦为庄子的哲学体验或者说心理幻觉，不好确指诗人用它到底是有所喻指，还是在描写自己当时的心理状态。不过，诗人对这个典故还是有所改造的。原典中只说梦里自己变为蝴蝶活灵活现，诗句增加了“迷”，说明对这种美好的情景的痴迷；而且原典中梦与觉是有所区分的，诗句却直接题为“晓梦”，或许是想表达“梦”只是一种“短暂的幻影”。[①]望帝杜鹃之事，本自《华阳国志·蜀志》，是说望帝死后，变为杜鹃鸟一直怀念故国。“望帝”是传说中的皇帝，“杜鹃”在古代诗词中运用非常多，其意义主要与亡国之恨、异乡之思等相关。有论者说到诗歌的感伤时世或政治寄寓，也多是由此而联想的。

诗歌五六句，比起上两句更加扑朔迷离，也为多元的解释提供可以变通的可能。“沧海月明珠有泪，蓝田日暖玉生烟”，并置了八种物象，沧海、明月、珠、泪、蓝田、暖日、玉、烟，按字面提供给我们的形状、色泽，足以让人震撼了。而实际上，这两句也均有所本。“沧海月明珠有泪”，月明不仅赋予了珠子以色泽莹亮之感，也与古人所认为的“月满则珠圆”有关，即如果月圆蚌壳里珠子就圆，反之亦然。“珠有泪”与鲛人泣泪成珠的神话相关。《述异记》和《博物志》中都记载海里有鲛人，这是一种人鱼，善于织绡，而且哭泣时眼泪能变成珠子。既然有泪，必有悲情，这也与上句“杜鹃悲啼”相呼应。而与恋情、女子相关的解释，更多地联想到月明、珠泪这美丽的东西，或许还有“曾经沧海难为水”的启发。“蓝田日暖玉生烟”，并非李商隐创造，据司空图记载，戴叔伦就曾经论诗曰：“诗家之景，如蓝田日暖，良玉生烟，可望而不可置于眉睫之前也。”可见，蓝田日暖、良玉生烟这种温情的、缥缈的、可望而不可即的意境，在中唐时就成为诗家的追求。这两句虽没有告诉我们实际的意义，但情感对比明显，前者主要是悲伤，后者还有暖意。由此，众多论家都由两种情感对比出发，赋予自己观点最合理的解释。

诗歌尾句，本应该缩结全篇，然诗人隐晦含蓄的表达，又让人摸不着头脑。“此情可待成追忆，只是当时已惘然”。“可待”表示疑问，“惘然”，又让人迷惘无所适从。不过，最后两句毕竟提供给我们一些稍微具体的信息。“当时”表示过去，“惘然”说明诗人当时的状态，这与“庄生晓梦”“良玉

①参见叶嘉莹《一篇〈锦瑟〉解人难》，《今晚报》，2016年5月27日第16版。

生烟”的迷蒙缥缈相呼应；“此情”即是诗中要表现的内容，“追忆”与第二句“思华年”呼应，表示诗人写诗乃为追忆华年，念及旧情。只是，所追忆之“情”到底何指，确实让人捉摸不透。因此，解诗者有的宁愿相信所猜测的青衣之事，把“此情”换为“恋情”；有的更突出了追忆时的悲伤和思念，把“此情”换为“悼念亡妻”之情；有的联系到望帝之悲，把“此情”聚焦到“忧世”或“自伤”之情；有的甚至只从“情”出发，认为诗歌正是表现了诗人在追忆往事所引发的情感变化，等等。

李商隐《锦瑟》一诗与其他无题诗相似，其表达的含蓄、主旨的隐晦，或是诗人对“诗家之景”刻意追求的结果，也有可能是在当时的处境下对一些难言之事不愿明朗表达。这些其实对我们而言并不非常重要，最为关键的是，当文本提供给我们多元解释的可能时，我们如何在遵从文本、兼顾实证的基础上进行合理的阐释。当考证诗人或本事与诗歌本身关系不大，甚至说考证本来就证据不足，我们最好不要把诗歌所指落实，如“爱情”“伤世”说中的几种观点，显然因坐实某人或某事而遭到质疑。而且，在理解诗词用语时，也不能按日常语言习惯去确认，如“悼亡”“自伤”说中有人拘泥于弦柱与年岁的对应，也是不符合艺术思维规律的。

余　论

中华民族在五千多年的历史长河中，创造了博大精深、辉煌灿烂的文化。“中华优秀传统文化已经成为中华民族的基因”，“是我们在世界文化激荡中站稳脚跟的根基”。传承和发展中华优秀传统文化，是建设中国特色社会主义文化强国的前提，也是中华民族伟大复兴和永续发展的需要。

中国古典诗词是中华传统文化重要载体，也是中华传统文化的主要组成部分。中国古典诗词记载着中国古代人民的精神追求、情感世界和诗性思考，展现了中华民族在漫长的历史中的观念演变和艺术探索，集中体现了中华传统文化的丰厚的思想内蕴和独特的审美理想。中国古典诗词又以体制短小、易于诵记的艺术形式，在数千年来为人喜闻乐道、传唱不衰，成为中华民族文化最为生动鲜明的标识和代表，在传承和发展中华优秀传统文化中具有无可替代的作用。

不过古典诗词既有境界、气格的高下之分，也有艺术表现、审美形式的优劣之别，如果不经过辨析盲目全盘接受，不仅不利于学习古典诗词所蕴含的优秀的精神品质和审美特征，还有可能会吸收落后的思想观念和表现方法。只有不断提高古典诗词的赏读、鉴别能力，并按照时代要求创新性发展，才能保证古典诗词源源不断地提供给人们精神和艺术滋养，让优秀的中华文化展现出持久魅力和时代风采。

真正的好诗，是真善美的完美融合，具有震撼心灵的艺术魅力。诗词鉴赏的关键是要用心去品味、体会艺术之美，从而获得一种感发感怀、感动感悟。我们以对艺术美的鉴别和欣赏作为诗词鉴赏的基本目标，通过声律诵识、识字通文，来感受诗词的语言美；通过意象分析、情景想象、因物明理，来体会诗词的情思美、意境美、理趣美；通过技巧分析，了解诗词的诗法美；通过知人论世、文本阐释，探求诗词的气格美、意蕴美。由此，来进一步把握古典诗词的主题思想和审美价值。

真正的好诗，是诗人的灵心善感完美传达的产物，是感发生命的精神源泉。鉴赏中国古典诗词，要通过诗词文本，尽可能地与古代先贤圣哲进行情感对话和精神交流。我们提倡在鉴赏古典诗词的过程中，不仅理解诗词意象、意境中融注的情感和志怀，而且也要体会声律、用词、表达技巧等方面所传达的情思用意，从而捕捉圣哲诗人在他们所处的历史空间中纤细幽微的情感体验和生命感悟，由此来逐步提升和净化自己的艺术心灵和精神世界。

真正的好诗，历经千年而不衰，具有生生不已的艺术生命力。鉴赏中国古典诗词，就是借助诗词这一文化载体，在赏析理解中发掘中华优秀传统文化。我们强调在鉴赏古典诗词的过程中，坚持以马克思主义文论为指导，有效运用中西古代、现代文学理论知识和方法，发掘古典诗词中跨越时空、富有永恒魅力的文化精神，阐释古典诗词所体现的中华优秀文化的历史意义和时代价值，从而更好地传承和弘扬中华优秀传统文化！

主要参考文献

［1］北京大学古文献研究所．全宋诗［M］．北京：北京大学出版社，1991—1998.

［2］遍照金刚．文镜秘府论汇校汇考［M］．修订本．卢盛江校考．北京：中华书局，2015.

［3］陈伯海．唐诗汇评［M］．杭州：浙江教育出版社，1995.

［4］陈新璋．诗词鉴赏概论［M］．广州：广东人民出版社，1991.

［5］陈增杰．唐诗志疑录［M］．上海：上海人民出版社，2007.

［6］陈植锷．诗歌意象论［M］．北京：中国社会科学出版社，1990.

［7］程千帆．古诗考索［M］．上海：上海古籍出版社，1984.

［8］程千帆．唐诗课［M］．北京：人民文学出版社，2018.

［9］丁福保．历代诗话续编［M］．北京：中华书局，1983.

［10］方回．瀛奎律髓汇评［M］．李庆甲集评校点．上海：上海古籍出版社，1986.

［11］戈载．词林正韵［M］．上海：上海古籍出版社，2009.

［12］郭绍虞．宋诗话辑佚［M］．北京：中华书局，1980.

［13］何文焕．历代诗话［M］．北京：中华书局，1981.

［14］黑格尔．哲学史讲演录［M］．贺麟、王太庆译．北京：商务印书馆，2017.

［15］胡应麟．诗薮［M］．北京：中华书局，1962.

［16］胡仔.苕溪渔隐丛话［M］.廖德明校点.北京：人民文学出版社，1962.

［17］蒋绍愚.唐诗语言研究［M］.北京：语文出版社，2008.

［18］李有光.中国诗学多元解释思想研究［M］.北京：人民文学出版社，2014.

［19］李泽厚,刘纲纪.中国美学史［M］.北京：中国社会科学出版社，1984.

［20］刘若愚.中国诗学［M］.韩铁椿、蒋小雯译.武汉：长江文艺出版社，1991.

［21］刘勰.文心雕龙注［M］.范文澜注.北京：人民文学出版社，1958.

［22］龙榆生.词曲概论［M］.上海：上海古籍出版社，1980.

［23］龙榆生.唐宋词格律［M］.上海：上海古籍出版社，1978.

［24］缪钺,等.宋诗鉴赏辞典［M］.上海：上海辞书出版社，1987.

［25］莫砺锋.莫砺锋讲唐诗课［M］.南京：江苏凤凰文艺出版社，2019.

［26］莫砺锋.唐宋诗论稿［M］.沈阳：辽海出版社，2001.

［27］彭定求.全唐诗［M］.北京：中华书局，1960.

［28］钱锺书.管锥编［M］.北京：中华书局，1979.

［29］钱锺书.宋诗选注［M］.北京：人民文学出版社，2005.

［30］钱锺书.谈艺录［M］.北京：商务印书馆，2011.

［31］沈德潜.唐诗别裁集［M］.上海：上海古籍出版社，2013.

［32］唐圭璋,等.唐宋词鉴赏辞典［M］.上海：上海辞书出版社，1988.

［33］唐圭璋,等.唐宋词选注［M］.北京：北京出版社，1982.

［34］唐圭璋.词话丛编［M］.北京：中华书局，1986.

［35］唐圭璋.全宋词［M］.北京：中华书局，1965.

［36］童庆炳.文学理论教程［M］.北京：高等教育出版社，2015.

［37］王夫之,等.清诗话［M］.上海：上海古籍出版社，1978.

［38］王国维.人间词话［M］.上海：上海古籍出版社，1998.

［39］王力.汉语诗律学［M］.上海：上海教育出版社，2005.
［40］王力.诗词格律［M］.北京：中华书局，2001.
［41］王兆鹏.唐宋词汇评［M］.杭州：浙江教育出版社，2004.
［42］魏庆之.诗人玉屑［M］.上海：上海古籍出版社，1978.
［43］夏承焘.唐宋词论丛［M］.上海：上海古典文学出版社，1956.
［44］夏传才.诗词格律·鉴赏与创作［M］.海口：南海出版公司，2004.
［45］萧涤非,等.唐诗鉴赏辞典［M］.2版.上海：上海辞书出版社，2004.
［46］徐应佩.中国古典文学鉴赏学［M］.南京：江苏教育出版社，1997.
［47］严可均.全上古三代秦汉三国六朝文［M］.北京：中华书局，1965.
［48］叶嘉莹.迦陵论诗丛稿［M］.修订本.石家庄：河北教育出版社，1997.
［49］叶嘉莹.叶嘉莹说诗讲稿［M］.北京：中华书局，2008.
［50］叶维廉.中国诗学［M］.北京：生活·读书·新知三联书店，1992.
［51］俞平伯.槐屋古诗说［M］.北京：北京出版社，2019.
［52］袁行霈.历代名篇赏析集成［M］.北京：高等教育出版社，2009.
［53］袁行霈.中国古代文学史［M］.北京：高等教育出版社，2005.
［54］袁行霈.中国诗歌艺术研究［M］.增订本.北京：北京大学出版社，1996.
［55］张伯伟.全唐五代诗格校考［M］.西安：陕西人民教育出版社，1996.
［56］张伯伟.稀见本宋人诗话四种［M］.南京：江苏古籍出版社，2002.
［57］张玉书,等.佩文韵府［M］.上海：上海古籍书店，1983.

［58］章培恒,骆玉明．中国文学史新著［M］．上海：复旦大学出版社，2007.

［59］赵毅衡．“新批评”文集［M］．天津：百花文艺出版社，2001.

［60］钟嵘．诗品集注［M］．增订本．曹旭集注．上海：上海古籍出版社，2001.

［61］周啸天．古典诗词鉴赏方法［M］．成都：四川人民出版社，2003.

［62］周啸天．唐诗鉴赏辞典［M］．北京：商务印书馆国际有限公司，2012.

［63］周振甫．诗词例话［M］．西安：西北大学出版社，2019.

后　记

这部书的缘起，是受导师阎福玲教授的诗词鉴赏教学启发。十年前我在攻读博士学位时，负责录制阎老师为本科生开设的“古典诗词精品鉴赏”视频，至今还能回忆起他赏析诗词的精彩片段，书中有三篇鉴赏示例，就是根据阎老师当时的讲稿整理改编而成的。

我在博士毕业后，开设了“中国古典诗词鉴赏”课程，开始摸索适合学生的教学方法。这门课没有教材，我通常根据学生学习的实际情况调整授课内容，有些学生希望进一步学习，撰写这本书的目的，就是为学生鉴赏古典诗词提供参考。

这部书得到河北省社会科学院的大力资助，并入选为石家庄学院规划教材，在此表示衷心的感谢！

在撰写过程中，马琳萍、李英然、柴秀敏、缑新华诸位老师提出了许多宝贵的意见，高览小负责第五、六章的撰写和全文的修改完善，孔佳轶、王稼靖、徐阳、刘倩、杨天怡等同学也帮助核对文献，在此致以诚挚的谢意！

这部书的出版，还得益于安徽师范大学出版社的相关工作人员，在此致以敬意和谢意！

王　昕

二〇二二年八月三十日